教育部人文社科项目成果
本著作出版得到陕西师范大学优秀著作出版基金资助

中世纪英国动物叙事文学研究

张亚婷 / 著

Animal Narrative in Medieval English Literature

图书在版编目(CIP)数据

中世纪英国动物叙事文学研究/张亚婷著. —北京:北京大学出版社,2018.12
(文学论丛)
ISBN 978-7-301-29606-6

Ⅰ.①中⋯ Ⅱ.①张⋯ Ⅲ.①英国文学－中世纪文学－叙事文学－文学研究 Ⅳ.①I561.063

中国版本图书馆CIP数据核字(2018)第123772号

书　　名	中世纪英国动物叙事文学研究 ZHONGSHIJI YINGGUO DONGWU XUSHI WENXUE YANJIU
著作责任者	张亚婷　著
责任编辑	李　娜
标准书号	ISBN 978-7-301-29606-6
出版发行	北京大学出版社
地　　址	北京市海淀区成府路205号　100871
网　　址	http://www.pup.cn　新浪微博:@北京大学出版社
电子信箱	345014015@qq.com
电　　话	邮购部 010-62752015　发行部 010-62750672　编辑部 010-62759634
印 刷 者	三河市博文印刷有限公司
经 销 者	新华书店
	650毫米×980毫米　16开本　16.75印张　392千字 2018年12月第1版　2018年12月第1次印刷
定　　价	52.00元

未经许可,不得以任何方式复制或抄袭本书之部分或全部内容。
版权所有,侵权必究
举报电话: 010-62752024　电子信箱: fd@pup.pku.edu.cn
图书如有印装质量问题,请与出版部联系,电话: 010-62756370

目 录

引 言 ……………………………………………………………… 1

第一章 谁是道德主体？
　　——寓言和动物史诗中的道德说教 ……………………… 1
　一、玛丽的道德审视和谏言:《寓言故事》………………… 2
　二、壮志未酬:《愚人之镜》中的驴——波奈尔 ………… 36

第二章 会说话的鸟,会"说话"的现实 …………………… 58
　一、辩论诗中的夜莺:女性的代言人？ …………………… 63
　二、爱情、声誉、自然:乔叟诗歌中的鹰 ………………… 105

第三章 骑士与动物的博弈 ………………………………… 137
　一、作为他者的动物:人与动物的二元对立 ……………… 139
　二、混合型动物和阈限身份:尴尬的协商 ………………… 158
　三、与你同在:人与动物之间的和谐感 …………………… 178

第四章 动物叙事与远东想象 ……………………………… 190
　一、异域色彩:编年史中的动物叙事 ……………………… 193
　二、文化他者与文化乌托邦共存:《约翰·曼德维尔游记》… 197
　三、铜马和游隼:《扈从的故事》中的鞑靼世界 ………… 216

结 语 ……………………………………………………………… 225

参考文献 ………………………………………………………… 229
后 记 ……………………………………………………………… 244

引 言

文学动物(literary animals)在盎格鲁-诺曼时期英国文学中扮演着重要角色,动物叙事文学又占据着很大的叙述空间。①这一时期的英国涌现出一批杰出的作家,产生了具有本土特色的动物叙事文学,作品层出不穷,叙事多元,异彩纷呈。这些作家以动物为叙事主体或广泛涉及动物描写,对英国动物叙事文学的发轫和发展产生了不可低估的推动作用,见证了英国文化的发展和演进历程。

中世纪动物叙事文学的体裁具有它的特色。麦克奈特(G. H. Mcknight)指出,在中世纪文学中,有三类作品和动物有关:第一种是动物论(bestiary),中世纪象征主义者按照动物的习

---

① 20世纪80年代起,西方人文社会科学领域出现的"动物转向"使动物研究(Animal Studies)受到高度关注。关于"动物研究",目前存在术语方面的争议,大多数学者认为术语应该用 Animal Studies(动物研究),但也有学者认为应该用 Animality Studies(动物性研究)。前者重在强调人与动物之间的互动关系,后者似有物种歧视之嫌。与文化研究关联,它们共同指向动物性研究这样一个课题,参见 Michael Lundblad, "From Animals to Animality Studies."*PMLA* 2009 (2):496—502。2006 年,菲拉特·莫拉动物伦理牛津中心(Ferrater Mora Oxford Center for Animal Ethics)成立,它是世界上第一所致力于动物伦理学研究、教学和出版的学术机构,每年举办暑期学校进行研讨。"Animal"一词来自拉丁语"animalis",意为"能够呼吸"。本书中指称动物时用"他"或"她",说明动物和人类可以作为文学作品中的平等角色。

性阐释其寓意。第二种是寓言(fable),人们讲述动物故事是为了获取教训。第三种是动物史诗(beast epic),是具有中世纪文化特点的故事,因为它们可以为读者提供娱乐。① 这些作品的角色以动物为主,可以说构建了典型的巅峰群落占据的体裁。事实上,和动物有关的作品并不局限于这三类体裁。麦克穆恩(Meradith T. McMunn)指出,13世纪前,大众文学作家和宫廷文学作家在创作中借鉴动物论。② 这种借鉴包括对动物象征意义的借鉴,用文学方式再现自然世界,从而更好地理解人类社会。韦曼(Klaus Weimann)把中世纪英语动物文学的体裁分为五大类:动物论、寓言、动物故事和动物史诗、辩论诗和有关动物的诗歌。他认为大部分中世纪英语寓言故事都来自古典文学,作为单篇出现在训诫文和说教作品之中。动物史诗发展较晚,没有寓言故事那样有明确的寓意,但表面上看主要是说教和讽刺,而动物辩论诗的教育目的自然和故事中主人公的说教融合在一起。③ 事实上,英国作家不仅创作这些作品,还在此基础上涉及其他体裁,比如梦幻诗、骑士文学、编年史、游记、圣徒传等。这些动物叙事和当时的动物论,文化演进,人类认识自我、理解自然,历史语境,宗教话语等因素紧密关联。文学动物不仅具备象征意义,而且以生命主体的角色出现,成为文化话语、叙述角度、道德说教的承载者,又为中世纪英国人构建自我身份以及展现人与自然、人与宇宙、人与宗教之间的多重关系提供了很好的途径,同时,为当代读者更好地理解中世纪人的动物观提供了有力的视角。

　　动物在不同体裁的作品中扮演着和人一样重要的角色,而不同的体裁中又凸显某种动物的角色功能。在动物和人的互动关系中,人并非扮演着绝对的道德主体这一角色,恰恰相反,动物有时成为道德主体,人反而成为道德患者或客体。这里其实涉及如何界定"角色"这一概念的问题。传统观点对文学作品中的"角色"(character)的界定局限在人类之上,但我们知道,文学动物一直出现在文学叙述、阅读和接受之中,甚至在某些体裁中占据主导位置。伯雷(Bruce Thomas Boehrer)指出,文学角

---

① G. H. McKnight, "The Middle English Vox and Wolf." *PMLA* 3 (1980): 497—509.
② Meradith T. McMunn, "Beastiary Influences in Two Thirteenth-Century Romances." *Beasts and Birds of the Middle Ages: The Bestiary and Its Legacy*. Ed. Willene B. Clark and Meradith T. McMunn. Philadelphia: University of Pennsylvania Press, 1989. p. 134.
③ Klaus Weimann, *Middle English Animal Literature*. Exeter: University of Exeter Press, 1975. p. viii.

色的问题最好从动物研究的立场来理解,而从理论上区分人和动物可以作为哲学和科学研究的例子。① 他指出,从动物研究的角度来看,动物论中的词条可以看作是不同的角色研究,模式化角色可以看作是动物论条目中的一个变体,这种做法比较妥当。② 在"角色"这个词具有现代意义之前,它所包含的意义为探讨人与非人物种之间的互动关系的文学创作提供了空间。③ 他认为,从种际内部关系角度出发来研究文学角色这一概念的发展,有助于勾勒西方文学史。④ 因此,动物叙事作品中的动物作为角色出现有利于梳理文学发展的轨迹。

中世纪英国作家书写动物从一个侧面说明动物在中世纪人的日常生活中占据着重要位置。在当时,人们对动物的依赖非常强,生活来源在某种程度上依赖于动物的商业化活动,狩猎这一重要户外活动成为普通人获取食物、贵族进行娱乐的有效途径。同时,人们需要借助不同的动物作为狩猎伙伴,比如猎狗或猎鹰,进行驯鹰活动,而骑士对战马的依赖使他们相信马是动物界最具灵性的动物。萨里斯伯里(Joyce E. Salisbury)指出,中世纪人把动物当作食物进行消费的时候,认为动物的肉会成为人身体的一部分,最终转变为人肉。人们根据所吃食物来判断人们所处的社会阶层,吃肉不仅成为经济优越和人控制自然的象征,随着社会等级秩序的进一步扩大,它也成为穷人和富人之间社会地位差异的区别性标志。14世纪末,社会阶层部分地以他们的饮食结构来界定。贵族多以肉食为主,穷人以蔬菜、奶制品为主。⑤

动物既存在于中世纪英国人的现实生活之中,还出现在绘画、纹章、手抄本、天文学和地图之中,甚至某些政治理念借助动物来表达。他们不

---

① Bruce Thomas Boehrer, *Animal Characters: Nonhuman Beings in Early Modern Literature*. Philadelphia and Oxford: University of Pennsylvania Press, 2010. p.3.
② Ibid., p.7.
③ Ibid., p.17. 据《牛津英语词典》显示,"character"一词在中世纪英语文学中首先出现在英国神父肖勒姆的威廉(William of Shoreham)所著的《诗歌》之中,拼写为"character",意为"消失的印记",16世纪这个词语具有宗教意义,神学家把人在精神上的象征符号称作 caractere(1502)或 character(1529)。1664年,在德莱顿的作品《敌对的淑女》(*Rival Ladies*)中,这个词第一次用来指作品或舞台上的角色。
④ Bruce Thomas Boehrer, *Animal Characters: Nonhuman Beings in Early Modern Literature*. Philadelphia and Oxford: University of Pennsylvania Press, 2010. p.27.
⑤ Joyce E. Salisbury, *The Beast Within: Animals in the Middle Ages*. New York and London: Routledge, 1994. p.57.

仅表达了人们的美学观点，还承载着文化寓意和道德伦理观念，甚至催生了相应的法律制度，这和中世纪文学文本形成了互文关系。在中世纪绘画中，人们用狮子、鹈鹕、绵羊来象征基督，狐狸指涉圣徒路加，人们还用狮子象征马克，鹰指涉约翰，借助视觉艺术和动物进行观念表述。圣安东尼的画像中常伴有野猪出现，而他被看作是动物的保护者。另外，人们把动物和天文学联系了起来，以动物名字命名或描绘天体。12世纪后半期，纹章学的发展借助动物完成了部分意义的表述。① 在中世纪纹章中，许多动物形象成为家族精神或骑士精神的象征，纹章上的动物通常全副武装，武器是牙齿、爪子或角。② 英格兰的纹章是著名的金雀花狮子，这是狮心王理查德(Richard the Lionheart)1195年设计的。他舍弃了父亲亨利二世(Henry Ⅱ)用的纹章(两头面对面的狮子)改为三头狮子，英格兰沿用至今。③ 关于纹章，15世纪的英国女诗人朱丽安娜·伯纳斯(Juliana Berners)在《圣安尔伯斯之书》(*Boke of St. Albans*)中进行了详细的解释。纹章浓缩了人们认为最能体现文化价值、表达象征意义、传递意识形态理念的概念，而出现在纹章上的动物通常是力量、勇气、信仰的象征，是对英格兰文化、政治和信仰的定位。莫里森(Elizabeth Morrison)通过研究表明，中世纪视觉艺术中出现了大量动物，但中世纪手抄本插画中出现的动物数量最多。这些动物可分为日常生活中的动物、象征性动物和想象性动物，说明了动物在人们生活中扮演的重要角色。④ 需要指出的是，盎格鲁-撒克逊人的艺术以动物纹饰著称，凯尔特人偏爱动物题材，爱尔兰传教士在大不列颠传教，形成了爱尔兰-撒克逊插

---

① 纹章出现于欧洲社会性质转变时期，当时世袭社会阶层出现，而纹章成为确认这种世袭贵族血统的理想象征符号。这方面的传统比较悠久，近年来相关研究增多，2013年就有两本专著出版，可参见 Stephen Slater, *The Illustrated Book of Heraldry: An International History of Heraldry and Its Contemporary Uses*. London: Lorenz Books, 2013(这本书已经被翻译为中文，参见斯蒂芬·斯莱特:《纹章和徽标》，王心洁、马仲文、孙骞骞、朱晓轩译，广州：南方日报出版社，2014.); Tammy Gagne, *Heraldry Understanding Signs and Symbols*. London: Quarto Publishing, 2013.
② Dorothy Yamamoto, *The Boundaries of the Human in Medieval English Literature*. Oxford: Oxford University Press, 2000. pp. 82—83.
③ Margaret Haist, "The Lion, Bloodline, and the Kingship." *The Mark of the Beast: The Medieval Bestiary in Art, Life and Literature*. Ed. Debra Hassing. New York and London: Garland Publishing, Inc., 1999. p. 9.
④ See Elizabeth Morrison, *Beasts Fantastic and Factual*. J. Paul Getty Museum, 2007.

图艺术,这种插图融合了几何纹、螺旋纹和由动物肢体交缠衔接构成的动物纹。① 诺曼政府之后出现的罗马式插图艺术延续了动物在手抄本中的装饰效果。② 在创作于1320年的《马利亚女王诗篇》之中的哥特式插图"耶稣讲道"中可以看到"郊游猎鹰图"。在滑稽画中,动物出现在手抄本的边白之中,起到装饰和调侃的作用。③ 人们对自然世界所持的好奇心促使他们想象未知世界。这种想象有可能赋予动物以异域色彩,具有美化或妖魔化倾向。为了表达他们对未知世界的理解,人们还想象并创造了一系列现实生活中并不真实存在的动物。这些可能出现在神话故事或虚构的作品中,展示其象征意义和美学意义,成为文化符号。王慧萍指出,中世纪以农民为主的民间文化充满想象力、夸张、变形、嬉闹、诙谐的基本特质,手抄本中出现的怪物图像说明中世纪人的意识中有着虔诚与诙谐两种看待生活与世界的态度。④ 中世纪英格兰地图展示了地理位置和身份之间的关系,地图边缘位置和怪物特质关联,而中心位置绘有十字架和耶路撒冷,代表着神圣和上帝。⑤《盎格鲁-撒克逊编年史》显示,征服者威廉专设鹿的保护区,杀鹿人的眼睛会被弄瞎,规定人们不准杀野猪,不能惊动兔子。⑥

需要注意的是,《圣经》在中世纪人看待动物、定位动物与人的关系、赋予动物宗教意义方面起着举足轻重的作用。中世纪英国作家用动物(比如鹰、鲸、猫头鹰、毒蛇、狼)展现道德意识,使其符合《圣经》的道德说教,显示动物的宗教意义和伦理启示,体现世俗观念和宗教伦理之间的矛盾,表征灵与肉、善与恶、道德与禁欲主义、上帝与人、命运与意志之间的对立。同时,还体现上帝、人、动物之间的神圣互渗关系,展示动物性与人性之间的流动性关系,阐述基督教推崇的洁-不洁理念,强化基督教文化话语,展示道德伦理教化、建构与继承及其批判意识。这显然是教士文化

---

① 参见龚缨晏、石青芳:《直观的信仰:欧洲中世纪抄本插图中的基督教》,济南:山东画报出版社,2008,第60—75页。
② 同上书,第148—158页。
③ 同上书,第176—180页。
④ 王慧萍:《怪物考:中世纪幻想艺术图文志》,武汉:湖北美术出版社,2015,第4页。
⑤ Asa Simon Mittsman, *Maps and Monsters in Medieval England*. New York and London: Routledge, 2006.
⑥ *Anglo-Saxon Chronicle*. Trans. G. N. Garmonsway. London: J. M. Dent & Sons Ltd., 1960. p. 222.

语境下的文本生产。罗尔斯顿(Holmes Rolston Ⅲ)指出,西方人信仰的宗教促使他们听从《创世纪》的指令而控制大地。希伯来人把人置于自然之上,不认为自然是邪恶之源,而是把它看作上帝美好的创造物。人在上帝之下,在自然中占据主导地位,并主宰自然,形成了上帝—人类—自然的等级秩序。这种想法和希腊人的激进观点融合并改变了它,支撑着整个中世纪时代。① 《圣经》之《诗篇》中就写道:"您使他低于天堂,给他戴上荣光的桂冠。您使他管制您亲手创造的作品,您使一切服从在他脚下:畜群、野兽、天空中的鸟、海中的鱼。"② 亚当和夏娃被逐出伊甸园的原因是蛇的诱惑。罗尔斯顿指出,这个动物之所以是蛇的原因在于人们认为"蛇比上帝创造的任何野生动物都狡猾"③。马拉姆德(Randy Malamud)认为蛇是人的罪恶的移位和投射。④ 惠特克罗夫特(J. Holli Wheatcroft)指出,蛇在古罗马时代被赋予积极意义,被看作宠物,多产且具有治愈作用,还具有预言能力,是死者灵魂的象征。但是,基督教赋予蛇以新的意义,把蛇从人们熟悉的异教符号转换为基督教象征符号,结果,蛇在《自然主义者》(Physiologus)中成为邪恶和魔鬼的象征。⑤ 洪水之后,种际差异明显扩大。人在"吃动物"的过程中被赋予了管制、消费、剥夺其生命的权力,动物与人类之间处于二元对立世界,人类成为自然界的主宰,处于生物链的顶尖位置,而界限是否可能消解,从某种程度上来说依赖于人对自然世界所采取的态度。《利未记》强调动物的"洁净"和"不洁净"。⑥ 这对中世纪动物论和人们日常生活消费中对动物所持的态度产生了影响。人们对"洁净"这一概念通过具体动物的选择做了阐释,体现出"神圣"和"世

---

① Holmes Rolston III, *Philosophy Gone Wild: Essays in Environmental Ethics*. New York: Prometheus Books, 1986. p.57.
② Psalm, 8:5—8.
③ Genesis, 3:1.
④ Randy Malamud, *An Introduction to Animals and Visual Culture*. Basingstoke: Palgrave Macmillan, 2012. p.14.
⑤ J. Holli Wheatcroft, "Classical Ideology in the Medieval Bestiary." *The Mark of the Beast: The Medieval Bestiary in Art, Life and Literature*. Ed. Debra Hassing. New York and London: Garland Publishing, Inc., 1999. p.147.
⑥ "Leviticus, 11:1—47." *Holy Bible* (NRSV), National TSPM & CCC, 2000. 蹄子分开且反刍的动物都可以吃,骆驼、蹄兔、野兔、猪都是不洁净的动物,所以不可以吃。生活在海洋或水中可以吃的动物必须有鳍和鳞,否则就不可以吃。鹰类、乌鸦、鹗、鹳、苍鹭、戴胜鸟和蝙蝠不能吃。除了蝗虫、螽斯、蟋蟀或蚂蚱可以吃之外,其他有四条腿且长翅膀的昆虫都不可以吃,因为它们使人不洁净。

俗"观念的对立,这种构建其实是分类危机的表现。这为文学作品中出现的洁净或不洁净动物的划分、意义阐释及和人的关系确定了一定的标准。《十诫》和《出埃及记》明确规定了人和动物之间的关系,这在动物论或中世纪相关法律中就有相似的界定,即对动物的赔偿同样表现了人赋予动物不同的价值,整体上是以人为中心的利己思想的表现。

除了《圣经》之外,中世纪欧洲还形成了具有文化特色的动物论传统。这对英国本土动物论的发展和文学作品中动物传承的文化意义产生了不可低估的影响。这里首先有必要简单概括一下动物论的发展历史,尤其是《自然主义者》的历史。事实上,中世纪的动物论是在继承、改造古典传统和肖像学的基础上形成的。从怀特(T. H. White)列举的早期西方动物论相关谱系中可以看出,最早在亚洲、希腊和埃及出现有关动物的口述传统。希罗多德(Herodotus)和亚里士多德(Aristotle)在这一方面都有相关论述。老普林尼(Pliny the Elder)、索林诺斯(Solinus)、伊良(Aelian)和圣安布罗斯(St. Ambrose)为动物论的出现奠定了良好的基础。[①] 在认识人和动物关系的时候,人们通过生理特征进行描述和判断。圣安布罗斯指出,人和动物的区别在于人有理性,而动物没有理性。[②] 亚里士多德在《论动物的产生》(Generation of Animals)中对动物的性别做了界定,他认为同类动物会相应地再生同类,而那些从腐烂的生物中产生的东西既不是男性/雄性也不是女性/雌性。自然世界避免无限性,因为无限性意味着不能完成和结束,因此,这是自然通常设法实现的东西。[③] 他认为人有思维能力,比其他动物更聪明。[④] 他经过比较认为,那些胎生的动物在本性上更为完美,享有更纯洁的"原则"。自然规律就是完美的后代应该由更完美的父母孕育,[⑤]更完美的动物就指胎生动物,独占鳌头

---

① T. H. White. ed. *The Book of Beasts*: *Being a Translation from Latin Bestiary*. London: Jonathan Cape, 1954. p. 233.

② St. Ambrose, "On Faith in the Ressurection." *Funeral Orations by Saint Gregory Nazianzen and Saint Ambrose*. Trans. L. McCauley et al. New York: Fathers of the Church, 1953. p. 256.

③ Aristotle, *Generation of Animals*. Trans. A. L. Peck. London: William Heinemann Ltd., 1943. p. 7.

④ Ibid., p. 229.

⑤ Ibid., p. 139.

的就是人类。① 在感知、思维能力、孕育过程方面,他认为人类比其他动物更显示出其优越性。亚里士多德还在《动物的历史》(*Historia Animalium*)中以实证的手法描述动物身体的组成部分、行为习惯、性格等,囊括500多种动物。

佚名作者似乎在《动物之书》(*The Book of Beasts*)中继承了早期的口头叙述传统和研究成果。它的最早来源可能是佚名作者用希腊文撰写的《自然主义者》。② 这本书最早的拉丁文译本出现在8世纪。当时的手抄本是中世纪最受欢迎的书籍之一,但是经过抄写员的添加,拉丁文版的《动物之书》中动物有110种之多。正如埃文斯(E. P. Evans)所言,除了《圣经》之外,没有哪一本书像《自然主义者》那样传播甚广。它被翻译为拉丁语、埃塞俄比亚语、阿拉伯语、亚美尼亚语、叙利亚语、盎格鲁-撒克逊语、冰岛语、西班牙语、意大利语、普罗旺斯语以及所有的日耳曼和拉丁语方言,③为中世纪动物论奠定了基础。④ 其中的寓言故事为中世纪人把动物看作人的榜样提供了一种原型,使一些神父思考如何用动物对人进行训诫。⑤ 它不仅描述动物的生物性特点,而且赋予每种动物特定的道德意义和文化概念,含有一定的基督教色彩。它不仅出现在中世纪诗人对动物典故的引用中,在教会艺术中也可见一斑,在欧洲影响长达千年,比如狮子、凤凰、独角兽、鲸和鸽子在今天仍然具备宗教意义。

中世纪人在书写和对待动物方面持有两种态度:一种是寓言性的,一种是科学性的。弗洛里斯(Nona C. Flores)指出,作家借鉴《自然主义者》和动物论,通过寓言形式展示真实的动物行为,向读者指出其寓意,而科学研究者重在对具体的动物和动物身体结构及其行为进行研究。这两种

---

① Aristotle, *Generation of Animals*. Trans. A. L. Peck. London: William Heinemann Ltd., 1943. p. 179.

② *Physiologus* 并非此书原名,佚名作者从自然史中介绍他的故事,以一句话"the physiologus says"开始,意为"自然哲学家如是说,自然主义者如是说或自然权威人士说",故书名翻译为《自然主义者》。这本书是最早的动物论,2世纪由希腊文写成。

③ E. P. Evans, *Animal Symbolism in Ecclesiastical Art*. New York: Harry Holt, 1896. p. 232.

④ Joyce E. Salisbury, *The Beast Within: Animals in the Middle Ages*. Ed. Roy Willis. London and New York: Routledge, 1994. p. 104.

⑤ Ibid., p. 112.

态度共同存在。① 山本(Dorothy Yamamoto)指出,我们不仅要把《自然主义者》看作是各种奇特动物的展览厅,还应该在那里看到人类自身,因为《自然主义者》是有关不同物种身体的文本,我们人类也包括在内,它为人类与动物世界之间的交流奠定了基本原则。② 她进一步指出,《自然主义者》中的动物展示出的理想能够有效依赖于身体的完整性,而身体的稳定性和道德的稳定性关联。一般来说,动物的身体并不发生显著变化,相应地,这成为保持人类社会中存在的角色和作用的理论基础。③《伊索寓言》《圣经》以及老普林尼、索林诺斯和亚里士多德的作品成为《自然主义者》的素材来源,而《自然主义者》为中世纪动物论打下了基础,但它的目的是采用自然界的动物本性和习惯作为圣经教义。后来,圣伊西多尔(St. Isidore)在调查的基础上添加了其他各种不同的生物。12世纪,动物论被扩充为拉丁文版,这应归功于圣伊西多尔,而且它后来被改写为通俗版本。人们在手抄这些版本的时候,会多少加入一些其他材料。15世纪,随着印刷术的使用,包括寓言故事在内的动物体裁很受读者欢迎,新编撰的书籍越来越多地涉及动物论,神学、世俗和科学研究方面的内容也包括其中。④ 在《自然主义者》中,佚名作者对野兽、鸟类、爬行动物和鱼类的外形特征进行了描述,解释了其命名的缘由。它既表述了这些动物的象征意义,又表现出基督教赋予这些动物的文化意义和宗教意义,含有很强的说教目的。以狮子为例。狮子是《自然主义者》中第一个被描述的动物。佚名作者在总结了狮子的生物性特点之后指出,救世主基督和狮子一样。狮子在动物论中通常被看作动物之王,从宗教意义上看,又是基督的化身。从12世纪后期起,"复活"成为狮子这一动物形象的中心内

---

① Nona C. Flores, "The Mirror of Nature Disordered: The Medieval Artist's Dilemma in Depicting Animals." *The Medieval World of Nature*. Ed. Joyce E. Salisbury. New York and London: Garland Publishing, Inc., 1993. p. 5.

② Dorothy Yamamoto, *The Boundaries of the Human in Medieval English Literature*. Oxford: Oxford University Press, 2000. p. 17.

③ Ibid., p. 23.

④ Willene B. Clark and Meradith T. McMunn, "Introduction." *Beasts and Birds of the Middle Ages: The Bestiary and Its Legacy*. Ed. Willene B. Clark and Meradith T. McMunn. Philadelphia: Universty of Pennsylvania Press. 1989. p. 7.

容。① 科尔代克基（Lesley Kordecki）通过符号学的研究指出，动物论的每个文本由两个部分组成，即动物本身所具备的自然生物特点和其所包含的隐喻意义，即能指和所指。但是，混合型动物很少在现实世界中见到，人们很难对他们进行阐释，他们不过是加强了动物论的描写段落长度而已。②

由上可见，中世纪动物论赋予不同的动物不同的意义，既借助动物进行道德说教，又展示了动物在整个生态圈中的道德身份。人们用动物（比如母老虎、山羊和海妖）来说明人身上的罪恶，③蟾蜍总是与死亡、邪恶、地狱联系在一起。④ 人们把飞向太阳的鹰看作生命重生的象征，⑤凤凰涅槃的故事通常被看作是基督复活的象征。⑥ 狗和马象征着忠诚，海狸象征着贞洁，山羊象征着欲望。独角龙的角不仅被看作是圣子与圣父的融合，同时还被看作是女性欲望的象征。蜜蜂和大象代表对婚姻的忠贞不渝。鱼通常被看作是具有很高精神追求的动物。土狼是双性动物，被看作犹太人的代表。在动物叙事中，人们不仅赋予动物特殊的宗教色彩，还对动物身体的不同部位有着特殊的看法，眼睛、毛发、角、羽毛、翅膀也有着不同的象征意义，比如豹子通常被看作是象征性的自我阉割，因为在中世纪人看来，眼睛就是罪恶的源头，而豹子身上的彩色圆圈就像眼睛。赛姆（Alison Syme）指出："和排泄物有关的禁忌也是通过动物住处的特点

---

① Margaret Haist, "The Lion, Bloodline, and the Kingship." *The Mark of the Beast*: *The Medieval Bestiary in Art, Life and Literature*. Ed. Debra Hassing. New York and London: Garland Publishing, Inc., 1999. p. 6.

② Lesley Kordecki, "Making Animals Mean: Speciest Hermeneutics in *the Physiologus of Theobaldus*." *Animals in the Middle Ages: A Book of Essays*. Ed. Nona C. Flores. New York and London: Garland Publishing, Inc., 1996. p. 99.

③ Carmen Brown, "Bestiary Lessons on Pride and Lust." *The Mark of the Beast*: *The Medieval Bestiary in Art, Life and Literature*. Ed. Debra Hassing. New York and London: Garland Publishing, Inc., 1999. pp. 53—67.

④ Mary E. Robbins, "The Truculent Toad in the Middle Ages." *Animals in the Middle Ages: A Book of Essays*. Ed. Nona G. Flores. New York and London: Garland Publishing, Inc., 1996. pp. 25—47.

⑤ Dietmar Peil, "On the Question of a *Physiologus* Tradition in Emblematic Art and Writing." *Animals in the Middle Ages: A Book of Essays*. Ed. Nona C. Flores. New York and London: Garland Publishing, Inc., 1996. pp. 103—110.

⑥ Valerie Jones, "The Phoenix and the Resurrection." *The Mark of the Beast*: *The Medieval Bestiary in Art, Life and Literature*. Ed. Debra Hassing. New York and London: Garland Publishing, Inc., 1999. pp. 99—110.

传递出来的。"把女性和不同的动物进行比较,从动物的行为中观照人的道德操守,强调女性的危险性。① 中世纪人通常通过特定动物的行为来含沙射影地说明人相同或相似的行为。

相比较而言,中世纪英国在动物论方面发展较晚。9世纪,英国保存了盎格鲁-撒克逊语版本的诗歌体《自然主义者》。12到13世纪,拉丁文版的动物论在英国出现。英国最早保存下来的拉丁文版的动物论手抄本收藏于牛津大学图书馆。② 12世纪,英国神学家亚历山大·内克翰(Alexander Neckham)用拉丁文撰写了《万物之本质》(*De naturis rerum*)。这是关于当时科学发展的一本册子,但更像是富有想象力的道德寓言集。13世纪早期,修道士巴特洛迈乌斯·安戈里库斯(Bartholomew Anglicus)③在牛津大学学习自然科学和神学,后来用拉丁文撰写了19卷百科全书《论万物之属性》(*De Proprietatibus Retum*)。人们认为这是中世纪第一本百科全书,其"地球及其形式"部分描写了一些动物。1397年,这本百科全书被翻译为中世纪英语。它在英国动物论传统的继承与发扬方面做出了重要贡献。

除了动物论之外,中世纪英国作家的动物书写还借鉴了欧洲大陆的伊索(Aesop)寓言传统和列那狐(Reynard)叙事传统,这尤其体现在寓言故事叙述方面。吉尔·曼(Jill Mann)指出,作家在寓言故事中采用动物,故事的要点就从人物转向行为描述,脱离了由心理、个人阅历或现实状况形成的道德选择,而转向简单的因果原因的展示。④ 鲍斯(Cecily Boas)指出,从伊索时代起,人们就在故事中寓言性地书写动物,作家让他们像人一样安排事情,但他们没有失去作为动物的特点。寓言故事的魅力就在于"合适的动物被选择来证明人特定的美德和罪恶",否则,寓言就失去

---

① Alison Syme, "Taboos and the Holy in Bodley 764." *The Mark of the Beast: The Medieval Bestiary in Art, Life and Literature*. Ed. Debra Hassing. New York and London: Garland Publishing, Inc., 1999. p.172.

② Ron Baxter, *Bestiaries and Their Users in the Middle Ages*. Thrupp and Gloucestershire: Sutton Publishing Ltd., 1998. p.83. 该书在牛津大学图书馆编号为 Bodleian MS Laud Misc. 247。

③ 他也被称作 Bartholomew the Englishman,是13世纪的方济会修士。他出生在英格兰,在牛津大学学习科学和神学,后在巴黎任教,1231年在德国的马格德堡讲学时撰写了《论万物之属性》。

④ Jill Mann, *From Aesop to Reynard: Beast Literature in Medieval Britain*. Oxford: Oxford Uuiversity Press, 2009. p.262.

其本身的价值。① 虽然德里达(Jacques Derrida)认为寓言不过是人们在"发展有趣的动物论"②,但寓言故事中动物所具有的艺术价值和道德教化意义是无法抹杀的。12 世纪,神学家亚历山大·内克翰把《伊索寓言》翻译为挽歌体诗歌,取名为《新伊索故事》(Novus Aesopus),里面囊括 40 则寓言故事。12 世纪,英国诗人玛丽(Marie de France)率先以方言文学的方式书写寓言故事,表述考究,具有个人特色。我们知道,寓言在古典文学中以罗马寓言作家菲德拉斯(Phaedrus)和古希腊讽刺作家卢西安(Lucian)③结束,但在中世纪后期又以《列那狐的故事》(Roman de Renart)和玛丽的寓言重新出现。④ 吉尔·曼指出,玛丽也不是当时英国唯一处于伊索寓言叙事传统中的诗人,在许多不同的改编或改写作者行列之中,玛丽是第一位把伊索的故事翻译为西方方言的诗人。⑤ 玛丽的同时代诗人沃尔特(Walter of England)书写的拉丁文版《罗慕路斯》(Romulus),成为中世纪晚期寓言的主要版本,⑥现存有近 200 本手抄本。勒雷(Seth Lerer)指出,玛丽书写了一系列表达伊索习语的诗歌。在她的诗歌中,动物用通俗的口语讲话。整体来看,玛丽和巴布里乌斯(Babrius)、菲德拉斯⑦处于同一个水平。但这些作家不仅想象着要和伊索同步,而且又抵制伊索的权威。⑧ 显然,玛丽在借鉴的基础上显示出她的创新意识,敢于挑战欧洲大陆的重量级寓言作家伊索,保持她作为英国诗人的身份。表面上看,在英国这些作家的继承性和创新性叙述之中,寓言故事保持了教化与娱乐读者的功能,在学校教育中起着说教作用,经历了被基督教化的过程。但是,从深层次上看,这些寓言作家同样继承了欧

---

① Cecily Boas, "Introduction." *Birds and Beasts in English Literature*. Ed. Cecily Boas. London and Edinburgh: Thomas Nelsone Sons Ltd. , 1926. p. ii.
② Jacques Derrida, *The Animal Therefore I Am*. Ed. Marie-louise Mallet. Trans. David Willis. New York: Fordham University Press, 2008. p. 37.
③ 又译为"琉善"。
④ H. J. Blackham, *The Fable as Literature*. London and Dover: The Athlone Press, 1985. p. 54.
⑤ Jill Mann, *From Aesop to Reynard: Beast Literature in Medieval Britain*. Oxford: Oxford University Press, 2009. p. 9.
⑥ Ibid., pp. 11-12.
⑦ 巴布里乌斯是希腊寓言作家,菲德拉斯是 1 世纪罗马寓言作家。
⑧ Seth Lerer, *Children's Literature: A Reader's History, from Aesop to Harry Potter*. Chicago: University of Chicago Press . 2008, p. 46.

洲大陆作家赋予动物的道德身份和伦理地位,展现出人与动物在生态系统中的平等地位,在寓言故事中扮演着平等角色。

《列那狐的故事》在欧洲大陆具有悠久传统,中世纪英国诗人玛丽、奥都(Odo of Cheriton)、乔叟(Geoffrey Chaucer)一定程度上继承了欧洲大陆的列那狐叙事传统。吉尔·曼指出,《坎特伯雷故事》(*The Canterbury Tales*)之《修女院神父的故事》(*The Nun's Priest's Tale*)与其说是动物寓言,不如说是动物史诗。我们无法确定乔叟是否读过玛丽有关狐狸和公鸡的故事,但故事中提到的梦明确表明此故事来自《列那狐的故事》,而其他相似性说明乔叟借鉴了这个故事的叙述风格。① 拉丁文诗歌《意赛格里莫斯》(*Ysengrimus*)出现于12世纪中期,共有6574行,是有关列那狐与狼意赛格里莫斯的故事。作者可能是诗人尼瓦杜思(Nivardus),目标读者是受过教育的神职人员。吉尔·曼指出,在《意赛格里莫斯》出现之前,西方的动物故事显得零散而不成体系,它的出现使这种叙事才完整起来。② 百斯特(Thomas W. Best)指出,这个故事中的狐狸是已经基督教化的列那狐,而非处于先前的无名状态,因此,尼瓦杜思的诗歌是第一首列那狐史诗。在列那狐系列故事中,其他动物的名字都有一定的变化,但是狐狸列那和狼意赛格里莫斯的名字一直沿用至今。③ 他进一步指出,大约在1176年,皮埃尔(Pierre de Saint-Cloud)用大众语言书写了中世纪第一部动物史诗《列那狐传奇》(*Le Roman de Renart*),共有2410行,演绎了狮子王国中两位男爵列那和意赛格里莫斯之间的争斗。④ 这个故事中就提到狐狸捕抓公鸡的故事,乔叟创作的《修女院神父的故事》也许从此获得灵感。

可以看到,动物寓言故事的教化功能也逐渐发生变化。布莱克翰(H. J. Blackham)指出,直到11世纪,动物寓言作为说教材料还非常流

---

① Jill Mann, *From Aesop to Reynard: Beast Literature in Medieval Britain*. Oxford: Oxford University Press, 2009. pp. 250—251.

② Nivardus, *Ysengrimus*. Trans. Jill Mann. Leiden: Brill, 1987. p. 1.《意赛格里莫斯》继承了11世纪的拉丁文动物故事《俘虏逃跑记》(*Ecbasis Captivi*)中狼与狐狸互相为敌的故事讲述传统,对法文版的《列那狐的故事》(*Roman de Renart*)的出现产生极大的影响,在此基础上产生了荷兰文的《列那狐》(*Van den Vos Reynaerde*)、扩充后的荷兰语版《列那狐的历史》(*Renaerts Historie*)和德语版的《列那狐》(*Reynke de Vos*)。

③ Thomas W. Best, *Reynard the Fox*. Boston: Twayne Publishers, 1983. p. 1.

④ Ibid., p. 33.

行,但到了13世纪,动物寓言才逐渐融入拉丁文布道传统。这尤其体现在英国寓言诗人奥都和法国作家雅克·德·维特里(Jacques de Vitry)的作品之中。他指出,奥都的寓言故事主要改编自《罗慕路斯》和《列那狐的故事》,有许多故事也是他本人所写。他所采用、改编或想象的寓言故事就是为了"暴露贵族或高级教士的行为",而伊索寓言就不具备这种作用。① 罗伯特·亨利森(Robert Henryson)是中世纪英国北方文艺复兴时期的重要诗人。他的寓言故事坚持中世纪基督教传统,表达了对世界、人类、魔鬼、人的堕落以及天堂或地狱等主题的关注。他以第一人称叙事手法关注个人日常生活和经历,具有现实主义色彩,在诗歌《道德寓言》(Moral Faballis)中进行说教。他别出心裁地将《列那狐的故事》和《伊索寓言》进行改编,使其充满民族特色和时代气息。吉尔·曼认为,亨利森的寓言故事把中世纪动物文学传统的两大支流,即伊索传统和列那狐传统融合在了一起,形成一种新的寓言,是典型的史诗化寓言。② 显然,文学作品拥有相对固定的文学动物形象、文化和道德意义。布莱克翰指出,教会在动物论、动物故事和圣徒故事中同样有属于自己的文学动物,主要目的在于彰显上帝的力量和仁慈、圣徒的神圣和幸福以及动物的温顺和得体行为。③ 这在中世纪英国的寓言故事、动物史诗、圣徒传和骑士文学中也可以看到。

科恩(Esther Cohen)指出,教士文化(clerical culture)把人类和动物区别开来,动物不是用来表现人,只是用来表达抽象概念和教义。世俗文化(lay culture)不仅赋予动物象征意义,而且赋予动物人的特征、行为、思考和感受方式。④ 这显然是把动物看作象征符号和生命主体的两种不同看法的表现。表面上看,这是人类动物化、动物人格化的过程,教士文化的立场显然是认可动物的工具价值,但世俗文化却肯定了动物具备的内

---

① H. J. Blackham, *The Fable as Literature*. London and Dover: The Athlone Press, 1985. pp. 51—52.

② Jill Mann, *From Aesop to Reynard: Beast Literature in Medieval Britain*. Oxford: Oxford University Press, 2009. p. 262.

③ H. J. Blackham, *The Fable as Literature*. London and Dover: The Athlone Press, 1985. p. 33.

④ Esther Cohen, "Animals in Medieval Perceptions: the Image of the Ubiquitous Other." *Animals and Human Society: Changing Perspectives*. Ed. Aubrey Manning and James Serpell. London and New York: Routledge, 1994. p. 68.

在固有价值,承认动物具有知觉,和人类一样是生命主体,表现出敬畏生命的态度。中世纪早期,人们认为人和动物的区别很大,但学界普遍认为12世纪这种认识逐渐消失。萨里斯伯里指出,公元400年到1400年之间,人们在对人与动物的关系的认识上经历了这种变化,即"人从品德上不同于动物"的观点转变为"我们和动物之间有许多相似之处"的观点。动物作为人的食物、财产、性对象、隐喻对象,显示出人和动物之间的复杂关系。她指出,通过把动物变为财产,人类把动物从自然中的共同栖居者转变为从属者,而人对动物的控制就体现在人是动物的主人这一角色上。中世纪人对这一观点的表达主要体现在一套复杂的观点中,也表现在控制动物的行为之中。① 这种观点显然在阐释人类中心主义观点,表明人的功利主义色彩和实用主义倾向,而动物没有体现其固有的内在价值,只有工具价值。这正是本研究开展的原因所在。

近年来,国外学界对中世纪英国文学中的动物叙事经历了从单篇诗歌解读到尝试性系统研究的过程,其研究综合起来看大致具有以下特点:一、20世纪,近50篇论文集中研究《坎特伯雷故事》中的动物寓言故事《修女院神父的故事》,主题涉及乔叟和斯宾塞(Edmund Spenser)之间的关系、幽默与艺术、体裁流变、素材来源、阐释群体、结构安排、讽刺寓意、真实与虚构、风格与悲剧性等。二、21世纪,动物叙事方面的研究趋于系统化,出版了几部重要的专著:山本通过研究野人探究人类与他者、女性与边缘化问题。索尔特(David Salter)以圣徒传和骑士文学为核心,研究中世纪圣徒、骑士与动物之间的关系,认为动物是人类回归纯真状态和确定英雄身份的象征。吉尔·曼对动物寓言故事和动物史诗进行区分研究,对其中涉及的各种变体进行考察研究。克兰(Susan Crane)通过研究动物寓言、狩猎手册和圣徒传探讨人和动物在文化构建中的相互作用。② 科恩(Jeffery J. Cohen)在研究中采用了当下流行的酷儿理论,探讨了骑

---

① Joyce E. Salisbury, *The Beast Within: Animals in the Middle Ages*. New York and London: Routledge, 1994. p. 16.

② Dorothy Yamamoto, *The Boundaries of the Human in Medieval English Literature*. Oxford: Oxford University Press, 2000; David Salter, *Holy and Noble Beasts: Encounters with Animals in Medieval Literature*. Oxford: Oxford University Press, 2001; Jill Mann, *From Aesop to Reynard: Beast Literature in Medieval Britain*. Oxford: Oxford University Press, 2009; Susan Crane, *Animal Encounters: Contacts and Concepts in Medieval Britain*. Philadelphia: University of Pennsylvania Press, 2013.

士文学中人与马的依赖关系,文本多采用法国骑士文学,英国文本较少。基兹(Lisa J. Kiser)探讨了《玛格丽·坎普之书》(*The Book of Margery Kempe*)中基督被动物化的文化原因。①这些已经涉及人与动物的关系研究,具有一定的前瞻性和侧重点,但是某些观点对立,且中世纪英国文学只是作为部分论据出现,一些典型作家和作品并未做出研究,甚至未有涉及。事实上,中世纪英国动物叙事在借鉴、改编、创新的基础上形成了自己的特色和风格,既有动物论的影响,又有文学作品的不断书写和阐释。中世纪英国作家通过动物叙事在社会生活、道德伦理建构、意识形态再现、审美追求等方面起着不可忽略的推动作用,值得进一步推进研究。

本研究的出发点如下:一、不同体裁中出现的动物和人类属于平等文学角色,而特定的体裁中出现了相对稳定、占据主导位置的动物,形成了巅峰群落(比如夜莺、狮子、马、鹰);二、以环境伦理学为理论支撑,强调个体、社会和环境之间的整体关系,所有物种是互相依赖的系统的一部分。有知觉的人类和动物具有利益需求,因此具备伦理地位和道德身份。所有生命都具备固有价值,值得人类敬畏和尊重,故强调一元论立场。三、在对道德身份的探讨中,引入道德主体和道德患者的概念,考虑生态群落的道德地位和人在其中的角色,构建道德域和人的品德伦理,而价值观的多样性增加了环境伦理景观。环境伦理学对人与自然、人与社会及社会与自然这三层关系的认识和研究不是独立进行的,而是把它们作为一个整体或系统的组成部分进行认识和研究,核心放在三者的有机的综合作用和关系之上。因此,本研究以文本中动物与人的多重关系和动物的再现政治为重点,横向探讨动物叙事文本的整体叙事模式和特点,纵向挖掘不同题材和体裁中彰显的环境伦理及演化趋势,探讨人与动物之间的道德伦理关系、动物叙事策略、物种协商和正义、中世纪英国人的动物观以及自我身份构建,以管窥其中体现的中世纪环境道德观念、原则、评价标

---

① Jeffrey J. Cohen, *Medieval Identity Machines*. Minneapolis and London: University of Minnesota Press, 2003. pp. 35—77; Lisa J. Kiser, "Margery Kempe and the Animalization of Christ: Animal Cruelty in Late Medieval England." *Studies in Philology* 3 (2009): 299—315. 值得注意的是,中国学界在21世纪出版了研究动物叙事的相关专著和论文,比如《物我相融的世界:中国人的信仰、生活与动物观》(莽萍等,2009)、《中国现当代文学动物叙事研究》(唐克龙,2010)、《动物与帝国主义:英语文学中的后殖民动物研究》(姜礼福,2013)。在中国知网,以"动物叙事"为主题词搜索,2005年至2017年,约有100篇相关论文,大多关于中国动物叙事文学研究。

准和道德情感,梳理作家具备的超越意识、象征意识和在中世纪英国社会道德伦理建构、文化传承、民族意识、审美情趣和理想化环境伦理形成方面产生直接或间接的推动作用,以观照他们对后来英国动物叙事文学的影响。

本研究的文本选择遵循的原则是选择以动物为主角或人-动物关系展示为主的文本,体裁主要涉及寓言、动物史诗、梦幻诗、辩论诗、骑士文学、虚构游记等。不仅有真正的原创性作品,也有文化翻译作品和编撰性作品。12 到 13 世纪,英国是一个三语国家,而中世纪英语文学在 14 世纪产出骤增,但之前的文学以盎格鲁-诺曼文学和拉丁文学为主。因此,本研究是对盎格鲁-诺曼语、拉丁语和中世纪英语在内的三语作品的研究和细读,作者包括玛丽、尼格尔(Nigel of Longchamp)、"猫头鹰"诗人(The *Owl-Poet*)、托马斯·切斯特(Thomas Chester)、杰弗里·乔叟、约翰·克兰伍(John Clanvowe)、托马斯·马洛礼(Sir Thomas Malory)、约翰·曼德维尔(Sir John Mandeville)、"哈夫洛克"诗人(The *Havelok-Poet*)、"高文"诗人(The *Gawain-Poet*)以及其他佚名诗人等,旨在回归历史语境,理解中世纪英国人的动物观和环境伦理意识。

引言部分主要从学界对"角色"的定义开始,回顾《圣经》对人和动物关系的界定,《自然主义者》对中世纪英国人动物观的形成产生的作用以及中世纪英国作家对欧洲大陆动物叙事传统的借鉴,并指出以环境伦理学为理论支点进行研究。

第一章研究 12 世纪诗人在叙事中如何弱化动物的象征意义,在寓言与动物史诗中体现道德意识和平权思想,展示动物作为生命主体的身份,挖掘其潜在的固有价值。研究文本以玛丽用盎格鲁-诺曼语书写的《寓言故事》(*Fables*,12 世纪)和尼格尔用拉丁文书写的《愚人之镜》(*Speculum Stultorum*,12 世纪)为主。玛丽和尼格尔结合时代话语和个人社会角色,以动物作为诗歌主角,倾向性地对当时的社会进行了再现。他们打通了人与动物之间的物种差异,带有很强的说教色彩,各种不同角色和形象的塑造或再书写带有一定的动物论痕迹,但同时出现对刻板动物形象的颠覆性再塑。玛丽在寓言这个文本空间中全面展示了生态系统中不同生态群落之间因为利益而进行的各类利己或利他思想的博弈,挖掘了基督教、两性关系、政治体制、社会等级差异、身份认同等话题。她在寓意中反复说教、警告、提醒人们要吸取各种教训,在不同的道德主体和道德患者之间进行审视,凸显了生态系统中出现的巅峰群落的利益诉求和价值认定,比如人、狮子、狼、羊等,并进行谏言。尼格尔在动物史诗《愚人之镜》中讲述了一头驴波奈尔的冒险经历和战胜以人为代表的邪恶世界的故事,从而实现了个人理想中的英雄身份构建,展示了作为生命主体的波奈尔的追求及其固有的内在价值。波奈尔是道德代言人,扮演着救世主的角色,而人却成为道德患者。人与驴的对立关系彰显的是波奈尔对正义、爱、善等环境美德的追求,对人性之邪恶的批判,而其中颠覆性的书写说明道德身份具有流动性特点。综合起来看,玛丽和尼格尔模糊了人与动物之间的物种差异,动物成为和人一起平等共生在同一个生态系统中的存在。他们细致地展示文化和自然之间的冲突,具备整体生态观,对动物的情感回应能力做出具有中世纪特色的书写,展现了他们的生命意识。

第二章以中世纪英语辩论诗和梦幻诗为主,研究夜莺和鹰在文本空间中如何实现自身的文化价值,探讨个体行为与自然环境系统、个体行为与社会环境系统、自然环境系统与社会环境系统之间在互动中彰显的环境伦理和文化意识。第一部分对五首涉及夜莺的鸟类辩论诗《猫头鹰与夜莺》(*The Owl and the Nightingale*,12 或 13 世纪)、《画眉与夜莺》(*The Thrush and the Nightingale*,13 世纪)、《布谷鸟与夜莺》(*The Cuckoo and the Nightingale*, or *The Boke of Cupide*,14 世纪)、《教士与夜莺》(一/二)(*The Clerk and the Nightingale I & II*,15 世纪)和《乌鸫和夜莺》(*The Merle and the Nightingale*,15 世纪)进行文本细读分析。夜莺的辩手既有鸟类,也有人类,"赞美女性的夜莺"与"贬低女性的夜莺"之间形成极端反差。研究旨在分析并说明夜莺作为文化代言人和道德主体地位的不确定性以及辩论展开模式与西欧逻辑学和文学传统发展之间的关系。第二部分对乔叟的议会辩论诗《百鸟议会》(*The Parliament of Fowls*,14 世纪)和梦幻诗《声誉之宫》(*The House of Fame*,14 世纪)进行细读研究。乔叟在《百鸟议会》中通过三只雄鹰对雌鹰的爱情表白探讨了中世纪宫廷爱情的本质,而《声誉之宫》中的雄鹰对诗人杰弗里的教导率先在中世纪英国诠释了声誉的意义,进一步探讨了中世纪英国文化背景下"自然"这一概念的深刻内涵。这些诗人从生态系统的整体性角度出发,赋予鸟以辩手、引领者和教师的角色,打破了人与鸟之间的物种界限,模糊了自然与文化之间的区别。他们通过夜莺、猫头鹰、画眉、布谷鸟、鹰等众多鸟类的语言反映了不同的社会-文化话语,涉及性别、婚姻、自然、骑士精神、宫廷爱情、科学、语言、声誉、动物论等诸多话题，鸟类与人类处于相通的价值话语体系之中。研究需要进一步分析的是，从12世纪到15世纪，诗歌中的动物论痕迹如何逐渐淡化直至消失，道德身份受到文化话语的影响而处于不确定状态，诗人们的道德关注在承认鸟类作为生命主体方面得到肯定。进一步讲，他们如何通过文学语言破解鸟语，赋予其时代话语，又模糊了人和鸟之间的物种差异，使处于同一个时代生态系统中的鸟类和人类进行对话。

第三章研究13到15世纪英国骑士文学如何展示人类与动物之间错综复杂的关系，挖掘其中彰显的人与动物之间的道德伦理关系和本质以及写作策略。研究涉及多个文本：《丹麦王子哈夫洛克》(*Havelok the Dane*，约1280年)、《巴勒恩的威廉》(*William of Palerne*，约1335年)、《阿托斯的爱格拉默爵士》(*Sir Eglamour of Artois*，约1350年)、《屋大维》(*Octavian*，14世纪)、《高文爵士与绿衣骑士》(*Sir Gawain and the Green Knight*，14世纪)、《特里亚默爵士》(*Sir Tryamour*，14世纪)、《利比乌斯·戴斯康努斯》(*Libeaus Desconus*，14世纪)、《亚瑟王之死》(*Le Morte d'Arthur*，15世纪)、《伊萨姆布拉斯爵士》(*Sir Isumbras*，15世纪)、《爱普米顿的生平》(*The Lyfe of Ipomydon*，15世纪)和《高德爵士》(*Sir Gowther*，15世纪)等。第一部分重在研究中世纪英国人界定骑士精神内涵时动物是如何成为道德客体或道德患者，人们在使用、占有、追击、剖杀、狩猎、消费动物的过程中如何体现人自身的主体性，被边缘化的动物是如何在这种二元对立的权力关系中处于无声、流动、模糊的无名状态。第二部分研究骑士文学中频繁出现的变形人/动物、狼人和野人是如何展示人性与动物性的阈限状态。他们承载了盎格鲁-诺曼时期人在界定文化血统、完善道德意识、构建自我身份、阐释基督教观念中表现出的复杂情绪，是盎格鲁-诺曼文化继承与发展过程中表现出的精神分裂状态，是人们在面对复杂的政局、文化格局和人性邪恶的时候内心表现出的焦虑感、缺失感和恐惧感的外化，彰显出文化的马赛克特征，同时也说明文化的继承和发展的多元化态势。这同时表明人与动物处于同一个生态系统，表明了人性的双重性特点。第三部分研究人与动物（比如马、狮子和猎狗）之间如何建立跨物种的和谐关系及物种差异如何消解，以说明中世纪人认为动物同样具备情感回应能力背后的思维逻辑，如何表达人与动物之间相互信赖、关爱、同情的情感需要，是人与自然、人与社会及社会与自然之间三层关系的书写。

　　第四章研究中世纪动物叙事与远东想象之间的关系,分析中世纪英国人如何展示出他们的东方情结和潜在的动物帝国主义意识,涉及编年史、百科全书、虚构游记和骑士文学等三语文本,具体文本有马修·帕里斯(Matthew Paris)用拉丁语书写的《大编年史》(*Chronica Majora*,13世纪)、巴特洛迈乌斯·安戈里库斯用拉丁语书写的《论万物之属性》(13世纪)、约翰·曼德维尔用盎格鲁-诺曼语书写的《约翰·曼德维尔游记》(*The Travels of Sir John Mandeville*,14世纪)和乔叟用中世纪英语书写的《坎特伯雷故事》之《扈从的故事》(*The Squire's Tale*,14世纪)。这些文献和作品不仅描述了远东的不同动物、各种稀奇古怪的人和混合型动物,而且展示了不同文化空间和语境下的人和动物之关系。动物叙事既显示出这些作者与欧洲大陆在构建远东形象方面保持的一致性,又表现出中世纪人以耶路撒冷为中心界定西方与东方、自我与他者关系的思维模式,在妖魔化远东的过程中,表现出他们对未知世界的恐惧、好奇和不确定感。这种叙事方式折射出中世纪英国人对远东的文化想象和他们的东方视野,表现出他们的东方情结,处于远东的人和动物成为他们塑造自我形象和认识自我的参照对象。在他们的笔下,远东体现出野蛮性、怪物特质和物种模糊性,但又是英国人艳羡的文明之地。通过动物叙事,这些作家构建的远东既是文化乌托邦的象征,又是文化他者的代表,成为中世纪英国人定位自身文化身份和在西欧文化圈中的地位的实践对象。

　　结论部分总结中世纪英国人的动物观,以女诗人朱丽安娜·伯纳斯的《圣安尔伯斯之书》结尾,说明中世纪英国人拥有运用理性力量和技术手段来征服动物的能力,文艺复兴时期的作家在动物叙事传统方面对中世纪英国文学做出了一定的回应。

第一章

谁是道德主体？
——寓言和动物史诗中的道德说教

  12世纪的英国处于多种语言(中世纪英语、盎格鲁-诺曼语、拉丁语等)、多种文化(盎格鲁-撒克逊文化、诺曼文化、北欧文化、不列颠文化等)、不同人群(不列颠人、盎格鲁-撒克逊人、皮科特人、苏格兰人、诺曼移民等)互动、交织的特殊时期。12世纪到13世纪,中世纪英语并非文坛的主导语言,用盎格鲁-诺曼语和拉丁语创作的文学作品层出不穷,并占据核心位置,寓言故事在修道院和宫廷之中特别流行。布莱克翰指出,寓言故事的特点是简短,内含矛盾且有效、生动地表征了一个人人皆知的真理或道理。它包含三种因素:观点、形象和表述。观点包含在形象之中,形象就是隐喻性的表述,隐喻存在于正式的叙述之中。[①] 诗人玛丽、奥都、尼格尔在继承伊索寓言传统的基础上进行了个性化创作。玛丽用盎格鲁-诺曼语书写了《寓言故事》,奥

[①] H. J. Blackham, *The Fable as Literature*. London and Dover: The Athlone Press, 1985. p. xii.

都用拉丁语书写了《寓言故事》①,尼格尔用拉丁语书写了动物史诗《愚人之镜》②。玛丽把批判的矛头指向她熟悉的宫廷,奥都的目标读者是神职人员,通过寓言故事来讽刺和鞭笞教会。尼格尔同样鞭笞当时的教会和世俗社会。他们展示出了很强的批判意识和动物伦理意识,书写了动物作为文本空间中平等的角色及其和人的互动过程,展示了人和动物在不同情景下的情感反应。进一步说,他们展示了个人、社会、自然系统之间的互动关系,以动物的视角来审视人类社会,因而具备了打通整个社会系统和生态系统的视角,把动物看作故事的主角,把生活的哲理传给了大众。

一、玛丽的道德审视和谏言:《寓言故事》

玛丽的代表作有《法国的玛丽的籁歌》(简称《籁歌》)(*Lais of Marie de France*)、《圣帕特里克的炼狱之故事》(*Espurgatoire Seint Partiz*)和《圣奥德丽生平传》(*La Vie Seinte Audree*)。但值得注意的是,她把中世纪英语版的《伊索寓言》改写为盎格鲁-诺曼语版的《寓言故事》。布莱恩(Virgina Blain)等编写的《女性主义英语文学指南:从中世纪到当前的女性作家》(*The Feminist Companion to Literature in English: Women Writers from Middle Ages to Present*)界定了玛丽在女性研究和英国研究中的地位,而她的两首寓言诗被收录在《诺顿英国文学选集:中世纪卷》(*The Norton Anthology of English Literature*)(Vol.1A Middle Ages,2000)中。玛丽来自法国,身居英格兰,用盎格鲁-诺曼语写作。目前国外学界对玛丽的研究不仅停留在英语文学之中,法语界对她的研究也是成果倍出。现在,玛丽被看作中世纪英国诗人。她的重要性尤其体现在研究中世纪英国人所讲的法语对英格兰影响方面。③

---

① 现代英语版本译为 *The Fables of Odo of Cheriton*(《奥都寓言故事》)。
② 现代英语版本译为 *A Mirror for Fools* or *The Book of Daun Burnel the Ass*(《愚人之镜》或《驴波奈尔之书》)。
③ Sharon Kinoshita and Peggy McCracken, *Marie de France: A Critical Companion*. Cambridge: D. S. Brewer, 2012. p. 218.

关于玛丽寓言故事的创作,学界给予了很高的评价。① 斯皮格尔(Harriet Spiegel)指出,玛丽诗歌选用的形式是当时的八音部双行体,在情感表达和语气展示方面完全不同于《伊索寓言》。它们简短明快、诙谐机智,充满讽刺性的寓意和警句,许多名句都出自动物之口,为这些寓言故事增添了智慧。事实上,玛丽不是简单地把故事堆放在一起,而是把这些故事中世纪化了,对当时的生活,尤其对封建社会结构和正义问题做出了评价。② 莱西(Norris J. Lacy)指出,寓言传统不是简单地从伊索跳到菲德拉斯再到拉封丹(Jean de La Fontaine),玛丽在这个传统的发展和传播中代表着一个重要的发展阶段。③ 吉尔·曼指出,玛丽是一位自我意识很强的作家,这对动物寓言故事来说是一个新的发展。故事的空间设置从课堂转向宫廷。④ 这可以从《寓言故事》的手抄本中窥见一斑。⑤ 玛丽不仅有很强的自我意识,还有很强的性别意识。欣德曼(Sandra Hindman)指出,《寓言故事》的第一则故事是《公鸡与珍珠》,玛丽在表述寓意的时候把目标读者改为"男性与女性"。这种改编说明她不仅希望读者注意到她的女性身份,而且对男性和女性读者都表示欢迎。《寓言故事》的最后一则故事是《女性与母鸡》。故事中的母鸡不断地寻觅食物,对于女主人提供的食物却不屑一顾,而手抄本中女性和她的母鸡的插图表明玛丽主动表露自己的作者身份。⑥ 显然,从第一个故事中的"公鸡"过渡到最后一个故事中的"母鸡",这种性别上的转化强化了我们对玛丽意识

---

① 吉尔·曼指出,"fable"和"allegory"之间有区别,"allegory"本质上是比喻性的,而"fable"没有隐喻意义,它的意义并不体现在把叙述和其他经验领域联系起来,而是通过总结和简明概括非隐喻性的寓意。参见 Jill Mann, *From Aesop to Reynard: Beast Literature in Medieval Britain*. Oxford: Oxford University Press, 2009. p. 31.

② Harriet Spiegel, "Introduction." *Fables*. Ed. and Trans. Harriet Spiegel. Toronto: University of Toronto Press, 1987, pp. 6—7.

③ Norris J. Lacy, "Foreword." *The Fables of Marie de France: An English Translation*. Trans. Mary Lou Martin. Birmingham: Summa Publications, 1979. p. ii.

④ Jill Mann, *From Aesop to Reynard: Beast Literature in Medieval Britain*. Oxford: Oxford University Press, 2009. p. 54.

⑤ Susan L. Ward, "Fables for the Court: Illustrations of Marie de France's *Fables* in Paris." *Women and the Book: Assessing the Visual Evidence*. Ed. Jane H. M. Taylor and Lesley Smith. London: British Library, 1997. pp. 196—200.

⑥ Sandra Hindman, "Æsop's Cock and Marie' Hen: Gendered Authorship in Text and Image in Manuscript of Marie de France's *Fables*." *Women and the Book: Assessing the Visual Evidence*. Ed. Jane H. M. Taylor and Lesley Smith. London: British Library, 1997. p. 48.

的理解,即她的目标读者既包括男性,又包括女性。①

玛丽的《寓言故事》共包含103则故事,外加40行前言和22行后记。在英法学界,它被翻译为现代英语和现代法语同时出版。②研究《寓言故事》有必要说明玛丽作为英格兰诗人在寓言文学传统中保持的创作独特性,以便读者更好地理解。玛丽在《寓言故事》的前言和后记中提到"翻译"(translata/treire)。当代学者据此推断认为玛丽不过是典型的译者而已,即她把中世纪英语版的《伊索寓言》翻译为盎格鲁-诺曼语。③ 这显然是一种误解。在当时的文化语境和文学发展模式之下,中世纪人对"翻译"的定义和当代的定义不同。当代学者用"原创性"的概念来界定玛丽的文学作品,但斯皮格尔指出,后罗马时期,把"原创性"这一标准用在寓言作家的身上并不妥当,因为他们的作品是在改编和改变现有故事的基础上形成的。拉封丹被看作是现代寓言故事之父,自称从古代遗留下来的故事中翻译和选择了一些故事。④ 事实上,中世纪作家并不关心翻译中的文本忠实问题,原创的作品或原作只是作为其他人改写、说明、续写和扩写的模板。这种做法致使中世纪作家对古典材料进行了不合时宜或落伍的处理,审视地方史、地理或文学传统,文化上出现了不合时宜的表述,或者在社会意识形态方面有出入。⑤ 布吕克内(Charles Brukner)指出,玛丽忽略了那些影响故事推进的细节,这就是她没有考虑拉丁传统的原因。这说明玛丽的寓言故事远远不是对早期寓言献媚般的模仿。⑥ 从叙述技巧方面来看,她的寓言故事非常有原创性,作为真正的诗人,她依照直觉进行写作,叙述和寓言故事整体布局以满足结构需要为要,这是拉

---

① Sandra Hindman, "Æsop's Cock and Marie' Hen: Gendered Authorship in Text and Image in Manuscript of Marie de France's *Fables*." *Women and the Book: Assessing the Visual Evidence*. Ed. Jane H. M. Taylor and Lesley Smith. London: British Library, 1997. p. 49.

② 在法国,有几种《寓言故事》的手抄本:法国国家图书馆1593,24428,25405,25545以及奥特博手抄本(le manuscript Ottob)。转引自Richard Baum, *Recherches sur les œuvres attribuées à Marie de France*. Carl Winter: Heidelberg, 1968. p. 61。

③ 〈http://en.wikipedia.org/wiki/Marie_de_France〉,Dec. 1, 2013.

④ Harriet Spiegel, "Introduction." *Fables*. Ed. and Trans. Harriet Spiegel. Toronto: University of Toronto Press, 1987. p. 9.

⑤ Sharon Kinoshita and Peggy McCracken, *Marie de France: A Critical Companion*. Cambridge: D. S. Brewer, 2012. p. 19.

⑥ Charles Brukner, "Marie de France and the Fable Tradition." *A Companion to Marie de France*. Ed. Logan E. Whalen. Leiden: Brill, 2011. p. 207.

丁语版的寓言故事所不具备的模式。她知道调整叙述顺序，添加细节，以适应中世纪读者的心理需要，有些故事纯粹是她的个人原创，在尊重寓言传统的基础上，她还再现自己所领略的政治世界和社会空间。① 玛丽在继承西方寓言故事传统的基础上，在改编和重写的过程中添加了女性诗人对社会不公平现象的批判和倾向性表述。② 对比《伊索寓言》本身，我们发现，玛丽确实进行了一定的创造性改编。因此，对于她的研究实际上是对她的创造性作品的研究，无需考虑是否是在研究拉丁传统的寓言故事。玛丽在《寓言故事》的"后记"中写道：

> 出于对威廉伯爵的爱戴，③
> 他是这个王国最勇敢之人
> 我从英语译（treire）为法语，
> 创作了这卷书。
> 这本书叫《伊索》（Ysopet）；
> 他翻译并请人把它
> 从希腊文译为拉丁版。
> 阿尔弗雷德大帝④喜爱它，

---

① Charles Brukner, "Marie de France and the Fable Tradition." *A Companion to Marie de France*. Ed. Logan E. Whalen. Leiden: Brill, 2011. pp. 209-220.

② 斯皮格尔在翻译《寓言故事》的前言中指出，中世纪欧洲通过伊索的两个分支来了解古典寓言，即1世纪菲德拉斯的拉丁版和2世纪巴布里乌斯的希腊版本。菲德拉斯的寓言故事非常流行，4世纪的散文版《罗慕路斯》（Romulus）衍生了许多版本，其中一个是《罗慕路斯·尼兰提》（Romulus Nilantii），玛丽103个故事的前40个在顺序和内容上和这个基本一致，但剩下的63个故事并没有具体的来源，有些故事和书写传统有关，有些故事与民歌和口述传统有联系。参见 Harriet Spiegel, "Introduction." *Fables*. Ed. and Trans. Harriet Spiegel. Toronto: University of Toronto Press, 1987. pp. 6-7.

③ 马丁指出，玛丽所说的威廉伯爵和几位当时的英格兰历史人物有关：William Marshal, William Longsword, William of Mandeville, William of Warren, William of Gloucester, Guillaume de Dampierre, 但更有可能是亨利二世的儿子 William Longsword。参见 Mary Lou Martin, "Introduction." *The Fables of Marie de France*. Trans. Mary Lou Martin. Birmingham and Alabama: Summa Publications, INC., 1984. pp\. 1-30. 克洛德·佛沙特是第一位确立玛丽真实姓名的中世纪研究专家，他认为是 Guillaume 伯爵，参见 Claude Fauchet, *Recueil de l' origine de la langue et poésie francoise, ryme et romans*. Paris: Mamert Patiffon Impremeur du Roy, 1581. pp. 163-164.

④ 查尔斯·布吕克内认为不应该是阿尔弗雷德大帝，因为学界认为玛丽用的是中世纪版本，而非古英语版本，这个"阿尔弗雷德"应是拉丁版《伊索寓言故事集》的编撰者英吉利人阿尔弗雷德（Alfredus Anglicus），他也是12世纪的翻译家。Charles Brukner, "Marie de France and the Fable Tradition." *A Companion to Marie de France*. Ed. Logan E. Whalen. Leiden: Brill, 2011. pp. 198-199.

把它译为（古）英语，
我能力所及用法语
把它写成押韵诗（rimee）。（第 9—19 行）①

在这里，玛丽显然是通过类比的方式把她自己和伊索对等起来。虽然她在不断地强调她作为翻译者和作者的身份，但这符合当时的文学背景，即诗人的创作基于前人的成果进行个性化再创造。需要注意的是，玛丽的《寓言故事》在中世纪的接受程度可以从现存的手抄本数量看出。《寓言故事》有 23 本手抄本，其中 4 本配有插图。手抄本中的插图形式重新聚焦并形成女性版的"翻译研究"（translatio studii）概念：伊索也许起初是寓言故事的作者，但玛丽以一个完全成熟的作家而非翻译者的形象出现。《寓言故事》手抄本中的形象肯定了女性版的"翻译研究"，或作为女性写作的自我意识，或读者是两种性别的观念。在它的文本和配图诗学中，我们不仅看到的是女性化的翻译研究，而且是基督教化的翻译研究。②布吕克内指出，玛丽的翻译不仅是语言层面上的，即从动物到人、从人到动物的传递，而且她的翻译艺术挖掘出了人性和动物性是在什么时候、如何部分地达成一致。③

《寓言故事》中的动物并不具备她的代表作《籁歌》中动物身上的超自然色彩。表面上看，他们被寓言化、工具化和人格化了，用来展示道德伦理观和玛丽的社会批判意识，但深层次地看，她赋予动物和人一样的道德身份。《城里老鼠和乡下老鼠》（De la suriz de vile e de la suriz de bois）、《农夫和蛇》（Del vilein e de la serpent）、《狐狸和狼》（Del gupil e del lu）、《兔子和青蛙》（Des lievres e des reines）等众多脍炙人口的故事都囊括其中。她的寓言故事不仅关注动物群体，也表现出对人性深刻的

---

① 本部分引文均引自 Marie de France, *Fables*. Ed. and Trans. Harriet Spiegel. Toronto: University of Toronto Press, 1987. 凡出自该书的引文只注明诗行，不再另行做注。译文为笔者自译。另外，还有散文体翻译，参见 *The Fables of Marie de France*. Trans. Mary Lou Martin. Birmingham and Alabama: Summa Publications, INC. 1984. 这个版本的翻译注重语言的流畅性，更适合熟悉故事内容的读者。

② Sandra Hindman, "Æsop's Cock and Marie's Hen: Gendered Authorship in Text and Image in Manuscript of Marie de France's Fables." *Women and the Book: Assessing the Visual Evidence*. Ed. Jane M. H. Taylor and Lesley Smith. London: The British Library, pp. 46–54.

③ Matilda Tomaryn Bruckner, "Speaking Through Animals in Marie de France's Lais and Fables." *A Companion to Marie de France*. Ed. Logan E. Whalen. Leiden: Brill, 2011. p. 163.

理解与反思,尤其是对 12 世纪的英国社会和人表现出极大的兴趣。玛丽不仅仅是在用动物来探索人性,而且再现动物世界的伦理,消解了人与动物之间的物种差异,其书写是生态系统之间各个物种疆界的打通过程。哈里斯(Julian Harris)指出,玛丽的寓言故事结尾的寓意是她自己的想象。虽然有些寓意明白直接,有些反映了当时的社会体制,有些说明她怀着不安的心情理解并热爱着自己的同胞。① 如果说在《籁歌》中权力关系在家庭关系中是以男性控制女性来再现,在《寓言故事》中,这种权力关系主要是在当权派和弱者之间出现。②这种权力关系不仅发生在人类世界,也发生在动物世界,甚至人与动物之间的互动关系之中。玛丽的寓言不断地警告人们变化带来的危险,因为中世纪人不把流动性看作是获得机会和可能性的运动,而是看作脱离习以为常的已知的社会关系和等级制度的做法。③

《寓言故事》的 103 则故事共涉及各类动物大约有 55 种之多。统计显示,作为故事主角、出现频率最高的动物分别是狼(18 次),狮子(12 次),狐狸(11 次),狗(9 次),鹰(7 次),老鼠、绵羊和猎鹰(分别为 5 次)。故事角色涉及上帝、人、女神、四足动物、鸟、昆虫等。从故事展开涉及的动物类型和角色来看,她所写的有关动物的故事④可以大致分为七大类:第一类故事全部发生在四足动物之间,约有 40 个故事;第二类故事发生在人与四足动物之间,这样的故事有 17 个;第三类故事发生在人与人之间,这样的故事有 13 个;第四类故事发生在鸟类之间,这种故事有 7 个;第五类故事发生在四足动物与鸟之间,有 5 个故事;第六类故事发生在女神与四足动物之间,这种故事有 4 个;第七类故事发生在昆虫之间或自然景物和四足动物之间,这样的故事分别有 3 个。

从故事涉及的角色可以看出,玛丽把人类和动物平等地置放在一个文本空间之中,在角色分工上进行平等处理。他们身上都承载了玛丽企图表达的道德寓意和文化含义。从深层次上看,玛丽显然是在整个生态系统中探寻社会伦理关系,打破人与动物之间的物种界限,以宇宙整体观

---

① Julian Harris, *Marie de France: The Lays Gugemar, Lanval and a Fragment of Yonec*. New York: Publications of the Institute of French Studies, Inc., 1930. pp. 30—31.
② Sharon Kinoshita and Peggy McCracken, *Marie de France: A Critical Companion*. Cambridge: D. S. Brewer, 2012. p. 92.
③ Ibid., p. 131.
④ 《寓言故事》中还有几则故事的主角是植物或自然界中存在的东西,比如太阳或风。

来看待所有生物,把社会价值赋予在不同的生命主体之上。这可能是人,也可能是绵羊,或是蚂蚁。对她而言,他们都具备道德身份。玛丽关注动物,关注生态系统社区、动物群体和自然物种等,在他们之中形成了脱离主观价值的统一性和客观价值。这正是环境伦理学一直呼吁的价值观。德里达曾经提出一个问题:"动物能承受痛苦吗?"他指出,没有人能够否认人类目击了有些动物的痛苦、恐惧。① 动物具有知觉,这恐怕是像玛丽这样的寓言家能够让动物张口讲述故事,或者动物作为推动故事发展的角色的起点。

在《寓言故事》的第一类故事中,故事的角色都是四足动物。确切地说,这些动物之间的关系展示的是生态圈中"捕食者-猎物"的角色,在生物链中分别处于主动位置和被动位置。从故事的标题中可以看出,玛丽显然受到西方二元对立思维模式的影响,涉及的每一种动物几乎都有其对立面,是"主角(protagonist)"-"反派角色(antagonist)"之间的对立。即使是几种动物同时出现,但最终还是一方代表正义和善,一方代表邪恶和不公。这种对不同动物的界定说明人们对文学动物和真实动物的看法不同。哈都(Jawaharlal Handoo)指出,民歌中的动物想象恰恰和现实生活中的动物相反。在现实世界中,体型小/弱的动物被认为是愚笨的,是失败的象征,体型大/强壮的动物是智慧的象征,意味着成功。但是,在民歌中,体型小/弱的动物意味着智慧,是成功的象征,体型大/强壮的动物没有智慧,是失败的象征。② 动物故事没有神话故事的神秘气氛,这些动物和鸟类是按照不同的等级和类别安排的,只有在人类现实世界中才会有,这就是典型的象征主义。③ 在《寓言故事》中,从出现频率最高的几种动物中显现的对立角色或搭档中可以看出这种叙事中出现的"伙伴/搭档"模式:

---

① Jacques Derrida, *The Animal Therefore I Am*. Ed. Marie-Lousie Mallet. Trans. David Willis. New York: Fordham University Press, 2008. p. 28.

② Jawaharlal Handoo, "Cultural Attitudes to Birds and Animals in Folklore." *Signifying Animals: Human Meaning in the Natural World*. Ed. Roy Willis. London and New York: Routledge, 1990. p. 38.

③ Ibid., p. 41.

主角	狼	狮子	狐狸	狗	鹰
配角	狮子、狐狸、羊(小羊、绵羊、山羊)、鹤、猪、狗	狼、狐狸、牛、鹿、猴子、驴	狼、狮子、鹰、公鸡、猫、狗、熊、猴子	绵羊、狼、驴	狮子、狐狸、乌鸦

以"狼-羊"关系模式为例。在《狼和小羊》(*Del lu e de l'aignel*)中,狼和小羊因为喝水问题争辩。狼以小羊的父亲曾经对他持同样的态度为借口把小羊吃掉。玛丽把批判的矛头指向统治者、子爵和法官,他们"把普通人叫到法庭上审讯。/剥光他们的肉和皮就如同狼对小羊那样"。(第36—38行)在《狼和绵羊》(*Del lu e del mutun*)中,在四月斋期间,狼发誓不吃肉,但在树林中看到绵羊,遂想把绵羊变成美餐。玛丽在描写狼的偷窥欲的时候展示出其贪吃的本性,她在结尾写道:"具有邪恶之心的人,总是这样的:/他从来不会放弃/多吃或贪吃。/面对这种纵欲行为(lecherie),/纵欲的男性或女性/不会守信(Ne gardera vou ne pramesse)。"(第23—28行)狼在这里成为贪欲的代名词,而"绵羊"是狼的欲望投射的客体。在《狼和羔羊》(*Del lu e del cheverol*)中,母羊出去吃草,叮咛小羊不要给任何人开门,狼模仿母羊的声音央求小羊开门,小羊开门后被吃。玛丽警告聪明人不要相信错误的建议或谎言,提防坏人,因为他们总是给出坏想法。(第23—28行)这里,狼是恶人、撒谎者的代言人。在《公山羊与狼》(*Del buc e del lu*)中,狼与公山羊在树林中相遇,公山羊觉得无路可逃,狼蓄谋已久想吃公山羊。情急之下,公山羊建议狼发慈悲,在他死之前,他们一起去山顶向上帝祈祷。公山羊在山顶的大叫引来了牧人和狗群,狼被抓而死掉。狼认为公山羊邪恶而无仁慈之心。玛丽指出,人们只会为自己祈祷,那些笃信别人会为自己祈祷的人注定会遭遇更惨的结局。事实上,在《伊索寓言》中,山羊请求狼吹笛子助他跳舞,笛声引来狗而吓走了狼,完成了救自己的心愿。显然,玛丽在此对伊索的故事进行了修改。

在上面四则故事中,狼的生存目的都在于吃羊,这也表现出中世纪人对狼本性的认识,通过狼与羊的关系阐释表现出人们对狼的憎恨以及毁灭狼的愿望,而狼又和撒谎者、恶人、欲望者、统治者等关联起来。狼之所以形成这种刻板形象和当时人们的认识和狼在英国的存在史有关。在《动物之书》中,狼会贪婪地吃掉任何从他身边经过的人或动物,因此以贪婪出名。① 关于中世纪人对狼的憎恨情绪,卡明斯(John Cummins)指出,狼的特点在于咬死并吃掉猎物,对乡村经济是一大威胁。狼甚至可以把一圈羊咬死,但可能只吃一只。狼对人的生命是一种威胁,在中世纪各种记载中狼是唯一一种把人看作食物的动物。②公狼比较自私贪婪,母狼为了小狼可以私藏猎物,因为饥饿的公狼会闻或抢吃小狼的食物。③ 14 世纪,神父通常被比作狼。④ 在中世纪英国,狼的数量较多。卡明斯指出,在撒克逊时代,威尔士每年向国王提供 300 张狼皮,在 1281 年,爱德华一世(Edward Ⅰ)下令杀死几个郡的狼。⑤ 伯雷指出,虽然在莎士比亚(William Shakespeare)时代,英国是欧洲可能唯一没有狼的国家,但莎士比亚仍然在剧作中借用"狼-小羊"的比喻,继承了这一文学表述传统。从某种程度上来说,莎士比亚笔下不同"狼-羊"组合不能被看作是当时环境的表现,他们是从文学传统中获取的角色。⑥ 由此可见,人们对狼的本性的了解使作家把狼和有着占有欲的统治阶级联系起来,因为在生态系统和社会系统中,狼和统治阶级属于捕猎者,以牺牲其他物种的固有价值而成就自我的欲望实现。

除了"狼-羊"关系模式之外,狼在和其他动物的伙伴关系中也表现出其自我中心、贪婪、自私的利己本性。在《狼与狗》(*Del lu e del chien*)中,狼碰到好友狗,见狗的毛很有光泽,询问秘诀,狗认为每天啃骨头有效。狼随狗去了狗的主人家,但发现了拴狗的铁链,遂决定回到森林过自由自在的生活,"你住在城里,我要回到树林/一条链子使友谊和兄弟情谊/结束。"(第 40－42 行)在《狼为国王》(*Del lu ki fu reis*)中,国王狮子要去另外一个国家,因为没有继承人,他要求其他动物重选国王,大家迫于狼的淫威同意选狼为王,狮子要求狼发誓

---

① T. H. White, ed., *The Book of Beasts: Being a Translation from Latin Bestiary*. London: Jonathan Cape, 1954. pp. 56－58.

② John Cummins, *The Hound and the Hawk: The Art of Medieval Hunting*. London: Phoenix Press, 2001. p. 132.

③ Gaston Phoebus, *Livre de chasse*. Ed. Gunnar Tlander. Karshamn: E. G. Johanssons Boktryckeri, 1971. p. 97.

④ John Cummins, *The Hound and the Hawk: The Art of Medieval Hunting*. London: Phoenix Press, 2001. p. 135.

⑤ Ibid., p. 137.

⑥ Bruce Thomas Boehrer, *Animal Characters: Nonhuman Beings in Early Modern Literature*. Philadelphia and Oxford: University of Pennsylvania Press, 2010. p. 165.

不会吃其他动物。狮子走后,狼让其他动物评价他的口气(因为狼的口气很臭),以此为借口吃了鹿和另外一只动物,但聪明的猴子不做任何评价。狼假装有病,所有动物去看望他的时候,他指出自己的愿望就是吃掉猴子,其他动物商议后认为这是他应该做的一切,他最终如愿吃掉了猴子。玛丽指出寓意是:

> 不管怎样,我们不必
> 让这种邪恶之人为君主,
> 不要给他任何荣誉。
> 他对陌生人和密友的
> 忠诚和虚伪一样多。
> 对他的人民就如同狼一样
> 手持宣誓过的契约,做法却雷同。(第116—122行)

玛丽把狼的做法比作统治者的做法,是"君主-人民"关系的展示,表现出对人民或被统治者的同情之情。在《狼与刺猬》(*Del lu e del heriçun*)中,刺猬在狼捕获猎物的时候帮助狼把狗引开。狼抓到小羊后企图独自逃离,刺猬央求狼亲吻他一下,趁着狼亲吻他的空隙爬到狼身上逃到树林里,爬上一棵橡树自保,不管狼如何恳求,刺猬不再与狼为伍。玛丽写道:"你从坏人身上看到:/他为了自己的计划背叛朋友/他自己陷入困境/正是他人逃脱之时。"(第43—46行)这里的核心词是"背叛"(trahir),狼此时成为"背信弃义"的同义词。在《狐狸和狼》中,狐狸与狼互相争论不下,就去找狮子评判,狮子为了平息矛盾,就说:"狼和谎言是同义词,/狐狸的性情是谎言/比真实更合适"(第15—17行),即他们两个都无罪。玛丽的寓意是优秀的君主不能对怒气冲冲来宫廷找他的人做出任何判断或定论,应该想办法平息矛盾。

在这类涉及狼与其他四足动物的故事中,与狼一起出现的动物有羊(小羊、绵羊、山羊)、猪、鹿、猴子、刺猬、狐狸和狗,前面四种动物都成了狼的牺牲品。狼需要得到这些"可以被吃的"动物的价值而获得存在感,显然是典型的"食物中心主义"和"自我中心"的表征,产生了两者关系之间的等级秩序。罗尔斯顿指出,在一些有感知的动物中,他们的关系是通过利益检测的。利益既是生物性的,又是心理性的,关系的实现和他们的利益关联。① 玛丽在寓意的表述中,通常把狼与统治阶级、君主、法官等特定群体联系起来,那些被狼"吃掉"的动物像普通大众、穷人和无辜的人一样遭受压制。他们之间这种不平衡的关系首先表现出生物系统中"捕食者-被捕食者"之间的链条关系。"捕食者"扮演积极主动、处于主导位置的控制型角色,"被捕食者"扮演处于消极被动、次要位置的被控制型角色,"吃肉"成为自然系统中自然的运作方式。从生物意义上来说,狼是以肉为食物的动物,羊、鹿、猴子、猪都属于以植物为食的动物,处于生物链的较低层次,因此,从自然评判价值的标准看,"狼吃羊"属于遵循自然规律的做法,"羊"体现的是其工具价值。玛丽把统治阶级和狼对等起来,表现出对当时政治格局或社会系统中"统治者-被统治者"之间的权力关系的关注。作为生态群体,统治者的生存借助被统治者的群体价值凸显他们的主导位置。统治者/捕食者从被统治者/被捕食者身上榨取、谋取个人利益的方式相通,通过误判、协议、谎言等借口获得他们企图得到的社会价值,满足他们的喜好,显示出当时社会中各阶层之间的等级关系。

需要强调的是,故事《公山羊与狼》的叙事模式颠覆了"狼"这一刻板形象,因为公山羊是通过自己的智慧战胜了狼。在寓意的表述中玛丽似乎有意倾向于同情狼,因为这次博弈中失败的对象是狼,而非公山羊。玛丽认为人都会为自己的利益祈祷,他人不能期待别人为自己的利益做出牺牲。通过狼的谴责,公山羊反而成为邪恶的代表。这种颠覆性的叙述进一步说明,在玛丽看来,形成刻板角色的狼并不一定是受批判的对象,而是那些占据主导位置、滥用权力的人或动物,需要同情的是那些在双方博弈中的牺牲者或受害者。事实上,公山羊解救自身的方式是通过假借祈祷的方式(宗教的力量),借助人(牧人)和狗(人的伙伴,但无法真正进入文化系统)的力量而完成的。"上帝-人-狼-公山羊"的关系模式彰显的是人在整个生态系统中的主导位置,基督教(文中提到是向上帝祈祷)的存在成为山羊解救自我的宗教平台。玛丽通过对狼的故事的描述展示了"吃肉"的逻辑及其权力博弈的深层次动机,反观中世纪社会系统中的人际伦理。在《公山羊与狼》中,"狼"形象的颠覆性描述表明,在玛丽看来,那些以牺牲或榨取他人价值谋取自身利益的人或动物都应该是批判的对象。羊和社会弱势人群一样处于弱势地位,而公山羊对狼的反击策略印

---

① Holmes Rolston III, *Environmental Ethics: Duties to and Values in the Natural World*. Philadelphia: Temple University Press, 1988. p. 52.

证了社会系统之间存在的颠覆性力量。这种力量的实现需要借助宗教来完成,而维持秩序的人类处于这种自然矛盾和社会矛盾的决定性位置。

刺猬、狐狸和狗作为狼的平等同伙出现,而狮子作为狼的国王这一角色出现。从生物意义上来看,狮子和狼同属于以食肉为主的动物群体,故是同类之间的伙伴关系。从故事中可以看出,狼与这三种动物之间表现出的矛盾主要与"信任"有关。狮子认为狼和狐狸都是撒谎者的代表。这个细节表明,人们已经约定俗成地认为狼和狐狸是同谋者关系。这在后面有关狮子、狼、狐狸的故事中也可以看出。在《寓言故事》中,狼在与狐狸、刺猬等动物的互动关系中仍然保持了文化认定的奸诈狡猾者角色,而狼与狗之所以不同就在于狼不愿意依赖人类而失去其本身的动物性。罗尔斯顿指出,如果说人优越于其他动物,那是因为人类以伦理、认知、批判和文化的态度看待世界。家中喂养的动物是驯养的动物,不再是自然动物,人类把他们驯养成自己想要的样子,这使他们已经脱离了自然选择。尽管这样,家养动物不能进入供养他们的文化之中。他们不能以人那样的方式取得优越感,文化客体不能转变为文化主体。他们既没有生活在自然中,也不在文化中,处于边缘的乡村世界。① 基诺世塔(Sharon Kinoshita)和麦克拉肯(Peggy McCracken)指出,狗已经介入人类文化的发展之中。玛丽的寓言故事指出物种的差异是以动物与人的关系来区别的。② 如果说在以人为代表的文化空间和以狼为代表的自然世界之间存在矛盾,那么,《狼与狗》中狗正处于这种文化和自然冲突的夹层之间,是卑贱的存在。狼选择回归森林,这意味着自然与文化之间的不可协调性。虽然玛丽借用"一条铁链"来说明狗和狼友谊决裂的表面原因是个体与社会系统、个体与自然系统之间的博弈关系,但深层次地说明人在生态系统中的主导位置,彰显文化(社会)系统与自然系统的本质区别。萨里斯伯里认为狗作为食肉动物而失去了地位,因为他们扮演着人的仆人的角色。由于中世纪社会秩序成为评价动物世界的模板,狗比起那些自由的捕食动物来说就处于社会底层,即使他们非常有用。③ 如果说狗和狼之间的分

---

① Holmes Rolston III, *Environmental Ethics: Duties to and Values in the Natural World*. Philadelphia: Temple University Press, 1988. pp. 78—79.

② Sharon Kinoshita and Peggy McCracken, *Marie de France: A Critical Companion*. Cambridge: D. S. Brewer, 2012. p. 160.

③ Joyce E. Slisbury, "Human Animals of Medieval Fables." *Animals in the Middle Ages: A Book of Essays*. Ed. Nona C. Flores. New York and London: Routledge, 1994. p. 56.

离是源于文化与自然的冲突,这同样也发生在《城里老鼠和乡下老鼠》中。城里老鼠邀请乡下老鼠去她家做客,管家的出现使乡下老鼠惊魂未定。乡下老鼠认为人、猫和老鼠夹子非常可怕,决定回归树林,过安全而没有痛苦的生活。布莱克翰指出,在《城里老鼠和乡下老鼠》中,老鼠吃饭时候所受到的惊吓是一种幻灭,这个故事具有"心理现实主义"色彩。[①]"地窖"和"树林"是两种不同的空间,但这正是文化与自然的区别所在。

除了狼之外,狮子也是《寓言故事》中的核心角色。在狮子和四足动物的故事中,通常出现的动物是狐狸、狼、牛、鹿、猴子、驴等。《狮子、野牛和狼》(*Del leün,del bugle,e del lu*)和《狮子、母绵羊和山羊》(*Del leün,de la chevre,e de la berbiz*)这两则故事都发生在森林之中,是关于动物猎取到一头鹿后如何分配的故事。在《狮子、野牛和狼》中,玛丽写道:"法律和习惯认为/狮子是所有生存生物/的国王。"(第1—3行)在森林中,狮子、野牛和狼合作捕获到一头鹿。分配鹿肉的时候,狮子认为鹿肉应该全部归他,因为他是国王,作为捕猎成员,是他杀死了鹿。在《狮子、母绵羊和山羊》中,母绵羊和山羊协助狮子抓到了鹿,但狮子以同样的理由认为鹿肉应全部归他,其他动物吓得落荒而逃。玛丽写道:

> 无论穷人(povres hum)何时
> 与比他强大的人交朋友,
> 他永远得不到任何好处。
> 富人(li riches)最关心荣誉,
> 不在乎爱的失去。
> 若要分收获之物,
> 富人肯定拿走所有。(第42—48行)

在这两则故事中,狮子分别与"野牛-狼""山羊-母绵羊"合作捕猎其他动物,以国王、捕猎者、行动者的身份出现。但是,玛丽在故事的寓意中把狮子和"富人"等同起来,把其他动物和"穷人"联系起来。她把批判的矛头从统治阶级扩大到社会富有阶层,关注"荣誉"和"爱"之间的核心价值观的对立。基诺世塔和麦克拉肯指出,在宫廷文学中,"富人"通常意味

[①] H. J. Blackham, *The Fable as Literature*. London and Dover: The Athlone Press, 1985. p.55.

着财富和权力,尤其指那些处于封建社会等级制中的贵族。① 在《狮子和老鼠》(*Del leün e de la suriz*)中,老鼠不小心碰醒正在睡觉的狮子,狮子虽勃然大怒,但却放了老鼠生路。不幸的是狮子掉入人凿的深坑中不能出来,最后在老鼠的帮助下得以生还。玛丽认为"谦卑(humilitez)可以带来好处"(第 44 行),尤其警告富人要学会宽容,穷人有时候也会在他们需要的时候帮助他们。在《驴和狮子》(*De l'asne e del leün*)中,驴与狮子称兄道弟,认为自己和狮子平等。驴对着所有动物大叫,吓得他们落荒而逃。狮子认为不是驴的强健或力量吓走了动物,而是他恐怖的叫声,"他们认为你(驴)是魔鬼。"(第 32 行)玛丽认为那些带有傲慢、威胁和下流色彩的言论会吓走愚昧的大众,从而让人认为没有人敢轻视自己。(第 33—38 行)这从侧面说明,狮子是以自己的力量获得其他动物的尊重的。

狮子在动物论中被看作力量的象征,但在《伊索寓言》中,狮子大多以专权的统治者形象出现。需要指出的是,在玛丽的这几则和狮子有关的故事中,狮子却是以"生病""衰老"和"无力"的衰败者形象出现。狮子把其他动物看作是治病的良药妙剂,是典型的利己主义思想者。其他动物表现出对狮子的关心,对他的态度从恐惧转变为蔑视、远离和欺瞒。在与狮子的互动关系之中,狐狸始终扮演着骗子的角色,敢于同其他动物遵守的社会体制对抗。这也正是列那狐故事中狐狸一贯扮演的角色。他游走在权力体制之中,却又巧妙脱离体制的压制,按照自己的意志独立行事。在《病狮》(*Del leün malade*)中,许多动物来看望年老体弱的狮子,山羊用角抵他,驴用蹄子踢他,狐狸用牙齿咬他。狮子回想起这些动物曾经和他一起分享快乐,甚至对他心存恐惧,而现在这些动物却敢来冒犯他,甚至攻击他。玛丽指出:

> 狮子的故事教给知识:
> 那些衰弱的人
> 失去了力量和智慧的人,
> 会被人们看不起,
> 甚至包括那些曾经发誓爱他的人。(第 34—38 行)

---

① Sharon Kinoshita and Peggy McCracken, *Marie de France: A Critical Companion*, Cambridge: D. S. Brewer, 2012, p. 94.

在《病狮与狐狸》(Del leün malade e del gupil)中,得病的狮子以召唤其他动物帮他捕猎为由而借机吃掉他们,但狐狸却一直拒绝进去,因为他发现去拜访狮子的动物都没有再出现。玛丽指出,在宫廷会发生类似的事情,那些想进入宫廷的人最好和国王保持距离,以判断会发生的情况。(第25—28行)可以看出,病狮和可以置人于死地的国王或君主做法类似。在《狮与狐狸》(Del leün e del gupil)中,病重的狮子召唤所有动物讨论治病良方。大家一致认为狐狸有能力和鸟对话,知道为动物治病的良方。狡猾的狐狸一直躲在外面不进去。狮子非常气恼,他的管家狼说要抓住狐狸并杀了狐狸及全家。狐狸声称自己出门多日是为了寻找治病良方,认为狼的血可以治病。最终,狼被剥皮,在痛苦中逃跑。再次见到狡猾的狐狸,狼准备伺机惩罚狐狸。玛丽的寓意是:那些企图伤害他人的人也会得到同样的报应,"就像狼与狐狸,你看/狼想着要给狐狸带来痛苦。"(第59—60行)不同于前面对狼的态度,玛丽显然表现出对受伤者狼的同情。在《病狮、鹿和狐狸》(Del leün malade, del cerf, e del gupil)中,所有动物认为鹿的心脏可以治狮子的病,前两次都没有抓到鹿。第三次鹿来了,大家还没有剥鹿的皮,狐狸就偷吃了鹿的心脏。狐狸对此不承认,在狮子面前百般狡辩,认为第三次鹿出现的时候就没有心脏,最终狮子信以为真。在这里,狐狸成为"富有智慧"的代名词,狮子和其他动物被狐狸的谎言所欺骗。在这个故事的讲述中,玛丽似乎认为这是动物或人之间智慧的较量,是智者和愚人之间的较量,核心词仍然是"谎言"。狼和狮子作为自然界的捕食者,通常是以牺牲弱势群体的价值来换取自身的发展,非常具有代表性。值得注意的是,玛丽在故事中反复强调"得病的狮子"这一形象。因为狮子被看作百兽之王,人们从社会等级制度的角度来看,认为狮子是国王或者以国王为代表的封建社会体制的象征,身处"宫廷"这个权力空间,虚弱的狮子对其他动物的召唤其实就是对自身权力的过度利用,并企图延续他的权威,以"吃"其他动物的暴力行为来保持一种他和其他动物之间的差异感,维护一种有利于他的等级秩序。显然,玛丽在叙述中表现出对自然的文化价值的挖掘和展示。

从狮子与狼这两个动物形象的再现政治中,我们可以看出玛丽的政治思想倾向。值得注意的是,当统治阶级做出邪恶或不公之事的时候,玛丽会把统治阶级和邪恶且贪婪的狼等同看待。玛丽始终把狮子和高贵的国王联系起来,而通常把邪恶的国王和狼联系起来,因为狼通常和"贪婪"这一特点关联,人类对狼持有很强烈的憎恶情绪。我们知道,在中世纪社会,成为捕食者是高贵的事情,因此狮子和鹰在动物世界之中最有力量、最高贵,通常是以"国王"的形象出现。萨里斯伯里指出,从玛丽对动物的描述和选择中就可以看出,她体现了宫廷贵族对等级社会的崇尚。① 她的这种写作倾向和叙述风格也许符合上流社会的文化消费心理需要,所以,相对于她的《籁歌》而言,《寓言故事》更受上流社会欢迎。这从当时留下的手抄本的数量就可以窥见一斑。

《寓言故事》中的第二类故事发生在人与动物之间。其中既包括人与四足动物之间的故事,也包括人与昆虫、人与鸟之间的故事。玛丽显然打破了人与动物之间的界限,以全方位的生态视角来讲述。在《小偷和狗》(*Del larun e del chien*)中,小偷用面包诱惑狗,企图趁机偷走绵羊。狗坚决拒绝,忠心为主人看管绵羊,因为"这个人养育并照看我"(第22行),"他喂养我就是为了看管绵羊"(第24行),并认为接受小偷的面包就是对主人的背叛。玛丽把狗看作行为的模范。在这个人和狗博弈的故事中,人最终是失败者,狗看透了人的伎俩,成为"善"的代表,人是"恶"的载体。在《屠夫与山羊》(*Del bucher e des berbiz*)中,屠夫每天杀一只羊,羊群集体做出决定不进行自我保护,直到最后剩下一只羊的时候他们才为自己的懦弱发出悲叹。玛丽的警告是:许多人因为太听话而受伤,他们不敢公然反抗敌人是担心事态更糟。(第26—28行)在这两则故事中,狗因为被驯化而为人服务,羊因为不敢反抗而成为屠夫的牺牲品。狗帮助人类的例子在后面故事中屡次出现,而羊因为其善良屈服的本性成为狼企图吃掉的猎物。"人-狗"和"小偷/屠夫-羊"这两组关系表征的是两种不同的关系:捕食者-猎物、文化主体-文化客体。"人-狗"之间不仅存在同盟关系,而且存在一定的道德关怀。"小偷/屠夫-羊"之间存在的是食物中心主义,而狗看管羊的做法是主人与狗结盟的有力证明,与小偷的对决又是

---

① Joyce E. Salisbury, "Human Animals of Medieval Fables." *Animals in the Middle Ages: A Book of Essays*. Ed. Nona C. Flores. New York and London: Routledge. p. 57.

正义与非正义之间的较量。①

玛丽表现出对人性中道德伦理感的质疑,映照出中世纪宫廷文化影响下人性的复杂性,同时透视出人们为了生存而采取的非道德手段。他们没有利他主义思想,其目的是达到自我利益的最大化效果,是极端利己主义思想的外化。有几则故事涉及不同的动物(比如猴子、龙、蛇)对人的诚信度的考验,显示出人的虚伪性和道德伦理观念的不确定性,人成为道德患者。在《猴子国王》(*Del singe ki se fist reis*)中,皇帝豢养的猴子在观察了皇帝的生活之后,就回到森林中召集猴子成立王国,娶妻生子。两个人无意进入他的王国,受到很好的接待。一个人很有美德,一个人比较邪恶。猴子问第一个人对他的宫廷的看法,这个人讲了真话,认为他们不过是丑陋的猴子,被猴子撕碎杀害;第二个人认为猴子是真正的国王,受到众猴膜拜。玛丽写道:

> 面对撒谎者的诡计
> 人们不尊重诚实人。
> 他虚伪地证实;
> 他通过谎言赢得虚假之正义。(第 57—60 行)

表面上看,玛丽是在批判撒谎者,但实际上是在讽刺社会统治者,因为猴子所做的一切不过是在复制并模仿人类世界。第二个人为了更好地生存,通过撒谎这个非自然的方式改变自我环境和生存方式,由此获得的正义是借助非正常手段获得的额外利益。其他猴子膜拜的是一个允满欺骗性质的现实,表达了群体对这一价值的喜好和认定,是猴子个体喜好价值的综合表现。通过第二个人的谎言,猴子实现了他们追求的和人类社会平等的价值,抹杀了对其作为猴子的物种偏见。之所以这样说,是因为在中世纪猴子通常被看作是坏的动物,而且他们在身体和精神上被看作

---

① 伯雷认为莎士比亚和斯宾塞作品中大量出现有关羊的描写,而莎士比亚时期英国已经没有狼,所以莎士比亚继承了这种文学传统,在他所有作品中有 53 次提到小羊,47 次提到绵羊。斯宾塞作品中"绵羊"出现了 75 次,他只是通过羊来象征田园风光。弥尔顿很少描写羊,不仅因为他不愿意写寓言故事,更主要的是他一生基本上生活在伦敦,很少见到羊。参见 Bruce Thomas Boehrer, *Animal Characters: Nonhuman Beings in Early Modern Literature*. Philadelphia and Oxford: University of Pennsylvania Press, 2010. pp. 164–169, p. 190。

是"不洁"的象征。①

在《龙与农夫》(Del dragun e del vilein)中,龙和农夫是朋友,农夫允诺要忠实地为龙服务。龙想考验农夫是否忠诚,就派农夫照看一枚蛋以免打碎,因为他的力量来自于蛋。龙离开之后,农夫打碎了蛋,以为这样龙就可以死去,他可获得所有的金子。龙回来后发现了农夫的诡计,他们的友谊从此结束。玛丽指出:"不要把宝贵的金子/托付给邪恶而不忠的人,/你的生命,或者财产。/贪婪和吝啬的人/从来不要信任。"(第30—34行)虽然说龙在西方基督教文化中通常和"邪恶"关联,但在这里人却成为邪恶的代言人。玛丽显然在谴责以人为代表的社会具有的虚伪、贪婪和不忠的特点。在《农夫和蛇》中,农夫和蛇是朋友,彼此信任而忠诚于对方。蛇要求农夫每天给她送两次牛奶,这样她可以使他成为富人,拥有许多金银财宝。农夫把此事告诉妻子,妻子要他杀了蛇,这样他就自由了。他按照妻子的说法准备用斧头杀蛇,结果被蛇发现。为了报复,蛇咬死了他所有的绵羊,害死了摇篮中的孩子。农夫最后给蛇赔罪,蛇同意保持友谊,但不再信任他。玛丽指出,男性不应该听取愚蠢的女性的建议,批判矛头指向女性。蛇在文中指代的词用的是"她",是雌性,用的指代词是 la serpent,玛丽认为其妻愚蠢且邪恶,人和动物(蛇)之间的和谐关系的破坏是因为女性而造成。有趣的是,"蛇"和"妻子"显示了人们对女性本性认识的对立性。我们知道,蛇在中世纪视觉文化中通常是以女性的面孔出现,在《圣经》文学传统中是撒旦的化身。虽然在本故事中蛇以复仇者形象出现,但她们是女性的邪恶性和破坏性不同形式的表征:一个提出杀蛇的建议,一个杀死人的孩子。这似乎是对《圣经》中上帝对女性和蛇惩罚的结果的呼应,人与蛇势不两立。

上面三则故事中的动物(猴子、龙、蛇)在中世纪文化的定义中都和"邪恶"有关,但在玛丽的寓言中,他们反而成为"善"的道德代言人,而处于同样的生态系统中的人却成为"恶"的同名词,即人成为道德患者。这种伦理价值的错位一方面解构了动物论对这些动物的宗教定义和这些动物的文化寓意,另一方面,人本来是建构动物的文化寓意的主体,现在却成为被其他动物界定的客体。从文本叙述效果上看,文化中代表"邪恶"

---

① Mariko Miyazaki, "Misericord Owls and Medieval Anti-Semitism." *The Mark of the Beast: The Medieval Bestiary in Art, Life and Literature*. Ed. Debra Hassing. New York and London: Garland Publishing, Inc., 1999. pp. 23—43.

的动物反而见证了人类的卑鄙、贪婪和邪恶,进一步达到玛丽寓言故事的讽刺效果:人在道德伦理上低于这些文化中界定的卑贱的动物,人的动物性甚于邪恶的动物,人成为文化客体和道德患者。这些动物成为文化主体和道德主体,他们身上体现的是积极的、正面的道德伦理观。

　　玛丽的寓言故事包含的几则狼与人的故事说明了人与动物之间的复杂关系,文化观念中形成的刻板形象显然成为人与动物之间沟通的障碍。在《狼和牧羊人》(Del lu e del berker)中,一位猎人追赶一只狼,狼礼貌地请牧羊人把他藏起来并告诉猎人去树林里面找。猎人问牧羊人的时候,牧羊人如法炮制救了狼的命。狡猾的狼认为牧羊人的舌头和手救了他,但眼神可能出卖了他。玛丽在这个故事中没有明确写出故事的寓意,只是通过狼的抱怨表明恶人不知道感恩他人,显得有点牵强。在《狼与船夫》(Del lu e del bateler)中,狼无法过河,就央求船夫送他过河,船夫让他引用三条名言作为回报。狡猾的狼在上岸以后才说出第三条"和坏人在一起,/你会失去一切。"(第31—32行)玛丽认为本故事的寓意在于:"正直的人(prudes hummes)/和坏人(leiaus)结交,/只会带来痛苦和灾难(damage e maus)。"(第39—41行)在这两则故事中,狼具备恶人的特质,而人扮演了协助恶人的帮手角色。在这两则故事中,狼没有脱离其文化寓意,是文化批判的对象。不像在和其他四足动物的相关寓言故事中,狼是邪恶、贪婪、虚伪的统治阶级的代言人,在与人的博弈中,狼依赖人实现目标,但又在利用人之后显出邪恶的本性。对于狼的文化意义的构建依赖于人们的想象以及逐渐形成的刻板印象。在《两只狼》(De dues lus)中,两只狼觉得人类害怕他们,决定做好事,帮助人们收割庄稼,人们却对他们大喊。狼觉得做好事在人看来是在做坏事,决定回到树林中去。玛丽指出,人们无法原谅罪犯身上的小缺点,做好事得不到赞美,好意被曲解。在这里,狼企图得到人的认可,但人在文化概念上对狼的认识拒狼于文化之外。丛林或荒野就代表着自然系统,狼步入人的活动领域,打破了自然和文化的界限。玛丽似乎有点同情狼的处境,因为他们做事的动机很好,人却被一贯的道德偏见所蒙蔽。在《牧师和狼》(Del prestre e del lu)中,牧师教狼认读字母。学完字母ABC之后,牧师让狼诵读,狼却读成"小羊"。这个故事中的狼和拉丁文版《意赛格里莫斯》中的狼非常相似。对狼来说,吃"羊"才是生命价值的追求,甚至基督教都难以改变他的想法。

这种观念和角色的互换在《狮子与农夫》(*Del leün e del vilein*)中得到进一步证实。农夫带好友狮子欣赏一幅画，画中的人用斧头砍死了狮子。狮子知道这幅画为人所画，便带农夫去了皇帝的城堡。在那里，另外一只狮子当着众人的面咬死了一位男爵，吓得农夫仓皇逃跑。这次经历改变了农夫对狮子的看法。玛丽告诉读者不要接受似乎错误的寓言故事或像梦一样的绘画，要眼见为实。(第60—64行) 玛丽在此有意表明作家控制的语言所具有的虚构性或欺骗性。如果说狐狸是通过花言巧语骗取食物，那么，作家和读者之间存在着狐狸一样的语言政治。狮子与人的故事证明，经验比雕刻、绘画或寓言在展示真理方面更优越。[①] 但就故事本身而言，人在想象中通过代表文化的斧头杀死狮子，是文化想象的再生，是人在意识形态领域构建起来的对自然世界的控制，或者是再现人对自然世界的控制，但现实是狮子通过自然的、物理的牙齿咬死人而得以展现。这是文化再现与自然再生之间的对抗。这种真实带有很强的表演性和价值再现的作用。农夫个人观念的改变在于他意识到其他动物也有同样的自我价值的追求，人同样可以成为狮子的猎物或牺牲品，颠覆了人对自身优越价值的认定，是对动物作为生命主体的一种认识，这种观念初步具备利他思想的影子。《坎特伯雷故事》中的巴斯妇问到一个经典的问题"谁画了狮子？"是关乎言语主动权的问题，但同样是生态圈中物种种际之间发挥主动权的问题。在《狮子与农夫》中，人和狮子平等地拥有主动权。这种角色互换表明角色扮演和角色形成依赖于文化构建和人们的生态视角，但在现实的角色冲突中可实现角色的平衡。虽然玛丽在暗示文学艺术具有一定的欺骗性或虚构性，但要以现实为重，即理想的构建不应脱离真实、客观的现实，人要以现实自然世界为参考系。

这些"人与动物"的故事主要涉及的人群有小偷、猎人、牧羊人、农夫、牧师和家庭主妇等，涉及的动物有狗、狼、狮子、甲壳虫、马、蛇、牛、母鸡等。这表明在人与动物的互动关系中出现的人群处于社会底层，观念比较多样化，出现在四足动物故事中的"君主""法官""陛下"等敏感词汇很少出现，在寓意中更是没有提及。布莱克翰指出，从政治的角度来看，观点或信息可以通过寓言的形式表达，迷惑或欺骗官方，它的意义又不能字

[①] H. J. Blackham, *The Fable as Literature*. London and Dover: The Athlone Press, 1985. p.56.

对字地被看作是证据,但可以很明白地传递给那些特定的读者。① 这也许是玛丽借助动物传递个人批判思想的原因,以动物作为角色完成对社会系统价值观的否定或质疑,有意避开对政治的直接干预。这种写作政治有效地表达出玛丽对社会、文化、政治不稳定所持的态度,也是她作为宫廷女诗人的能动反应和有效策略。但需要指出的是,按照寓言故事的叙事模式需要来说,动物似乎工具化了,但实际上其后蕴含了玛丽对人与动物作为平等的生态群体的看法,动物和人都是生命的主体,因而成为文本中能够言语的角色。这是她在文本空间中展示其生存状态的基本出发点。

玛丽在写作中为普通人群和动物之间的故事赋予普遍意义,寓意更倾向于揭示人性中恶与善的对立,解构文化定义中某些动物固有的刻板印象。人成为撒谎者、骗子、受骗者、被攻击者等角色,承载着文化价值认定中的消极价值,成为动物发挥主体行为、扮演道德主体的目标对象。她的叙述把动物的内在价值抬高到和人的内在价值对等的地位。这不是物种盲目的表现,而是通过这种书写手段达到对人性的普遍认识,尤其是描述对象是普通大众的时候,玛丽通过动物对普通人的考验凸显出人性中的恶。在与以动物为代表的自然世界的交锋中,人游走在自然和文化之间。这是人作为个体和社会系统、自然系统之间的互动。

前面的两组分析表明动物能够张口说话,能和人进行直接语言沟通交流,在特定的情境下有适当的情感反应和知觉能力。这也是玛丽继承了伊索寓言传统的表现。通常情况下,人们认为寓言故事是以动物为叙事焦点,但玛丽突破这种只局限于动物叙事的模式。她把人也包括在内,这可以说是一种物种平等的表现,更是作品中角色平等的表现。人被看作是自然中的一员,他们的本性和动物身上展示的本性一致,只不过是寓意承载的角色发生变化而已。下面要分析的故事涉及的人群包括寡妇、小偷、富人、奴隶、医生、富人的女儿、巫师、隐士、农夫、骑士、丈夫、妻子、老人等。这样的故事有 13 个。其中有几则故事特别讲述男女两性之间的故事,通过丈夫和妻子之间的矛盾来展示寓意。在《绞死丈夫的寡妇》(*De la femme ki fist pendre sun mari*)中,一位丈夫死后,他的妻子整天在坟边哭泣。一个小偷被绞死,他的亲戚是一位骑士,砍断绳子后把他埋

---

① H. J. Blackham, *The Fable as Literature*. London and Dover: The Athlone Press,1985. p. xviii.

葬,但是镇上人传言把小偷放下来的人一旦被抓住也要被绞死。大家都知道这是骑士所为。骑士来到这位女性身边,说只要这位女性爱他,她就会幸福。这位女性很高兴,发誓愿意为他做一切。他将埋葬小偷的事如实相告,这位女性提议把她丈夫从墓中挖出来挂在小偷原来所在的地方,以安慰救她的骑士。玛丽指出:"人们最好知道死人/能如何信任活人:世界如此虚假和轻薄(faus e jolifs)。"(第38—40行)在《农夫看到和妻子在一起的另一位男性》(Del vilein ki vit un autre od sa femme)中,农夫从门口看到妻子和另外一位男性在一起。为了证实自己清白,妻子叫他看水中自己的倒影,以此告诉他眼睛不可信,看到的东西是假象。玛丽指出,这个例子说明好的感觉比财富或亲戚更有帮助。(第34—36行)这种寓意似乎和故事没有直接的关联性。在《农夫看到妻子和情人在一起》(Del vilein ki vit sa femme od sun dru)中,农夫看到妻子和情人跑进树林,他追赶她的情人,对方躲藏起来了。他认为这是一种耻辱,遂质问妻子。妻子认为这是她要死的先兆,因为她的祖母和母亲就是在死前分别被一位年轻人带走,准备去修女院。丈夫情急之下认为自己看到的是假象。妻子要他向所有亲戚证明他不曾看到她和其他男性在一起,并要他发誓不再散播谣言。故事的寓意是:"警告所有男性/女性知道好办法。/她们比魔鬼(ke deable)还擅长于/骗人和撒谎(les veziez e li nunverrable)。"(第53—56行)玛丽把批评的对象指向女性。詹姆贝克(Karen Jambeck)指出,妻子向丈夫证明自己的贞洁,通过镜子效果和威胁达到说服丈夫的目的,是对真实和欺骗关系的阐述。①

在上面三则故事中,女性是轻薄、撒谎、欺骗、背叛、不忠等的代名词,已死的丈夫或被骗的丈夫成为女性的牺牲品,她们在丈夫身上获取的利益是自我中心主义的表现。罗尔斯顿指出,道德代言人做正义的事情。正义或公平的问题与其说是自我超越他人或他人超越自我,还不如说是平等地分配好处和承担损失,即共赢或共失。代言人为最大多数的人做最重要的好事。② 上面故事中的三位女性的道德身份是需要质疑的,她们的做法出于对自身利益和欲望的追求(获得骑士的爱或拥有情人)而牺

---

① Karen Jambeck,"Truth and Deception in the *Fables* of Marie de France." *Literary Aspects of Courtly Culture*. Cambridge: D. S. Brewer,1994. pp. 221—229.
② Holmes Rolston III,*Genes,Genesis and God:Values and Their Origins in Natural and Human History*. Cambridge:Cambridge University Press,1999. p. 216.

牲了男性的平等权利。这种关系和寓言故事中"狼-羊"或"狮子-狼"的关系模式一样,即一方为捕食者/主导者,一方为猎物/被控制者。这种模式仍然保持的是一种等级秩序,即一方处于主导地位,一方处于从属地位,不分性别,不分物种。

下面两则故事说明丈夫和妻子的分歧产生的原因,不是丈夫太愚蠢,就是妻子固执己见。这只是表面的原因,深层次的原因在于他们都要获取个人利益,满足个人喜好和兴趣,含有很强的主观性,是环境伦理学中所说的个人喜好价值的展现。在《农夫与和他作对的妻子》(Del vilein e de sa femme cuntrariuse)中,丈夫认为草坪为大镰刀所剪,妻子认为是大剪刀所剪。丈夫认为妻子经常破坏他的想法,愤怒之余,割掉了她的舌头,问她究竟是大镰刀还是剪刀修剪草地,妻子用手笔画了大剪刀。玛丽指出,愚蠢的人知道自己是错的,但没人能够使其平息。在《农夫和他的坏脾气妻子》(Del vilein e de sa femme tenceresse)中,妻子给那些为丈夫干活的人送吃的东西,看到丈夫高兴,她沮丧而狂怒,就朝河中走去直到溺水。其他人顺着水流找她,丈夫说应该去上游寻找,结果找到了,原因是凡事她都要占尽上风。故事的寓意是:"许多普通人一生/都在和他们的君主争论(estrivent/Vers lur seignurs tant cum il vivent)。/他们从来不想或在乎/这会带来什么麻烦,/坚持保持不同意见。"(第51—55行)女性在这个故事中处于"普通人"的地位,丈夫处于"君主"地位,用这样的故事说明女性/普通人从来无法和男性/统治阶级达成一致意见。不管是妻子还是丈夫,他们是社会系统中两个共存的社会角色。玛丽似乎在谴责普通百姓,支持统治阶级。这从一个侧面表明,统治阶级和被统治阶级之间的矛盾是永远无法调和的。他们以个体的行为再现了社会系统中矛盾产生的原因所在,即一方以追求自我价值而牺牲另外一方价值的自然规律。人类虽然处于文化话语之中,但其是整个生态系统的一员。虽然人类可以有不同的行为选择,比如欺骗丈夫、割掉妻子的舌头,正如狮子扒了狼的皮,狐狸偷吃鹿的心脏一样,但人的生存矛盾中展现的是和其他动物一样的伦理价值,关乎个人、社会和自然的发展。

在《富人与两位奴隶》(Del riche humme e de dui serf)中,富人骑马穿过一块地的时候看到两位奴隶在密谈,问他们在谈论何事,奴隶认为这种谈话方式显得他们聪明。玛丽指出,无知的人认为自己瞒骗了别人,其实并不需要。(第17—18行)在《医生、富人和他的女儿》(Del mire, del *riche humme,e de sa fille*）中，医生给富人抽血后让富人的女儿保管血样，结果她把血洒了，"这件事情她不敢说或表示出来/不知道该怎么办/除了抽更多的血。"（第13—15行）她把自己的血抽过之后放在里面，医生查血后认为样血来自已有身孕之人。富人误以为自己要生孩子而哑口无言。最后，他让女儿说出实情，才知道事情真相。玛丽指出：

> 骗子（tricheürs）就是这样，
> 这也符合小偷（laruns）和撒谎者（boiseüs）：
> 担心自己做不道德之事的人
> 会被抓住。
> 任何逃避是徒劳的，
> 他们会被阻挠和杀戮。（第27—32行）

在《小偷和女巫》（*Del larun e de la sorcere*）中，女巫告诉小偷她很支持他的行当，并向他保证不管发生什么事情，只要他祈祷，她都会保佑他。小偷在一次偷窃中被抓，在上绞刑架之前，他连续三次祈祷但都徒劳。玛丽指出，人不能相信巫术或占卜术，这种东西具有欺骗性。（第40—42行）这和中世纪人对巫术所持的态度有关。这两则故事是对无知的普通人和撒谎者的描写，又反映出她一直在批判的两个核心词：无知和欺骗。故事的细节说明人对某些事情所持的不确定感，"两人密谈"蒙蔽的是真实情况和其他人的知情权，"女孩抽血"是假装再造一个真实现场。整体来看，真实的现实游离于人的判断之外，会引起人的猜想，产生不信任感，这种信任危机的出现无疑造就人对现实社会所持的怀疑态度。

在鸟与鸟的故事中，玛丽提到的鸟有布谷鸟、鹰、猎鹰、鸽子、鹤、麻雀、燕子、乌鸦等。这些鸟的世界既复制人类社会体制，又反观多纬度的复杂人性。在《众鸟与布谷鸟》（*Des oiseaus e del cuccu*）中，众鸟开会准备选国王。他们以鸟叫的声音作为选择条件。听到布谷鸟的叫声洪亮，众鸟认为他有能力统治王国。为了考察他的习性，众鸟派山雀去查看。山雀故意在比布谷鸟高的树杈上排粪侮辱他，布谷鸟对此未做任何反抗。山雀回去后告诉众鸟布谷鸟不适合做国王，因为别人侮辱他他都不在意。他们决定选"高贵、勇敢、聪明"的鸟为国王，在"正义方面非常坚定（En justice redz e fiers）"（第54行），最后决定选鹰为国王，因为鹰看起来尊贵，特别勇敢，沉着且有尊严感，对猎物不贪求。玛丽认为国王应该像鹰，人们不应该选邪恶或夸夸其谈的人为国王。当鹰被选为国王的时候，他表现的是对高贵、正义、尊严、勇敢等价值目标的追求和认可。玛丽的立场是政治环境需要务实,人要有尊严感。这当然和中世纪的宫廷文化有一定的关系。中世纪盛期,人们追求典雅的生活方式,骑士精神非常盛行。玛丽故事中的价值观再现了意识形态中人们对以国王为代表的宫廷和政治环境理想化的重构,在那里,正义得到伸张,统治阶级在关键时刻可以保护普通人,并能为集体利益代言。

在《鹰、猎鹰和鸽子》(*De l'egle,de l'ostur,e des colums*)中,鹰是国王,猎鹰是管家,猎鹰让嬉戏的鸽子去别处。故事表明,国王不应该要自满、贪婪或爱撒谎的人做管家。(第 17—20 行)在《猎鹰和夜莺》(*De l'ostur e del ruissinol*)中,猎鹰让夜莺唱歌,夜莺让猎鹰远离她才可以歌唱。这是关于威胁与自信的说教。在《猎鹰与猫头鹰》(*De l'ostur e del huan*)中,猎鹰与猫头鹰共用一个巢,产蛋并一起孵化,小猫头鹰把巢弄得乱而脏,猎鹰觉得无法改变猫头鹰的本性。故事寓意在于人的本性难改。这三则和猎鹰有关的故事中,前两只猎鹰表现出"傲慢""自满""威胁"的特点,在第三则故事中猎鹰是女性化形象,通过对比反衬,想说明猫头鹰本性难改。事实上,猫头鹰在中世纪动物论中本身是"不洁"之鸟,是众矢之的,鸟巢周围是他的鸟粪,会让和他一起的鸟感到耻辱。在《鹰、猎鹰和鹤》(*De l'egle,de l'ostur,e de la grue*)中,猎鹰激怒了鹰,鹰召集所有的鸟捕抓猎鹰,但猎鹰躲在空心的橡树之中。鹤用她的长喙捕抓猎鹰的时候,头被猎鹰抓住,惊吓之余,她粪便撒在其他鸟身上,他们飞离。因为这件耻辱的事情,她准备去其他国度生活,但在海边碰见海鸥,海鸥认为她若还为此感到耻辱,就应该回家去。这个故事说明那些本性邪恶的人在本国做了坏事就想离开,"他们在其他地方会做同样的事情或更糟!/人先要改变自己邪恶的(mauveis)心灵。"(第 50—51 行)将这些故事综合起来看,玛丽在谴责人的邪恶本性,以鸟观人,鸟的邪恶也是人的邪恶的表现。显然,玛丽认为人与这些鸟一样生活习性相似,本性相通。

在以鸟为主角的故事中,因为人类的介入而导致不同的结果,显示的是鸟类和人相互为敌的故事。在《燕子与麻雀》(*De l'arundele e des muissuns*)中,燕子鼓励麻雀进入谷仓大吃,农夫发誓要把入口堵死抓住麻雀,燕子听见后告知麻雀,两天内麻雀不再出现。一位年轻人认为是燕子告密,农夫大声说他不再抓麻雀,听到这句话的燕子告知麻雀,麻雀再次来到谷仓,结果被捕杀。麻雀控诉燕子撒谎,燕子认为是人撒谎。玛丽的结论:人向习惯撒谎的人撒谎,相信谎言的人会受伤。(第45—50行)燕子能够听懂人的语言,而他两次给麻雀通信,是鸟类或动物之间的联盟,来对抗人类。人改变了策略应对麻雀,燕子作为中间调解者并没有理解这种策略的动机和意义。这是表象的解读,当然这仍然和"谎言"有关。在这里,人撒谎的动机在于保护自己的粮食,正是这种发誓-谎言-现实之间产生的空白导致麻雀的死亡、谎言,语言成为一种武器。在《乌鸦教导小鸟》(Del corbel ki enseignot sun oisel)中,乌鸦告诉幼鸟看到人弯腰拿棍子或石头的时候要飞离,要学会保护自己,然后去帮助其他的幼鸟。玛丽的结论是抚育孩子就要他智慧地成长,然后让他独自处理自己的事情。(第18—22行)人手中的"棍子"和"石头"就是武器,是为了维护自身利益,而乌鸦躲避的目的也是为了维护自身利益。在这种拉锯战中,经验积累仍然是自我中心的表现。人对乌鸦的厌恶感主要来自中世纪基督教的看法,他和罪恶、魔鬼、世俗欲望关联,赶走乌鸦的做法是驱除邪恶的做法,而乌鸦的"飞离"就是自然与文化的彻底脱离。虽然玛丽认为这种教育方式是教育孩子的好办法,但从生态整体的角度看,任何为母之道的作用都在于告诉后代如何顺利生存,具有普遍意义。

在四足动物与鸟的故事中,鸟通常是智慧的化身。在《狐狸与鹰》(Del gupil e de l'egle)中,鹰叼走了小狐狸,狐狸央求无效,就用火点着了有小鹰的鹰巢,鹰释放了小狐狸。故事的寓意是:富人如果不同情穷人,穷人就会复仇反抗。在这里,鹰是富人的代表,狐狸是穷人的代表。在《乌鸦与狐狸》(Del corbel e del gupil)中,乌鸦无意中发现奶酪并叼走,狐狸想吃一块,遂夸乌鸦唱歌好听,乌鸦张嘴唱歌的时候,奶酪掉在地上被狐狸叼走。故事的寓意是:追求名誉的人听到别人虚假的奉承就会失去所有。在《公鸡与狐狸》(Del cok e del gupil)中,狐狸认为公鸡的声音最美妙,叫公鸡闭眼唱歌。公鸡这样做的时候,狐狸抓住公鸡跑向森林。牧羊人看到狐狸后追赶,狗对着他叫,公鸡叫狐狸告诉牧羊人他自己属于狐狸。狐狸张口的瞬间,公鸡跳到一个树干上得以逃脱。公鸡诅咒自己的眼睛,狐狸诅咒自己的嘴巴。故事说明,愚蠢的人会在不合时宜的时候说话。(第36—38行)在《狐狸与鸽子》(Del gupil e del colum)中,狐狸叫停歇在路标上的鸽子和他坐在一起,并称国王要求所有的动物和鸟和平相处。鸽子告诉狐狸说两位骑士和两条狗出现,狐狸仓促逃跑。寓意是许多普通人"被谎言蒙蔽"(enginnez/par parole, par faus sermon,

第34—35行)。后面三则故事中,乌鸦、公鸡和鸽子都是狐狸企图用谎言欺骗的对象,狐狸是奸诈、狡猾、处处获利的阴谋家/骗子,依靠谎言、诡计、奉承获胜。埃德明斯特(Warren Edminster)指出,事实上,当时许多手抄本中都有类似的例子,甚至狐狸或狼会被塑造成具有教士的习惯,对着鸡或鹅布道。这表达了大众对中世纪晚期教会阶层的怀疑,这些人士通常被塑造成捕食者、虚伪的人和骗子。① 第三则故事中,狐狸是因为听说人和已经被文化洗礼的"狗"会出现而逃跑。玛丽笔下的这种狐狸形象说明狐狸在四足动物王国中更容易实现自我价值认可,诡计多端,依靠语言政治达到自我利益的实现。鸟和狐狸同属于动物范围,但从生物特点上看,他们属于不同的类别。在《蝙蝠》(*De la chalve suriz*)中,以狮子为首的四足动物和以鹰为首的鸟类要进行大战,蝙蝠的困境就是这些动物互相斗争的映照。

在细读这些故事之后,我们发现,玛丽在总结寓意或故事情节时出现频率较高的词语是"欺诈""欺骗""背叛""谎言""诚实""忠诚""正直"和"正义"这些和诚信、正义相关的词语。不管故事是发生在动物身上,还是人类身上,不管他们是处于恐惧状态还是出于利益需求,故事展示出欺骗行为的多面动机和期待视野,被骗对象通常引起读者的同情。在《寓言故事》中,大约有25个故事涉及此类话题。为了实现自身愿望、获得利益或避免不幸,欺骗者/撒谎者往往通过奉承、偷吃、捏造事实、两边倒、假装友好、假装发誓、装病、捏造借口、声东击西等方式达到自己的目的。这些欺骗者有乌鸦、狐狸、蝙蝠、寡妇、奸诈之人、富人之女、妻子、狼、熊、农夫等,被欺骗者为鹰、乌鸦、猴子、丈夫、龙、蛇、农夫、公鸡、鸽子、刺猬、小羊、猫等。山本指出,在各种社会体制中,作为主要欺骗者的狐狸成为表述欺骗行为存在的途径。怎样识别欺诈行为,怎样识别表象下的黑暗现实,一直是困扰中世纪想象的一个问题。② 在玛丽的笔下,不仅狐狸具有欺骗者的特点,人类和其他动物一样具备这种特性。这些生态群落具有相通的道德身份,即都有可能成为道德患者。玛丽为这些动物赋予道德身份的时候,展示了其生态整体观。

---

① Warren Edminster, *The Preaching Fox: Festive Subversion in the Plays of the Wakefield Master*. New York & London: Routledge, 2005. p. 1.

② Dorothy Yamamoto, *The Boundaries of the Human in Medieval English Literature*. Oxford: Oxford University Press, 2000. p. 58.

在这些故事的叙述中,动物和人一样作为生命主体,促使人类思考社会问题,反映的是人类对真实与谎言的考量。这又进一步表明人们对自身身份和地位的不确定性。这其实和当时的时代背景有一定的关联。在中世纪时期,哲学领域仍然存在着怀疑论。它虽然没有形成具有影响力的运动,但奥古斯丁(St. Augustine)的观点占有一定的位置。根据奥古斯丁的想法,语言是符号,除非它指涉某个东西,否则语言没有意义。主要的问题是,语言怎样才能具有意义,怎样才会传达真理或表示真相。他认为主要的问题是语言的意义是否具有明确知识。他对这些问题提出的解决方案是神示。克罗恩(Edwind D. Craun)指出,奥古斯丁的符号理论旨在说明能指与所指之间的关系,他的理论还包括语言的作用、说话人的愿望和意图,他把语言符号看作是说话双方如何建立关系的过程。① 从奥古斯丁的角度看,任何内心真实的东西都象征着上帝,而撒谎者不过是堕落为撒旦似的人物而已。② 因为欺骗性语言触犯了语言功能的基本社会和宗教神圣意义,它不仅影响宗教布道,也影响人和人之间的真诚交流以及依赖于信任的社会体制。③ 根特的亨利(Henry of Ghent)秉承了奥古斯丁的看法,提出"模型"(exemplar)概念,用来指人、上帝和自然中最本质的东西。人们可能通过形成符合模型的概念来理解事物的本质,但来源的不确定性导致"模型"的不确定性。个中原因是模型会包括那些从不断变化的现实中提取抽象概念的事实,人的思想会不断变化,在梦中和幻觉中,人们以为在体验真实。模型在人的心中处于不稳定状态,因此人们需要借助神示。虽然这些理论是神学影响下的看法,但因为 12 世纪英国社会变化不断,人们的思想处于非稳定状态,对于瞬息万变的世界人们很难形成稳定的理解,自然在思想上产生一种不确定感。

玛丽的批判符合当时的时代语境。她采用寓言形式不仅揭示掩盖在充满假象的社会下的真实,而且把这些动物看作是生态圈中和人平等的存在。虽然没有特定的历史语境作为故事事实支撑,但她想探讨的是普遍存在的动物性、人性和社会问题。玛丽在《狮子与农夫》这个故事中警告人们不要相信寓言或绘画中的现象,而要眼见为实。这其实是在告诉

---

① Edwind D. Craun, *Lies, Slander and Obscenity in Medieval English Literature: Pastoral Rhetoric and the Deviant Speaker*. Cambridge:Cambridge University Press,1997. p. 28.
② Ibid., p. 43.
③ Ibid., p. 47.

人们寓言的语言或概念不一定能告诉人们真相,它后面隐藏着处于变化之中而不确定的社会现实,需要人们通过自己亲身感受来做出判断。她通过寓言故事的讲述表现对那个时代不确定性的反应,"欺骗行为"的存在使她总结寓意带有很强的指涉对象,不是国王,就是穷人。她的寓意不是展示人性中的贪婪,就是提醒人们提防各种欺骗行为。这种做法似乎有意通过举例的方式告诉世人如何洞察、揭穿、杜绝欺骗行为的发生,在面对生活中的不同选择和利益获取中形成正确的评价、判断和选择的方式。正是在这种判断过程之中,人们产生对"欺骗"概念的不同理解和"欺骗"行为的不同反应,尤其是这种行为发生在统治阶级或权贵阶层身上。埃德明斯特指出,在中世纪英国,一些戏剧表演或节日庆祝中,人们通过选假国王或仪式性篡权来颠覆权威。不管是政治权威还是宗教权威,都在这种模仿统治者的仪式中被象征性地取代。① 由此可以看出在当时的历史语境之下,人们对权威所持的消极态度和抵抗意识。玛丽的做法显然是此种历史、文化和政治语境下个人看法的书写。

首先,玛丽在寓言故事中对各种欺骗行为的批判其实和当时的社会背景有一定的关系。中世纪英国宫廷人员和教士阶层对宫廷或教会生活的危险性和复杂性深有感触,对其中存在的欺骗行径和谎言更是深谙其理,他们成为中世纪社会的骗子或撒谎者的典型代表。布姆克(Joachim Bumke)指出,历史资料显示,贵族身份意味着对弱者的压迫和剥削,贿赂很普遍,那些能掏得起钱或通过粗鲁的暴力在司法抗争中获胜的人才可以赢得正义。②历史学家很难说清宫廷时代的问题,原因在于,这是一个发生深刻社会变革的时代,有关社会秩序的旧观念失去了它们的意义,而新的社会和政治结构还在逐渐形成之中。③ 中世纪社会是贵族统治,这就意味着权力掌握在为数很少的最高级别的贵族的几个家族中,而这对处于社会底层的人几乎是封闭的。④ 玛丽书写寓言故事的时期英国国王是亨利二世。他在位时期不断进行领土扩张,妻子阿奎丹的埃莉诺(Eleanor of Aquitaine)和儿子们联合反对他的统治,而他与法国国王路

---

① Warren Edminster, *The Preaching Fox*: *Festive Subversion in the Plays of the Wakefield Master*. New York & London: Routledge, 2005. pp. 33—37.

② Joachim Bumke, *Courtly Culture*: *Literature and Society in the High Middle Ages*. Trans. Thomas Dunlap. Berkely and Oxford: University of California Press, 1999. p. 4.

③ Ibid., p. 21.

④ Ibid., p. 24.

易七世(King Louis Ⅶ of France)持久冷战,与托马斯·贝克特(Thomas Becket)因为宗教问题争论十年,产生严重分歧。因为商贸的发展和城镇的增长,新兴的中产阶级出现,和贵族之间产生一定的利益矛盾。宫廷贵族通常绞尽脑汁采用各种手段得到既得利益,他们渴望过上奢侈的生活,获取财富,满足欲望,提高社会地位。人与人、人与宫廷、人与社会之间出现信任危机,在这种情况下,自然产生了道德的不确定性和滑坡现象。在《籁歌》中,动物又回归自然状态,甚至具备超自然色彩,和《寓言故事》的说教效果不同的是它可以引起读者内心的情感共鸣。吉尔·曼研究了《籁歌》中的母题"谏言"(cunseil)之后指出,因为在封建社会价值观念中起着重要的作用,它不仅代表着融入社会语境中的个人观点,万一被采用,就会成为一种社会现实,它同时在联系社会不同等级之间扮演着重要的角色。这是从个人到公共事务,从个人观点到社会计划的变动。它的这种公众和社会功能在《寓言故事》中起着重要作用。① 这点在玛丽的《寓言故事》中表现得非常直接。

其次,《寓言故事》中大约有 16 个故事主要针对统治阶级,用来指涉国王的角色有狮子、狼、蟒蛇、猎鹰、布谷鸟和鹰等。布谷鸟被看作过于温和的国王,遂被臣民放弃。狮子作为国王通常以无力、衰弱的病者形象出现,狼作为国王又显得过于贪婪,而鹰是高贵且有正义感的国王。这些形象表达出玛丽对当时政治环境的密切关注和对普通人的同情,但她基本上对具有等级秩序的封建制度持支持态度。虽然从 11 世纪晚期起从文本寓言故事到壁画的转变表明这是一种新的发展趋势,②但玛丽对每一个故事的书写和寓意的总结都继承了早期寓言的社会批判作用。

最后,在寓言故事中,作者们通过故事中的动物角色来认识社会系统,其实是有一定的缘由的。12 世纪起,人把动物看作一种模型,一种比喻,来透视人类自己的行为以及人与动物世界的关系,让人从动物身上观照到自己。道格拉斯(Mary Douglas)指出,大部分动物的象征意义在于表明动物世界是社会生活的投射或隐喻,这种分析的出发点是相似性或想象,但这种隐喻性认同、寻找共同点的做法是无止境的。相似点是相对

---

① Jill Mann, *From Aesop to Reynard: Beast Literature in Medieval Britain*. Oxford: Oxford University Press, 2009. pp. 83—84.

② Joyce E. Salisbury, *The Beast Within: Animals in the Middle Ages*. New York and London: Routledge, 1994. p. 115.

而变化的,且依赖于文化。① 她进一步指出,动物的类别是在和人类同样的关系模式中出现的,因为人类是按照他们自己相同的行为来理解动物的。② 因此可以说,玛丽在寓言中认可动物的知觉能力,不仅是人认识自我的过程,也是通过把自我的意识投射到动物身上来理解世界的情感回应性举措。更重要的是,在某些方面,动物的行为和人类非常相似。玛丽通过这种角色的换位思考来理解人性和动物性之间的流动关系以及更为广阔的社会现实和整合的生态系统。萨里斯伯里指出,12世纪到13世纪,不同类型的动物出现在文学作品中。这些动物标志着人与动物的新型关系。动物成为隐喻,指引人们理解真理,成为人的榜样。③ 如何看待人和动物之间的亲密关系?认为种际平等,就有可能有寓言故事来探讨人与动物之间的隐喻关系。④ 这些评论侧重强调的核心词是"隐喻""关照""象征"等,动物仍然被看作是工具性的存在,具有象征意义,但是人与动物同时以平等角色出现在文本中的基点是因为玛丽(或寓言作家)注意到生态群落的差异性的同时,也意识到人与动物处于共同的生态圈,故展示了他们作为生命主体的相似性。

　　总结起来看,玛丽在寓意的总结中反观人性,重在指出人和动物的贪婪、邪恶、愚昧、无知、不满、傲慢和忘恩负义等负面特性,而且这些相关词语频繁出现。狗、猴子、农夫、狐狸、马成为贪婪、不知足的代名词,他们想得到额外的、不属于自己的东西,或者把月亮或奶酪的影子想象为自己想要得到的东西。燕子、奴隶、富人、鸢、小鹿、丈夫和骑士因为缺乏正确的判断力或对敌人抱有幻想而受到玛丽的谴责。同时,她在故事中明确指出富人与穷人之间的差异,表明受困的母羊、狐狸、老鼠和跳蚤如同穷人一样,她还指出穷人不是遭受富人的诬告和欺凌,就是在关键的时候帮助富人。玛丽在故事中指出人很难改变自己的社会地位,即便是改变,也是非常有害的,这潜在地表明人应该认清自己的位置和身份。马丁(Mary Lou Martin)指出,玛丽不仅反映了12世纪的社会真实现状,她的观点是

---

① Mary Douglas, "The Pangolin Revisited: A New Approach to Animal Symbolism." *Signifying Animals: Human Meaning in the Natural World*. Ed. Roy Willis. London and New York: Routledge, 1990. pp. 26—27.

② Ibid., p. 33. 这是人类学方面的观点,其实是动物在文化仪式中的作用。

③ Joyce E. Salisbury, *The Beast Within: Animals in the Middle Ages*. New York and London: Routledge, 1994. p. 104.

④ Ibid., p. 106.

人要接受自己在社会中的地位以及在等级社会中的个体责任。①

可以看出,在角色的分配上,玛丽并没有把动物看作他者,反而体现了动物具备阐释的主体性。作为文学动物,他们的行为教会人们如何做人的道理,具有道德身份,而这种主体地位随着权力博弈的成败和道德立场的变化而处于不断变化之中。在玛丽的寓言中,同时可以发现性别与权力政治之间的关系。食肉者/捕猎者/国王/主导者通常为男性/雄性,而被食者/被捕获者/从属者一般是女性/雌性。这种模式涉及的二元对立的对象有狼-猪/羊、狮子-老鼠/鹿、丈夫-妻子、鹰-夜莺、农夫-蛇等。显然,玛丽把视角投向更为广阔的社会,而她对这些寓言故事的创造性改写也说明她关注更多的是整个生态系统,而非某个个体。可以看出,她书写的对象是宫廷,为那些愿意保持社会等级差异的达官贵人而写。吉尔·曼指出,玛丽的寓言有一种很强的等级感,或者说几种相互重叠的等级感:自然、社会和道德。② 事实上,这正是玛丽关心的核心所在。这三种话语互相作用的过程表达了她对社会正义的把持和定义,动物不仅成为人用以反思自我和社会的客体,而且以和人平等的角色出现在故事中,展示出个体在社会体制和生态系统中共同的生存命运。通过动物叙事,玛丽淡化了约定俗成的动物的象征意义,而且重点凸显人与人、人与社会、人与自然之间的道德伦理关系。这种关系在整个生态系统中通过人与动物、人与人、动物与动物之间的关系得到再现,而且通过玛丽的重写和再加工,在特定的社会-政治文化语境下具有了一定的文化价值。吉尔·曼指出,尽管玛丽的寓言故事带有封建色彩,但整体来看,它们都保持了传统寓言故事发挥实用作用的本质。③

在玛丽的寓言故事中,无论是四足动物还是昆虫,无论是植物还是人类,都可用来表述她对个体、对社会、对自然的理解和看法。她对整个生态系统中各个生物体之间伦理关系的个性化探讨和挖掘抹杀了种际差异。人类动物化,动物人格化,人性和动物性之间没有绝对的分界。她借这种打通的方式展示她的道德伦理观,显然,人类和动物都有成为道德代

---

① Mary Lou Martin, "Introduction." *The Fables of Marie de France*. Tran. Mary Lou Martin. Birmingham and Alabama:Summa Publications,INC., 1984. p. 13.

② Jill Mann, *From Aesop to Reynard: Beast Literature in Medieval Britain*. Oxford: Oxford University Press,2009. p. 57.

③ Ibid., pp. 95-96.

言人的可能性。寓言故事通过动物来映照人的行为和社会价值观,达到说教和警示的目的,反思人与人、人与社会、人与自然之间互动的社会伦理,维持一种符合自然规律的和谐秩序。但是,反过来说,玛丽以人的视角来理解动物世界,最终对动物的理解并未停留在一般动物论的意义之上。这正是玛丽根据动物的生物特点建构起来的与不同的动物关联的文化价值。

另外一位寓言作家是奥都。由于出身和所受教育的原因,他对乡村生活和城市生活都比较熟悉。他是他的家族在诺曼征服之后从诺曼底迁移到英格兰的第四代人,他的父亲威廉是具有社会影响力的公众人物。有证据表明,他曾经在巴黎生活多年,他的学术研究主要集中在《圣经》上。他有可能在圣马丁教堂布道,自称为"教会的博士",1219年,他获得神学博士学位。他曾经在法国、西班牙和英国北部旅行,这些都分散在他的寓言故事之中。① 他把说教故事融入自己的布道文之中,而他的《寓言故事》用拉丁文写成,取材于《伊索寓言》《圣经》、罗马作家作品和民间故事等。虽然他的寓言故事看起来是改写和节选的结果,但从内容来看,他主要针对教士阶层和普通信众,写作目的具有非常明确的道德说教倾向。

奥都的《寓言故事》包含 117 则故事,涉及动物有 60 余种,其中出现频率最高的动物是狼、狐狸、猫、老鼠、狗,其次是狮子、青蛙、鹰、苍蝇、蚂蚁、驴、蟾蜍、乌鸦、鸽子、蛇、绵羊等。值得注意的是,他的前 5 则故事都是讲选国王的故事,涉及的对象有树、青蛙、蚂蚁、小鸡和鸟。在第一则故事中,树需要选一位国王。他们先后找到橄榄树、无花果树、葡萄树,均遭拒绝,最后他们找到荆棘。荆棘说如果他们真的愿意拥他为王,就在他的阴凉处歇息。如果不愿意,荆棘会着火,会吞噬黎巴嫩的雪松。奥都通过解读每一种树的象征意义,认为前三种树代表着正义的人,而无用的荆棘代表利己主义和傲慢,最终毁灭了他人。在第二则故事中,蚂蚁选一棵树作为国王,在他身边洒满尿液,他们又选蛇为王,结果被他吞吃。在第三则故事中,青蛙选树为王,爬到树上后却看不起树,最后就选蛇为王,却被吞噬。在第四则故事中,母鸡选蛇为王,被吞吃。小鸡吸取教训,想选温和的鸽子为王,因为鸽子不伤害他们,

---

① Odo of Cheriton, *The Fables of Odo of Cheriton*. Trans. and Ed. John C. Jacobs. New York: Syracuse University Press, 1985.

但觉得鸽子无用,就选了一只鹰为王,鹰连续吃小鸡,小鸡备受折磨。奥都得出的结论是国王有时需要考验、伤害臣民,这样才利于统治。第五则故事和第四则故事有点类似,鸟选鸽子为王,但鸽子太温和,他们就放弃了他,遂选鹰为王。雅克伯斯(John C. Jacobs)指出:"许多人对温和的国王、单纯的神父或修道院院长的管理不满意。因此,他们选那些可以毁灭他们的人(为国王)。"①奥都显然把批判的矛头指向普通大众,认为他们愿意选邪恶的人为王,而那些善良的国王却遭遇轻视。他们选取的动物形象体现的是他们对稳定、秩序良好的等级社会的维持。作家通过动物选取和寓意选取表达了他们的政治保守主义思想。奥都更侧重动物身上体现出的宗教意义。昆虫和蟾蜍都和原罪有关。动物在这些寓言作家的笔下成为隐喻,不仅体现了当时社会推崇的价值观,而且寓言故事的流行程度有助于人们对动物进行评价,从而产生动物之间的等级差异。②

玛丽、奥都和其他的中世纪寓言作家在一定程度上改变了动物形象、寓意和故事,因此把古典寓言故事转变为表达社会保守观点的文学素材。③ 寓言故事在中世纪英国相对较为流行。通常意义上,寓言被定义为以人格化的动物、植物,神话动物等为主角,旨在讲述道德真理的虚构故事。寓言故事的主角不一定是动物,它也可以发生在人与动物之间、人与人之间、动物与动物之间。玛丽和奥都的寓言故事中就有许多这样明显的例子。寓言讲述的是普遍的真理,它的作用不仅在于再现,而且是揭示一个概念。布莱克翰指出,从政治的角度来看,观点或信息可以通过寓言的形式表达,迷惑或欺骗官方,它的意义又不能字对字地被看作是证据,但可以很明白地传递给那些特定的读者。④ 这也从玛丽和奥都的寓言故事中充分体现出来,故事中涉及的动物既避免和官方有直接对抗的可能,又巧妙地表达了诗人对社会现实的辛辣讽刺和批判。虽然他们通

---

① John C. Jacobs,"Introduction." *The Fables of Odo of Cheriton*. Trans. and Ed. John C. Jacobs. New York:Syracuse University Press,1985. pp. 68—72.

② Joyce E. Salisbury,"Human Animals of Medieval Fables." *Animals in the Middle Ages:A Book of Essays*. Ed. Nona C. Flores. New York and London: Garland Publishing, Inc., 1996. p. 64.

③ Ibid., p. 51.

④ H. J. Blackham, *The Fable as Literature*. London and Dover: The Athlone Press, 1985. p. xvii.

过人和动物来表征他们的伦理思想,但可以看出,他们眼观整个生态系统,在《寓言故事》中囊括了整个生态系统社区,展示了他们的生命意识和人文关怀。莱西指出:"模糊物种的界限,使动物和物体都有了人的特点,与其在证明他们离我们有多近,还不如说我们多像动物。……寓意是关于我们的,名副其实地说明了人的无知、野心和背叛,偶尔赞美人的美德或智慧。"①

二、壮志未酬:《愚人之镜》中的驴——波奈尔

12世纪,英国本笃会修士隆尚的尼格尔(Nigel of Longchamp)用拉丁文撰写了动物史诗《愚人之镜》。② 尼格尔大约出生于1130年,卒于1200年,是英国诗人和讽刺作家,生活在亨利二世和理查德一世时期。他随父母从法国的诺曼底移民到坎特伯雷,后成为坎特伯雷教堂的修士,和坎特伯雷大主教托马斯·贝克特非常熟悉。这也可以解释在诗歌中他插入有关中世纪修道院故事的原因。他表现出对教会和修道院生活的虔诚,对教会日益变化的道德世俗化感到不满,不断抨击。他学识渊博,造诣颇深,精通《圣经》,对奥维德(Ovid)、维吉尔(Virgil)、诸威纳尔(Juvenal)、佩尔西乌斯(Persius)的作品熟谙。③ 他喜读拉丁经典作家作

---

① Norris J. Lacy, "Foreword." *The Fables of Marie de France*. Trans. Mary Lou Martin. Birmingham: Summa Publications, 1984. p. i.

② 关于作者名字现在还有一定的争议,格雷顿·雷根诺斯指出作者的拉丁名为 Nigellus Wireker,因为在早期的版本中他的名字被误写为 Vigellus,而 Wireker 是16世纪的戏剧家贝尔(Bale)所写的,不具有权威性。作者的姓更可能是 Longchamp,因为在13世纪的手抄本中出现的是 de Longo Campo,这是最早的有关他的姓氏的最可靠的证据。关于作品名的翻译,参见格雷顿·雷根诺斯翻译的 *The Book of Daun Burnel the Ass*,可能是因为乔叟在《修女院神父的故事》第3312—3316行中提到它为"Daun Burnel the Ass",按照字面翻译应该是"A Mirror for Fools"。参见 Graydon W. Regenos, "Introduction." *Nigellus Wireker's Speculum Stultorum (The Book of Daun Burnel the Ass)*. Trans. Graydon W. Regenos. Austin: University of Texas Press, 1959. pp. 1—2.

③ 诸威纳尔的拉丁名字为 Decimus Iunius Iuvenalis,英文名字为 Juvenal,是公元1世纪末到2世纪的古罗马诗人,擅长写讽刺诗,他的代表作《讽刺诗》分为五个部分。佩尔西乌斯是1世纪古罗马诗人,擅长在作品中进行讽刺。

品,熟悉中世纪说教文学和圣徒传,对当时的讽刺文学非常了解。① 除了《愚人之镜》之外,他还著有《反教会谄媚者和文职人员书》(*Contra curiales et officials clericos*)和另外一首献给艾利的威廉的双行体诗歌。动物史诗《愚人之镜》可能写于 1179 年到 1180 年之间,由 1900 个双行体组成。兰德(E. K. Rand)指出,从故事显示出的智慧水平来看,尼格尔可以和阿里斯托芬(Aristophanes)、贺拉斯(Horace)、奥维德、拉伯雷(François Rabelais)、伊拉斯谟(Erasmus)比肩。②

《愚人之镜》的故事主角是一头驴,名字叫波奈尔(Burnel)③。他的一生就是从追求梦想到最终走向幻灭的过程。事实上,西方有关驴的故事不在少数,不管是在古代的书写中,还是在当今的视觉艺术之中,驴都是比较受欢迎的文学动物。④ 在古埃及文化中,驴象征着太阳神拉(Ra)。驴又是希腊神话中的酒神迪奥尼索斯(Dionysus)的象征。荷马(Homer)、伊索、阿普列尤斯(Lucius Apuleius)的作品中的驴愚笨、顽固、奴性十足,代表处于社会底层的人,但是,基督教赋予驴以正面形象,驴是见证了基督诞生的动物,象征着谦卑、和平和痛苦。这主要是因为驴和耶稣、玛利亚及基督诞生的故事有关,有些圣经故事说明驴和精神世界有关,因为人们相信驴具有预言能力。⑤ 在《民数记》(*Numbers*)中,美索不达米亚的先知巴兰(Balaam)奉命去诅咒以色列人,途中,驴两次看到天使,而巴兰看不到,驴不愿意前进,遭到巴兰的痛打。第三次,驴看到天使的时候就卧倒在地,巴兰打她的时候,"主打开了驴的嘴",她质问巴兰为何三次打她,巴兰突然看到了拔剑在手的天使,最后决定祝福以色列

---

① J. H. Mozley and Robert R. Raymo,"Introduction." *Nigel of Longchamp's Speculum Stultorum*. By J. H、Mozley and Robert R. Raymo. Berkley and Los Angles: University of California Press,1960. p. 1.

② E. K. Rand,"The Medieval Pattern of Life." *Studies in Civilization*. Ed. Alan J. B. Wace、Otto E. Neugebauer, William S. Ferguson. Philadelphia: University of Pennsylvania, 1941. p. 59.

③ 其拉丁文名字为 Brunellus。

④ 后来的英国作家也在作品中书写驴的故事,柯莱律治的《致小驴》和斯坦恩的《项狄传》都对驴表示出同情,切斯特顿(G. K. Chesterton)在诗歌《驴》中描写驴的外表,以第一人称的口吻描述驴的耳朵像"错误的翅膀/是魔鬼对四足动物的讽刺。"

⑤ Jill Bough, "The Mirror Has Two Faces: Contradictory Reflections of Donkeys in Western Literature from Lucius to Balthazar."*Animals* 1(2011):56—68.

人。① 《以赛亚》(Isaiah)中提到"牛认识他的主人,驴知道主人的马槽,但以色列人却不知道。"这里的主人指的是基督。② 人们还认为圣母玛利亚骑驴逃到伯利恒。在《马太福音》(Matthew)中,基督在受难前骑着驴到达耶路撒冷,受到信徒的热烈欢迎。③ 文学故事方面,在中世纪法国故事《农夫与两头驴》(The Peasant and His Two Donkeys)中,两头驴只有在主人吆喝他们前进的时候才前进,但因为主人闻了辣椒而晕倒在地,他们就站在街道中间不动,最后,一名当地的富人让他闻驴粪把他挽救回来。在《驴最后的遗愿和遗嘱》(The Donkey's Last Will and Testament)中,神父的驴为主人服务 20 年后死去,神父把他葬在基督徒的墓园,引起主教不满,但神父私下给主教 20 镑,说是驴攒钱给主教,就是为了不要下地狱,主教默许。④ 在童话故事《驴》(Asinarius)中,国王和王后生育了一头驴。这头驴最后成为高水平的竖琴弹奏者,娶了一位公主,晚上剥去了他的皮之后变为一位英俊的王子。阿普列尤斯在《金驴记》(The Golden Ass)中不是采用隐喻的手法来写驴的故事,而是描写人因为魔法的缘故变为一头驴。⑤

莫兹利(J. H. Mozley)指出,早期的寓言故事只是动物与动物之间的对话,比如《俘虏逃跑记》(Ecbasis Captivi)。在后期故事形式中,正如在《金驴记》和《愚人之镜》中,驴不仅和人有联系,而且成为人类的一员。⑥ 尼格尔的故事取材比较广泛,除这些之外,他还从北欧故事中取材,其中《奶牛的尾巴故事》和《命运三女神的故事》就是典型的例子,而被救的蛇给人送宝石作为回赠的故事带有东方色彩。在《愚人之镜》中,除了故事的主角波奈尔的故事之外,尼格尔还插入了其他几则故事:两头奶牛如何保留尾巴、公鸡复仇记、修道院的世俗化生活、众鸟议会、命运三姐妹拯救

---

① Numbers,22:21—35.
② Isaiah,1:3.
③ Matthew,21:1—12.
④ Derek Brewer,ed.,*Medieval Comic Tales*. Cambridge:D. S. Brewer,1973. p. 4.
⑤ 之前,有希腊的卢西安的作品《驴》。阿普列尤斯出生在马德里斯,即今天的阿尔及利亚。他游历广泛,辞藻造诣颇深,他的《金驴记》以第一人称讲述,共计 11 个部分。故事中还提到酒馆主人莫媟是个女巫,把背叛她的情人变成海狸,把得罪她的邻居变成青蛙,把一名律师变成山羊。参见 Apuleius,*The Golden Ass*. Trans. Sarah Ruden. New Haven:Yale University Press,2011.
⑥ J. H. Mozley, "Introduction." *A Mirror for Fools*. By J. H. Mozley. Oxford:B. H. Blackwell Ltd.,1961. p. 4.

人类、伯纳德解救人类和动物的故事,等等。在整个连贯的情节发展中,这些穿插进来的故事和波奈尔的故事相辅相成,展示了人和动物之间错综复杂的关系,形成独特的艺术张力。

从体裁上来看,《愚人之镜》是典型的动物史诗,是动物史诗《俘虏逃跑记》和《意赛格里莫斯》的续写。① 动物史诗最早的代表作是 11 世纪的拉丁文故事《俘虏逃跑记》②,它大约有 1000 行,故事的核心角色是狼。雷根诺斯(Graydon W. Regenos)认为这个故事是"挽歌体的诗歌"③。它在 14 世纪到 15 世纪备受青睐,对奥都、薄伽丘(Gionanni Boccaccio)、乔叟和高厄(John Gower)等诗人的创作产生不同程度的影响。④ 15 世纪后,人们对它的关注程度较低,这从保存的不同时期的版本上就可以看出来。⑤

事实上,学界对动物史诗和动物寓言做了界定和区别,前者长度较长,但说教性较弱。吉尔·曼指出,动物寓言不需要考虑具体的历史语境,或者只是作为外部框架出现,表明寓言故事发生的具体语境,而动物史诗叙述之中以讽刺见长。⑥如果说动物寓言侧重简约,动物史诗就比较

---

① J. H. Mozley and Robert R. Raymo, "Introduction." *Nigel of Longchamp's Speculum Stultorum*. By J. H. Mozley and Robert R. Raymo. Berkley and Los Angles: University of California Press, 1960. pp. 4−5.

② 它的全名是 *Ecbasis Cuiusdam Captivi Per Tropologiam*,缩写为 *Ecbasis Captivi*。目前关于这首动物史诗还有不同的界定,维基资料显示它是 11 世纪出现的一种"新的动物寓言"(new animal fable),托马斯·霍内格认为它是"动物史诗的第一个原型",是由日耳曼语系的西多会的修士所写,融合了人格化的动物语言和基督教的动物论。参见 Thomas Honegger, *From Phoenix to Chauntcileer: Medieval English Animal Poetry*. (Diss.) Zürich: University of Zürich. 1994. p. 179。

③ Graydon W. Regenos, "Introduction." *Nigellus Wireker's Speculum Stultorum (The Book of Daun Burnel the Ass)*. Trans. Graydon W. Regenos. Austin: University of Texas Press, 1959. p. 6.

④ 雷莫指明高厄曾大量引用这个故事,参见 Robert R. Raymo, "Gower's *Vox Clamantis* and the *Speculum Stultorum*." *Modern Language Notes* 5 (1955): 315−320。吉尔·曼指出乔叟的《修女院神父的故事》吸取了《愚人之镜》的喜剧视野和精神。参见 Jill Mann, "The 'Speculum Stultorum' and the 'Nun's Priest's Tale.' "*The Chaucer Review* 3 (1975): 262−282。

⑤ J. H. Mozley and Robert R. Raymo, "Introduction." *Nigel of Longchamp's Speculum Stultorum*. By J. H. Mozley and Robert R. Raymo. Berkley and Los Angles: University of California Press, 1960. p. 8.

⑥ Jill Mann, *From Aesop to Reynard: Beast Literature in Medieval Britain*. Oxford: Oxford University Press, 2009. pp. 18−19.

详细,偏重长篇大论,通过格言警句、独创性的辩论和修辞上的陈词滥调来表达自己的观点。① 霍内格(Thomas Honegger)认为动物史诗不像寓言故事一样进行说教,它和具有个性的故事主角有关,这个主角有自己合适的名字。它具有史诗的长度,这和相关动物寓言区别开来。② 这样看来,动物寓言一般由简单的故事和寓意组成,而动物史诗具有一定的故事情节,是较长的叙事诗,动物具有情感变化和行为动机,往往以动物的不幸遭遇来观照人性和整个社会系统。蒂格斯(Wim Tigges)指出,动物史诗是含有各种讽刺的史诗,主角不是模仿英雄(mock-hero),就是反英雄(anti-hero)。③ 如果我们强调故事的讽刺性,把这些文学动物看作是观照人的行为的模型,动物只是作为工具或投射物存在,成为人用以观照自我的工具,成为作者用以表达自己观点的面具角色。显然,这就不适合动物史诗的情节发展和主体发掘方面的宏大叙事模式。阿特金斯(J. W. H. Atkins)指出,英国当时具有文学讽刺传统,因为英格兰当时是中世纪寓言故事的发展中心,许多伊索寓言的故事都出现在英国,阿尔弗雷德的故事集、奈未莱缇(Neveleti of Gualterius Anglicus)和玛丽的《寓言故事》把伊索寓言介绍给了西方读者。④ 当时的诗人敢于大胆尝试各种文学样式,比如骑士文学、籁歌、拉丁文赞美诗、抒情诗、书信、辩论诗和寓言等,这都是用拉丁语或盎格鲁-诺曼语写成。可见当时人们兴趣广泛,诗人更是才华横溢。讽刺故事和萨利斯波利的约翰(John of Salisbury)与吉拉杜斯(Giraldus Cambrensis)的名字关联,⑤带有宫廷、城堡和修道院的色彩,同时又代表了当时的主要运动,其中更多的是讽刺。这可以从沃尔特·马普(Walter Map)的《朝臣琐事》(*De Nugis Curialium*)和尼格尔的《愚人

---

① Jill Mann, *From Aesop to Reynard: Beast Literature in Medieval Britain*. Oxford: Oxford University Press, 2009. pp. 44—45.

② Thomas Honegger, *From Phoenix to Chaunticleer: Medieval English Animal Poetry*. (Diss.) Zürich: University of Zürich. 1994. p. 178.

③ Wim Tigges, "The Fox and the Wolf: A Study in Medieval Irony." *Companion to Early Middle English Literature*. (2nd ed.). Ed. N. H. G. E. Veldhone and H. Aertsen. Amsterdam: VU University Press, 1995. p. 89.

④ J. W. H. Atkins, *The Owl and the Nightingale: Poem and Critics*. New York: Russell & Russell, 1922. p. xx. 关于玛丽的寓言故事,可参见第一章第一部分。

⑤ 吉拉杜斯(Giraldus Cambrensis)是威尔士贵族家庭和诺曼侯爵的后裔,曾在巴黎就读,喜爱文学,曾陪伴约翰王子去爱尔兰,一生为了威尔士教会的独立而努力,但以失败而告终,一直想成为圣大卫教堂的主教,但都失败了,最后以写作为生。

之镜》中看到。

波奈尔的故事不仅仅是关于一头敢于对抗自然、谋算复仇、在巴黎求学的壮志未酬的驴的故事。尼格尔还打破了人与动物之间的界限,对当时不同的宗教团体进行了再现,凸显了驴作为故事主角的不幸遭遇。故事虽然具有一定的讽刺效应,但和人同住旅店、与人交谈、与人同是学友的驴显然又在讲述人类的故事。雷根诺斯指出,担任社会批判角色的人大都受过良好教育。他们要么为国王和主教效力,要么在各个学校教书,他们的教育都是以拉丁古典作品为基础的,自然,他们的批判中含有讽刺或警句。尼格尔就是其中一位。① 本部分的解读旨在脱离一贯认为本故事只是在讽刺现实的观点,而是透视波奈尔的情感发展历程并从他的视角出发反观人类社会。这种对驴的认识也是人对动物是否具备情感认识能力的探索,是尼格尔从动物角度观看人类社会的途径。

故事中,波奈尔的梦想就是尾巴能够再长长一点,以便和他的长耳朵搭配。听了医生加伦(Galen)②的建议后,他踏上了去意大利和法国寻梦的旅程。他敢于向西多会修士弗洛蒙德复仇,能跪拜上帝,梦想着成为主教,创立全新的隐修会。他去巴黎学习,与阿诺德成为同学。经过20年的漂泊生活,他最后又随着主人伯纳德回到故地,继续干着驮东西的老差事。复杂的故事情节使读者见证了波奈尔的心路成长历程,更是从驴的视角审视自然系统、社会系统和宗教伦理。波奈尔以寻梦者的形象出现,在和自然规律、社会和环境对抗的过程中展示了自己的尊严,最后以回归本位、未实现梦想的失败者形象结束。这个故事带有一定的移情效果。诗人尼格尔通过波奈尔的不幸和失败来展示驴抗争自然和命运的意志,但又从另一个方面模糊了人和动物之间的划分界限,驴即人,人即驴,在追求个人梦想中不可避免地受制于宗教、社会、文化话语,但无法改变的是他的自然本性。

在诗歌的开头,尼格尔指出他为这个故事取名的原因:"愚蠢的人看

---

① Graydon W. Regenos, "Introduction." *Nigellus Wireker's Speculum Stultorum (The Book of Daun Burnel the Ass)*. Trans. Graydon W. Regenos. Austin: University of Texas Press, 1959. p.9.

② 加伦(129—200/216)是古罗马著名的医生和哲学家,在解剖学、生理学、病理学和药理学方面做出很大贡献。他提出了著名的体液论(bodily humors theory)用来判断人的气质和性格。这里也有可能是虚构。

到别人做的蠢事会把它看作镜子,/以此来纠正自己的愚蠢行为,/知道谴责别人的时候,/可以把它看作一面镜子来谴责自己。"(8)①在"前言"部分,尼格尔自认为自己的措辞和风格不够理想,但指出人们应该读出其"内在的知识",因为"神秘之事常隐于简单故事之下,/宝贵的真理衣着廉价。/无论书有何寓意,/保留它并以词传授其意。"(9)显然,尼格尔对故事的定位就是道德说教,以他人之错为鉴,对自己的行为和思想做出有价值的评价和判断,形成正确的伦理选择。尼格尔指出,处于狮子位置的驴比狮子还要严酷,身披狮皮的驴过度充满自负和虚荣,驴企图假装像狮子而以失败告终,"不能成为狮子,或无力承担/ 狮子的重担,让驴保持原样。"(10)在这里,尼格尔把"狮子-驴"放在一起进行对比,前者无论是在动物论还是在寓言故事中,都是力量的象征,是国王的代表,驴在这里成为自负和虚荣的代言人。他们之间的差距显然在于"驴"没有对自我行为将要产生的后果有一个准确的判断,以"假装"的方式来逾越差距,企图模糊狮子-驴之间的地位差距,最终不得不回归原位。

　　由上可以看出,12 世纪的诗人对驴的看法基本一致,表面上看符合 12 世纪到 13 世纪文学传统中非常流行的讽刺手法及其效果,似乎这种开头为整个故事的说教奠定了一个基本的模板。但从第一部分开始,波奈尔对个体自然属性的不满已经跃然纸上。如果不提到尾巴的问题,读者很难设想这是一则关于驴改变自我形象、重塑自我命运的故事,是从驴的角度来讲述驴的成长经历的故事,并在此过程中驴反而成为道德代言人。他身上体现的是正义、爱、善等积极价值,而人成为道德顾客或患者。虽然学界认为尼格尔借这个故事来讽刺当时的宗教界,但这些都是象征性的释义,驴被看作是一种隐喻。但是,从动物伦理的视角看,驴波奈尔是故事的主角,以他的角度来展示动物世界、反观人的世界却颇有一番深意。

　　在第一部分,尼格尔描述了波奈尔的外形特点:他虽然长有硕大的耳朵,但他感到痛苦的事情是他的尾巴和头不搭配。他请来医生加伦咨询,希望通过他的技艺来"弥补天生的不足"(10)。加伦劝说他不要加长尾巴,应该知足,珍惜自然赐予的东西。尼格尔把"自然"看作是创造万物的

----

　　① 这个故事目前有两种英文翻译版本,但原文是由双行体写成,故本部分引文均选择莫兹利的双行体译本,引自 Nigel of Longchamp, *A Mirror for Fools*. Trans. J. H. Mozley. Oxford: B. H. Blackwell Ltd.,1961. p. 8. 凡出自该书的引文只注明页码,不再另行做注。译文为笔者自译。

女性。在加伦看来,不管是医药还是技术都不能帮他实现这种愿望,能用各种材料和草药给人治病的医生只是名义上的治病者,"上帝才是真正的治愈者"(11),加伦进一步指出上帝的重要性:

> (他)创造、再创造并使所有东西存在
> 在任何时间任何地点进行管制。
> 不管什么种类,他创造了你,这就是你,
> 唉,顽固的驴,虽然你反抗;
> 在他之下人人都要死亡;
> 是他,而不是其他人让你存活。
> 接受(你必须)从你出生起就有的东西。(13)

加伦认为短尾巴的动物,比如羊、熊和兔子以及其他高贵的动物,都没有加长尾巴的想法,论长度,驴的尾巴比法国国王路易和所有主教的尾巴都长。

如上所述,尼格尔提到了影响驴的外形的三种因素:上帝、自然和医术。这三种因素表达的是基督教、自然和科学在万物生命中扮演的极其重要的角色,把神授秩序和自然本性融合起来。加伦的劝说有意表明神授的任何秩序是不可改变的,人只能别无选择地接受,因为"在他之下人人都要死亡"。在自我反思的时候,波奈尔认为他的父母天生愚笨,自然给他的礼物就是愚笨:

> 自然给予的,从出生
> 就存在,将会存在,永远存在。
> 如果我想我是谁,我是什么,
> 在思考中,
> 我觉得自己身份卑贱,不存在。(36)

这里的"自然"不仅指可以孕育生命的生物性的自然世界,而且指涉每一个物种的自然本性。

加伦强调尾巴的重要性,以两头奶牛比考尼丝(Bicornis)和布奴奈嗒(Brunetta)对待尾巴最后产生的不同效果来劝说波奈尔拥有尾巴的好处。尾巴冻在冰中的比考尼丝为了提前回家选择挣脱冰块,致使一半尾巴断掉。她的妹妹布奴奈嗒意识到尾巴的好处和用途,为了保留尾巴一直忍受痛苦,直到春天来临冰块融化。她保存了完整的尾巴:"冰冻融解,

河水再次流动/每一棵树木和田地展示出/原来的模样;/自然从监狱中解脱/享受她的自由。"(20)夜莺、云雀、画眉、布谷鸟和燕子开始歌唱春天,"一千种大声的鸟叫声/不和谐中充满和谐。"(22)显然,这里的自然同样不仅指的是纯粹的自然世界,寒冷的冬季被比作监狱,万物复苏,自然回归自由生命,此时布奴奈嗒起立,把尾巴从融化的水中拔出,她保住了尾巴。布奴奈嗒为了保留完整的尾巴不仅顺应了自然季节的更替,也符合"复活"的自然规律。她可以用尾巴赶走黄蜂和苍蝇,但比考尼丝却因为没有尾巴而遭受被昆虫袭击的痛苦,她哀叹道:"自然给的所有的东西是为了用它们。"(23)她最后死去。牧人在她的墓碑上刻下这样的话:"她用她的蠢事教育明知之士;她因为虫子而死。"(23)莫兹利和雷莫指出,有关这两头奶牛的故事实际上是一种讽刺,他指出这些奶牛说明了修士对严格的宗教做出的反应,有些修士有未来意识,为了个人救赎忍受痛苦,其他的修士在魔鬼主宰的世界。① 这种考虑到时代背景的解读有一定的宗教色彩,但这种例证的手法表明顺应自然才是自我得以生存和发展的必由之路。通常情况下,人们认为动物象征着自然,在中世纪人们对自然的界定除了指涉物理的自然世界之外,还有其他意义。

波奈尔对"自然"显然怀有抵制心理,企图不遗余力加长尾巴。他离开巴黎后路上碰见一位来自维也纳将去罗马的无名朝圣者。他们同行,"歇息到一家客栈,在床上/他们驱除长途旅行的疲劳。"(57)他的同伴虔诚地祈祷,以"我们的父亲"(Pater Noster)开始。波奈尔惊醒之余发现他忘记了他唯一的词语,认为是那位朝圣者不断重复"pa"而窃取了那个词语,后悔有这样一位"不忠实的同伴。"(58)同伴的祈祷扰乱了他的语言系统,他认为"知识常常产生谎言/使它的崇拜者趾高气扬。"(58)他认为一个音节足够,"过多的知识让人感到厌倦"(58)。他对知识的看法解构了人们惯有的看法,把知识贬低到谎言的层次。"自然在小事情,甚至最小的事情上/发挥她的最大力量。/少学习会带来更多乐趣,/心灵因为缺少乐趣而受害。"(58)"自然"在这里显然是顺着天性发展的意思,当人违背天性进行个体发展的时候,必然违背自然规律,产生负面效应,出现个人价值追求中的扭曲经验。

---

① J. H. Mozley and Robert R. Raymo,"Introduction." *Nigel of Longchamp's Speculum Stultorum*. By J. H. Mozley and Robert R. Raymo. Berkley and Los Angles: University of California Press, 1960. p. 21.

我们知道,中世纪人对自然的界定有其特殊意义。它既是可以孕育万物生命的物理世界,又指那些界定某一物种特性的自然规律和物种秉性,还包含有宗教意义。它的意义在于人要遵守自然规律,展示的是自然的性格形成价值。在学术领域,人们认为自然就是善,就是提升人的美德,而自然规律又为人提供了道德指引,把它和动物的行为联系在一起。奥古斯丁、阿奎纳(Thomas Aquinas)都指出人心向善就是自然。①波奈尔自认为"自然"给予他们家族的是"愚笨"特质,这种看法其实指涉的是驴天生就有的本性。在中世纪英语中,"kynde"意为"自然、血统、物种、人种和性情"等。罗尔斯顿指出:"自然在我们人与人的交往中没有给出任何伦理指导,但人类在面对环境、面对世界给予的东西方面要采取合适的形式。这正是环境伦理的深层意义所在。这也是埃默森强调的一点,即道德行为包括顺从自然规律。"②表面来看,波奈尔的个人喜好价值是加长尾巴,但从深层意义上看,他违背自然规律,企图颠覆这种既定的存在规则。波奈尔在选择加长尾巴或认定尾巴长度方面做出不同的选择,表述的是自我价值认定的过程,带有很强的主观性和个人喜好色彩,旨在满足个人兴趣。这种违背自然规律的做法显然是徒劳的,也在他的寻梦之旅中得到印证。

在波奈尔去意大利买药的途中,他先后和医生加伦、商人欺客曼和修士弗洛蒙德三个人相遇并交流。在这个过程中,出现人和驴道德角色的互换。波奈尔成为正义、爱、善、真诚等积极价值的表现,成为道德代言人,而人因为邪恶、利己、自私、欺骗而成为道德顾客,失去主体位置。在诗歌中,加伦指出,如果处理妥当,尾巴可能会变长,给波奈尔开了如下处方:大理石脂肪、鹰或大雁的奶汁、狼的恐惧、白斑狗鱼的速度、加热七次的火炉的阴凉、母骡生育的驹、兔子和猎狗之间的七年合同、未长出尾巴的孔雀的尖叫、未织的红色平纹布、驴的笑声、蜜蜂或鲱鱼的橘红色精液、云雀给猎鹰的吻、奶酪虫的肝脏或足或血、从一点钟开始的平安夜、三镑十五盎司的朱庇特山、阿尔卑斯山的落雪及蛇尾。可以看出,加伦的处方充满了嘲弄色彩,几乎都是由无法直接获取的成分组成,表明这件事情的

---

① Hugh White, *Nature, Sex and Goodness in a Medieval Literary Tradition*. Oxford: Oxford University Press, 2000. p. 13.

② Holmes Rolston III, *Environmental Ethics: Duties to and Values in the Natural World*. Philadelphia: Temple University Press, 1988. p. 42.

不可能性。但是,波奈尔会写字,他记下了这些东西,决定按照加伦的指引去意大利的萨勒诺城买药。加伦用外语为他祈祷祝福(其实可能是希腊语)。他的祝福是外语包装下的诅咒,诅咒波奈尔一路坎坷,但波奈尔在祈祷完后说了"阿门",并热情拥抱加伦,整个市场都回响着"阿门"的声音。虽然有人劝阻,但波奈尔自认为受过教育,知道如何承受痛苦,有充分的理由禁欲。加伦以科学为借口催促波奈尔去买药,而波奈尔的虔诚从他的"阿门"和祈祷中得到显现。12天之后,他顺利抵达萨勒诺城,在城墙外祈祷:"他双膝跪地伸出双腿/向上天祈祷恳求。"(27)第二天,一位伦敦商人欺客曼和他搭讪,把药卖给了波奈尔,说道:

　　我们在此都是异乡人——我不是很吝啬。
　　您有圣徒的气质,
　　当你祈祷的时候不要忘记我。(28)

欺客曼以"异乡人"的身份和波奈尔达成共识,用"我们"来说明他们之间的利益休戚。这不仅是一种民族身份认同,更是文化的认同。这种看似价值认同的背后掩藏着利己主义动机和思维模式。这是恶与善的对立,完全违背中世纪人追求的"自然",即人心向善。波奈尔把现金交给欺客曼,并向他交代了自己的家庭情况以及人们对他的看法。

随后,波奈尔遇到了邪恶的修士弗洛蒙德。在去里昂的路上,波奈尔误以为玉米地是大路,结果被西多会修士弗洛蒙德的几条猎狗扑倒在地,药瓶全部摔碎,其中一条狗格里姆鲍德咬掉了波奈尔的半截尾巴。波奈尔感到非常痛苦、耻辱和苦恼。他认为弗洛蒙德是"野蛮的野兽","像他所有邪恶的同类"和"虚伪的伪君子。"(31)他梦见父母为他祈祷,希望他没有被狮子、豹子或农夫伤害,在"农夫"一词之后他用了"可怕而卑鄙的人"(49)。显然,波奈尔对人的谴责表现出对自我价值的评价,批判人的道德败坏,以"野兽""邪恶的同类"和"伪君子"把人贬低到没有理性、没有伦理观念的野兽行列,更用"同类"来否定整个人类社会。他的审视视角发生了转变,即这是动物(驴)来审视人类行为的过程。

在故事讲述中,尼格尔借波奈尔之口抨击当时的教会。波奈尔自称是罗马教皇派来取药的大使:"你对教皇犯的罪恶会得到报应,/整个罗马教廷在忍受伤痛","教皇承受的损失和耻辱,/我保留在自己伤口中。"(31)波奈尔认为教皇会通过教会法惩罚弗洛蒙德,而民法会保护自己。听了波奈尔的话后,弗洛蒙德倍感恐惧,认为事情败露后自己必死无疑,决定用诡计

除掉波奈尔,以免引起谣言,中伤其他修士和修道院,遂决定取得波奈尔的谅解:

> 我会哄骗
> 这个愚蠢的傻瓜,使他相信
> 我是真正的朋友,他很容易哄骗。(34)

他安排波奈尔住在罗纳河边奢华的房子中,随时准备为波奈尔服务。波奈尔看穿了他的伎俩,但提出条件是弗洛蒙德必须亲自杀死他的猎狗。弗洛蒙德用棒子打死所有的狗,和波奈尔一起走在罗纳河岸边的时候,波奈尔把弗洛蒙德踢到河水中淹死了。于是,波奈尔唱起了胜利的赞歌,认为弗洛蒙德的死是因为欺骗所致。弗洛蒙德的墓碑碑文是:"他聪明敏捷,想着欺骗/迟钝而愚笨的人,但他自己在游戏里被打败。"(35)在他们对话的过程中,有一个细节,即弗洛蒙德承诺一切的时候,波奈尔"因此假装(因为他知道弗洛蒙德的伎俩)在微笑中掩饰他的容貌"(34)。波奈尔的胜利是对"欺骗"这种当时普遍存在的社会现象的一种反击。在给阿诺德讲述这段经历的时候,波奈尔自认为是"由于上帝的正义,收获了回报"(40)。

在故事发展的过程中,医生加伦和商人欺客曼分别是波奈尔征求意见和买药的对象,而弗洛蒙德破坏了他的买药计划。波奈尔和加伦的对话、与欺客曼之间的交易、与弗洛蒙德的博弈已经祛除了"驴"本身的生物性特点。故事的叙述表明他是一个为个人理想而奋斗的理想者形象,是西西弗斯式的悲情英雄,为了实现自己的理想充满激情,却无疾而终。在和人的交往过程中,波奈尔严肃对待命运的做法和加伦的诅咒、弗洛蒙德和欺客曼的欺骗行为形成鲜明对比。可以说,在人与动物的生态系统之中,他们之间的互动表明他们处于平等地位,是可以互相进行语言沟通的。波奈尔已经成为人类文化的一部分,具有人性化的道德感知能力,成为道德主体。

如果说"史诗"存在的目的是讲述一个民族英雄或文化英雄的事迹,那么,对于这个故事的主角驴波奈尔来说,人的邪恶行为成为"英雄波奈尔"成就个人事业的绊脚石。骑士文学中的英雄通常要战胜怪物、恶劣天气和利益诱惑等外在因素,来实现骑士精神和个人理想形象或英雄形象的塑造。这些故事中的野兽或怪兽被征服或杀戮的过程就是凸显人类征服动物世界的力量的过程,他们成为彰显其骑士身份的客体对象。在波奈尔的个案中,人身上体现的是人类中心主义,折射出人身上的动物性。人以非理智、非公平、非道德的方式榨取额外的价值,反而映衬出波奈尔的美德,波奈尔反而成为道德代言人。他的虔诚举止代替了人作为道德代言人的位置,具有充分的道德地位,体现的是爱、正义、真实等正面价值,而欺客曼和弗洛蒙德又扮演着道德顾客的角色。这种角色的互置和《贝奥武夫》(*Beowulf*)中贝奥武夫战胜怪物格兰德尔(Grendel)和火龙的故事相似,不同之处在于前者的主角是驴波奈尔,后者的主角是贝奥武夫。如果不提尾巴的事情,那么,波奈尔就是英雄遭遇、反击社会系统中各种邪恶力量的过程。"加长的尾巴"代表着波奈尔作为个体的理想追求,体现的是波奈尔对社会系统的不满和对自然规律的抵抗。

值得注意的是,除了和身边的人博弈之外,波奈尔还扮演着人类拯救者的角色,成为"人"的主人。三位市民曾因为偷东西被波奈尔的父亲关闭起来,人们通过投票认为要给这三位小偷施以绞刑。波奈尔说道:"从娘胎里就有的同情之心/促使我对他们报以怜悯,以避免厄运"(54),"我的心最终使我产生同情"(55)。这里提到了波奈尔的道德情感"同情"和"怜悯",具有基督教色彩,而他同情的对象是将要被绞死的三位邪恶的小偷。他偷偷拿走父亲的钥匙,救了三位小偷并把他们驮走:

> 他们哭着跪倒在地,
> 几乎没有力气对他们的驴说再见:
> "主人波奈尔,我们是您的三个奴隶,
> 此时此地,直到永远。
> 只要您乐意,就可以售卖、赠送和召唤我们,
> 我们就会出现,仍然听您使唤。
> 您给我们三个赎罪,给了我们生命;
> 我们每个人都永远是您的奴隶。"
> ……
> 他们多少次
> 向我磕头,向我保证他们是我的!(55)

这三个小偷以"奴隶"身份自居,他们"跪倒"和"磕头",显然视波奈尔为高高在上而掌控他们命运的主人。从这个细节中可以看出,这三位小偷为了获得自我利益而有不法行为,而波奈尔出于同情产生了利他主义思想。因此,他们对波奈尔的膜拜是对利他主义思想的认可,更是这种思

想的受益者。从一般意义上来说,人通过尊重自然界中动物的价值而凸显他们的优点,但在这个故事中,波奈尔(驴)反过来尊重人的价值,通过同情、怜悯、解救人类,竭力给人以实现自我价值的可能性。但是,"主人"和"奴隶"之间的等级差距的存在说明的不是物种上的差异,而是社会阶层上的差距。这种差距由驴作为道德代言人、人作为道德顾客而形成,在角色形成和扮演方面出现角色换位。这说明,道德代言人并不一定是人类,那些代表正义、爱、尊重等积极价值和动机,有意识地做使大多数人受益的事的人或动物才能成为真正的道德代言人。此时,驴波奈尔就是道德代言人,体现了他的品德伦理,人反而成为道德顾客。

波奈尔就是当时的修士的代表,但想"把尾巴加长"的驴和人之间的友好关系和日常生活的接触表明他就是人群中的一员,而唯一的区别就是生物特点之差异。波奈尔决定去巴黎学习十年,并决定在意大利的博洛尼亚(Bologna)的学校学习民法,企图最终获得大师或教师的头衔。他想象着到时候参议院和普通百姓会成群地来看他,高级教士和那些兄弟们都会采纳他的意见,这样做的结果是:"我的尾巴太短,/耳朵太长,/我的名字和荣誉会挽回,/收获比损失大;/耻辱在这种光辉中消失/辉煌的是未来的日子。"(38)在去巴黎的路上,他碰见了来自西西里岛的阿诺德,他们一起去巴黎学习。波奈尔认为他们有四样共同的东西:目的地、事业、信仰和旅途。波奈尔和阿诺德最后"携手成为好友,他们继续前行/一起说着话向巴黎前进。"(39)他们到达巴黎后找到一家宾馆,波奈尔"梳洗完毕,穿戴整齐,/进到城里,在教堂祈祷,开始寻找适合自己的学校。"(45)在这些描写中,尼格尔明显地模糊种际差异,波奈尔(驴)和阿诺德(人)成为一起追求事业的朋友。这种伙伴关系的建立是人与动物差异彻底消解的表现。在"携手""说话""前进"的交流过程中,波奈尔和阿诺德之间的差别被抹杀。在这种书写中,尼格尔显然把人和动物放在平等地位,具有生态整体观的特点。

如果说人的优越性体现在人可以以伦理、感知和批判的态度存在,那么,波奈尔的存在体现出同样的优越性。有学者会说这是人格化的驴的故事,是以"驴"观人的表述,是一种阐释,是一种比喻而已,但这也可看作是人对动物情感的探索和理解。在心理上,波奈尔认为在智慧和礼仪方面,他要和英国人保持一致,要和英国人为伴,因为"伙伴改变生活方式"(47)。带着极大的热情,"学习正确而有品味地讲话"(47)。学习人类文化首先从人类的语言开始,这是跨入社会系统的重要一步。波奈尔具有这样的经历。7年学习结束后,波奈尔只会"嘻哈"(hee-haw),这是驴本来的叫声。可以说,他从学习中一无所获,教育无法改变他的自然属性。尼格尔写道:"自然给予他的(东西)他带到那里,/那就是他,无人从他那里拿走。"(47)他的老师用棍子和手杖等暴力手段对付他,以便于给他灌输知识。最后,他的耳朵耷拉下来,鼻子扭曲,牙齿掉落。在这种情况下,波奈尔开始反思自己的命运和努力学习的意义。他认为如果自己成为英国国王,在国外的生活就有意义,甚至幻想着自己成为主教后的生活、周围人的称赞和父母的荣耀感。他的这种想法和当时英国人去欧洲大陆学习,继而回国的故事相像,再现了当时巴黎在世界上的学术地位和人们去欧洲大陆学习的动机。显然,在波奈尔看来,学习可以改变命运。他表现出对荣誉、社会地位、获得周围人的认可的向往。

经过磨炼的波奈尔反思人生,最终回归角色本位。他认为"严厉而公正的上帝/每人都平等地面临死亡。/我怕死亡,以免在我知道之前/他来说'该走了',"(59)"死亡是所有人共同具有的。"(60)在这里,波奈尔显然暗示的是基本的宗教伦理,即任何生物在上帝面前都是平等的,都要面对最后的审判。波奈尔偶遇正在旅行的加伦,互相问候之后,波奈尔认为10年的劳累使他已经衰弱不堪,"但一件事情伤了我的元气,使我筋疲力尽,/学校让人筋疲力尽的学习。是啊,折磨两种东西,/内心和身体,彻头彻尾地折磨我。"(71)"我宁愿在磨坊拉磨石/也不愿每晚花时间不断学习。/确实是苦难的命运!"(71)由于同伴的祈祷,他不仅想到基督教对人的影响,而学习或知识被看作是对身心的极大摧残,此时这种问题涉及文化与自然的关系。波奈尔的鼻子流血,他认为这不是好兆头。的确如此,波奈尔见到主人伯纳德,伯纳德让他回家,因为他已经逃离20年,认为他已经衰弱,可以做他最熟悉的活计。主人伯纳德用老办法给他套上缰绳,带他回家,用短棒敲打他,砍掉了他的两只耳朵,以免他再次逃跑。波奈尔感觉"头和尾巴最终如此匹配。"(97)波奈尔认为伯纳德开始了他的灾难,也是他的灾难终结的时候,"他的狡猾使我处于奴隶般的状态。"(98)在回家的路上,他打算报复伯纳德,在幻想中寻找自我心理安慰,幻想着主人对他的膜拜。他想道:

> 如果他能预见未来,知道
> 知道它(命运)会赋予伯纳德怎样的荣耀!

他就不会使劲使用他的棍棒
不会用铁头的刺棒戳我体侧,
相反,他会跪地崇拜
我的脚印,祈求我的喜爱。(98)

这是波奈尔对人与动物主仆关系的再次意念性幻想。它颠覆的是人主宰动物这一模式,把跪地祈求的伯纳德看作是他者,实现了角色的互换,取得短暂的心理满足感。但是最终,波奈尔回到了位于克雷莫纳市原来的家,再次过着"像从前一样受命于主人的生活"(98),以每天往市场驮木头养活伯纳德全家。在幻想与现实中,波奈尔最终做出选择,顺应本性,做起了分内的事情。

从空间变化和行为转变上看,波奈尔经历了"离家—意大利买药—巴黎学习—回家"的过程,而促使他这样做的是"尾巴变长"的动机。和他打交道的几个人中,加伦、欺客曼、弗洛蒙德都是以欺骗者的身份出现,阿诺德是同行友人,伯纳德是他的主人,还有一名无名的朝圣者。最终,他未能违背自然规律实现加长尾巴的想法,反而从反抗者的角色回归到家畜这一从属角色。从动物伦理的角度来看,他不过是人类社会的一员,物种不同,本性相似,具备生命的主体性特点。

波奈尔企图通过对人类文化的认同来抵抗自然,但最终仍然不可抗拒地成为社会系统中的一员。他的痛苦来自文化和自然之间的矛盾,他从自然之中迁入文化,意识到文化对自然的破坏和自然对个体成长的重要性,想到宗教的力量,最终对自身的本性有了恰当的认识,决定回去"拉磨石"。在这种对自我行为做出选择和判断的时候,波奈尔身上体现出对自然和文化之间分裂的清醒认识和理解。从最早对抗自然,企图加长尾巴,到最终打算回归自然,波奈尔经历了"自然→文化→自然→文化"的挣扎过程,在这里,"自然"限于他的本性。从整个生态系统来看,他从故事开始就处于文化和自然的夹层之中。他的耳朵或身体不过是两种话语互动的场域而已。他加长尾巴的计划进一步说就是他企图利用文化的力量改变自然进程的过程。他的回归之举就是屈服于自然的做法,和人之间恢复了以前那种主仆关系,以此维持了一种社会等级秩序,从拯救人类的救世主角色转变为被套上缰绳的仆人角色。

可以看出,波奈尔对青春、希望、灵魂、死亡的思考使他决心过虔诚的宗教生活。尼格尔似乎要对当时各种宗教修会的再现进行讽刺,从而展现波奈尔想成立自己的修会的初衷,即他要拯救人类。波奈尔比较了圣殿骑士、医院骑士团、克吕尼修道院、西多会、好人团、加尔都西会、奥古斯丁会、普利孟特瑞会、教士团体、修女会、男女隐修会等修会的优缺点之后指出:

> 现在应该成立全新的修会,
> 重定教规;以我的名字命名,
> 这个名字将永恒存在。
> 就这样:我会从每一个修会中
> 选最好的部分和最适合我用的东西。(69)

他想成立新的修会,效仿其他修会奢华的生活方式,修士甚至可以结婚。他认为:

> 如果这失败了
> 无任何东西可拯救人类。(70)

在波奈尔看来,成立新的修会的目的是为了拯救人类。这样的叙述显然具有讽刺效果,映照出人类的堕落,他把自己转变为救世主的角色。波奈尔谴责罗马教廷的腐败和王公贵族的堕落。他指出,人虽然是上帝依照他的形象创造的,但国王对"地上的野兽"的关注比人多:

> 多少人因为吃了野兽的肉而被绞死在绞刑架上!
> 更野蛮的是
> 西西里的暴君颁布命令
> 人因为杀死了野兽而被杀死。(73)

这些人宁可保护他们的猎物,也不愿意保护普通人。波奈尔认为这些统治者就是"掠夺者","他们的舌头充满诡计,他们双手沾满鲜血。"(73)他通过列举人们送礼和不送礼的后果指出其危害性和可能产生的后果。波奈尔认为牧师应该为这些邪恶的事情负责,因为他们自称高级教士并拥护法律,但在自己的生活中往往忽略此点。与其叫他们牧师,不如叫"小偷","这个时代的牧师就像狼,/每一个羊群成为抢劫的对象。"(75)通过这种类比,波奈尔认为牧师为了攫取财富而牺牲了普通人的利益,他们的生活"让人脸红"(76)。虽然社会底层人过着饥寒交迫的生活,高级教士却过着花天酒地的糜烂生活。"给上帝准备的是白蜡,但给主教准备金子来用。"(77)罗马主教手上戴的宝石和拥有的金子相当于七个富人的财

产总和。"他们怎样拯救人的灵魂,拯救了谁的灵魂?——不必问!"(77)

除了批判教士的奢靡生活之外,波奈尔指责教士把大量的时间花费在业余狩猎、钓鱼等贵族生活方面。主教在森林里狩猎的时间比在教堂花费的时间多,"教士离开他都抵不上/一只受伤的狗或鹰会让他难过。"(78)带着猎狗追捕野兔的生活才是他们向往的,对此做法,他们"从来不觉得耻辱或悔罪。"(79)他同时谴责修道院院长和传道士,认为他们言行不一,亵渎宗教的神圣性:"他们有着圣洁的脸,/但是骨子里耍心眼","都是小偷"(79)。为了获取财富,他们无恶不作,只是在"语言上追随基督,行动却不是,"他们是"披着羊皮的狼。"(80)波奈尔还用狐狸、鹰和山羊的比喻来说明这些人的狡诈和贪婪。他认为高级教士是最该受到诅咒的人。他发现牧师和普通人想法大相径庭且修道院秩序混乱,"丑闻、分歧、浪费、轻蔑和欺骗存在。/美德常受到攻击而不得不容忍。"(96)在此,我们发现波奈尔似乎成为面具角色,他使得尼格尔可以对当时的宗教现状进行细致的描写。在波奈尔的眼里,各种宗教人士都是邪恶的代表,是社会走向堕落的主要原因。

我们知道,12世纪的英国人对修道院持敌意态度,各个修会之间存在着很激烈的竞争。许多世俗教士在国外接受教育,真正感兴趣的是法律、管理和学问,而不是教会的冥想生活方式。① 诺尔斯(David Knowles)指出,亨利二世统治末期,这个阶层中出现了史无前例的讽刺和批评行为。这不仅仅局限于世俗教士,还包括修道院人士。② 事实上,这种宗教内部出现的欺骗行为有真实的历史记录。12世纪,英国历史学家萨利斯波利的约翰指出了教士的欺骗行为。教规规定主教、修道院院长和神父等不能结婚,但是就有人会把非法同居生的孩子托付给亲戚。③ 许多人认为一位主教并不如他自称的那样真诚,他假装谦卑,许多人认为他利用口才狡猾地欺骗法官。④ 在《萨利斯波利的约翰的书信》中,被国

---

① Graydon W. Regenos,"Introduction." *Nigellus Wireker's Speculum Stultorum* (*The Book of Daun Burnel the Ass*). Trans. Graydon W. Regenos. Austin:University of Texas Press,1959. p. 8.

② David Knowles, *The Monastic Order in England*. Cambridge:Cambridge University Press,1949. p. 315.

③ John of Salisbury, *The Historia Pontificalis of John of Salisbury*. Ed. and Trans. Marjorie Chibnall. Oxford:Claredon Press,1986. p. 9.

④ Ibid., p. 26.

王流放的约翰给托马斯·贝克特写了一封信,请求帮助他获得国王的宽恕:"这样我就会有更大的自由去热爱文学或忙于学习,从那些折磨人的焦虑、辛劳、怀疑和危险中逃脱。"①赛奥巴德在信中写道:"虽然像所有的人一样,我们时常会被骗,但我们不想亦不愿看到因为我们发给你的信而让亨利得到不公正的待遇或谴责。"②托马斯·贝克特在信中指出,英国国王让许多人承受了损失、冤屈和侮辱。③萨利斯波利的约翰质问:"我是这样看待文人的生活,真正的哲学家对美德的追求和考验,即为了捍卫正义而无辜遭受痛苦?"④可见,在当时的历史语境之中,以教会和国王为代表的两大体制已经成为人们谴责的对象,谴责其欺骗、腐败、尔虞我诈的罪恶行径。尼格尔的书写和波奈尔的谴责恰好映照了当时的社会现状。

值得注意的是,波奈尔、鸟类和公鸡恍帕的情感反应回答了德里达的"动物会痛苦吗?"这一问题。在波奈尔的故事中,国王和高级教士做着邪恶之事,教会给国家带来无法弥补的伤害,波奈尔为此感到痛心疾首而"泪如泉涌"(71)。伯纳德无情地打他,"我曾经感到很惧怕"(80)。伯纳德带狗四处找他,"他的愤怒对我是一种威胁"(80)。伯纳德抓他的时候,波奈尔用蹄子把他踢倒在地,"他在呻吟,让我感到很满足"(80)。这种恐惧感、威胁感和满足感表明波奈尔成为行动的主体,不仅具有情感的回应,还有动作的反应。从心理学上看,这是一种移情,即尼格尔把人的情感移位到波奈尔的身上。这种表述不是把波奈尔作为面具角色来说话,而是对驴面对各种变化的语境具备的情感反应的一种有力探索,更说明了尼格尔的生命关怀意识。

波奈尔听到乌鸦、公鸡和猎鹰的谈话,⑤乌鸦认为是自己多嘴才导致人们对他的憎恨,公鸡认为是乌鸦贪吃而背叛主人,自己一生就是为主人忠实服务,不会扮演故事中公鸡背叛主人的角色。猎鹰自认为出身高贵,人们喂养他,带他去旷野,还当着他的面坦白自己的秘密,"正义使我不愿

---

① W. J. Millor, and H. E. Butler, eds., *The Letters of John of Salisbury*. Vol. 1. Oxford: Claredon Press, 1986. p. 45.
② Ibid., p. 84.
③ Ibid., p. 65.
④ Ibid., p. 69.
⑤ 这个故事启发乔叟写了《百鸟议会》。波奈尔恐怕是文学作品中除了狐狸之外可以听懂鸟语的动物。

向外透露他们的过错"(89)。三只鸟与主人的关系说明他们进入人类文化的过程和结果。他们的背叛或忠诚都在说明自然与文化的融合过程。在这个过程中,人与动物之间形成共赢互利的关系,成为道德上的盟友,阐释的是"忠诚"这一理念。

波奈尔的故事中穿插了阿诺德讲述的有关公鸡复仇的故事,仍然是人与动物之间对抗的故事。① 故事中,牧师的儿子古德尔夫打断了小公鸡焙帕的腿骨,焙帕决心复仇。6年后,古德尔夫即将成为神父,在这之前,他们全家举行宴会进行庆祝,第二天他要去教堂接受任命,需要在天明前出发,但这需要听公鸡打鸣才可以知道时间。焙帕听到这些内心非常高兴,他内心长久积累的厌恶感和复仇感使他保持沉默。焙帕的妻子建议他按时打鸣,但他不愿意听从母鸡的想法,认为这是愚蠢的做法。整晚,焙帕保持沉默未打鸣,古德尔夫从睡梦中惊醒后发现太阳已经升起。他骑马到半路摔下马,跑到教堂的时候授予仪式已经结束,主教已经离开,全家陷入沮丧之中。当母鸡把这一消息告诉公鸡焙帕的时候,焙帕认为这是公平的复仇,因为他痛苦的原因是古德尔夫曾经对他造成伤害,"我的伤口一直在痛,他先笑,/通过这种公正的报复,现在轮到我笑了。"(44)他体验着复仇后的快乐,认为战胜古德尔夫未流点滴之血,"让我的敌人不是流血而是流泪"(45),自认为外伤很快可以治愈,内伤永远无法恢复。古德尔夫的父母在焙帕说这句话的时候就去世了,古德尔夫被逐出家门,挨家挨户乞讨,过着贫穷的生活,悔改已为时太晚。

在这个故事中,公鸡焙帕的痛苦来自人对他的身心伤害。莫兹利从象征的角度解读,把公鸡看作修士,认为神父儿子的堕落体现了修士所犯的罪恶,这些修士不能忘记最小的伤害,直到他们复仇。② 这种看法显然是人类中心主义的视角,这种动物(公鸡)与人之间的对抗召唤是对他人或者其他处于平等的物种的人文关怀,是尼格尔生命意识的展现。"人-公鸡"的故事中展现了复仇、创伤、命运、沉默和性别等主题,作为最终的胜利者,沉默的公鸡解构了人-公鸡之间存在的生存依赖关系,为了治愈创伤进行对决,体现的是以个人喜好为基准的价值判断。古德尔夫最后

---

① 这个故事启发乔叟写了《修女院神父的故事》。
② J. H. Mozley and Robert R. Raymo, "Introduction." *Nigel of Longchamp's Speculum Stultorum*. By J. H. Mozley and Robert R. Raymo. Berkley and Los Angles: University of California Press, 1960. p. 22.

沦落为穷人,这种结局似乎有意在表明人的悲剧是因为人对他人尊严的亵渎而产生的后果。这个故事同样批判的对象是人的自私,展示对其他物种表现出的漠视态度而产生的恶果。

尼格尔在故事的结尾写了第二个故事,是文学中"感恩的动物"的这一母题的发挥,因为它由故事情节和简短的寓意组成。波奈尔的主人伯纳德救了猴子、蛇、狮子和富人德瑞恩。莫兹利指出,这个故事显然来自东方,在中世纪非常流行。① 他救了三个动物后得到回报:狮子每天把鹿肉最美味的部分放在伯纳德脚下,猴子给伯纳德背了许多木头等他去拿,蛇眼含感激,每次都给伯纳德手里放一块宝石,但富人德瑞恩却忘恩负义。伯纳德不由得感叹:

> 他们(这三只动物)该如何控诉人的轻率,
> 对善没有感激,冷漠无情。(104)

伯纳德把珠宝卖掉,回到家里数钱的时候钱就变成珠宝,反复几次都是如此,感到好奇的国王为此召集议会进行讨论。伯纳德讲出事情原委,国王叫来德瑞恩核实此事,要求他按照当时的诺言分给伯纳德一半财产,德瑞恩表示同意。我们知道,蛇和猴子在动物论中都是象征邪恶、魔鬼的动物,他们对伯纳德的感激和富人的忘恩负义形成鲜明对比。尼格尔似乎有意表明,动物都知道感恩他人的善举,而人却远不如动物,尤其是富人只具有利己思想,以个人的喜好为判断价值的标准。

如上所述,这些故事主要以波奈尔、焙帕和伯纳德为故事主角进行讲述,展现的是人和动物之间的对立关系或平等关系。在波奈尔的个案中,加伦、欺客曼、弗洛蒙德、伯纳德和波奈尔之间是对立的关系,他们通过欺骗、嘲弄、压制、利用等手段控制他们和波奈尔之间的关系。可以说,这些人就如同中世纪戏剧中的小丑或丑角,因为丑角的作用就在于讽刺那些严肃的东西,象征着颠倒和荒谬,背反正常现实,使世界颠倒。他代表着荒谬。② 在人与动物的对立关系中,显示的是波奈尔对正义、爱、善举的追求,对人性之邪恶的讽刺。虽然尼格尔有意使驴的故事成为读者的借

---

① J. H. Mozley, "On the Text and MSS. of the *Speculum Stultorum*." *Speculum* V (1930):260—261.

② Warren Edminster, *The Preaching Fox: Festive Subversion in the Plays of the Wakefield Master*. New York & London: Routledge, 2005. p. 41.

鉴素材，但读者应该意识到嘲笑的对象是人，而不是驴企图反抗自然属性的志向。阿诺德与无名朝圣者都是波奈尔的朋友，有着相似的追求和经历，在他们的故事中，先前出现的物种差异或种类危机消解。相反，这是人与驴共同旅行、共同学习、共同生活、共同祈祷的故事。焰帕和古德尔夫的故事说明，因为人对动物的不尊重而导致复仇的结局。伯纳德的故事说明人或富人是典型的利他主义者和道德患者，他们内心不存在任何感恩之情，说明的是人身上的贪婪、虚伪和无情。

尼格尔虽然继承了欧洲大陆的讽刺文学传统，但从某种程度上来看，他的思想是人类中心主义思想的体现，继承了希腊-罗马文学传统，把驴看作"愚笨"的代名词。波奈尔对各个修会的指责和批判似乎是希腊-罗马文化和基督教文化之间的对立。尼格尔在后记中指出："没有人能够反抗自然或天生注定的命运。让波奈尔成为证人，他愚蠢地反抗，最终却和刚开始的时候一样。"(107)这个故事不能简单地看作是对当时社会的讽刺。它还是人对动物是否会痛苦、会有梦想、会有情感反应的一种朴素的阐释，是对动物世界的一种探索性理解。

整体来看，这些故事都是通过人和动物之间的互动关系，展现出在人与动物的互动中如何以欺诈、虚伪、谎言等手段实现自己的目的，是"恶"的代表，是利己主义思想的外化。如果把波奈尔和骑士文学中的骑士相比，他的冒险故事就是不断地战胜邪恶力量的过程，他是实现个人理想的英雄角色，整个故事带有悲壮色彩。莫兹利认为这个故事是动物寓言，"目的是嘲讽某些修道院生活，"更主要是警告人们不要犯愚蠢的错误。① 但从波奈尔和人的互动中可以看出，波奈尔眼中的人类世界充满错误、荒谬、欺诈、邪恶与忘恩。与其说人类要去嘲笑驴不切实际的"把尾巴变长"的梦想，还不如说是动物在嘲笑人类世界的荒诞和邪恶之举。

---

① J. H. Mozley, "Introduction." *A Mirror for Fools*. Trans. J. H. Mozley. Oxford: B. H. Blackwell Ltd., 1961. p. 3.

第二章

会说话的鸟,会"说话"的现实

莫斯(Stephen Moss)指出,英国人比世界上其他任何民族的人都对鸟着迷。① 这可以从中世纪英国诗人的写作中发现,他们的诗歌中频繁地以鸟作为主角。康利(John W. Conlee)认为,在早期的法国宫廷诗中,会讲话的鸟成为一种道具,用来表达人们对爱情所持的不同态度并对此进行评论。在这种人格化的过程中,这些会说话的鸟成为戏剧面具。② 吉尔·曼认为选择鸟作为故事主角的原因在于,在所有的动物中,鸟类最能模仿人或自觉地再现人的语言。一方面,这种聪明的模仿使人们把他们看作准人类,可以用语言去创造某种情境或对某种情境做出反应。另一方面,它提出了人运用语言的问题,这也许和智力

---

① Stephen Moss, *Birds Britannia: How the British Fell in Love with Birds*. London: Collins, 2011. p. 8. 他把鸟分为四类:花园之鸟、水鸟、海鸟和乡村之鸟。他指出,在伊丽莎白一世时期,人们想尽办法驱赶麻雀,而维多利亚时期人们喜欢把鸟关在笼子里,这正应了维多利亚时代的价值观,到了 20 世纪,英国人拥有了自己的花园,这使许多鸟从森林中飞到花园。战后,随着英国作为海洋大国地位的衰退,海鸟也逐渐从人们的思想中消失。

② John W. Conlee, "Introduction." *Middle English Debate Poetry: A Critical Anthology*. By John W. Conlee. East Lansing: Colleagues Press Inc., 1991. p. xxii.

或真诚的情感没有多大联系。① 中世纪英国诗歌中出现了不少鸟类,尤其在辩论诗和梦幻诗中,夜莺和鹰成为核心角色和中世纪文化的代言人。夜莺出现在鸟类辩论诗《猫头鹰与夜莺》《画眉与夜莺》《布谷鸟与夜莺》《教士与夜莺》和《乌鸫和夜莺》中,作为主角进行辩论。乔叟的梦幻诗兼议会辩论诗《百鸟议会》和梦幻诗《声誉之宫》中的鹰处于故事的核心位置。这些诗歌中涉及的话题有基督教禁欲主义、世俗文化、性别话语、骑士精神、物种差异、梦幻文学传统、性别、科学、语言等,而这两种受中世纪英国诗人欢迎的鸟不仅展示了文学象征意义和文化价值,而且扮演着生命主体的角色。诗人们亦通过文学语言破解鸟语,赋予其时代话语,同时,又模糊了人与鸟之间的物种界限,是动物和人类的对话和融合。

本章涉及的几首诗是典型的辩论诗,书写时间从12世纪到15世纪末。② 这就有必要考量辩论诗出现的历史文化背景,尤其是它所处的国际文化背景,因为当时的英国处于这种大的历史文化背景之下,辩论诗的发展受到了一定的影响。12世纪的西欧文化具有国际化特色,但仍然受到拉丁文化和基督教文化的影响。英国在诺曼征服之后更加快速地融入欧洲文化圈,不可避免地受到西欧各种思潮的影响。因此,要谈论12世纪的英国,就要先谈论12世纪的西欧。事实上,11世纪的西欧世界思想发展停滞不前,教会充满腐败,整个社会缺乏秩序、自由和正义。12世纪,不同形式的修会出现。这在英国本笃会修士尼格尔的拉丁文诗歌《愚人之镜》中可以看出。需要注意的是,修道院精神为人们的日常生活和精神诉求带来了一定的活力。当时的思想界主要关注的是神学研究,到11世纪,克吕尼改革派教皇格列高利(St. Gregory Ⅶ)开创的神学传统一直经久不衰。12世纪和13世纪,基督教发生了很大的变化,逐渐走向人性化道路。

事实上,辩论诗从加洛林王朝复兴时期起主要是以拉丁文出现的。现存最早的辩论诗是《冬与春的辩论》(*Conflictus Veris et Hiemis*)。人们认为它是英国修道士阿尔昆(Alcuin)所写。它和《玫瑰与百合之辩》(*Rosae Liliique Certamen*)为中世纪辩论诗奠定了基本模式。斯旺顿

---

① Jill Mann, *From Aesop to Reynard: Beast Literature in Medieval Britain*. Oxford: Oxford University Press, 2009. p. 193.

② 关于中世纪英国辩论诗,国内已经有相关文献述评,参见陈才宇:《中古英语辩论诗述评》,《浙江大学学报》(人文社会科学版)2003年第1期,第119—124页。

(Michael Swanton)指出,这两首辩论诗都是以田园为背景,显然受到了古典田园诗的影响。① 12世纪到13世纪,这种辩论诗非常流行,13世纪起就演变成一种文学体裁。1200年到1500年,这种辩论诗在欧洲大部分国家的方言文学中颇受欢迎。随着12世纪文艺复兴②的发展和骑士文学的繁荣,爱情成为文学的一大主题,随之也出现了爱情辩论诗。12世纪文艺复兴重在展示当时封建主义风尚,更主要的事实是吟游诗人的爱情诗在12世纪非常流行,对女性新的崇拜和宫廷爱情的教义形成了普罗旺斯抒情诗的主题。这主要表达骑士精神,爱情作为主题出现在不同骑士文学之中。文学、社会和哲学的复兴聚焦在一起。③ 12到13世纪的爱情辩论诗主要分为两类,即"爱情的判断"(jugements d'amour)和"危险游戏"(jeu-parti),而14世纪法国诗人纪尧姆·德·马肖(Guillaume de Machaut)的诗歌为爱情辩论诗奠定了一个模板,使它在14世纪中期非常流行,持续了150年之久,旨在探讨人们对性别和爱情的不同看法。④

作为一种体裁,辩论诗的出现和发展与当时思想界的发展和变化有密切关系。威尔逊(R. M. Wilson)指出,辩论诗的发展和流行是伴随着12世纪到13世纪大学中迅速增加的世俗知识分子而出现的,因为阿伯

---

① Michael Swanton, *English Poetry Before Chaucer*. Exeter: University of Exeter Press, 2002. p. 282. 在中世纪西班牙故事《希腊人和罗马人的辩论》中,希腊人和罗马人通过手语进行辩论,最终罗马人获胜,希腊人同意把法律条文给罗马人。参见 Derek Brewer, ed., *Medieval Comic Tales*. Cambridge: D. S. Brewer, 1973. pp. 37-38。

② 英文术语为"Renaissance of the 12th Century",也称作"12th-century Latin Revival"。学界一般认为中世纪有三次复兴:9世纪的加洛林复兴,10世纪的奥托复兴和12世纪的文艺复兴。12世纪文艺复兴主要以研究拉丁经典文学作品和翻译希腊与阿拉伯的自然科学和哲学方面作品为主。

③ J. W. H. Atkins, *The Owl and the Nightingale: Poem and Critics*. New York: Russell & Russell, 1922. p. xviii.

④ Barbara K. Altmann and R. Barton Palmer, "The Tradition of Love Debate Poetry: An Introduction." *An Anthology of Medieval Love Debate Poetry*. Ed. and Trans. Barbara K. Altmann and R. Barton Palmer. Gainesville: University Press of Florida, pp. 1-2. 这个文集包括五首爱情辩论诗:纪尧姆·德·马肖(Guillaume de Machaut)的《波西米亚国王的判断》(*Le jugement du roy de Behaigne*)和《纳瓦尔国王的判断》(*Le jugement du roy de Navarre*),乔叟(Geoffrey Chaucer)的《贞女列传》(*The legend of Good Women*),皮桑(Christine de Pizan)的《两个情人的辩论》(*Le debat de deux amans*)以及阿兰·夏蒂埃(Alain Chartier)的《四位女士之书》(*Le livre des quatre dames*)。

拉德(Pierre Abelard)的《是与否》引起人们对逻辑学的兴趣,①出于学习逻辑学的需要,学生以某个情景或信息为基础,通过构建相互对立的论点进行辩论。辩论诗通过采用相互对立的象征符号(比如身体与灵魂、水与酒、猫头鹰与夜莺)而把价值体系具体化。梅丽尔(Elizabeth Merrill)认为西塞罗(Cicero)和普鲁登休斯(Prudentius)对中世纪辩论诗的出现和发展产生了极大的影响,②但在新大学里受过教育的知识分子坚持理性,而贵族仍然坚持以"荣誉"和"美德"为标准的抽象概念和非理性想法,③这就自然出现价值认定和判断上的对立。康利认为没有人再比这个时期的人对对立关系的展示更为偏爱了,因为这已经成为一种思维习惯。他把中世纪人的这种"趋势和品味"看作是中世纪人对对立关系和二元性的偏好,而且这种思维习惯潜藏于整个文学的发展事业之中。④ 但是,里德(Thomas L. Reed)指出,很难确定"猫头鹰"诗人或乔叟受到这种大学教育模式的影响,因为他们的诗歌最终都没有明确的结论。可以说,这些诗歌是对大学辩论的一种模仿,颠覆了大学中进行的辩论模式,但充满吸引力和说服力。⑤ 总之,辩论诗受到经院哲学、法律辩论和议会辩论的影响,可能直接从这些体制化的习惯中演变而来。⑥

还需要指出的是,这个时期的人对古典文学和美学持不同态度。阿特金斯指出,12世纪英国人文主义者萨利斯波利的约翰的著作《元逻辑》(*Metalogycus*)开启了古今之辩。12世纪的文艺复兴运动影响到社会的各个方面,引起社会、政治和思想的解放,人们对生活持新的态度。⑦ 里德认为,这种辩论诗与其说是要决出胜负,还不如说是表现出对差异的担

---

① R. M. Wilson, *Early Middle English Literature*. London: Methuen & Co. Ltd., 1939. p. 159.
② Elizabeth Merrill, *The Dialogue in English Literature*. New York: Holt, 1911. pp. 14—15.
③ Jeni Williams, *Interpreting Nightingales: Gender, Class and Histories*. Sheffield: Academic Press, 1997. p. 79.
④ John W. Conlee, "Introduction." *Middle English Debate Poetry: A Critical Anthology*. By John W. Conlee. East Lansing: Colleagues Press Inc., 1991. pp. xi—xii.
⑤ Thomas L. Reed, *Middle English Debate Poetry and the Aesthetics of Irresolution*. Columbia and London: University of Missouri Press, 1990. p. 45.
⑥ Ibid., p. 97.
⑦ J. W. H. Atkins, *The Owl and the Nightingale: Poem and Critics*. New York: Russell & Russell, 1922. p. xvi.

心或赞赏,使读者了解当时的美学品味。① 这就是中世纪英国晚期"无定见之美学"(aesthetics of irresolution)的展现。它建立在对世界多样化和个体性理解的基础上,由某些娱乐需要支撑而形成。② 在这个大的历史-文化背景之下,英国辩论诗恰好出现在头韵体复兴时期(Alliterative Revival),③ 出现在理查德二世时期的作品中。有些和动物寓言故事有关,有些和骑士文学有关,有些和市井文学有关,有些和梦幻诗有关,有些和抒情诗传统有关。④ 显然,英国辩论诗受到多种文学体裁的影响。以辩论诗《身体与灵魂之辩》为例,它以古英语、中世纪英语、拉丁语、希腊语、法语、意大利语、捷克语、波兰语、亚美尼亚语等保存了下来,也有古挪威语、古冰岛语、古西班牙语和匈牙利语的散文篇。⑤ 不同语言版本的存在说明了辩论诗在当时的流行程度。

　　回顾英国辩论诗的发展,我们发现,在辩手的选择上发生了一定的变化。斯旺顿指出,从早期抽象的学术世界或法律世界转向动物世界,诗人们为动物赋予人性,使他们能够像人一样行动,这并不比选择花(比如玫瑰和百合)进行辩论奇特。这不仅具有人格化的特点,而且以更活泼、更自然的辩论口吻进行哲学探讨。⑥ 显然,诗人们在辩手的选择上经历了从直接表述抽象概念逐渐向具有生命特征的角色转变。这种转变肯定了动物的地位,消解了人与动物之间的物种差异,以破解动物的语言。斯旺顿认为,用动物,尤其是鸟,作为故事的主角并不意味着轻浮或不可靠。选择两种鸟,比如画眉和夜莺,作为自然环境中的辩手,比选择拟人化的辩论对手"春"和"冬"明显更可信、更有趣。⑦ 如果说逻辑学的兴起催生

---

① Thomas L. Reed, *Middle English Debate Poetry and the Aesthetics of Irresolution*. Columbia and London: University of Missouri Press, 1990. pp. 2－3.

② Ibid., p. 22.

③ 头韵体复兴(Alliterative Revival)指的是1350年到1500年创作的头韵体诗歌,比较有区域性,主要集中在英格兰西部和北部,主要作品有《农夫皮尔斯》《头韵体亚瑟王之死》和"高文"诗人的《高文爵士与绿衣骑士》《洁净》《忍耐》和《珍珠》。

④ John W. Conlee, "Introduction." *Middle English Debate Poetry: A Critical Anthology*. By John W. Conlee. East Lansing: Colleagues Press, 1991. p. xx.

⑤ Thomas L. Reed, *Middle English Debate Poetry and the Aesthetics of Irresolution*. Columbia and London: University of Missouri Press, 1990. p. 1.

⑥ Michael Swanton, *English Poetry Before Chaucer*. Exeter: University of Exeter Press, 2002. p. 283.

⑦ Ibid.

了辩论诗的出现,那么在这些诗歌中,具有生命特征的辩手角色显然替代了那些在大学里辩论的学生或者之前诗歌文本中对两种对立的抽象观点的抒发。虽然很难说当时的诗人具备了明显的现代意义上的生态视野,但在这种对物种差异认识方面表现出的宽容态度说明诗人们记载了文化演进的过程,即人们不再简单地拘泥于对某种思想或理念的抽象表达。他们意识到动物有其生命主体身份,认可其身上具备的情感回应能力和道德言说能力,由此观照人类自己、社会、自然和文化环境,并把这几个系统之间的互动表现出来。

辩论诗因为其主题和辩手不同而有不同的分类。康利和霍内格把辩论诗中的辩手分为以下四类:第一类,拟人化的抽象概念,比如正义与仁慈;第二类,无生命的物体,比如水与酒;第三类,生物,比如紫罗兰和玫瑰;第四类,同一物体的不同部分,比如身体与灵魂。康利还根据写作形式和主题挖掘把辩论诗分为鸟类辩论诗、身体与灵魂辩论诗、头韵体辩论诗、梦幻辩论诗、议会辩论诗和田园辩论诗。① 应该指出的是,中世纪英国吟游诗人通常通过弹奏竖琴来讲述故事,表达他们对世界的看法,而辩论诗采用鸟为故事的"歌唱者",实际上和吟游诗人扮演着相似的角色。他们的区别在于鸟在文字文本中"歌唱",而吟游诗人通过乐器和口头的方式表演。他们都把人对世界的认识和理解、人性的复杂性表述或表演了出来。

一、辩论诗中的夜莺:女性的代言人?

本部分研究的诗歌主要是夜莺和其他鸟类进行的辩论。它们是鸟类辩论诗和梦幻辩论诗的融合,即诗人在梦幻中会听到夜莺和其他鸟在辩论。在对"鸟语"的狂欢化书写中,诗人们展示了社会话语的多音部组合,消解了

---

① Thomas Honegger, *From Phoenix to Chauticleer: Medieval English Animal Poetry*. (Diss.) Zürich: University of Zürich, 1996, p. 110; John W. Conlee, "Introduction." *Middle English Debate Poetry: A Critical Anthology*. By John W. Conlee. East Lansing: Colleagues Press, 1991. pp. xxii—xxxvi. 除此之外,里德和康利还把辩论分为平行辩论(horizontal)和纵行辩论(vertical)。纵行辩论一般被认为能够清楚地说明当时占据主导地位的美学,因为中世纪人对"匀称"或"协调"比较感兴趣,故纵行辩论注重的是和谐、统一和秩序,而平行辩论最终不能给出明确的答案。参见 Thomas L. Reed, *Middle English Debate Poetry and the Aesthetics of Irresolution*. Columbia and London: University of Missouri Press, 1990. pp. 3—7。

人(比如吟游诗人)与鸟(夜莺、画眉、鹰、猫头鹰等)之间的界限。诗人对鸟类之间辩论的演绎在某种程度上来说不仅是对鸟语的破解,还是诗人个人情感和时代话语的转嫁,更是诗人在整个生态系统中理解鸟类世界的做法。

夜莺在中世纪英国辩论诗中出现频率很高,扮演着极其重要的角色。"夜莺"(nightingale)这个词在古英语中就已经出现,拼写为"næctigalæ"或"nihtegale",由日耳曼语 nakht(night)和 galon(to sing)组成,意为"晚上唱歌"。在辩论诗《乌鸫和夜莺》中该词拼写为"nychtingall/nychtingaill/nychtingale",在不列颠语中拼写为"laüstic",后者在玛丽的《籁歌》中出现。事实上,在英格兰东部,夜莺被称作大麦鸟(barley-bird),因为在人们播种大麦的时候夜莺会出现。夜莺通常和布谷鸟一起出现在民间文学和民歌中。人们这样做的目的是对比他们之间歌喉的良莠。在一则寓言故事中,夜莺和布谷鸟争辩谁唱歌好听,因为驴的耳朵长,最后请驴来作评委。结果,驴认为布谷鸟的声音好听,夜莺对此不满,就给人类动听地唱歌。其实,英国人喜欢的鸟是夜莺。① 这些诗人通过夜莺完成对社会话语的再现,涉及当时社会文化背景下对性别、宗教、爱情等的看法和思想,而且随着时代的发展,其形象和话语有一定的演变趋势。

夜莺出现在不同的中世纪英国诗歌文本中,再现了不同的文化意义,但更多的是和女性问题关联。女性作为男性爱的对象、对女性不同的态度和她们在爱情中的价值是中世纪抒情诗最流行的主题。② 夜莺不是和猫头鹰、画眉或布谷鸟争辩,就是充当爱情的象征物(比如在玛丽的《籁歌》之《夜莺》Laüstic 中)。众所周知,夜莺通常和欲望、女性、自然、贵族联系在一起,这是因为贵族拒绝理性主义,以崇尚自然来使自我身份合法

---

① Charles Swainson, *The Folk Lore and Provincial Names of British Birds*. London:E. Stock,1886. p. 19. 从发现的化石得知,夜莺可能一万年前到达英国。Richard Mabey, *The Book of Nightingales*. London:Sinclair-Stevenson,1997. p. 51. 根据目前观察发现,夜莺主要集中在英国东部和南部,出现时间为4月中旬到8月,冬天夜莺在非洲的森林边和河边灌木中度过。康沃尔、苏格兰和爱尔兰没有夜莺,因为夜莺不喜欢长季节的旅行。现在人们认为只要有啤酒花的地方就有夜莺。这些看法都带有偏见。Richard Mabey, *The Book of Nightingales*. London:Sinclair-Stevenson,1997. p. 25.

② Kiyoaki Kikuchi, "Another Bird Debate Tradition?" *Medieval Heritage:Essays in Honour of Tadahiro Ikegami*. Ed. Masahiko Kanno et al. Tokyo:Yushodo Press Co., Ltd., 1997. p. 198.

化,因为他们的权力并非来自理性,而是来自血统,即自然方面,①而夜莺具有贵族色彩。在中世纪英国文学中,涉及夜莺的辩论诗主要有:《画眉与夜莺》《布谷鸟与夜莺》《教士与夜莺》(一和二)、《猫头鹰与夜莺》《乌鸫和夜莺》《众鸟聚会》②《鸟的议会》以及苏格兰主教高文·道格拉斯(Gavin Douglas)的诗歌。③ 在这些诗歌中,"夜莺"的英文单词拼写为"niʒttegale /niʒtingale"(《画眉与夜莺》),"nyʒtyngale"(《布谷鸟与夜莺》),"nyghtyngale"(《教士与夜莺》)。夜莺以辩手的形象出现,为女性、欲望和爱情等话题辩论。

《猫头鹰与夜莺》是英国12世纪到13世纪的辩论诗,用中世纪英语写成,共计1794行,诗行在两只鸟的长篇辩论中轮流展开。④ 诗中猫头鹰拼写为"Hule",夜莺拼写为"Niʒtingale"。现保存下来的中世纪手抄本有两本,分别是大英图书馆编号为"MS Cotton Caligula A. ix"的手抄本和牛津大学耶稣学院的"MS 29(II)[J]"手抄本。这两个手抄本和原文最为贴近。这首诗长期被人们忽略,直到18世纪才引起人们的注意,到19世纪末的时候人们对其语言产生了浓厚的兴趣。《猫头鹰与夜莺》的具体创作时间和作者身份目前还存有争议。20世纪30年代,国外学界在作者身份、作品来源、写作时间等方面争论不休,出现研究《猫头鹰与夜莺》

---

① Jeni Williams, *Interpreting Nightingales: Gender, Class and Histories*. Sheffield: Academic Press, 1997. pp. 77—78.
② 《众鸟聚会》为14世纪著名的威尔士吟游诗人大卫·爱普·桂恩(David Ap Gwylyn)所写。这首诗含有很强的基督教色彩,夜莺是神父,云雀和画眉是教士,全诗赞美上帝之爱。
③ Gavin Douglas(1474—1522),他在诗歌中描写的夜莺在五月欢快地为众鸟歌唱。
④ 关于这首诗,截至2016年6月,国内已经有相关论文发表。参见沈弘:《试论弥尔顿的姊妹诗与中世纪辩论诗传统》,《中南大学学报》(社会科学版)2016年第1期。沈弘指出,弥尔顿的《愉悦者》和《冥思者》的叙述者分别代表了"欢乐"和"忧郁"这两种截然不同的生活方式,他俩之间的互相攻击和辩驳使人联想到中世纪英国文学中的辩论诗传统。《猫头鹰与夜莺》这首中世纪辩论诗在内容或诗歌的叙述风格上都跟弥尔顿的上述姊妹诗比较相似。对于它们之间相似性的分析表明,中世纪的辩论诗传统对英国诗人弥尔顿的创作仍具有很大的影响。参见樊颖:《穿越中西方象征诗林的"鸟"与"OWL"——〈鹏鸟赋〉与〈猫头鹰与夜莺〉中的"猫头鹰"意象之比较》,《兰州学刊》2011年第1期。该文对中国西汉贾谊的《鹏鸟赋》与辩论诗《猫头鹰与夜莺》中的"猫头鹰"意象作了深入比较,对诗赋中"猫头鹰"意象的文化原型与象征意蕴、文化耦合与文化差异及文化传播与中西对话进行了跨文化解读,批判了比较文学研究中的"西方中心论"。

的一股热潮,一些学者把这首诗的佚名作者称为"猫头鹰"诗人。① 韦尔斯(John Edwin Wells)认为在13世纪的英格兰南方作家中,"猫头鹰"诗人处于显著位置,而这首诗"是乔叟时代之前最早的原创性诗歌。"② 在诗行的写作上,"猫头鹰"诗人显然遵循的是盎格鲁-撒克逊的押韵规则,而没有采用法国诗歌以音节调节诗行的做法,采用的是英格兰人最喜爱的日耳曼人的发音规则。③ 这两只鸟的辩论展示了普通人多方位的生活,非常人性化。"猫头鹰"诗人不仅通过辩论展示了鸟的生物特征,还展示了她们(诗中猫头鹰和夜鹰都是雌性)真实的本性。韦尔斯从现存的手抄本,文中提到的细节词(比如亨利国王、阿尔弗雷德的格言、辩论),方言等方面指出,这首辩论诗的具体写作年份无法确定,只能和同时代其他作品的语言和形式进行比较,因为"辩论"在12世纪末、13世纪初的法国很流行,这首诗可能是在1189年到1200年之间写成,或者是1216年到1225年之间,④或者1189年到1216年之间。⑤ 从写作特点来看,"猫头鹰"诗人非常具有原创性,因为研究者找不到法国或拉丁文相似的诗作作为来源素材,而且在用这些语言写成的诗歌中找不到一首诗囊括《猫头鹰与夜莺》的各种因素和成分。休加尼(Kathryn Huganir)首先确定作者是一位熟悉当时文学传统而富有创新精神的男性。⑥ 诗歌采用的方言可能是肯特郡方言,但诗歌中提到的智者尼可拉斯作为最终的裁判是否是本诗的

---

① 正如国外学界通常把诗歌《珍珠》的佚名诗人称作为"珍珠"诗人一样。Frederick Tupper, "The Date and Historical Background of *The Owl and the Nightingale*." PMLA 2 (1934):406-427; A. C. Cawley, "Astrology in 'The Owl and the Nightingale'." *The Modern Language Review* 2 (1951):161-174; R. M. Wilson, *Early Middle English Literature*. Methuen & Co. Ltd., 1939. pp. 153-159; Thomas L. Reed, *Middle English Debate Poetry and the Aesthetics of Irresolution*. Columbia and London: University of Missouri Press, 1990. p. ix.

② John Edwin Wells, "Introduction." *The Owl and the Nightingale*. Ed. John Edwin Wells. Boston and London: D. C. Heath and Co., Publishers, 1907. p. xxxvii.

③ Ibid., p. xlviii-ix.

④ Ibid., p. xvii.

⑤ Nell Cartlidge, ed., *The Owl and the Nightingale: Text and Translation*. Exeter: University of Exeter Press, 2001. p. xv. 因为这个时间是亨利二世死亡、亨利三世登上王位的时间。

⑥ Kathryn Huganir, *The Owl and the Nightingale: Sources, Date and Author*. (Diss.) Philadelphia: University of Pennsylvania, 1931. p. 14. 同类文章参见 Henry Barrett Hinckley, "The Date, Author, and Sources of *the Owl and the Nightingale*." PMLA 2 (1929):329-359。亨克利认为这首诗是诗中提到的尼可拉斯所做,参见 Henry Barrett Hinckley, "Science and Folk-Lore in *The Owl and the Nightingale*." PMLA 2 (1932):303-314。

作者还存有争议。斯旺顿认为这首诗是尼可拉斯本人所写,不过是一种自我宣传手段,这在那时和当今的学术圈众所周知。① 但是,罗兰(Beryl Rowland)认为它是一首政治讽刺诗,亨利二世是诗中的夜莺,托马斯·贝克特是猫头鹰,还存有争议。②

《猫头鹰与夜莺》的产生和12到13世纪英国民族文学的发展、大众的接受度、流行的诗歌形式有关。12世纪的英语文学发展比较缓慢,当时作家的目标读者是宫廷贵族和那些受过教育的人士。13世纪,英国人的民族意识逐渐觉醒,那些讲英语的人认为需要发展属于自己的民族文学。12到13世纪教会人士堕落的生活方式让普通民众大为不满,为了生存,他们不再使用拉丁语,而是改用方言。在这种情况下,拉丁语只是用作保存和传播科学,修士和宫廷中人书写优雅诗歌。那些没有受过教育的歌谣和民歌作者数量剧增,为讲英语的大众说教并带来娱乐。英格兰南方受到新思想的熏陶,产生了不少用英语创作的作家,出现了用中世纪英语写作的《布鲁特》(Brut)、经文注释《奥姆鲁姆》(Ormulum)、《猫头鹰与夜莺》、爱情抒情诗、散文和诗歌体骑士文学等。韦尔斯指出,在《阿尔弗雷德的格言》(The Proverbs of Alfred)和《猫头鹰与夜莺》中,人们才可以看到普通大众的感受,对世界价值和人的生命的认识才得以展现。③ 12世纪到13世纪,欧洲大陆最有名、最被广泛应用的诗歌形式是"争论诗"(Contention Poem)。这种诗歌可能来自更远的东方,它最基本的特点从命名上就可以看出来,即这种作品必须是为了展现某种优越性而进行的口头辩论,在两个或多个对手之间进行。在这种诗歌中,《猫头鹰与夜莺》就是现存较早的样本。

这首诗自20世纪60年代起就引起了国外学界的关注,早期的研究主要把它看作是两种鸟的辩论,并挖掘相关背景知识,后来发展到争议哪只鸟取得辩论的胜利。加德纳(John Gardener)认为它是一首讽刺诗。随着巴赫金理论的流行,里德认为对这首诗歌的理解要从

---

① Michael Swanton, *English Poetry Before Chaucer*. Exeter: University of Exeter Press, 2002. p. 289; Nell Cartlidge. ed. , *The Owl and the Nightingale: Text and Translation*. Exeter: University of Exeter Press, 2001. p. xiv.

② Beryl Rowland, *Birds with Human Soul: A Guide to Bird Symbolism*. Knoxville: The University of Tennessee Press, 1978. pp. 106—107.

③ John Edwin Wells, "Introduction." *The Owl and the Nightingale*. Ed. John Edwin Wells. Boston and London: D. C. Heath and Co., Publishers, 1907. pp. xxxv—vi.

巴赫金狂欢理论的角度开始,注重从心理上探讨时代意识。① 加瑟(Karen M. Gasser)认为这是两只鸟和当时的道德观点之间的辩论,更是人类困境的严肃辩论,是两种不同的世界观之间的辩论,也是不可知论的人的经历和道德伦理的神学之间的辩论,因为每个人内心都有"猫头鹰"与"夜莺"的争辩。② 梅比(Richard Mabey)认为这两只鸟代表的是中世纪两种相互对立的价值观:传统基督教以禁欲和罪恶为中心的哲学与新出现的自由意志和个人主义之间的对立。③ 也有学者认为这种两级对立实际上就是文化与社会之间的对立。④ 阿特金斯的观点是,这首诗对于当代读者的意义就在于它展示了盎格鲁-诺曼时期英国人的生活。12世纪的文艺复兴使骑士文学开始发展起来,人们徘徊在宗教教义与追求世俗快乐之间,而这首诗"使我们看到12世纪人的内心世界,他们的品味,他们的精神诉求和所面临的问题。"⑤《猫头鹰与夜莺》不仅需要放在动物寓言与动物史诗中考察,还要放在动物论的背景下考量,因为动物论在12世纪晚期对英格兰文学创作影响很大。这首诗融合爱情诗、宗教诗、放纵派吟游诗人讽刺诗、辩论为一体,这就是它的复杂性。吉尔·曼相信动物辩论者本身的特点对于理解这首诗非常关键。它融合寓言、骑士文学和动物的象征于一体,需要理解的问题是动物怎样展现他们的存在意义,而不是动物意味着什么的问题。⑥ 阿特金斯指出:"《猫头鹰与夜莺》中最有趣的特点之一是它反映了当时人们的思想活动。它用很鲜明的方式说明当时文学的主要兴趣——对动物寓言、自然史和寓言的热爱,对辩论和格言的钟爱以及法律和文学之间的联系,更主要的是,逐渐对法国兴起的爱情诗的兴趣——这

---

① John Gardener, "*The Owl and the Nightingale*: A Burlesque," *PLL* 1966 (2): 3-12; Thomas L. Reed, *Middle English Debate Poetry and the Aesthetics of Irresolution*. Columbia and London: University of Missouri Press, 1990. pp. 219-260.

② Karen M. Gasser, *Resolution to the Debate in the Medieval Poem The Owl and the Nightingale*. Lewiston: The Edwin Mellen Press, 1999. pp. 134-135.

③ Richard Mabey, *The Book of Nightingales*. London: Sinclair-Stevenson, 1997. p. 63.

④ Nell Cartlidge, "Preface." *The Owl and the Nightingale: Text and Translation*. By Nell Cartlidge. Exeter: University of Exeter Press, 2001. p. xvi.

⑤ J. W. H. Atkins, *The Owl and the Nightingale: Poem and Critics*. New York: Russell & Russell, 1922, p. xii.

⑥ Jill Mann, *From Aesop to Reynard: Beast Literature in Medieval Britain*. Oxford: Oxford University Press, 2009. p. 150.

些都可以从这首诗中发现。"①在这种背景下产生了《猫头鹰与夜莺》。《猫头鹰与夜莺》和其他辩论诗的框架是一样的:介绍、辩论和判断,但最大的不同点在于它和 13 世纪的法律诉讼相似,比如里面用了术语"诉求"似乎在模仿 13 世纪的法律案件。②罗兰认为它里面有许多法律术语,大多来自古英语的法律词汇。③韦尔斯通过对比研究指出,寓言故事、动物论和内克翰的《万物之本质》对《猫头鹰与夜莺》的创作产生很大影响,因为它们把动物作为行动者使用。④

这场辩论在猫头鹰和夜莺之间展开。这两只鸟不同于法国辩论诗中的鸟类,并没有出现辩论过程中的决斗或拼打,夜莺只能用她的舌头还击。奥尔森(Kurt Olsson)认为,这首诗是"虚构的辩论"。他指出,在中世纪动物文学中,一般会出现两种趋势:一种是动物论,人们从精神的角度解释动物的种类,另一种就是在动物寓言中,动物被赋予人的特征和能力,最明显的是他们能够开口讲话,具有语言表达能力。《猫头鹰与夜莺》把这两种趋势联系了起来,我们想象能够说话的鸟,她们的目标是解释她们的本性。这首诗有趣之处在于在自然和人之间加入了鸟,她们的目标就是帮助尼可拉斯或我们人类去理解她们的本性和语言能力。⑤两位辩论者并非讽喻性角色,而是被作者加以生动描写的真实禽鸟。她们具有人的性格,并且就像是具有人类思想和感情的鸟那样行事说话。⑥ 这是理解本诗的关键,即猫

---

① J. W. H. Atkins,"Further Notes on *The Owl and the Nightingale*."*Aberystwyth Studies* IV(1922):49.

② J. W. H. Atkins,*The Owl and the Nightingale:Poem and Critics*. New York:Russell & Russell,1922. p. liii; Kathryn Huganir,"Equine Quartering in *The Owl and the Nightingale*."*PMLA* 4 (1937):935—945.

③ R. M. Wilson,*Early Middle English Literature*. Methuen & Co. Ltd.,1939. p. 93. 相关讨论,参见 Thomas L. Reed,*Middle English Debate Poetry and the Aesthetics of Irresolution*. Columbia and London:University of Missouri Press,1990. pp. 65—88;Michael A. Witt,"'The Owl and the Nightingale' and English Law Court Procedure in the Twelfth and Thirteenth Centuries."*The Chaucer Review* 16.3 (1982):282—292。

④ John Edwin Wells,"Introduction."*The Owl and the Nightingale*. Ed. John Edwin Wells. Boston and London:D. C. Heath and Co., Publishers,1907. p. lxiv.

⑤ Kurt Olsson,"Character and Truth in 'The Owl and the Nightingale.'"*The Chaucer Review* 11.4 (1977):351—368.

⑥ 李赋宁、何其莘主编:《英国中古时期文学史》,北京:外语教学与研究出版社,2006,第 116 页。

头鹰和夜莺被看作和人一样的生命主体。

《猫头鹰与夜莺》以夜莺首先发言开始。亨克利（Henry Barrett Hinckley）指出，我们推测诗歌的作者可能是一位女性，但从历史现实来说，没有这种可能。从语法上来看，"nightingale"本来是雌性或雄性夜莺都可以共用的词语，诗中却暗示"诗人把他的鸟看作是喋喋不休的女性"。[1] 辩论发生在夏天，地点在远离人群的僻静角落。可以看出，这两只鸟所处的空间位置略有不同：夜莺身处隐秘一角，停留在田地中一块被许多花朵覆盖的树枝上，树枝隐没在四周是灯心草和莎草的树篱之中。猫头鹰身居一个常春藤覆盖的树墩之上。这只猫头鹰是一只谷仓猫头鹰。正如她所言，"黑暗中我在谷仓，/在教堂中抓老鼠，/我非常热爱基督之屋，/乐于清除那里的肮脏之鼠。"（Ich can nimen mus at berne/An ek at chirche ine te derne. /Vor me is lof to Cristes huse, /To clansi hit wit fule muse,第606—610行）[2]谷仓猫头鹰之所以被如此称呼是因为他们喜欢居住在谷仓、教堂和废墟中，以夜晚的尖叫和白天发出的嘶嘶声出名。在欧洲，这种猫头鹰一般居住在教堂或城堡的塔顶。[3] 夜莺的辩论对手猫头鹰在文化传统中通常被看作是最邪恶的鸟，可以预言厄运，象征着死亡和邪恶的幽灵。事实上，更早时候，猫头鹰被看作是智慧的化身，在希腊受到人们的尊重和爱戴，甚至被看作是某种超自然力量的象征，雅典钱币上就有猫头鹰的头像。人们认为猫头鹰不仅可以醒酒，而且猫头鹰的心脏放在女性的胸口可以让女性袒露自己的秘密。因为猫头鹰有这些神秘的力量，所以被看作是邪恶的象征。猫头鹰会突然袭击其他鸟类，叫声奇怪，喜欢黑暗，巢里气味难闻。这些特点使人们认为猫头鹰是死神

---

[1]　Henry Barrett Hinckley, "Science and Folk-Lore in *The Owl and the Nightingale*." *PMLA* 2 (1932):303—314.

[2]　本部分有关《猫头鹰与夜莺》的引文均出自 Nell Cartlidge, ed. , *The Owl and the Nightingale*: *Text and Translation*. Exeter: University of Exeter Press, 2001. 凡出自该诗的引文只注出诗行，不再另行做注，译文为笔者自译。

[3]　Clarence Moores Weed, *Birds in Their Relations to Man*. Philadelphia: Lippincott, 1924. p.195.

的信使。① 对教会的神父来说,猫头鹰就是那些拒绝了基督的犹太人,喜欢身处黑暗而不接受光明的福音。在《动物之书》中,猫头鹰被看作是犹太人的象征,因为猫头鹰喜欢黑暗胜过光明。② 在一些绘画中,猫头鹰通常被那些象征着基督徒的鸽子袭击,和那些喜欢身处黑暗中的青蛙和蝙蝠相关。在中世纪雕刻艺术中,猫头鹰通常和猴子刻在一起,因为一个是最坏的鸟,一个是最坏的四足动物。因为猫头鹰长得像猿猴,而猴子被看作是魔鬼,它会用猫头鹰作为诱饵。③ 在《圣经》传统中,猫头鹰被看作是精神上不洁之鸟,因为其身体不干净。故事中的猫头鹰把她受到众鸟袭击看作是十字架上的基督受难。④

加瑟根据猫头鹰和夜莺的辩论内容,把她们辩论的话题进行了分类:歌喉、粪便学、手段、眼光、性和死亡,认为作者展示了人类的困境,从人类的权力范围到生物困境再到道德现实。⑤ 这是根据她们辩论的各个话题总结出来的。事实上,《猫头鹰与夜莺》争论的焦点主要在于:第一,两只鸟的外形和生活习惯,她们的歌喉的优点以及唱歌动机。这里其实有动物论的痕迹。第二,她们和人类的关系以及对人类的价值。学界对这首诗进行象征意义上的解读,倾向于二元性解读,即关于痛苦与快乐、哲学和艺术、正统教和异教、教士和吟游诗人、实用主义和理想主义等的辩论。⑥ 从她们的实用性、道德价值到肯定她们对人的精神价值。当辩论从自然特性转向哲学和宗教话题的时候,她们改变立场,改

---

① Beryl Rowland, *Birds with Human Soul: A Guide to Bird Symbolism*. Knoxville: The University of Tennessee Press, 1978. pp. 115—117. 今天,人们对猫头鹰的认识又发生了一定的转变。美国作家凯瑟琳·拉斯基花费了数十年的心血专门研究猫头鹰的习性,最终完成了"猫头鹰王国"系列丛书。该书一经面世,就成为《纽约时报》重点推介的畅销书,全球销量达3000万册。2007年由湖北少儿出版社引进版权,2009年9月印刷发行。在短短一个多月的时间里,该书便成为2009年10月开卷少儿类畅销书榜单上最大的"黑马",首次上榜便夺取第三名的宝座。

② T. H. White. ed., *The Book of Beasts: Being a Translation from Latin Bestiary*. London: Jonathan Cape, 1954. p. 134.

③ Ibid., pp. 117—119.

④ Karen M. Gasser, *Resolution to the Debate in the Medieval Poem The Owl and the Nightingale*. Lewiston: The Edwin Mellen Press, 1999. p. 12.

⑤ Ibid., p. 51.

⑥ Kathryn Hume, *The Owl and the Nightingale: The Poem and Its Critics*. Toronto: University of Toronto Press, 1975. pp. 10—12.

变定义，阐述自相矛盾的观点，撒谎，不惜代价赢得辩论的优势。① 在辩论的过程中，猫头鹰和夜莺采用互相贬低、挖苦、谴责对方的方式，企图赢得辩论的胜利。这种语言暴力使辩论气氛变得紧张，直到她们最后同意一起找尼可拉斯评判。她们在辩论中采用贬低对方的部分词语如下：

猫头鹰贬低夜莺	夜莺贬低猫头鹰
用花言巧语骗人（faire worde me biswike）	丑陋的面孔（vule lete）
恶毒的建议（unrede）	肮脏的后代（fule brode）
骗人（swikelede）	肮脏的家族（ful fode）
背叛行为（svikeldom）	发臭的鸟蛋（fole ey）
不诚实的（woȝe）	声音恐怖（song bo grislich）
邪恶（unriȝt）	叫声无情悲伤（tu singest wrote and ȝomere）
阴险的花招（unwrenche）	
破嗓子（wrecche crei）	夏季迟钝（dumb a sumere）
叫声淫荡（golnesse is al ti song）	卑鄙的（wrecche）
大胆放荡（modi and wel breme）	卑鄙的（vvl/fule）
像无用的喷泉（doȝan ydel wel）	冷酷无情的（unmilde）
卑鄙的（wrecche）	恶毒的（vuele）
话匣子（chaterestre）	卑鄙的坏人（vuele wrenche）
吃蜘蛛与苍蝇（attercoppe and fule ulige）	怪物（vnwiȝt）
	令人讨厌的（lodlich）
	肮脏的（unclene）

这种语言表述是建立在贬低对方而抬高自身的基础上的，但卡森（M. Angela Carson）认为这首诗是演讲修辞的典范之作。② 卡森其实主要指她们推翻对方的命题转而证明自己的观点方面的语言表达，但这种污蔑对方的做法是语言暴力的表现，目的是给对手心理上造成一定的伤害，从而为自己的辩论找到取胜的优越感，是利己主义思想的体现。从她

---

① Judith C. Perryman, "Lore, Life and Logic in *The Owl and the Nightingale*." *Companion to Early Middle English Literature*. (2nd ed.) Ed. N. H. G. E. Veldhoen and H. Aertsen. Amsterdam: VU University Press, 1985. pp. 107—110.

② M. Angela Carson, "Rhetorical Structure in *The Owl and the Nightingale*." *Speculum* 1 (1967): 92—103.

们的辩论中我们可以看到，猫头鹰用低俗的语言贬低夜莺，强调其欺骗、背叛、邪恶和淫荡等特点。这是一种颠覆传统认知方式和祛魅的做法，是反传统的处理。在传统诗歌中，人们认为夜莺声音甜美、歌颂美好生活、赞美女性，语言表述是"美"的象征符号，但在这首诗中，夜莺同样满口污言秽语，解构了夜莺在传统文化中的文化定位，而她对猫头鹰的贬低其实和猫头鹰的生活习惯有关。显然，她们的辩论带有明显的动物论痕迹。

"猫头鹰"诗人描写了夜莺在辩论过程中的情绪变化。诗人在开头就指出她们内心"充满怒气"（sval，第 7 行），不断表达自己的"怨恨情绪"（vvole mod，第 8 行）。她们之间的辩论非常激烈，诗人用"激烈的"（starc）、"刺耳的"（stif）、"强烈的"（strong）、"大声的"（lud）、"争吵"（fiȝt）和"争论"（cheste）等词来概述辩论的激烈程度和情感投入力度。诗歌开始，夜莺对猫头鹰进行攻击，声音高亢刺耳，随后提议她们应该进行理性辩论。听完猫头鹰的解释之后，夜莺感觉对方讲话合情合理（bote riȝt an red），"有点害怕她的回答/说不到要点"（oferd tat hire answare/Ne wurte noȝt ariȝt ifare，第 399—400 行）。当猫头鹰认为她们和人类生活经历相似的时候，夜莺愤怒异常，焦虑地想主意如何进行回击。当猫头鹰质问夜莺为何不去北方的时候，"夜莺极其愤怒，/或多或少有点耻辱感"（be Niȝtingale was igremet/An ek heo was sumdel ofchamed，第 933—934 行）。当猫头鹰认为夜莺教坏了女性的时候，夜莺疯狂异常，认为如果她是人类，她会用剑、矛和猫头鹰战斗。（ȝif ho no mon were, wolde fiȝte，第 1069 行）当猫头鹰证明自己具有预言能力的时候，夜莺不知所云，"叹息着/极其焦虑"（be Niȝtingale sat and siȝte,/ And hohful was，第 1290—1291 行）。在猫头鹰说明她对人类的用处之后，夜莺认为猫头鹰是自欺欺人，卖弄自己耻辱之事，正中她的下怀，就"高声响亮地唱歌"（so schille and so brihte，第 1656 行）。其他的鸟听到夜莺的叫声之后，都知道她击败了猫头鹰，遂从四面飞来，聚集在树枝上欢快地歌唱。这些细节展示了夜莺在辩论过程中的情绪变化过程，有焦虑、愤怒、伤心、高兴等。这是夜莺在辩论中情感回应的过程和表现。进一步讲，在"猫头鹰"诗人的笔下，虽然两只鸟辩论的内容和人有关系，但她们之间的辩论其实就是两种不同的价值观的抗衡，也是诗人对鸟类具有情感回应和知觉能力的证实。

夜莺的喜怒哀乐表现出"猫头鹰"诗人置她们于整个生态系统之中，

没有人与鸟在情感表现方面的区别。这种由人及鸟的叙述说明人和动物之间并没有界限划分，表明鸟类也有情感回应的演变发展，承认动物在不同情景下的情感反应。猫头鹰和夜莺的辩论与其说是具有中世纪特点，还不如说是具有现代辩论的特点，因为这种辩论是基于对经验的肯定，而非来自逻辑推理。特里普（Raymond P. Tripp）指出，辩论可能在两只鸟之间展开，但很快她们重新定位自我，结果是这场辩论是在每一只鸟和她自己之间展开，然后在两只鸟和世界之间展开。对她们的分析会使人们意识到人在生命面前自然能力是无效的。① 事实上，在这首诗中，读者很难理解其明确的寓意，不像玛丽或奥都的寓言故事那样有着明确的道德价值指向和说教目的。这两只鸟虽然在最后谈到与人类之间的关系时，对自我的价值进行肯定，但还是没有从道德代言人的角度出发做出明确的定义。她们既没有利他主义思想的明确界定，也没有利己思想的清晰展示，最后同意一起找尼可拉斯评判。

  诗歌中，夜莺指出她们辩论的目的是"运用正义感和理性"（Mid riʒte segge and mid sckile，第186行），以文明的方式谈论真理而不必显示激情。但在辩论的过程中，我们发现夜莺明显表现出强烈的情感反应。吉尔·曼指出，通常情况下，诗人们都会强调夜莺的"遥远"，这有助于展示人对此的主观情感反应，而无须寻找夜莺的内在本质。② 她指出，如果说浪漫文学传统为夜莺造就了这种背景，那么，猫头鹰对她的攻击就完全祛除了浪漫色彩。这样的例子也不在少数。③ 从上面的表格中可以看出，猫头鹰对她的诋毁其实就是解构西方文化一直美化夜莺的做法。在诗歌的开头，"猫头鹰"诗人指出，夜莺唱歌讲究技巧，充满赞美之词，就像"从竖笛和竖琴/飘出的音符（dreim）/更像竖琴或竖笛弹奏（ishote）/而非来自歌喉（trote）"（第21—24行）。显然，夜莺因为其优美的歌喉深得人心。夜莺对猫头鹰持憎恨态度，认为猫头鹰是最卑鄙的鸟，听到猫头鹰可怕的叫声（fule ʒoʒelinge），"我宁愿吐口水也不愿歌唱"（Me luste bet speten tane singe，第39行）。从一开始就可以看出，夜莺凭借自身的歌唱优势

---

① Raymond P. Tripp,"Preface." *Resolution to the Debate in the Medieval Poem The Owl and the Nightingale*. By Karen M. Gasser. Lewiston: The Edwin Mellen Press, 1999. p. ix.
② Jill Mann, *From Aesop to Reynard: Beast Literature in Medieval Britain*. Oxford: Oxford University Press, 2009. p. 153.
③ Ibid., p. 155.

抨击猫头鹰,而猫头鹰认为这是破坏自己的名声,认为自己要是有钩子作为武器,夜莺必然从高处坠落。夜莺指出:

> 只要我在露天小心
> 暴露在外就保护自己
> 你的威胁无用武之地。
> 只要我身藏树篱(hegge)
> 不在乎你所言之意(segge)。(第55—59行)

"树篱"表明了夜莺所处的隐蔽且相对独立的空间位置,是"不可见性"的象征,和中世纪女性所处的空间相似,置自身于语言暴力之外。夜莺指出,所有的鸟憎恨猫头鹰,因为猫头鹰不但长相丑陋,而且猫头鹰的食物是蜗牛、老鼠和蠕虫这些令人憎恶的东西,"你令人憎恶且不洁净"(lodlich & unclene,第91行)。夜莺还讲述了猫头鹰借鹰孵仔的故事。这显然是遵循了动物论和《伊索寓言》传统,因为《伊索寓言》中已经写到这个故事。夜莺以此说明猫头鹰的幼仔是来自"变质的蛋"(adel-ey,第133行)的"肮脏的后代"(fule brode,第130行)。夜莺在攻击之后认为自己在智慧方面胜过猫头鹰,但她提出她们要用"判断力"和"理性",以"理性""文雅的语言""高雅"和"文明的方式"探讨真理而不必表现出任何非理性的情绪。写到这里,诗歌已经长达188行,主要表达了夜莺对猫头鹰的极度不满,充满了谴责和嘲讽意味。从她们的对话中可以看出,夜莺一直主导这场未及开始的辩论,从开始的情绪化表现转向理性思维。

猫头鹰回答了夜莺质问的几个问题,从中可以看出猫头鹰对夜莺的看法:第一,夜莺质疑猫头鹰为什么在夜间活动,把猫头鹰和黑夜联系起来,认为"所有沉没于可怕的恶行的东西/会认为黑暗甜蜜而美好"(第230—231行)。她把猫头鹰、黑暗(tuster)、恶行(misdede)联系起来,但猫头鹰自认为她的生存符合自然规律,不屑于体形小的鸟的诽谤,更不愿意像牧人那样用脏话责骂这些鸟。这里既表现出她对其他鸟类的厌恶,也说明她不愿与不文明的人类(这里指牧人)为伍,并引用阿尔弗雷德的名言警句证明自己的看法。第二,她们歌声的动听度。猫头鹰认为夜莺的声音就像易坏的木质笛子,"叽叽喳喳就像爱尔兰神父"(Irish prost,第322行),甚至指出夜莺的叫声单调枯燥,认为人们很厌恶夜莺,而自己的声音粗犷洪亮,代表着正义。第三,猫头鹰认为自己晚上可以看清一切,在深夜中像"战争中高贵的士兵一样",冲锋陷阵,在黑暗中前进。第四,夜莺质疑猫头鹰为什么在冬天鸣叫。猫头鹰认为冬天是人们庆祝圣诞的重要时间,她可以为穷人、老人和孤独的人带去安慰,而在夏天,人们不再想着纯洁之事(clennesse),而是想着淫荡之事(golnesse)。在这里,猫头鹰把夜莺和欲望联系起来。这和西方文化中把夜莺与欲望关联的看法一致。

猫头鹰以"你对人类有什么用处?"为题挑剔夜莺的外表,认为夜莺"不好看亦不强壮,/不高大亦不魁梧",猫头鹰认为夜莺吃的蜘蛛、苍蝇和虫子都是肮脏之物,认为她自己不仅可以帮助人看守谷仓,还在教堂抓捕老鼠,对人类有益。猫头鹰在回击夜莺攻击她的幼鸟弄脏窝这一说法的时候指出:"我们注意到人类的房子,/按照他们的样子造了我们自己的房子。"(We nimet ʒeme of manne bure,/ An after tan we maket ure,第649—650行)猫头鹰这样表述的目的在于说明她的行为接近人类的行为,即她们的价值观和人类的价值观一致,以此证明猫头鹰并非夜莺说得那样不洁净,命令夜莺离开她们辩论的地方。此时,夜莺在愤怒和焦虑中绞尽脑汁考虑她除了给人类唱歌之外的其他作用时,出现了叙述者的声音:"很难反击/真理与正义。"(An hit is sute strong to fiʒte/ Aʒen sot & aʒen riʒte,第668—669行)在长达41行的论述中,"猫头鹰"诗人说明人们撒谎和使用伎俩的原因所在,指出当事情处于最不确定状态的时候,诡计自然最快地发挥作用。"猫头鹰"诗人引用阿尔弗雷德的格言指出,当灾难加重的时候,解决问题的办法自然就会出现。叙述者的声音在此出现:

> 身陷囹圄的夜莺
> 动用心思想办法。
> 身处极端困境,
> 她细细考虑;
> 甚至在这种僵局中,
> 找到了满意的答案。(第701—706行)

叙述者说明夜莺通过理性的方式与猫头鹰进行辩论。夜莺强调她和教堂的神父一起歌唱天堂之光(þe houene liʒte),提醒人们知道世间之好,精神愉悦,激励人们找到那首永恒之歌。夜莺指出英格兰甚至都依赖于她:虽然她体小缺乏力量,但她聪颖,擅唱不同歌曲,并引用阿尔弗雷德的引言说明"智力胜过体力",智慧超越一切,说明人类因为智力超群而成为世界主导。她指出,人类喜欢她唱歌的技艺,而逃避猫头鹰所具有的力气,"我的一个技艺胜过你的十二个"(Betere is min on þan þine twelue,第 834 行)。猫头鹰指出这纯粹是谎言,认为夜莺唱歌是一种"骗人的伎俩"(swikelede,第 838 行),无法把人类带到天堂。猫头鹰认为人类有罪,他们通过哭泣和忏悔才可以进入天堂,进一步表明夜莺带给人类的不过是淫荡和错误的想法和行为:

> 当你停在树枝上,
> 你诱使人有肉欲之图(fleses luste),
> 尤其是乐于听你歌唱之徒。
> 你失去天堂之乐(murʒþe of houene),
> 对此你的嗓音就不适合。
> 你歌唱皆为淫荡之欢,
> 你本身并无神圣(holinesse)可言。　　　(第 894－900 行)

猫头鹰把具有消极价值的词语用在夜莺身上,认为夜莺赞美的都是错误的东西,不懂神圣的价值所在。猫头鹰质问夜莺为何不去寒冷的爱尔兰和苏格兰或遍布农夫的挪威和加洛韦,认为夜莺就像"无用的泉水"(tu farest so doð an ydel wel,第 917 行),只会在奔流向前的溪流旁无意义地"飞溅"。夜莺认为自己可以为人唱歌,但猫头鹰认为夜莺诱惑女性,使她们变得不诚实,"(你教)她进行不忠之恋,/高一声低一声地唱,/诱使她用身体/做丢人现眼的错事"(þe lefdi to an uuel luue,/An sunge bote loʒe and buue,/An lerdest hi to don shome/ An vnriʒt of hire licome,第 1051－1054 行),给她的丈夫带来耻辱。当夜莺认为自己可以分担女性的忧愁的时候,猫头鹰指出,自己虽然受到人们的棍棒和石头袭击,即便被打死,人们也会把她们的尸体挂起来吓唬喜鹊和乌鸦,"这是真的,我对人类有好处,/为了人类,我甘愿流血。/我死了都在为人做好事。"(tah hit beo sot,ich do heom god/ An for heom ich cladde mi blod. /Ich do heom god mid mine deate,第 1615－1617 行)她认为夜莺一无是处,死了对人类毫无用处,而夜莺却认为猫头鹰是拿自己的耻辱炫耀,反而认为自己获胜,其他鸟类都云集在她身边庆祝。猫头鹰指出,只要夜莺的同类协助她,夜莺就会为此付出代价。显然,在有关和人类关系的认识上,猫头鹰强调的是夜莺的"无用"和"诱惑",把夜莺和女性联系起来,把她看作是女性走向堕落的原因之一。"猫头鹰"诗人采用先抑后扬的手法,以夜莺贬低猫头鹰开始,以猫头鹰代表她和夜莺向评委尼可拉斯概述她们的辩论内容结束。从某种程度上来说,诗人比较推崇猫头鹰的价值观。

虽然猫头鹰认为夜莺无用,只会诱惑女性走向堕落,但夜莺指出自己的优点:她可以给人类带来"欢乐和喜悦"(blisse,第 433 行),花朵因此开放,玫瑰甚至要求她为了爱情"唱欢乐之歌"(one skentinge,第 446 行)。当猫头鹰认为夜莺除了唱歌之外别无他用之时,夜莺认为自己的唱歌技能比猫头鹰高,她的音乐可以启发教士唱赞美诗,尽可能谦卑地帮助他们,警告他们在快乐的心情中冥想,盼咐他们寻找恒久的赞美诗。当猫头鹰认为夜莺狡猾奸诈的时候,夜莺认为自己聪明,敏于思维,指出小小的智谋足以赢得战争,说明人类凭借"体力和脑力"取胜(Mon det mid strengte & mid witte,第 783 行),其他动物在智力上无法匹配,因此,"其他动物臣服于人类"(Ouerkumet al ortliche shafte,第 788 行)。夜莺认为人类喜欢她是因为她的"技能"(mine crafte,第 791 行),她以狐狸和猫为例说明技能可以保护自己。显然,夜莺认为自己的智慧对自然和教士都扮演着积极的作用,而她的自我评价是建立在人类对她的角色认可之上。

她们关于各自的生存空间进行了辩论。猫头鹰指责夜莺不去爱尔兰、苏格兰、挪威等北方地区,夜莺经过思考指出,"这就对了,人类的卧室是我的特权,/因为国王和他的夫人住在那里"(Hit is riht, te bur is ure/ Tar lauerd ligget and lauedi,第 958—959 行),她愿意留在贵族居住的地方歌唱。对于不去北方寒冷的地方,夜莺认为那些荒野蛮地让她厌恶,那里的人是野蛮人,看不起和平与友谊,过着和野生动物一样的生活,甚至用狼和野鹿的例子说明北方人过着原始生活,认为人能教会熊用盾和矛打仗,却无法教会这些野蛮人听歌。显然,从空间概念上来看,夜莺认为北方是野蛮之地,妖魔化北方人,而把南方文明或发达地区的人看作是与之对立的群体,因为在南方,"那里土地舒适宜人,/那里人的性情温和怡人"(lond is bote este & god/ An tar men habbet milde mod,第 1031—1032 行),她的嗓音可以为人带来欢乐和福音。自然世界与个体(鸟)之间的关系说明夜莺身处文明之地,和贵族有着价值认同感。

诗歌中,猫头鹰和夜莺对自己和女性的关系有着明确的定位和认识,夜莺为未婚的年轻女性歌唱,猫头鹰陪伴失意的已婚女性。前者关联爱情与罪恶的挖掘,后者以智慧启发痛苦女性;一个关乎快乐,另一个关于悲伤。夜莺的表述说明她扮演着歌唱爱情、教导年轻女性、分担女性忧愁的角色,是女性气质的见证人和代言人。当猫头鹰指责夜莺诱惑女性犯错的时候,夜莺认为男性因为嫉妒女性而把女性锁在深闺,她用自己的歌声为女性带来安慰。一位骑士因为杀死一只夜莺,结果被国王亨利流放,罚款一百镑,"这给我的同族带来荣耀"(Hit was wrtsipe al mine kunne,第1099行)。这表明她们受到国王和法律的保护,又与英国贵族有一定的联系。猫头鹰竭力表明自己具有预言能力,懂得书本知识和《圣经》,去教堂收集智慧和真理,让人们学会保护自己免受危险的伤害。夜莺指出:"我常常歌唱爱情"(And sot hit is, of luue ich singe,第1339行),因为爱情是美好的东西,妻子应该多爱丈夫,而不是和情夫厮混。她唱歌的目的就是教导女孩子如何去爱而不失自身的名誉。许多女性因为一时冲动犯错,但她们从中重新站起。由此,夜莺认为世界上存在两种罪恶(sunne):一种是"肉体堕落"(Sun arist of te flesches luste,第1397行),一种是"精神堕落"(An sum of te gostes custe,第1398行)。她的目的是通过唱歌给女性带来爱情的欢乐,而年轻女孩不知道罪恶的意义,她通过自己的歌唱让年轻女孩明白爱情的真谛。猫头鹰在听完夜莺的一番陈词之后指出,夜莺总是"想着年轻女孩,保护并赞美她们"(Mid heom tu holdest & heom biwerest,第1517行)。

　　猫头鹰也同样谈到她的存在对女性的意义。她指出,已婚女性都很信任她。她们在婚姻中遭遇丈夫的背叛和暴力,但是女性有可能也背叛丈夫。许多已婚女性给猫头鹰诉苦,使她内心倍感难受,祈祷基督拯救她们,送给她们更好的伴侣。猫头鹰进一步指出,那些善待自己妻子的商人、骑士和农夫离家外出的时候,他们的妻子为此悲伤焦虑,昼夜难眠。此时,猫头鹰会在窗外聆听,以歌声陪伴,"我分担她们的伤心:/因此备受她们欢迎。"(Of hure seorhe ich bere sume;/ Fortan ich am hire wel welcome,第1599—1600行)猫头鹰旨在说明无论是生还是死,她对人类都有益处,而夜莺认为猫头鹰在以耻为荣,卖弄自己被人们撕碎、用作稻草人的耻辱,认为猫头鹰在辩论中出局,众鸟欢快飞来庆祝。猫头鹰指责这些鸟的到来,认为只要她发出号召,她的家族的鸟会使夜莺毫毛不剩。叙述者在此评论:猫头鹰讲话勇敢,正如那些手无寸铁之士,他们的自信言语和行为足以使他们的对手心生恐惧,"害怕得流汗"(Det his iuo for arehte swete,第1716行)。

  学界非常关注这两只鸟的象征意义和辩手的角色定位。吉尔·曼指出,猫头鹰的禁欲主义和夜莺的美感都处于这样的传统之中:中世纪拉丁诗人把人类对冬天和夏天的反应戏剧化了,因此,就出现了这种辩论:猫头鹰与老年、冬天、忧郁、知识、力量、说教诗、单声部圣歌、修道院思想、婚姻中的爱情有关,夜莺和青春、夏天、欢乐、精巧、宫廷抒情诗、游吟歌唱、行乞规则、没有婚姻的爱情有关。① 加瑟指出,夜莺歌唱的春天之歌可以看作是激起了感官之爱,这很难和人的行为区别开来。人们不得不决定鸟是被看作人,还是人被看作鸟。② 大多数评论家把猫头鹰和基督教的禁欲主义联系起来,认为她是善鸟;把夜莺看作是基督教所说的享乐的模型和感性的歌唱者。③ 显然,诗人采用鸟的故事生动地表现了对生活经历持对立且矛盾态度的基督徒形象,一个是基督教伦理和逻辑的代表,另一个是异教精神的代表。彼得森(Douglas L. Peterson)指出,表面上看,在上帝创造的等级制中,每一只鸟都努力从与人的关系中定位她的地位,表明自己比对手地位高级优越。但是,从教学法的角度看,这是一种辩证法训练,出现两种有关人的经历所持的对立态度,即一种在本质上传统且带有基督教色彩,另外一种世俗且带有异教色彩。为了取得辩论的胜利,一只鸟代表追求真理的逻辑学家,另一只鸟代表追求诡辩胜利的修辞学家。④ 这种划分当然是后来的学者结合中世纪的历史文化背景和知识传授方式进行的阐释,但这两只鸟的辩论并不完全符合逻辑,具有观点流动、模糊的特点。人们之所以把她们划分为两种不同的阵营,那是因为人们认为在辩论的时候应该是由正反两方组成,是二元对立思维方式的展示,故此,她们似乎成为不同价值观的代表,出现了道德导向的模糊性。但是,这种认定是基于这样的基本认识,即鸟是生命主体,而"猫头鹰"诗人具有平权意识。她们虽然为不同年龄段的女人辩论,但其实是关于人与社会、自然关系的界定。

---

  ① Jill Mann, *From Aesop to Reynard: Beast Literature in Medieval Britain*. Oxford: Oxford University Press, 2009. p. 168.
  ② Karen M. Gasser, *Resolution to the Debate in the Medieval Poem The Owl and the Nightingale*. Lewiston: The Edwin Mellen Press, 1999. p. 12.
  ③ Ibid., p. 14.
  ④ Douglas L. Peterson, "'The Owl and the Nightingale' and Christian Dialectic." *The Journal of English and Germanic Philology* 1 (1956): 13—26.

辩论的最后出现了唱歌甜美的鹪鹩（Wranne[wren]），是来"帮助夜莺"的（To helpe tare Niʒtegale，第1718行）。鹪鹩在古代被看作是鸟中之王。在欧洲，有关鹪鹩的故事广泛传播。鹪鹩意味着王权，但鹪鹩附着在鹰的身上才可以飞高。亚洲人欣赏鹰，而欧洲人更欣赏鹪鹩。罗兰指出，他们的区别在于鹰是天空之王，象征着太阳和天空的力量；鹪鹩属于大地，可以进入任何洞穴，有超自然能力。① 鹪鹩死后人们可能举行盛大的葬礼。在《猫头鹰与夜莺》中，鹪鹩认为猫头鹰和夜莺不应给国王带来耻辱，而应该给他的国家带来安宁和平静，否则她们都将会蒙受伤害和耻辱。夜莺提议应该让明智的尼可拉斯先生（Maister Nichole of Guldeforde）为她们进行裁决。他住在多塞特的波特舍姆（Porteshom），方圆有名，因为他写了不少智慧之文。猫头鹰指出，他富有才华，主教却忽略这样的仁人志士，没有人能够在才智上超过尼可拉斯。这三只鸟对尼可拉斯先生的肯定说明人们对正义、公平、智慧的呼唤，是自然系统对人-社会关系的介入，认同了以尼可拉斯为代表的价值观，而开放式结尾意在表明尼可拉斯才有可能做出准确的判断，成为可能的道德代言人。

诗歌是开放式结尾。猫头鹰指出，她将负责给尼可拉斯讲明辩论的来龙去脉，夜莺负责补充、修正细节性问题。猫头鹰代表两只鸟向尼可拉斯汇报，斯旺顿指出，这"证明有可能出现和谐"②。即使出现这种和谐，那也是自然与文化融合后的和谐。这似乎从一个侧面说明，"猫头鹰"诗人认可以猫头鹰为代表的理性价值观和教会的相关教义。但是，从上面的分析可以看出，无论是猫头鹰还是夜莺，都不能成为道德代言人。她们无法公正地体现不同阶级的正义观，不能满足最大多数人的利益需求，无法遵循统一的标准和规范。因此，猫头鹰和夜莺的激烈辩论实际上都是打着利己主义思想的旗帜，并没有遵守爱和正义的原则从而使大多数人受益。加瑟指出，寓言式解读显然会受到挑战，因为这首诗缺乏明确的道德信息。③ "没有明确的道德信息"的原因其实很简单，因为猫头鹰和夜莺都无法完全成为道德代言人。修姆（Kathryn Hume）指出，这首诗脱离

---

① Beryl Rowland, *Birds with Human Soul: A Guide to Bird Symbolism*. Knoxville: The University of Tennessee Press, 1978. p. 185.

② Michael Swanton, *English Poetry Before Chaucer*. Exeter: University of Exeter Press, 2002. p. 302.

③ Karen M. Gasser, *Resolution to the Debate in the Medieval Poem The Owl and the Nightingale*. Lewiston: The Edwin Mellen Press, 1999. p. 20.

一般传统,它没有把鸟之间的争论展示为对人类来说很重要但严肃的某一观点的评论。① 威廉斯(Jeni Williams)指出:"'自然'被均等地在两只雌鸟之间分开,把'人'定义为和她们性别相反的完整的男性。这场辩论构建了一个'男性化'的读者,他的'男性化'同时等同于一个阶级的价值:世俗知识分子推崇的哲学上的理性主义。"②这和12世纪大学兴起后知识分子对理性的推崇显然是分不开的。事实上,在这首诗中,猫头鹰和夜莺在辩论中反复引用阿尔弗雷德大帝的名言警句来说明理性与智慧的重要性,比如"智力胜过体力"(第762行)。需要注意的是,文中在指涉猫头鹰、夜莺和鹪鹩的时候用的相关词语是"她"(ho/heo),"她的"(hire),"她"(hi),"她们的"(heore)。这说明辩论现场是一个女性化的世界,而潜在的听者和裁决者却是男性,她们找到尼可拉斯的目的是取得"裁决"。

这两只鸟飞向尼可拉斯凸显的是人类中心主义思想和理性至上原则。两只鸟对自身、对社会、对人类的认识和辩论最终需要借助人类的知识和"正义感"对其做出公正的、有价值的判断。"鸟(猫头鹰/夜莺)—人(阿尔弗雷德/尼可拉斯)"之间的关系说明了鸟既承载着文化话语,又是从文化"多样性"到"统一性"的表征,即两只持不同观点的鸟飞向尼可拉斯就是观点统一、一致化的过程,是人的理性占据主导位置的显现,正应了夜莺坚持的观点,即人的智力和力量是其他动物无法比拟的,故"其他动物臣服于人类"(第788行)。学界关于猫头鹰和夜莺最终飞向尼可拉斯征求辩论的结果还有其他不同的看法和观点。加瑟认为这两只鸟都是用自我辩护的技巧开始辩论,都认为自己具备某种能力,最终他们统一飞向人类做判断,说明诗人已经使她们达成共识。③这一点值得商榷。笔者以为,这种辩论不过是二元对立思维模式的一种展现,是人的世界价值观矛盾的一种凸显。她们朝向代表人类的尼可拉斯的飞翔是一种人类寻找消解矛盾对立的手段和方式。加瑟认为这首诗不仅是一场辩论,也是一种文化表述,是"两只鸟和她们的文化遗产之间的辩论",她们之间的辩论

---

① Kathryn Hume, *The Owl and the Nightingale: The Poem and Its Critics*. Toronto: University of Toronto Press, 1975. p. 20.

② Jeni Williams, *Interpreting Nightingales: Gender, Class and Histories*. Sheffield: Academic Press, 1997. p. 77.

③ Karen M. Gasser, *Resolution to the Debate in the Medieval Poem The Owl and the Nightingale*. Lewiston: The Edwin Mellen Press, 1999. p. 52.

主题是当时体制化了的道德和宗教观点。她们逐渐从绝对主义的道德伦理转移到比较宽容的人性化观点。当鸟从最初明显的不同意态度转变为同意态度的时候,一种新的认识论出现。加瑟指出,从这点上看,这首诗可以被称作元辩论诗(meta-debate),因为在解决人类面临的困境的时候,这个辩论无法充分进行归类。显然,这是基于教义的逻辑不足。① 这场辩论以失去辩论的有效性而结束,最后的判断从伦理上来说没有任何形而上的权威,只不过是一种自相矛盾的社会和心理需要而已。尼可拉斯已经被转变为价值判断的竞技场,是他自身内部就存在着猫头鹰和夜莺,她们才有了这场辩论。② 这说明,尼可拉斯本人其实代表着两种相互对立的观点,是人自身生活态度矛盾性的集中体现。可以看出,《猫头鹰与夜莺》中的夜莺形象既没有脱离动物论传统,又是文化代言人,与爱情、女性、抒情、快乐、诡计、夏天和欲望等话题相关,而随后几个世纪出现的与夜莺有关的辩论诗不是继承发扬了这一文化象征价值,就是颠覆夜莺在文化传统中的意义。

读者也许会质问:"'猫头鹰'诗人为什么选择猫头鹰与夜莺一起来辩论,而不是其他的鸟呢?"关于这个问题,学界持有不同的看法。里德认为这种情景从鸟类学的角度看非常准确,目的就是为凸显角色服务。③ 霍内格指出,诗人选择了这两种非传统的鸟作为故事主角,目的是为了获得写作的自由,因为"这两只鸟之间等级差异不太明显,这是辩论结果可以公开的基本预想。如果是一对传统的鸟或好斗的鸟,他们承载的文化价值最有可能在一开始就让人们知道哪只鸟会是赢家。"④他认为这种辩论形

---

① Karen M. Gasser, *Resolution to the Debate in the Medieval Poem The Owl and the Nightingale*. Lewiston:The Edwin Mellen Press,1999. p. 92.

② Ibid., p. 113.

③ Thomas L. Reed, *Middle English Debate Poetry and the Aesthetics of Irresolution*. Columbia and London:University of Missouri Press,1990. p. 223.

④ Thomas Honegger, *From Phoenix to Chaunticleer:Medieval English Animal Poetry*. (Diss.) Zürich: University of Zürich,1996. p. 117. 但也有证据显示这种组合搭配也是非常传统的,因为在圣安布罗斯的《创世记述》(*Hexaemeron*)、圣徒都灵的玛息莫(Maximus of Turin)的布道文中都有提及。参见 Nell Cartlidge,ed. ,*The Owl and the Nightingale:Text and Translation*. Exeter:University of Exeter Press,2001. pp. 96−98. 亨克利认为诗人用夜莺和猫头鹰代替了阿尔弗雷德寓言故事中的苍蝇和蜜蜂,并在此基础上进行了扩充。Henry Barrett Hinckley,"The Date,Author,and Sources of *The Owl and the Nightingale*."PMLA 2 (1929):329−359. 他认为根据作者所述特点看,这是一只谷仓猫头鹰。Henry Barrett Hinckley,"Science and Folk-Lore in *The Owl and the Nightingale*."PMLA 2 (1932):303−314.

式使读者去理解关到人类生活的神学或哲学问题,用会说话的鸟作为故事主角把这首诗和动物寓言联系了起来。① 修姆认为用这两只鸟作为故事主角达到了讽刺和戏仿人类体制的效果。② 阿特金斯认为"猫头鹰"诗人把她们塑造成有着人的思想的鸟,在这种双重性中才展示了她们的魅力。③ 亨克利认为这首诗具有科学论述的特点,是作者进入鸟的世界向读者展示目的的副产品而已。④ 不管是为了角色设置和写作自由,还是展示鸟的魅力和想象,"猫头鹰"诗人指出她们是雌鸟并飞向尼可拉斯陈述辩论结果,这就说明他拥有整体生态观,人因此可以加入这场辩论中来。

这两只辩论的鸟最终飞向尼可拉斯进行最终判断。这种开放式结尾表明这两只鸟承载的文化价值是中世纪时期宫廷文化和教士文化的对决,是理性与感性的对话和统一,之所以很难分出胜负原因就在于她们承载的文化价值本身是相互对立、同时共存的文化价值,是贵族文化和教士文化的共存。如此看来,这首诗辩论的目的不是想证明哪只鸟会取得最终胜利,而是在动物论的基础上展示、再现 12—13 世纪英国两种不相上下的文化价值观。当然,从生物学的角度来看,人们很自然地就把猫头鹰和夜莺分为一组,因为两者都喜欢住在林地,都是晚上比较活跃,具有一定的可比性,辩论的过程、话题、节奏都比较容易把握。夜莺外形不太美观,但与音乐是同义词,猫头鹰代表着让人信服的敌手,是体形大而食肉的动物,因捕食小鸟而出名。⑤ 在诗歌中,夜莺指出小鸟痛恨猫头鹰的原因就是因为猫头鹰对其他小鸟造成威胁。在辩论的过程中,当夜莺认为自己胜利的时候,众鸟加入她的庆祝行列。

《猫头鹰与夜莺》体现出"猫头鹰"诗人的自我意识,尤其反映出诗人自相矛盾但又很典型的对再创作和说教主义的关注,对酒神精神和日神精神的关注,这些尤其体现在猫头鹰、夜莺和尼可拉斯在同一个生态系统

---

① Thomas Honegger, *From Phoenix to Chaucileer: Medieval English Animal Poetry* (Diss). Zürich: University of Zürich, 1996. p. 115.

② Kathryn Hume, *The Owl and the Nightingale: The Poem and Its Critics*. Toronto: Toronto University Press, 1975. p. 25.

③ J. W. H. Atkins, "A Note on 'The Owl and the Nightingale'." *Modern Language Review* 35 (1940): 55—56.

④ Henry Barrett Hinckley, "Science and Folk-Lore in The Owl and the Nightingale." *PMLA* 2 (1932): 303—314.

⑤ Michael Swanton, *English Poetry Before Chaucer*. Exeter: University of Exeter Press, 2002. p. 284.

共存。这种表述不仅从夜莺和猫头鹰的争辩立场得到体现,也从她们不断为与人类之间的关系的辩论中得以证明。进一步说,这两只鸟恰恰体现的是人性中的理智与情感之间的矛盾,是欲望实现与自我欲望抑制之间的对话。猫头鹰和夜莺辩论的结果是寻找尼可拉斯做出判断,没有分出胜负,从最初两个辩手的互相为敌到最后互相妥协达成一致,她们只不过表达了人性中存在的双面性,无论任何一方都无法脱离对方而存在。里德把这种结尾看作是写作的目的论,他认为有些诗歌故意出现模糊的结论,目的是为了展现现实的模糊性和娱乐方面的矛盾性。[1] 这种看法实际上说明在情感与理智方面并没有明确的界限,而在当时,辩论作为一种思想观念的表述方式,也是一种娱乐方式,一种口头表演。非正式地说,就是脱口秀式的表演,辩手在互相攻击的过程中必然含有说教的因素,其结果必然带有娱乐性质,读者或"听众"(文中的"我")随着辩论的跌宕起伏而获得精神的洗礼。

辩论诗《画眉与夜莺》大约写于 1275 年到 1300 年之间,全诗共计 192 行,辩论发生在雄性画眉(threstelcok [thrush])与雌性夜莺(niʒtingale [nightingale])之间。它唯一完整的手抄本现藏于牛津大学图书馆,编号为 MS Digby 86,是由沃塞斯特郡的多明我会修士抄写而成。《画眉与夜莺》是动物寓言和辩论诗两种体裁的融合,采用"鸟类弥撒曲"(Bird Mass)的形式进行。中世纪的"鸟类弥撒曲"是一种传统的诗歌形式,以神圣之爱或世俗之爱的名义,不同的鸟聚集在一起欢快地歌唱教堂中做礼拜的不同部分的内容。诗歌中,夜莺居住在果园和花园之中,而画眉栖息在榛子树上。画眉象征着春天,通常以嗓子甜美、好争论而出名,所以出现在文学作品之中。画眉和夜莺围绕"女性价值"和"女性贞洁"这两个问题展开辩论,展示了中世纪人对女性所持的矛盾态度。夜莺赞美女性,而画眉贬低女性,最终夜莺以歌颂圣母玛利亚而赢得辩论的胜利。

辩论发生的时间同样是夏天:鸟语花香,榛子树郁郁葱葱,山谷露珠轻轻滑落。诗人以第一人称视角展开诗歌叙事,在第二个诗节提到"我"听到两只鸟在辩论(strif),一只鸟听起来高兴,另一只鸟听起来悲伤。整个诗歌的诗行排列非常对称,每只鸟辩论的内容有 14 个诗节,以两个诗节的形式轮流进行,分布比较均匀。辩论以画眉谴责女性开始,辩论过程非常激烈。夜莺和画眉

---

[1] Thomas L. Reed, *Middle English Debate Poetry and the Aesthetics of Irresolution*. Columbia and London:University of Missouri Press,1990. p. 229.

对女性进行评价的时候采用的表述语言对立,各自立场非常鲜明。在第三个诗节中,诗人明确地指出夜莺维护她的同性,即女性,赞美女性,以免女性被辱骂。画眉贬低女性,认为女性是魔鬼和悍妇。这首诗没有《猫头鹰与夜莺》中两只鸟的生物性特点和性情的对比。诗中,她们关于女性的性格和社会地位的辩论采用的语言表述如下①:

夜莺(支持女性)	画眉(贬低女性)
温文尔雅的(hende of corteisy/ hendinese and curteysi)	轻浮而虚伪的(fikele and fals)
甜蜜可人的(swete)	背信弃义(swikele)
温顺谦和的(meke and milde)	假惺惺的(false of thohut)
最甜美的爱人(the swetteste driwerie)	错误的(fals)
富有教养的(hende)	不忠的(ountrewe)
光彩照人的(brighttore)	罪恶的(sunfoul)
(像)香气弥久的花朵(flour that lasteth longe)	魔鬼(fendes)
婀娜多姿的(louelich under gore)	恶毒的(wycke)
良医(so goed leche)	邪恶的(ille)
性情温柔(so milde of thoute)	欺骗(biswiketh)
言谈温文尔雅(so feir of speche)	偷做罪恶之事(don a sunfoul derne dede)
使人开心振作(gladieth)	
和气地招待人(mid gome hy cunne hem grete)	
治愈男性的痛苦(hele monnes sore)	

从上表中可以看出,夜莺在辩论中采用的词语都是富有正面和积极价值的词语。这些词语用来赞美女性群体的美德,符合中世纪文化对理想女性形象的期待,也符合中世纪男权社会对"女性"这一概念的定义和所持的一贯标准。相比之下,画眉的言语以带有消极意义和负面价值的词语来贬低女性的存在意义。可以看出,夜莺重在强调女性在两性中的情感角色,这从她采用的动词中可以看出。画眉除了用描述性的形容词之外,更用了直接定性的名词,比如"魔鬼",说明女性的邪恶,表现出中世纪人对女性所持的恐惧和焦虑心理,企图维持刻板化的女性负面形象。画眉同时采用例证法,讲述了亚当和夏娃、亚历山大国王、高文爵士、康斯

---

① 有关这首诗的引文来自 John W. Conlee, ed. , *Middle English Debate Poetry: A Critical Anthology*. East Lansing:Colleagues Press,1991。译文为笔者自译,后面的引用只标明诗行,不再另行做注。还可参见"The Thrush and the Nightingale: Text and translation",⟨http://www. southampton. ac. uk/~wpwt/digby86/thrushtxt. htm⟩,Jan. 28th. 2016。

坦丁的王后的故事以及《圣经》人物大利拉背叛力士参孙的故事,来说明女性对男性的背叛,证明女性的不忠和不可靠:

> 在一百位中找不到五位,
> 未婚女子或结发之妻,
> 完全保持贞洁(al clene)。(第 160—162 行)

当画眉认为女性是原罪和耻辱之源的时候,夜莺提到了基督之母,即圣母玛利亚,因为"她既无罪亦无使人羞愧之事"(Hoe ne weste of sunne ne of shame,第 175 行)。画眉自责无知,承认自己被这位生育了身有五个伤口(woundes fiue)的圣子的女性打败,回答道:

> 我以他(基督的)神圣之名宣誓
> 永不再控诉
> 未婚女子或已婚之妇。(第 187—189 行)

在此之前,画眉认为夜莺过于抬高女性,在一百位女性中,几乎找不到五位贞洁的女性。在这种情况下,夜莺指出,世界是通过一位"温顺而谦卑的童贞女"(a maide meke and milde)而得以改变。显然,夜莺指的这位女性是圣母玛利亚。夜莺是以中世纪人最崇拜的女性圣母玛利亚而赢得辩论胜利。她是基督之母,更主要的是她是童贞女母亲。这和当时的圣母玛利亚崇拜相互呼应。圣母玛利亚是中世纪理想化女性的典型代表,普通女性以模仿她为荣,也和当时社会文化背景下宫廷文学或骑士文学对宫廷爱情和理想化女性的塑造有关。因此,可以说,这场发生在夜莺和画眉之间的辩论与其说是在辩论女性的品德好坏问题,还不如说是在赞美圣母玛利亚。夜莺和画眉都在强调女性的贞洁问题,画眉表示怀疑,而夜莺通过基督之母证明了女性的贞洁。

表面上看,雄性画眉和雌性夜莺恰好又代表了社会性别的两大阵营,怀疑女性的贞洁度,但威廉斯指出,雄性画眉代表的是教士阶层,雌性夜莺代表的是充满感官色彩的自然世界。他指出,在性别问题之外还存在着阶级问题。夜莺代表贵族,画眉代表教士阶层,因为教士阶层在 13 世纪逐渐变得非常有权威,对贵族造成了一定的威胁。① 诗歌中,辩论是以

---

① Jeni Williams, *Interpreting Nightingales: Gender, Class and Histories*. Sheffield: Academic Press, 1997. pp. 85—87.

画眉攻击夜莺开始,以画眉最终失败离开,开始流浪而结束。从阶级的层面看,显然教士阶层被排除在外,以夜莺为代表的贵族处于中心位置。夜莺处于中心位置的原因在于她借助圣母玛利亚获胜。圣母玛利亚既抛开了世俗女性背负的原罪,身体上纯洁无瑕,在精神上也具有母性。霍内格持相同观点,指出这首诗可以看作是教士阶层中的厌女主义者和宫廷女性的保护者之间的辩论,后者以圣母玛利亚为由取得辩论的胜利。①

雄性画眉作为教士的代表,贬低女性,最终却败在教会推崇的理想化女性的概念之上。这显然是一种悖论:教会既表现出对女性的厌恶,又塑造出另外一个理想化的女性。雌性夜莺成功之处在于抓住了教会的矛盾点所在,凸显了教会对理想女性的推崇。她的看法和中世纪一些神学家的看法如出一辙,因为他们认为上帝创造女性就是作为男性的帮手和安慰者出现。斯旺顿指出,这个时期见证了具有人文色彩的感官享受和独身的禁欲主义的复兴。反女性主义的讽刺文批判传统女性的弱点:她们顽固、虚伪、嫉妒、多嘴、邪恶、贪婪、易变,尤其是傲慢与虚荣。② 威廉斯指出,画眉的现实主义和夜莺的浪漫抒情之间的矛盾在于堕落的现实世界和理想化的非现实世界之间针锋相对。对现实世界的积极评价显然没有地位,非现实世界是理想的存在。女性的贞洁不仅成为故事的核心主题,也反映出作为贵族代表的雌性夜莺的重要性。③ 这和 12 世纪文艺复兴后"爱情"成为文学的一大主题、骑士制度的发展、13 世纪起贵族从追求感官之爱转到追求精神之恋(宫廷爱情)有关。从某种程度上来看,这种文化语境促使夜莺取得辩论的胜利。当然,这也是两种相互对立的对女性的看法的外化,但是否是女性诗人写了这首诗很难有证据证明。

《画眉与夜莺》已经脱离了《猫头鹰与夜莺》中呈现的动物论倾向,直接借助两只鸟的语言来阐述 13 世纪英国人在认识上对女性所持的矛盾心态。我们不能局限于只谈夜莺的象征意义和寓言意义,我们可以看到两只鸟在辩论的时候带有强烈的情感起伏变化,不断以"你这只鸟"

---

① Thomas Honegger, *From Phoenix to Chauticleer: Medieval English Animal Poetry* (Diss). Zürich: University of Zürich, 1996. p. 110.

② Michael Swanton, *English Poetry Before Chaucer*. Exeter: University of Exeter Press, 2002. pp. 275—276.

③ Jeni Williams, *Interpreting Nightingales: Gender, Class and Histories*. Sheffield: Academic Press, 1997. p. 92.

(fowel)来互相称呼。画眉认为夜莺作为"文雅的鸟"(gentil fowel,第61行)不该教训他,互相攻击,希望对方离开他们居住的森林而去他处流浪。这种文字暴力产生的效应是以画眉为代表的反女性主义者最终失败,反而为女性赢得一席之地。这是为女性辩护的夜莺的成功,也是女性的成功。在动物论中,夜莺被看作是善于哺育孩子的好母亲,但在这首诗中,夜莺被看作是具有美德的女性的代言人,是女性气质的象征符号,也是贵族的代表,因为用来形容夜莺的词语"gentil"通常与贵族关联。夜莺在辩论中说女性使人高兴(第31行),是男性的伴侣(第34行)。当画眉指责女性给男性带来痛苦的时候,夜莺非常"生气"(hoe wes wroth,第49行),质问画眉为何撒谎,画眉说道:

> 你这只鸟,我想你在撒谎;
> 虽然你性情温和善于调解,
> 你只说心中所想。(第67—69行)

显然,在画眉/教士阶层看来,夜莺和女性一样温和,有教养且具有相似的性格特点,故把女性和夜莺等同起来。从生物学的角度看,夜莺体态纤小,声音甜美动听,往往给诗人们以灵感。虽然一般是雄性夜莺鸣叫,但诗人们还是把鸣叫的夜莺看作是雌性,因为在西方,缪斯女神被看作灵感之源,智慧是以女性的形象表征。纽曼(Barbara Newman)指出:"在对智慧女神的崇尚之中,我们看到的是回归被压制的人的典型例子。在现实的层面上女性的创造力被埋没或者神秘化,但是它却在神圣的光环下,在象征的意义上得到复原。"[①]故此,体态小而善于取悦人的夜莺被看作是被压制的女性的代表。

这两只鸟之间的互相攻击带有很强的感情色彩。夜莺批评画眉说"你肯定疯了(wod)"(第73行)和"你这只鸟,你的嘴巴让你很丢人(haueth ishend)"(第169行)。最后画眉承认,"夜莺,我不理智(woed)/或太无知了(luitel goed)"(第181—182行),辩论以夜莺的胜利收场,以画眉离开这个王国结束。如果说这是两性之战的话,那么,辩论最后以女性的胜利而结束。从空间概念上看,画眉最终被排除在这个王国之外,也

---

① Barbara Newman,"More Thoughts on Medieval Women's Intelligence." *Voices in Dialogue*: *Reading Women in the Middle Ages*. Ed. Linda Olson and Kathryn Kerby-Fulton. Notre Dame: University of Notre Dame, 2005. p.233.

就是说，这个国家最终成为雌性夜莺/贵族的空间。这是女性气质的胜利，是以夜莺为代表的贵族社会的胜利，是以诗歌为理想的精神境界的胜利，也是当时文化女性化的一种表现。

从环境伦理学的角度看，画眉与夜莺之间的矛盾是建立在个人喜好价值基础上的价值判断行为的冲突，画眉最终做出的选择实际上是从个体喜好价值到社会喜好价值的转变。他以离开他们共同生活的国度/空间来承认夜莺的胜利和圣母玛利亚在文化中的主导权，凸显的是社会整体价值认同，即他放弃了个人对女性所持的消极看法，承认夜莺代言的贵族社会的价值观。在这首诗中，夜莺成为名副其实的道德代言人，代表了13世纪英国主流社会或贵族阶层的价值观。在崇尚宫廷爱情、骑士精神为主的中世纪特色文化之中，贵族社会和教会之间的矛盾以女性地位的界定得到外化。在流放以画眉为代表的教士阶层的基础上，贵族社会采用请君入瓮法赢得话语主导权的胜利。因此，夜莺成为替女性辩护、保护女性的辩手，成为为女性争取权益、名誉和地位的代言人，成为贵族社会的意识形态的代言人并不为奇。

辩论诗《布谷鸟与夜莺》是约翰·克兰伍①撰写的诗歌，亦名为《爱神丘比特之书》。康利指出，克兰伍的诗作有《布谷鸟与夜莺》和《两种方法》(*The Two Ways*)，前者明显受到乔叟的《百鸟议会》的影响，后者表现了他对罗拉德教派的看法。②《布谷鸟与夜莺》大约写于 1391 年，目前在牛津大学图书馆藏有 5 本手抄本，剑桥大学图书馆藏有 1 本，最好的手抄本在牛津大学鲍德里图书馆，编号为 Bodl. Library MS Fairfax 16。从体裁和主题上看，它的目标对象是贵族听众。斯卡特古德(V. J. Scattergood)指出，《布谷鸟与夜莺》的灵感来自乔叟，从体裁上来说，它们有许多共同

---

① Sir John Clanvowe(1341—1391)是威尔士诗人和外交官，和乔叟是挚友。他曾经在爱德华三世和理查德二世的宫廷当过士兵、管理人员、外交官和守卫，和当时一些非常优秀的知识型骑士过从甚密。据维基资料显示，1913 年，人们在伊斯坦布尔发现了他和威廉·奈威尔的合葬墓，认为他们有可能有同性恋关系。

② 这首诗中提到了乔叟的作品，有很多乔叟诗歌的痕迹。康利指出，直到 19 世纪晚期人们才认为这首诗不是乔叟所写，而是约翰·克兰伍所写。John W. Conlee, ed., *Middle English Debate Poetry: A Critical Anthology*. East Lansing: Colleagues Press, 1991. p. 249. 虽然本诗作的题目是《爱神丘比特之书》，本研究中诗作的名字采用康利版本中的《布谷鸟与夜莺》(*Of þe Cuckow & þe Nightingale*)。有关这首诗的引文来自 John W. Conlee, ed., *Middle English Debate Poetry: A Critical Anthology*. East Lansing: Colleagues Press, 1991. 译文为笔者自译，后面的引用只标明诗行，不再另行做注。

点,都是有关情人节的爱情梦幻诗,都涉及鸟对爱情的辩论,两首诗都是以鸟欢乐的鸣叫吵醒诗人而结束。① 从诗歌中可以看到,故事发生在情人节,两只鸟辩论的内容主要是探讨爱情的本质和利弊。雄性布谷鸟反对爱情,雌性夜莺为爱情辩护。这和 14 世纪法国诗人让·德·孔德(Jean de Condé)的诗歌和厄斯塔什·德尚(Eustache Deschamps)的民谣《以两种方式》(En de douls temps)有异曲同工之妙,因为这两位诗人都把布谷鸟描写为反对爱情的代表。从写作风格看,克兰伍可能读过《画眉与夜莺》和《猫头鹰与夜莺》这些诗歌。

这首诗长度为 290 行。它不像其他诗歌那样辩论内容均衡分布,布谷鸟和夜莺表达了对爱情的对立看法:夜莺认为爱情高尚,给人以力量,而布谷鸟认为爱情只会带给人们伤痛。诗歌内容大致可以分为四大部分:一、介绍爱神的力量;二、两只鸟关于爱情利弊的辩论;三、夜莺为叙述者"我"歌唱;四、夜莺为众鸟讲述和布谷鸟辩论的事情,约定召开议会解决问题。这首诗是梦幻辩论诗。叙述者描述完爱神的力量之后,就指出自己陷入半睡半醒状态中,然后听到两只鸟在辩论。最后,夜莺飞到溪边的山楂树上唱起了"生命中的爱情给我力量"的歌,"声音如此洪亮,以至于我从歌声中清醒过来"(So loude tat I with song awoke,第 290 行)。

克兰伍以第一人称叙述视角开始,在诗歌开头用 50 行说明爱神的力量。"爱神能够使喜欢他的人悲喜交加"(he can glade & greue whome him liketh,第 18 行),爱恨交织,尤其是在五月的时候,人们内心充满对爱情的渴望。诗人指出"我"夜半清醒,听到许多鸟叫的声音:"听夜莺歌唱/比听淫荡的布谷鸟歌唱好。"(good to here te nyʒtyngale/Rather ten te lewde kukko syng,第 49—50 行)在诗歌的第 80 行,诗人提到了情人节。叙述者坐在河边,听到河水潺潺流过。他认为这是世界上最动听的旋律,内心感到欣喜,处于半睡半醒状态,"未全睡着,亦未全醒"(Nouʒt al a-slepe, ne fulli wakyng,第 88 行)。诗中,他还几次提到他处于半睡半醒状态,如"在昏迷中"(in tat swow,第 89 行)、"正在昏迷中"(in tat swownyng,第 107 行)。听到布谷鸟的叫声,他心生不悦,谴责布谷鸟。这时候,他听到夜莺清脆欢快地唱歌,明白夜莺的目的和说话的内容。

---

① V. J. Scattergood, ed., *The Works of Sir John Clanvowe*. Cambridge: D. S. Brewer, 1975, p. 12.

这两只鸟的辩论以夜莺发言开始,从诗歌第 112 行开始。夜莺认为布谷鸟的歌唱"枯燥乏味",企图驱赶布谷鸟去其他地方,但布谷鸟认为他的歌声和夜莺的歌声一样动听、真实且清晰,他认为夜莺发出叫人无法理解的怪叫。夜莺指出,那些说爱情坏话的人都应该被处死:

> 同样,我要说这些人理应死,
> 如果不是为爱她而活,
> 那些不愿侍奉爱神之徒
> 我敢说,他活该去死。(第 131—134 行)

布谷鸟持有相反观点,他认为夜莺这种"非爱必死"的观点是一个"奇怪的规定"(a queint lawe)。在他看来,爱情让人们承受了太多的悲伤和痛苦,人活着没有必要为爱情经受折磨。夜莺对他的观点感到很吃惊,她细谈爱情之高贵,歌颂神圣的爱情,用如下词语描述爱情的本质(第151—163 行):善(goodnes)、荣耀(honour)、文雅(gentilles)、崇拜(wirship)、安逸(ease)、高兴(lust)、欢乐(ioy)、完全的信任(a-ssured trust)、消遣(iolite)、愉悦(plesaunce)、精力充沛(fresshenes)、慷慨(larges)、讲究礼仪(coutesie)、真正的伴侣(trwe companye),等等。在夜莺看来,这些相爱的人害怕带来耻辱,不愿意在耻辱中死去。她坚信自己所说之言,愿意抱着这样的信念面对生死。布谷鸟基于具体生活经历,对爱情的看法恰好相反:

> 于年轻人而言,爱情是激情,
> 于老年人而言,爱情是欲望;
> 爱之越深,受伤最深。
> 随之而来的是疾病和悲伤,
> 悲痛、痛苦和重疾缠身。
> 蔑视、争论、愤怒和忌妒,
> 诽谤、耻辱、失信和嫉妒,
> 傲慢、伤害、贫穷和恼怒。(第 168—175 行)

从布谷鸟的表述中可以看出,爱情意味着创伤、失败、疾病以及一切消极的情感体验。夜莺反而为爱情的积极意义辩护,指出当一个人喜欢爱神的时候,爱神自然会赐予他快乐。布谷鸟反击道:"爱情没有理性,只有意愿。"(for loue hat no reson,but it is wil,第 197 行)他认为爱神只会让普通人失望,并使他们因为没有得到恩典而离开世界。叙述者"我"听到夜莺叹息,无话再说,竟然哭泣起来。夜莺认为布谷鸟的一席话伤了她的心,祈求爱神为她复仇。"我"遂捡起一块石头使劲扔向布谷鸟,布谷鸟在惊慌中飞离,"我"感到很高兴,布谷鸟甚至嘲笑"我"为"八哥"(popingay),言下之意"我"是一个贪欲之人。

  随后,叙述者"我"同夜莺探讨和爱情相关的内容,是"我"(人)与夜莺(鸟)之间的对话。布谷鸟飞离之后,夜莺对诗歌中的叙述者"我"表示感谢,并以爱情的名义发誓,"这个五月,我只为你歌唱"(第230行)。夜莺劝告"我"不要对爱情丧失信心。叙述者感到非常难过,夜莺建议他每天细细端详雏菊,就会减轻心中的痛苦,因为雏菊是爱情专一的象征。夜莺认为叙事者"我"看起来真诚,决定给他唱一首新歌,以表达对他的爱。夜莺离开之后,"我"祈祷爱神与她相随,并赋予她更多的爱。在这种互动的对话关系中,"我"和夜莺之间在价值观上产生认同,"我"扔石头"救"夜莺和夜莺"唱歌"是人类和动物之间带有情感反应的举动。叙事者解救的是以夜莺为代表的积极爱情观,夜莺歌唱的内容正是诗人内心支持的爱情观。从某种程度上来说,这就是当时人们对宫廷爱情持有肯定态度的表现。"诗人-夜莺"的搭配关系其实就说明诗人就是夜莺,而夜莺不过是诗人在梦幻中心声的表述者而已。这种角色的互相转换恰恰印证了西方传统文化观念把诗人和夜莺联系起来的想法。

  可以看出,诗人克兰伍对两只辩论的鸟持有不同的态度:扔石头赶走反对爱情的布谷鸟,对歌颂爱情的夜莺持保护和支持态度。这种态度关联社会阶层,因为他对两种鸟采用的修饰语说明两种鸟代表着不同的社会阶层。他用"乡下人的"(cherles,第147行)来称呼布谷鸟,而对于夜莺,诗人用的是"文雅的"(gentil,第261行),后者通常和贵族的地位和品味关联。威廉斯指出,如果说夜莺的爱情观继承了13世纪理想女性具备的物质性特点,那么,布谷鸟就继承了教士所持的现实伦理,但布谷鸟并非是具有野心的教士,他不过是农民阶层而已。[①] 诗歌中的"我"和夜莺坚持的价值观产生认同,这表明了诗人对爱情的态度和立场,即对以"夜莺"为代表的贵族的爱情观的拥护。

  叙事者"我"和夜莺之间的对话不仅是人-鸟世界的无界限的对话,也

---

① Jeni Williams, *Interpreting Nightingales: Gender, Class and Histories*. Sheffield: Academic Press, 1997. p. 104.

是自然与文化的沟通,抹杀了物种差异,赋予诗歌中的夜莺以情感色彩。这首诗中的夜莺形象的塑造和辩论诗《画眉与夜莺》中的夜莺形象基本一致,即夜莺是女性代言人,为贵族和女性讲话,为高贵的爱情辩护。威廉斯指出,夜莺在这首诗中不仅仅是贵族的能指,而且是性爱的象征,但贵族却在口头文学中把夜莺看作是否定欲望的角色。这种双重的自我抑制,即通过否定欲望和写作,在一个形象上得到再现:有贵族气派的夜莺体现并监督她的双重越界行为。① 他进一步指出,书名《爱神丘比特之书》就结合了"书"和宫廷派的"丘比特",不仅展示了贵族定义的抒情空间,用夜莺来说明主体和社会之间的关系受制于占据主导地位的意识形态,而女性作为他者被转变为符号,那就是夜莺。② 叙事者"我"赶走布谷鸟的做法同样说明贵族对社会底层人的排斥和边缘化倾向。我们发现,夜莺在离开叙事者"我"之后,在山谷中给其他的鸟讲述她和布谷鸟之间的辩论,并认为布谷鸟是"邪恶,虚假而无情的鸟"(Of tat foule, fals, vnkynd brid,第270行)。其中一只鸟指出,既然布谷鸟不在他们之列,建议举行议会选鹰为王。所有的鸟最后一致同意情人节后在伍德斯多克的女王窗户外的槭树下开会商讨此事。这种结尾和《猫头鹰与夜莺》《画眉与夜莺》有异曲同工之妙,即辩论的最后需要某位权威人士见证辩论结果,做出判断并终止辩论。这些人分别是尼可拉斯先生、圣母玛利亚和伍德斯多克的女王。在这首诗中,夜莺在明确地谈论宫廷爱情的时候,既代表着贵族的爱情价值观和品味,又体现着对女性的认同和宫廷爱情的肯定。

有关女性地位的辩论同样出现在15世纪后半期的英语辩论诗《教士与夜莺》(一和二)之中。事实上,这首诗是以两个残篇形式存在的,一部分珍藏在牛津大学鲍德里图书馆,另外一部分珍藏在剑桥大学图书馆。剑桥大学的残篇保留了诗歌前面的106行,而牛津大学的残篇保留了诗歌的后86行。③ 这首诗同样是梦幻辩论诗。辩论发生在教士与夜莺之间,时间是五月。诗人在半睡半醒之间听见一只夜莺在歌唱,他心中非常

---

① Jeni Williams, *Interpreting Nightingales: Gender, Class and Histories*. Sheffield: Academic Press, 1997, pp. 112.
② Ibid., pp. 113—114.
③ John W. Conlee, ed., *Middle English Debate Poetry: A Critical Anthology*. East Lansing: Colleagues Press, 1991. p. 266.

喜悦,"她给我讲了一件惊奇的事情(a wonder thyng),/我应该全部告诉你。"(第7—8行)①辩论发生在教士和夜莺之间,打通了物种差异,是人与鸟之间的辩论。其主题和辩论诗《画眉与夜莺》如出一辙,即有关女性的价值和女性的忠诚问题。夜莺要求有教养的教士停留一下并告诉她自己悲伤的原因。教士指出,他所钟爱的女性无人媲美,"漂亮而忠诚,谦卑有礼——她可给我一切又可卖掉我!"(Fayre and trwe, mylde of mode—She may me gif and sell! 第23—24行)显然,深陷爱情的教士已经完全被这位女性所控制,她可以以任何方式对待他。夜莺随即指出:

> 虽然女性是尤物,
> 漂亮而安静,
> 但她对骑士和国王不忠;
> 教士,她对你不情不愿。(第29—32行)

显然,夜莺认为女性不忠和自私,以提醒教士的口吻对女性进行批判。教士对此不满并极力赞美女性,指出:

> 女性把男性带出痛苦深渊,
> 她是解除痛苦的良药(bote of alle bale)。(第35—36行)

教士的立场显然和《画眉与夜莺》中夜莺的立场一致,而夜莺在这首诗中保持的是画眉的立场。从某种程度上来看,这两首诗具有一定的互文色彩。在《教士与夜莺》这首诗中,夜莺不是女性的代言人,而是反女性主义者。夜莺质问教士,认为教士所受教育和知识不足,爱情并不可靠,"爱情"这个词"并不是真的"(tat werk is not trewe,第40行)。她指出女性是男性痛苦的开始所在,并用亚当的例子证明这是事实,并认为教士不是明智之人。夜莺劝教士不要把她的事情讲给年轻少女或已婚女性,并用所罗门的故事说明女性通常为了蝇头小利而改变心意,放弃自己该为男性所做之事。听完夜莺一番话之后,教士极力反对,认为夜莺在嘲笑他,因为"女性既美丽又温文尔雅,/无论何时见面,/都充满喜悦和欢乐。"(Ful of game and of glee,第67—68行)用教士的话来说,女性可以安慰痛苦中的男性:"眼神可改变他的想法,/亲吻可祛除他的痛苦。"(第71—

---

① 有关这首诗的引文来自 John W. Conlee, ed., *Middle English Debate Poetry: A Critical Anthology*. East Lansing:Colleagues Press,1991. 译文为笔者自译,后面的引用只标明诗行,不再另行做注。

72行)但是,夜莺指出,这种改变充满罪恶(synne),男性会变成蠢人。她用犹大亲吻并出卖耶稣的例子说明女性的亲吻只会给男性带来罪恶:"犹大也亲吻了我们的主,/他把他出卖给了犹太人。"(第79—80行)夜莺提醒教士说:"你非常爱她的眼神;/等到你的钱袋子空了,/再见吧,教士,你的亲吻!"(第82—84行)夜莺进一步指出,女性生来应该帮助男性,她们身上有罪,男性通过女性使自己受到束缚。夜莺认为无论在哪里都找不到一位优秀女性:"但是男性可以改变她的心意/如果他的钱包足够重。"(第103—104行)虽然教士认为男性赚钱的目的就是供女性来消费,但夜莺认为女性忘记上帝创造她们的使命,弦外之音是女性不过是拜物主义者,崇尚金钱,以爱情为重的教士不过是女性手中控制的对象,并以此实现获得物质和财富的目的。

可以看出,教士是一位女性主义者,极力拥护女性。他既谈及女性的美、忠诚和温文尔雅的风度,又详细说明女性在两性关系中的精神支柱作用,即女性是男性的幸福之源,并指出男性自我价值的实现依赖于女性在经济上对男性的依赖。夜莺显然代表反女性主义者。她认为女性善变、不可靠,浑身充满罪恶,极其嗜好金钱,是拜金主义者的典型代表。男性热爱女性不过是被女性的外表所吸引,被欲望所驱动,他们因为爱女性而成为有罪之人。显然,教士以反击的方式在肯定女性存在的积极价值,而夜莺以例证(提到亚当、所罗门、耶稣)的手法说明女性的存在具有消极价值。

《教士与夜莺》的第二部分并不完整,共计86行。在这部分,夜莺认为女性淫荡而诡计多端,在寻欢作乐的间隙可能会随时改变心意,狡诈而难以揣摩。女性哭泣得非常厉害的时候,"男性一定要心存警惕,/以免她会欺骗(begyle)你。"(第9—10行)但是,教士用"美丽"(fayre)、"真诚"(trew)、"聪慧"(bryght)、"漂亮"(schene)、"谦卑"(myld)、"正直"(good)和"温柔"(hend)等词语说明女性的外表美和内在美,并认为夜莺不该指责女性。但在夜莺的说服下,教士以学生的身份请求夜莺做他的老师,因为对方温柔且血统高贵,请求夜莺告诉他如何识辨品德好的女性和品德坏的女性。夜莺指出,这样的女性并不存在,只有女性死亡了或彻底沉默了才能证明她是好女性:

> 身披灰色大理石袍服,
> 心怀仁慈。

这种好女性，
才可能做出奇事。
双脚升到天空，
不费任何气力。（第41—46行）

"灰色大理石"实指坟墓，"双脚升到天空"意味着死亡。在夜莺看来，女性要有美德，处于死亡或无声状态下的女性才是理想的女性，由此证明自己的观点，即真正富有美德的女性并不存在，但是：

当上帝死的时候，她们就是好人，
若重新被创造，她们就是好人。
教士，现在请记住这条最好的教导，
因为女性永远不可靠。（第51—54行）

教士一想到女性的死亡，觉得自己会"晕倒在地"(fal to grownde)，"心要撕裂"(to-berst)，威胁夜莺不能谴责女性，否则会付出昂贵的代价。鉴于此，夜莺做出让步，看在教士彬彬有礼的份上改变心意，决定为女性祈祷，希望女性不管是在闺房还是在厅堂都要温文尔雅，富有思想。但是，夜莺提醒教士要牢记她的教导，爱他所爱，但认为女性"会做一个玻璃帽(glasyn cappe),/嘲笑你"(第81—82行)。言下之意是女性会自欺欺人，自认为自己得到了保护。诗歌结尾，夜莺向教士道别，并一再提醒他记住她说过的话。

这首诗不同于本部分其他诗歌的地方在于辩论发生在人与鸟之间。显然诗人忽略了人与鸟之间的差异，打通了人类与动物世界的边界，是生态系统中不同生物体之间平等的语言对话。在传统观念中，夜莺是女性的代言人，通常维护女性的权力，比如在《猫头鹰与夜莺》和《画眉与夜莺》中就是如此。但在这首诗中，夜莺却极力反对女性，贬低女性，认为女性不忠，甚至认为世间真正的好女性并不存在。值得注意的是，在诗歌第一部分教士和夜莺以辩手的身份进行辩论，但在第二部分他们的关系发生了逆转，教士主动拜师于夜莺，称对方为老师，并希望对方给予他教导。因此，夜莺在这首诗中先后扮演两个角色：辩手和老师。这种对夜莺这一传统角色的改变似乎在表明道德代言人在文学作品中的形象具有一定的随意性和不确定性。诗人们附加在其身上的那些固有的、传统的、得到广泛认可的价值观实际上是可以改变的。在几首诗中夜莺所代表的两种相悖的价值观就是典型的例证。

显然,夜莺在这首诗中的角色非常具有颠覆性。她完全否认女性,而不是支持女性。在《猫头鹰与夜莺》中,猫头鹰代言教士阶层,满篇充斥着对女性的贬损之词,而夜莺却极力维护女性,不仅证明自己对人类的好处,而且例证女性对人类所能带来的积极价值。在中世纪文化中,教士阶层一般对女性持有偏见,认为女性身上承载的都是消极价值,把人类堕落的原因归结在女性身上。玛利亚崇拜产生的原因在于通过这样一位圣洁的理想女性表达人们对普通女性所持的看法,从而希望普通女信徒模仿圣母。显然,《教士与夜莺》的颠覆性体现在对说话对象形象及其观点表述的改变之上。在《画眉与夜莺》中,画眉是厌女症的典型代表,夜莺是女性的维护者,但在《教士与夜莺》这首诗中,夜莺的形象背离了这一传统套路,出现角色冲突,违背社会或群体所赋予的角色价值:她不仅谴责女性,还警告教士真正的好女性并不存在。这说明,夜莺成为中世纪男性神职文化的代言人,而教士一直为女性辩护,颠覆了中世纪文化中教士阶层反对女性的言论。虽然这种博弈也是有关女性忠诚度的辩论,但事实上是一种非合作性的博弈。辩手的惯常角色发生逆转,这是这首诗不同于本部分介绍的其他诗歌之处。在诗歌第二部分,夜莺以老师的身份教导、安慰教士,而在当时基督教文化中占据主导地位的教士却处于被动位置。这是文化与自然对抗中的胜负难决的表现。这种角色分配中出现的模糊性进一步说明文化与自然之间并没有明确的界限,辩论也没有明确的胜负之分。第二部分演变为老师针对学生的"演讲式"教导,是一种强制性说教,辩论色彩淡化。这说明,关于女性的理解和定义始终处于模糊状态,难以定论,反映出中世纪人对女性所持的矛盾态度和观点。如前所述,夜莺通常代表贵族,这里显然隐含着一层意思,在意识形态领域,教士阶层屈从于以夜莺为代表的贵族阶层。

辩论诗《乌鸫和夜莺》出现在 15 世纪末,学界认为此诗应该是诗人威廉·顿巴(William Dunbar)所写。这首诗长度为 120 行,共 15 个诗节。诗歌中的辩手分别是乌鸫与夜莺。诗节在乌鸫和夜莺辩论内容之间均衡地分布,每个诗节结尾都以各自的论点结束。这场辩论同样发生在 5 月。乌鸫栖息在月桂树上,诗人听到乌鸫用欢快而令人舒适的声调歌唱爱情:

"有活力的生活来自爱情。"(A lusty lyfe is Luves seruice bene,第 8 行)①如诗人所述,月桂树下流过一条清澈的河,河对面有一只"天使般"温文尔雅的夜莺,她清脆的声音响彻山谷。夜莺指出"所有的爱都是徒劳,除非爱上帝"(All luve is lost bot vpone God allone,第 16 行)。乌鸫用花神(Flora)和自然女神(Natur)的例子再次说明有活力的生命来自爱情。显然,乌鸫崇尚的是以异教为主的爱情观,质问夜莺"人们谁会为了神圣感(holiness)而空度青春?"(第 34 行)乌鸫指出从年轻到年老,自然法则(law of kynd)指引人们生活,自然女神使人们的生活多姿多彩,再次肯定了自己的观点。

夜莺认为神圣之爱更为可贵,并指出不管人处于青年还是老年时期,对上帝之爱才是最为宝贵的,因为上帝照着他的样子创造了人,而且为了拯救人类牺牲自己的生命:"他的爱最真诚最为坚定"(He is most trew & steadfast paramour,第 47 行)。夜莺的论点来自《圣经》教义,认为只有爱上帝才是有价值的爱,世俗爱情无用,并指出上帝是"劳动者"(wirker),女性应该随时随地感谢上帝,因为他赋予女性以美(bewty)、富有(richess)和善(gudness)。但是乌鸫指出,爱情不应该依赖于人对上帝的爱,而是美德。在乌鸫看来,"爱情本身就是一种美德。"(lufe mon be a vertew,第 68 行)夜莺随即指出人类忘记是上帝赋予她们以美德这个事实。乌鸫用列举的方法说明爱情的高贵力量,"爱情可以把恶习变为高贵的美德。"(第 87 行)但是,夜莺却认为爱情可以蒙蔽(blindis)人们的双眼而不能判断是非,只会追求虚荣(vane glory),人们对声誉、善和力量的崇拜就会随之消失殆尽。听到这里,乌鸫的态度发生转变,承认自己有错,盲目无知,坦言那种没有任何价值的爱情(frustir luve)不过是"一种虚荣"(vanite),竟然使他的辩论有违真理(varite)。乌鸫指出任何人不应因为爱情而入敌人之穴,而应该"爱真正的爱,因为为(对人的)爱而死;/所有的爱都是徒劳,除非爱上帝"(Bot luve te luve tat did for his lufe de;All lufe is lost bot vpone God allone,第 103—104 行)。诗人指出,这两只鸟一起高声唱歌,认为人要爱创造人类的上帝。随后,这两只鸟飞离树枝在林间歌唱。诗人感叹不已,认为不管是在睡觉、走路、休息,还是工

---

① 有关这首诗的引文来自 John W. Conlee,ed.,*Middle English Debate Poetry:A Critical Anthology*. East Lansing:Colleagues Press,1991. 译文为笔者自译,后面的引用只标明诗行,不再另行做注。

作,这两只鸟的辩论使他精力充沛,并总结说"所有的爱都是徒劳,除非爱上帝。"从两只鸟的辩论到乌鸫放弃自己的立场转而接受夜莺的观点,夜莺以最终取胜结束,整首诗充满说教色彩。

这首诗中的辩论并不如前面几首诗一样展示出辩手的情感波动,在语言表述方面,夜莺称乌鸫为"蠢人"(fule),乌鸫称夜莺为"虚伪之徒"(ypocreit),而诗人认为夜莺是"欢快而文雅的夜莺"(mirry gentill nychtingaill)。乌鸫为世俗爱情辩论,认为人与人之间的爱情神圣而高尚,上帝创造女性的目的就是为了被爱,推崇异教主导的爱情观。其中提到的花神和自然女神都充满异教色彩,爱情是人类战胜邪恶的美德,不该依赖上帝的恩典实现。相反,夜莺为上帝之爱或神圣之爱辩论,认为世俗爱情不过是虚荣的表现。它善变而不可靠,而上帝之爱最为永恒可靠,人们应该遵从以"上帝"为中心的神圣之爱。在这里,夜莺完全被赋予宗教色彩,扮演着教会代言人的角色。普费弗(Wendy Pfeffer)指出,这位诗人也许受到了法国文学的影响,因为在法国北部,夜莺经常出现在宗教作品之中。① 诗歌最后,乌鸫与夜莺经过辩论达成了一致的意见,这说明世俗之爱和上帝之爱完全可以在基督教的婚姻中实现。康利指出:"这两只鸟的声音融合在一起说明精神和谐得以实现。它也许表明通过基督教婚姻可以解决问题。在这种婚姻中,对女性之爱和对上帝之爱可以互相交融。"② 进一步讲,这种辩论与其说是关于世俗之爱和神圣之爱孰对孰错的辩论,还不如说是"世俗之爱"与"神圣之爱"之间的辩论。这是人追求现世生活和宗教信仰之间的矛盾的外化。人们一方面过着普通的世俗生活,另一方面在精神上追求神圣之爱。当这两只鸟观点达成一致的时候,正是映照了当时人们对"爱"的理解,即神圣之爱高于、优于世俗之爱,人们应该知道如何爱上帝,而不是出于无知和虚荣而追求具有异教色彩的世俗之爱,来满足自己的虚荣。

综合起来看,在这五首诗中,作为某种抽象概念或人群的代言人,夜莺的形象发生了改变。《猫头鹰与夜莺》中的夜莺通常为青春、欢乐、宫廷抒情诗、游吟歌唱、贵族、没有婚姻的爱情代言。这首诗的展开是以动物

---

① Wendy Pfeffer, *The Change of Philomel: The Nightingale in Medieval Literature*. New York and Berne: Peter Lang, 1985. p. 2.

② John W. Conlee, ed., *Middle English Debate Poetry: A Critical Anthology*. East Lansing: Colleagues Press, 1991. p. 279.

论为基础的辩论,涉及人-鸟关系,最终她们的辩论以寻找尼可拉斯作为评委而结束。虽然辩论的内容涉及面较广,但这首诗中的夜莺为年轻女性代言,更是欲望的表征,体现了人性中的感性思维。《画眉与夜莺》纯粹脱离了动物论的影响,是一场有关女性是好是坏的辩论。画眉的最终失败表明这首诗在某种程度上是赞美圣母玛利亚的诗歌,夜莺成为女性社会地位的维护者和贵族权益的代言人。《布谷鸟与夜莺》是关于爱情本质的辩论,属梦幻辩论诗,夜莺肯定的是爱情的积极价值,诗人选择支持夜莺,是对以夜莺代表的爱情价值观的支持,也是对世俗爱情和贵族社会地位的歌颂。在《教士与夜莺》(一和二)的辩论中,夜莺却谴责女性。《乌鸦和夜莺》中的辩论内容以"爱"为主题。在这场辩论中,夜莺是基督教代言人,代表着神圣之爱,这又涉及中世纪人对"世俗之爱"和"上帝之爱"的争论,辩论没有胜负之分,结论是在基督教的婚姻中两者可以同时实现。

在这五首诗中,夜莺的辩论对手是猫头鹰、布谷鸟、画眉、教士、乌鸦,辩论主题涉及女性、爱情、欲望、品德、地位等,肯定的是爱情和女性的积极价值。但是,在《教士与夜莺》中,夜莺辩论的对手是人,夜莺在其中扮演的角色和前面几首诗中的猫头鹰、画眉扮演的角色相同,这打破了英国传统文学中人们对夜莺所持的角色期待,形成一定的角色距离,即"赞美女性的夜莺"与"贬低女性的夜莺"之间形成极端反差。这使读者对夜莺的期待视野与夜莺实际扮演的角色之间产生了一定的差距,脱离了文学传统和文化话语对夜莺的定位。这表明,作为道德代言人的夜莺在表达/翻译文化方面出现不确定性。也就是说,在文化书写和角色定位方面出现了博弈。这种博弈证明承载文化的道德主体其实不是固定不变的,人们附加在夜莺身上的文化价值首先是由其生物特点决定的:纤小、声音婉转动听、通常在夜晚鸣叫。康利指出,从身体特点上看,夜莺属于容易被人控制但又能给人带来欢乐的物种,人们容易把夜莺和女性联系起来,因为女性通常是被压制的他者,与之相对应的主体通常从体验客体对象被他者化的过程中获得快感,女性被文化所异化。[①] 梅比指出,虽然夜莺通常和"爱情"和"欲望"关联,尤其是和被拒绝的爱情或无望的爱情关联,但从某种程度上来说,这种象征也许与听众从夜莺的声音中听到哭诉的特质有关。但是,其文学根源来自古典神话,被割去舌头的受害者被变形为

---

① John W. Conlee, ed., *Middle English Debate Poetry: A Critical Anthology*. East Lansing: Colleagues Press, 1991. pp. 157—158.

夜莺,但其具有绝妙的歌唱能力。① 这里所说的受害者就是希腊神话中被割去舌头的悲剧女性菲罗墨拉(Philomela),在逃脱男性追杀的过程中变形为夜莺的菲罗墨拉引起读者或听众的情感共鸣。显然,人们对夜莺的认识显然和神话故事有关,和夜莺本身的生物性别无关。因此,歌唱的夜莺通常被设想为和女性关联的意象。在中世纪文化语境之下,夜莺自然和女性联系起来。

需要指出的是,这五首诗中的夜莺均为雌性,这从诗人所用的指示代词可以看出。事实上,夜莺在夜晚歌唱,而夜晚歌唱的夜莺通常是雄性夜莺。在普罗旺斯抒情诗和古法语文学中,夜莺通常都是雄性。罗马语把"夜莺"拼写为"Lusciniolus",是阳性词,古典拉丁语"lūscinia"(夜莺)本来是阴性,但被忽略。也许是出于文化心理的缘故,诗人们普遍认为夜莺美妙的歌声会带来灵感,那种婉转的叫声易于唤起人内心深处的深层情感。人潜在的女性气质从客体对象夜莺身上得到外化,夜莺具备的抒情特点又和中世纪骑士文学的发展和宫廷爱情的浪漫情调联系密切。进一步说,夜莺形象的塑造是对具有哺育生命、提升精神力量、治愈痛苦的女性气质的期待和认可。因此,我们并不难理解,在这些诗歌中夜莺扮演着为女性、(失败的)爱情、欲望和自然而辩解的角色。

值得注意的是,夜莺和教士辩论中出现的道德角色逆转使夜莺作为贵族、女性、爱情代言人的形象被彻底颠覆。我们知道,在中世纪英国,教士阶层或者以教士为代表的男性神职文化通常对女性持有偏见。在和教士博弈的过程中,夜莺通过自我贬低的方式使自身处于卑贱地位,以伪装的方式进行自我人身攻击。之所以这样说,那是因为在这个特定的语境下,当夜莺进行自我卑贱性表演的时候,他们之间的动态交流中充满了传统、文化、个人喜好等诸多因素,是一种误解表演,其目的在于说明女性存在的重要性。这种文本与语境之间的互动仍然展示的是中世纪英国人对爱情的矛盾看法而已,所不同的是刻板化的夜莺形象受到颠覆性描述,把教士从以往的负面形象转变为为积极价值辩护的辩手,夜莺成为反对积极价值的辩手。这种从角色依附转变到角色脱离的过程其实是对中世纪英国社会价值体系下的角色期待的一种疏离。

不难看出,这些诗歌对于夜莺的书写处于西欧文学传统之中,并非这

---

① Richard Mabey, *The Book of Nightingales*. London: Sinclair-Stevenson, 1997. p. 57.

些诗人的杜撰或想象。夜莺在西欧文学传统中颇受欢迎,出现在希腊神话、谜语、劝喻文学、抒情诗、宗教诗、辩论诗和动物论之中,承载的意义随着时代的演进而发生改变。在诗歌中,夜莺通常被称作"音乐王后""丛林中最优秀的诗人""夜晚的甜蜜王后""天空中的海妖"等。诗人们把夜莺与女性关联有其文化根源。最早有关夜莺的神话故事出现在希腊神话中。埃冬(Aedon)误杀了儿子艾特利斯(Itylus),天神朱庇特把她变作夜莺,致使其不断哀号。在希腊神话中,雅典王潘狄翁(Pandion I)的女儿菲罗墨拉被神变为夜莺,奥维德在《变形记》(*Metamorphoses*)中也写了这个故事,所以"Philomela"这个词也用来代指夜莺。希腊神话中这两位结局悲惨的女性埃冬和菲罗墨拉都被变形为夜莺。这对后来文学中人们把女性和夜莺联系起来产生了一定的影响。在民间故事集《罗马史》(*Gesta Romanorum*)中,夜莺的鸣叫给身在牢狱中的骑士带去了安慰。① 在 8 世纪,夜莺在一则谜语中被称作"夜晚的歌手"。② 在欧洲大陆,早期的作家,比如诺拉的圣保林(St. Paulinus of Nola)或托莱多的尤金(Eugenius of Toledo)在他们的劝喻文学中赞美夜莺,在《俘虏逃跑记》中,夜莺歌唱、赞美基督的受难。③ 作为最早的通俗作家,吟游诗人率先采用了夜莺这一文学形象,其中的代表人物是欧洲大陆最早的吟游诗人马卡布鲁(Marcabru)、旺塔杜尔的贝尔纳(Bernard de Ventadour)和皮尔·卡丁那尔(Peire Cardinal)。④ 在他们的诗歌中,夜莺只是作为一种生物被描写,而不是一种比喻,但在严格的吟游诗人传统之外,夜莺成为一个成熟的意象,这在薄伽丘和玛丽的诗歌中就可以看到。⑤ 吟游诗人把夜莺看作是

---

① Charles Swainson, *The Folk Lore and Provincial Names of British Birds*. London:E. Stock,1886. p. 21.

② 这个谜语如下:I talk through my mouth with many tongues,/ Vary my tone,and often change/ The sound of my voice. I give loud cries,/ Keep my tune,make songs without ceasing. / An old evening singer,I bring pleasure/ to people in towns. When I burst/ Into a storm of notes, they fall silent,/ Suddenly listening. Say what I'm called/ Who like a mimic loudly mock/ A player's song,and announce to the world/ Many things that are welcome to men. 参见 Richard Mabey,*The Book of Nightingales*. London:Sinclair-Stevenson,1997. p. 41。

③ Wendy Pfeffer, *The Change of Philomel*:*The Nightingale in Medieval Literature*. New York and Berne:Peter Lang,1985. p. 2.

④ Ibid.,p. 73.

⑤ Richard Mabey,*The Book of Nightingales*. London:Sinclair-Stevenson,1997. pp. 60—61.

诗人的代表，或者是诗人爱的对象，或是吟游诗人的灵感之源。和夜莺相关的意义包括春天、诗人、诗人的爱情或者他的歌唱，在玛丽的《籁歌》之《夜莺》中夜莺成为性的象征。①

梅比指出，夜莺是在西方文学中被描写频率最高的鸟。对于中世纪法国吟游诗人和德国抒情诗人来说，夜莺是春天和爱情的象征。梅比指出，从13世纪起，夜莺开始象征着自由的人文主义，旨在反对传统教会的权威主义。对早期的英国作家来说，夜莺是欢乐而迷人的鸟，是情人的朋友和密友。他进一步指出，夜莺之所以如此受欢迎的原因在于夜莺和黑夜有关，生活处于秘密状态。夜莺并不显眼，离群索居，逗留时间较短。人们认为唱歌的夜莺就像人类，而夜莺的歌声就像音乐，具有引起人的记忆和联想的能力。他认为，在中世纪时期，有一类写作把人（尤其是诗人和情人）看作是夜莺。歌唱的鸟被看作是人类的文化祖先，能够激起人的原始音乐本能。② 14世纪，夜莺甚至以神父的形象出现，歌颂上帝之爱。在15世纪英国诗人的笔下，她在五月出现，娇小可爱，歌唱甜美的旋律。在文艺复兴时期，夜莺和性关联。在浪漫主义诗人济慈的笔下，夜莺又成为灵感之源。

事实上，中世纪作家对夜莺的了解不仅来自个人听到的内容，还来自神话故事和寓言传统，而这种传统在动物论和相似的科学文献中得到扩充。③ 中世纪盛期，基督教作家很少用夜莺这一文学形象，这种厌恶也许是因为希腊神话中菲罗墨拉的原因所致。在英国修道士阿尔昆的诗歌中，他描述夜莺时采用的词语是"Luscinia"，而不是"Philomela"，完全摆脱了后者可能带来的其他不相关的意义。在一首有关夜莺的诗歌中，他认为夜莺可以给他带来内心的甜蜜感，完全没有了希腊神话故事中的悲剧色彩。事实上，在欧洲大陆的拉丁辩论诗《菲利斯与佛罗拉的辩论》(*Altercatio Phyllidis et Florae*)中，雄性夜莺支持教士，和支持骑士的鹰决斗，最终获胜，最后深爱骑士的佛罗拉晕死过去。在盎格鲁-诺曼语版本中，这种决斗在云雀和鹦鹉之间进行，夜莺并没有出现。根据科学研究

---

① Wendy Pfeffer, *The Change of Philomel: The Nightingale in Medieval Literature*. New York and Berne: Peter Lang, 1985. p. 3.

② Richard Mabey, *The Book of Nightingales*. London: Sinclair-Stevenson, 1997. pp. 15–21.

③ Ibid., p. 24.

发现,鸣叫的夜莺是求偶的雄鸟,目的是为了引起雌鸟的注意。①虽然在希腊文的《自然主义者》中夜莺没有被记录,但在《动物之书》中,夜莺以歌声甜美、关爱幼鸟而出名,人们通常把贫穷但勤劳的女性比作夜莺。② 夜莺蕴含的意义比较复杂,如果和古代故事中的复仇关联,夜莺就歌唱悲伤;如果和春天有关,夜莺就歌唱幸福的爱情;如果和诗人有关,夜莺就表达个人的狂喜或痛苦;除此之外,夜莺还歌唱基督的复活。吉尔·曼指出,夜莺一直颇受抒情诗人的喜爱,因为它不是《圣经》中提到的鸟,诗人可以在诗歌中自然地流露对夜莺之美的赞赏之情。③

综合起来看,夜莺在这几首辩论诗中的辩论对手分别是猫头鹰、画眉、教士、布谷鸟和乌鸫,诗歌时间跨度从 12 世纪持续到 15 世纪末。在这种搭配组合关系中,画眉、布谷鸟和乌鸫都是和春天有关联的鸟类,猫头鹰和夜莺之间没有明确的等级差异。这些辩手的选择在一定的层面上说明辩手的物种一致性,而唯一例外的是教士的选择。它突破了鸟与鸟进行辩论的模式,而是人与鸟的辩论。这种处理方式很好地打破了人与动物之间的动物界限,表明夜莺已经不是简单地进行腹语表演的道具,而是突破了这层面具,是和人的直接对话,削减了物种差异,扮演文化和道德代言人的角色。

二、爱情、声誉、自然:乔叟诗歌中的鹰

乔叟的诗歌中出现了大量有关动物的描写。他们不仅具备象征意义,也阐释了人和动物之间的关系,展示出乔叟的伦理关怀。近年来,国外学界密切关注乔叟诗歌中的动物书写,通过对具体的动物如野猪、狼、马、绵羊、狗的研究,发现他在动物意象的选择方面遵循文学传统,受到波

---

① Vlalentin Amrhein, Pius Koener and Marc Naguib, "Nocturnal and diurnal singing activity in the nightingale: correlations with mating status and breeding cycle." *ANIMAL BETHAVIOUR* 2002 (64):939—944.

② T. H. White. ed. , *The Book of Beasts: Being a Translation from Latin Bestiary*. London:Jonathan Cape,1954. p. 140.

③ Jill Mann, *From Aesop to Reynard: Beast Literature in Medieval Britain*. Oxford: Oxford University Press,2009. p. 151.

埃休斯(Boethius)和教会的影响。① 乔叟不仅非常熟悉贵族的狩猎活动，②而且在动物描述方面遵循传统和肖像学，③不同动物的指涉又说明了不同的人和动物的关系。④ 吉尔·曼指出，《坎特伯雷故事》之《修女院神父的故事》是《列那狐的故事》的分支，《百鸟议会》显然受到法国爱情诗的影响，而《扈从的故事》来自《哲学的安慰》(The Consolation of Philosophy)。《扈从的故事》中的鹰被关在笼子里。这象征着被压抑的性。⑤ 她认为《修女院神父的故事》中的公鸡的梦是对含有警告意义的梦的戏仿，这种梦通常出现在武功歌中的英雄身上。公鸡已不是简单意义上的人，他是一名英雄，而公鸡和母鸡之间的辩论表明乔叟轻视女性的建议，彰显的是男性保持权威的做法。⑥ 2012 年,《乔叟时代研究》(Studies in the Age of Chaucer)刊登了一系列研究乔叟诗歌中的动物的论文，涉及《坎特伯雷故事》中的一些动物。克兰指出，乔叟在《差役的故事》中考虑到了跨种际的伦理关系。⑦ 基兹指出，乔叟在《坎特伯雷故事》中通过幻想非理性的动物来表达人类的焦虑感，而人作为行动者的角色出现逆反，动物与痛苦和死亡关联。乔叟从深层结构上还展现了捕食者与猎物之间的关系。⑧ 事实上，乔叟本人是一个饲养并驯养猎鹰的人，他保持了中世纪人对《自然主义者》和动物论的道德态度，认为动物体现着人的特点。值得注意的是，乔叟的几部诗作中高频率地出现了"鹰"(eagle)这一角色，而鹰是乔叟的《声誉之宫》和《百鸟议会》中的核心角色，有待进一步挖掘其潜在的意义。

---

① Beryl Rowland, *Blind Beasts*: *Chaucer's Animal World*. Kent: The Kent State University Press, 1971.

② David Scott-Macnab, "The Animals of the Hunt and the Limits of Chaucer's Sympathies." *Studies in the Age of Chaucer* 34 (2012): 331—337.

③ Beryl Rowland, *Blind Beasts*: *Chaucer's Animal World*. Kent: Kent State University Press, 1971. p. 16.

④ Lisa J. Kiser, "The Animals That Therefore They Were: Some Chaucerian Animal/Human Relationship." *Studies in the Age of Chaucer* 34 (2012): 311—317.

⑤ Jill Mann, *From Aesop to Reynard*: *Beast Literature in Medieval Britain*. Oxford: Oxford University Press, 2009. p. 206.

⑥ Ibid., pp. 247—248.

⑦ Susan Crane, "Cat, Capon and Pig in *The Summoner's Tale*." *Studies in the Age of Chaucer* 34 (2012): 319—324.

⑧ Lisa J. Kiser, "The Animals That Therefore They Were." *Studies in the Age of Chaucer* 34 (2012): 311—317.

研究鹰在乔叟诗歌中的再现及其角色，有必要了解一下鹰的特点和人们对鹰所持的习惯看法。通过观察，人们发现鹰最高可以飞到18000英尺，仅次于大雁，平均速度每小时80英里，寿命最长可达40年，目前的鹰已存在4000万年了。① 鹰大概有45种之多，飞得高且快，能够长寿，很有力量，对伴侣非常忠贞，对后代的培养非常细致，巢通常建在人类无法到达的地方。金鹰（golden eagle）比其他种类的鹰飞翔优雅。在英国，这种鹰主要在苏格兰高地筑巢。"金鹰"如此取名是因为其头部和脖子是金红色，双脚是黄色。人们认为金鹰敢于直视太阳。传说认为当鹰变老之后会投入海洋或泉水之中，在沉入水之前，飞到阳光之中，这样就会祛除旧的羽毛，生命得以复活。②

　　根据鹰的生物性特点，人们赋予鹰一定的文化意义，正如狮子被看作是兽中之王一样，鹰通常被看作是鸟中之王。传说鹰是唯一可以直视太阳而不必眨眼的动物。人们认为鹰通过直视太阳就可以获得太阳的火和光，可以恢复青春和力量。③ 古罗马博物学家老普林尼在《自然史》（*Naturalis Historia*）中指出，鹰是最有力量、最高贵的鸟。早期文明把鹰看作是神的象征。在希腊、罗马、德国和美国，人们把鹰都看作是高高在上的神。④ 鹰象征着王权和权力，但同时象征着来自上帝的灵感，成为一些圣徒的象征，因为鹰保护了他们。⑤ 有关鹰的故事表明，古希腊人认为鹰是宙斯的使者。在希腊传说中，宙斯变形成鹰，带走了特洛伊国王的儿子伽倪墨得斯（Ganymedes），让他为诸神斟酒服务。罗马人在国王去世的时候会放飞活鹰。他们还相信鹰可以保护人类。⑥ 正是因为鹰具有崇高的气质和国王般的风度，这使人们把鹰看作是神和国家的象征。通常情况下，人们还把鹰看作是力量和真理、自由和勇气的象征。⑦ 在罗马时期，由于鹰的飞翔和演讲艺术比较相像，鹰又被看作是修辞的象征，因

---

　　① Robert Whitehead, *Eagles*. London and New York: Franklin Watts, Inc., 1972. p. 73.
　　② Charles Swainson, *The Folk Lore and Provincial Names of British Birds*. London: E. Stock, 1886. p. 134.
　　③ Ibid., p. 18.
　　④ Qtd. in Beryl Rowland, *Birds with Human Soul: A Guide to Bird Symbolism*. Knoxville: The University of Tennessee Press, 1978. p. 51.
　　⑤ Charles Swainson, *The Folk Lore and Provincial Names of British Birds*. London: E. Stock, 1886. pp. 134—135.
　　⑥ Robert Whitehead, *Eagles*. London and New York: Franklin Watts, Inc., 1972. pp. 7—9.
　　⑦ Ibid., p. 2.

为这个原因,罗马的修辞学家通常被称作"罗马鹰"(Aquila Romanus)①。需要指出的是,最有力量的鹰和最危险的爬行动物蛇经常出现在一起,象征着光明与黑暗、善与恶的较量。早期基督教把这看作是基督战胜撒旦的斗争。② 这两种动物代表着宇宙的两个实体:太阳和海洋,而基督教神父把飞向太阳的鹰或捕鱼的鹰看作是基督。③ 12 世纪的一些布道文把圣徒比作鹰,而天主教堂通常把圣约翰看作是鹰。中世纪时期,身穿铠甲的骑士很难辨认出对手,他们就会用某种动物或鸟的图案作为身份的象征,而鹰是最受欢迎的鸟。

鹰作为鸟中之王出现在乔叟这两首主要诗歌中并不为奇,而鹰占据的文本空间形成了典型的巅峰群落,成为乔叟生态视野中的核心角色。我们先来分析《百鸟议会》。布鲁尔(Derek Brewer)指出,《百鸟议会》是乔叟最好的短篇诗歌,虽然在 15—16 世纪颇受欢迎,但到了 18 世纪却被忽略。19世纪到 20 世纪,学界却把它看作是历史文献。④《百鸟议会》是众鸟在自然女神主持的议会中讨论雌鹰选择雄鹰进行配对的故事,是典型的议会辩论诗(parliamentary debate),但同时也是梦幻诗。事实上,以"议会"作为题目的中世纪英国诗歌并不在少数,比如《三个年龄的议会》(*Parliament of the Three Ages*)(14 世纪)、《百鸟议会》(14 世纪)、《鸟的议会》(*Parliament of Birds*)和《魔鬼的议会》(*Parliament of Devils*)。据记载,"议会"这个词最早出现在 1236 年。它指英国君主和贵族、高级教士一起商讨国家大事。这时候它还不是一种体制,而是大家一起讨论国事的场合,而这个词语来自法语"parler"(讲话)。在 1258 年举行的议会大会上,亨利三世和男爵的代表人物蒙特福特的西蒙产生意见分歧,最后爆发战争,蒙特福特的西蒙自己组织议会讨论和平条约的事情。这个议会被看作是现代议会的雏形,因为它不仅包括大议会,还包括各县的代表和自由民。1272 年,爱德华一世把议会变成一种体制。显然,"议会"最基本的意义在于体现讨论、协商的价值,

---

① "Aquila"的名字来自拉丁语"acumine"(acuteness),主要指这种鹰的目光敏锐。当这种鹰年老眼睛模糊时,就会飞向太阳,阳光照进眼睛,就可以恢复视力,最后浑身浸入泉水中洗三次,羽毛和视力就完好如初。

② Beryl Rowland, *Birds with Human Soul: A Guide to Bird Symbolism*. Knoxville: The University of Tennessee Press, 1978. p. 56.

③ Ibid., p. 53.

④ Derek Brewer, "Introduction." *The Parlement of Foulys*. By Geoffery Chaucer. London and Edinburgh: Thomas Nelson and Sons Ltd., 1960. p. 1.

但随着议会的体制化进程,来自社会不同阶级的人参与共同的国家事务商议。显然,乔叟采用议会辩论诗的做法表明将有代表不同社会阶层的鸟参与讨论,也属于典型的"鸟类弥撒曲"。在那里,不同种类的鸟都参与讨论。凯利(Henry Ansgar Kelly)指出,乔叟有可能受到孔德的"鸟的弥撒"中有关鸟的聚会或辩论的影响,梦幻发生在五月,由维纳斯主持的鸟的弥撒被布谷鸟打断。① 但沃伦(Michael J. Warren)认为,这首诗旨在探讨种际之间潜在的翻译性特点。②

《百鸟议会》共计699行,从内容上看可以分为两大部分:第一部分描写叙述者看到一本西塞罗的《西皮欧之梦》,叙述者复述书的内容和在梦中看到老西皮欧的情景,重在进行说教;第二部分的内容是关于众鸟配对的故事。在自然女神的召集下,众鸟在情人节配对,三只雄鹰分别向一只雌鹰表白爱情,引起众鸟辩论,雌鹰决定第二年选择配偶。诗歌以众鸟配对成功、一起歌唱、叙述者从梦中醒来接着读书结束。要把这首诗看作是有关情人节的诗歌,需要考虑其社会背景。中世纪英国宫廷文化是整个西欧宫廷文化的一部分,贵族娱乐的内容和方式主要是谈话、讲故事、诵读诗歌和弹奏音乐,而宫廷谈话永恒的话题之一就是爱情。乔叟既是朝臣,又是诗人,他的诗歌作为宫廷娱乐的一部分自然很有意义。

《百鸟议会》的时间设定在情人节。凯利指出,把比较寒冷的圣徒节日和五月联系起来在时间上不匹配,但在《百鸟议会》中,唯一一个比较具体的基督教元素就是情人节。③ 毫无疑问,里尔的阿兰(Alan of Lille)的《自然怨》(*Planctus Naturae*)激发了乔叟,使他想到鸟的配对季节。故事发生在五月,正符合阿兰描述的晚春。④ 事实上,情人节的活动在14

---

① Henry Ansgar Kelly, *Chaucer and the Cult of Saint Valentine*. Lugduni Batavorum: Brill, 1986. p. 99.

② Michael J. Warren, "'Kek, Kek': Translating Birds in Chaucer's *The Parliament of Fowles*."*Studies in the Age of Chaucer* Vol. 38(2016):109-132.

③ Henry Ansgar Kelly, *Chaucer and the Cult of Saint Valentine*. Lugduni Batavorum: Brill, 1986. p. 5.

④ Michael J. Warren, "'Kek, Kek': Translating Birds in Chaucer's *The Parliament of Fowles*."*Studies in the Age of Chaucer* Vol. 38(2016):109-132. 事实上,"春天"一词直到14世纪后才进入英语语言系统。乔叟用来指春天的词语是summer(夏天),这个词包括拉丁语中的春天和秋天。16世纪,spring一词用来指春天,既指"一年的春天",也和法语中的"printemps"(春天)符合,当然,这个词语也指"每天的开始"。《牛津英语词典》的解释是英国的春天为2、3、4月,而美国的春天为3、4、5月。

到 15 世纪并非全民活动。最早谈到这个话题的人还有诗人奥屯和约翰·高厄。① 乔叟和其他人一样完全可以声称就是这个节日的发起者。② 在 14 世纪晚期的英国宫廷,情人节当天举行一定的庆祝活动,乔叟和其他诗人也许会为此写诗。布鲁尔指出,这个节日主要属于英国人,它有一定的节目或游戏,男性和女性选择伴侣或假装选择伴侣。情人在诗歌中一般被比喻成或再现为鸟,这种活动主要局限在上流社会。③ 除此之外,乔叟还采用了另外一个中世纪体裁,即"爱情问题"(demande d'amour)。这种诗歌的本质在于展示一种人类困境,即人们必须在两个不同但平等的价值观之间进行选择。它是一种带有娱乐、文学和社会特点的游戏,在当时那个谈论不休而推理的宫廷特别典型。④

在《百鸟议会》的第一部分,叙述者感叹人生苦短,更不懂爱情的真谛,认为读书旨在娱乐和获取知识。他重述了西塞罗的《西皮欧之梦》中的主要内容:西皮欧来到非洲,他的祖父老西皮欧在晚上出现,给他展示了迦太基的样子,告诉他钟爱美德的人会进入天堂,而现世渺小,无法和天堂相比。人只要为众人的利益行动,就会进入天堂,那些违反法律的人要经过多年的痛苦方可得到上帝的恩典进入天堂。随后,叙述者自述进入睡眠状态。他梦见老西皮欧站在他的床边。叙述者请求老西皮欧赋予他写诗的能力。随后,老西皮欧引领他去看一扇门上刻写的诗句,他深感迷惑。在他犹豫之际,老西皮欧带他进入一座大殿。在那里,他看到各种花朵、树木和动物,看到丘比特、普里阿普斯、维纳斯、巴克斯等诸神,还见到寓言人物"嫉妒""高贵""快乐""美丽"和"贿赂"等。

在诗歌的第二部分,叙述者在充满鲜花的山顶空地上看到了自然女

---

① Michael J. Warren, "'Kek, Kek': Translating Birds in Chaucer's *The Parliament of Fowles.*" *Studies in the Age of Chaucer* Vol. 38 (2016): 109–132. 奥屯(Savoyard Otton de Grandson,1238—1328)出生在瑞士洛桑附近,深受英国国王爱德华一世信任,参加过第九次十字军东征,在苏格兰和威尔士任最高司法官,一生单身,死后葬在洛桑大教堂。约翰·高厄(John Gower,1330—1408)和兰格伦、乔叟为同时代诗人,与乔叟私交甚好。他分别用盎格鲁-诺曼语创作了《人类之镜》(*Mirour de l'Omme*),用拉丁语创作了《呐喊》(*Vox Clamantis*),用中世纪英语创作了《情人的坦白》(*Confessio Amantis*)。

② Michael J. Warren, "'Kek, Kek': Translating Birds in Chaucer's *The Parliament of Fowles.*" *Studies in the Age of Chaucer* Vol. 38(2016):109–132.

③ Derek Brewer, "Introduction." *The Parlement of Foulys*. By Geoffery Chaucer. London and Edinburgh: Thomas Nelson and Sons Ltd., 1960. p. 6.

④ Ibid., p. 11.

神。她的走廊和凉亭全部由各种树枝艺术地组成,所有的鸟都在等待她的评判。因为正逢情人节,每种鸟都来寻找配偶。乔叟写道:"正如阿兰在《自然怨》中写的那样,/描述了她的衣服和面庞。"(第316—317行)[①]从这里也可以看到,乔叟受到阿兰的影响。在自然女神的命令下,"每一只鸟各就各位/正如它们习惯每年如此一样。"(第320—321行)显然,自然女神保持了一种井然有序的秩序,以秩序主持者的身份出现。[②] 贝内特(J. A. W. Bennett)指出,自然女神的宝座周围是花朵,这象征着多产。[③] "自然女神"在这首诗中是至高无上的上帝的代言人。她象征着宇宙的创造力,尤其是繁殖生命的力量。乔叟同时提到了自然女神和维纳斯。诗人让·德·欧维(Jean de Hauteville)的拉丁文诗歌《阿奇斯瑞斯》(Archithrenius)在当时颇为流行。他在诗歌中就提到了被花朵围绕的自然女神。她给阿奇斯瑞斯讲授宇宙论和天文学,给他许配了绝美女子为妻。贝内特指出,乔叟虽然没有读过这首诗,但在展示自然女神比维纳斯在美和力量方面优越显然是遵循了让·德·欧维的模式。[④] "自然"在这里既是维持以鸟为主要组成的物理世界,也体现着鸟的本性,更体现的是自然的、本能的人性。

乔叟在诗歌中尤其展示了自然女神的重要性。诗歌中,要进行选偶的雌鹰认为"正如其他每种生物一样/我受你管辖"(第640—641行)。"自然女神"在诗歌中主要出现在如下几个地方:第一,自然女神在她的大厅,周围的鸟等待她的评判,鸟听到她的命令后都井然有序。(第302—329行)第二,她主持百鸟议会,宣布雄鹰向雌鹰求偶开始。(第372—413行)第三,当第一只雄鹰向雌鹰表白忠心之后,雌鹰局促不安,自然女神安慰她。(第447—448行)第四,当其他的鸟争辩不休的时候,自然女神一直倾听着各类抱怨声,并加以劝阻。(第520—525行)第五,诗歌结尾,自然女神同意雌鹰自行决定,雌鹰承认自然女神的权威,要求在第二年选择配偶,自然女神让其他的鸟与自己的配偶离开。按照惯例,所有的鸟一起

[①] Geoffrey Chaucer, *The Riverside Chaucer*. (3rd ed). Ed. Larry D. Benson. Oxford: Oxford University Press, 1987. 本部分引文和第四章第三部分的引文只注出诗行,后面引用不再另行做注。

[②] 法国诗人让·德·梅恩的《玫瑰传奇》显然借鉴了阿兰的《自然怨》。在这首诗中,自然被塑造成锻工,打造出新人或替换那些死亡的人。

[③] J. A. W. Bennett, *The Parlement of Foules: An Interpretation*. Oxford: Oxford University Press, 1957. pp. 108—109.

[④] Ibid.

唱歌以向自然女神致敬。(第 617—679 行)

在这首诗中,乔叟提到了鸽子、猫头鹰、鸬鹚、燕八哥、孔雀、天鹅、鹌鹑、红嘴山鸦、苍鹭等大约三十多种鸟。他用不同的核心词形容这些鸟,指出其明显的动物论特点。自然女神所维持的秩序其实就是不同种类的鸟体现出的不同的社会等级:猛禽居高枝,水鸟身处山谷的最低位,而体型小且吃虫子的鸟作者不愿细述。(第 323—327 行)显然,空间位置和食物类别把不同的鸟进行了不同的分类,映照的是当时社会中不同的社会等级划分。纽曼指出,自然女神的宫廷是为了监督鸟的配对,这在已经长久形成的讽刺传统中代表着不同的社会阶层——猛禽代表贵族,水鸟代表商人等,① 一般情况下,吃虫子的鸟被看作是喜欢奢侈生活的教士阶层或市民,水鸟象征着富有的商人或小资产阶级,吃种子的鸟代表农民或中下阶层。②

乔叟选择了不同的鸟在议会中围绕同一个话题进行辩论,"议会"的主持者是自然女神,辩论的核心问题是雌鹰的配偶选择和爱情的本质,而参与陈述和辩论的成员属于不同种类的鸟,代表不同社会群体的喜好价值观。表面上看,他们是作为道德客体出现,但本质上是以道德主体的形象参与辩论或争辩。布鲁尔指出,这些参与辩论的鸟的最根本的目的不是雌鹰选择哪一只雄鹰作为配偶的问题,而是宫廷爱情的本质。这种爱情的本质是保持不偏不倚的忠诚态度,这才是辩论的核心所在。③ 那些代表社会底层的鸟的观点说明了他们在日常生活中的欲望和需求,而高贵的追求者会说他们不仅是在寻找伴侣,而且是在寻找"至高无上的女士"④。诗歌中表述的不同观点反映出社会阶级差异和爱情观的不同。诗中,自然女神的手上有一只雌鹰:

> 是她所有可以发现的作品中
> 最文雅的(gentilleste)外形,

---

① Barbara Newman, *God and the Goddesses: Vision, Poetry, and Belief in the Middle Ages*. Philadelphia: University of Pennsylvania Press, 2003. p. 112.

② Thomas Honegger, *From Phoenix to Chaunticleer: Medieval English Animal Poetry*. (Diss.) Zürich: University of Zürich, 1996. p. 156.

③ Derek Brewer, "Introduction." *The Parlement of Foulys*. By Geoffery Chaucer. London and Edinburgh: Thomas Nelson and Sons Ltd., 1960. p. 12.

④ Ibid., p. 13.

最高尚(moste benygne),最和蔼(the goodlieste);
身上富有各种美德(everi vertu)
如此完美,自然女神感到高兴
看着她和她的喙禁不住想亲吻。(第372—377行)

"最文雅""最高尚""最和蔼"和"美德"都说明雌鹰的特点,同时传达的信息是她不仅具有女性的美德,而且是贵族的代表,象征着上流社会。山本指出,乔叟的《百鸟议会》以人的口吻描述雌鹰,自然女神把高雅的吻放在鸟喙上被看作是无稽之谈,但中世纪文化中有关鸟的描述不断地凸显且合理化贵族生活和少数权贵文明的生活方式。[1] 人们也倾向于政治解读,[2]但从社会阶层的划分来看,雄鹰的言谈举止彬彬有礼,代表的是骑士阶层,而自然女神显然认为雄鹰比其他在场的鸟类优越。众鸟之间的辩论是在挖掘、展现人类爱情的复杂性和矛盾性,尤其是宫廷爱情和日常生活需要之间的关系。

至于宫廷爱情的意义,可以从三只雄鹰的表白和雌鹰的反应中看出。第一只鹰显得谦逊高贵,毫不畏惧,认为他要寻找"至高无上的女士"(soverayn lady,第416行)。他指出,只要她高兴,他愿意为她服务。(第419—420行)在爱她方面没有人超越他。(第435行)他认为如果自己不忠、不服从、疏忽、自负、虚伪、故意刻薄,其他鸟就可以把他撕碎。(第428—434行)雌鹰听到他的表白之后因为羞怯而感到局促不安,既没有回答也没有说话,自然女神为她解围。(第442—448行)第二只鹰的等级较低,以圣徒约翰的名义发誓道:"我比你更爱她,/至少和你一样爱她,/以我的职位可以为她服务更长时间。"(第450—453行)他指出,如果发现他虚伪、轻率、无情、难控制、嫉妒,众鸟可以把他吊死。(第446—448行)

---

[1] Dorothy Yamamoto, *The Boundaries of the Human in Medieval English Literature*. Oxford:Oxford University Press,2000. p. 36.

[2] 布鲁尔认为雌鹰是波西米亚的安妮,理查德二世是她的第一个追求者,无法找到其他两位追求者的对应对象,参见 Derek Brewer, "Introduction." *The Parlement of Foulys*. By Geoffery Chaucer. London and Edinburgh: Thomas Nelson and Sons Ltd., 1960. p. 34. 纽曼指出,另外两只鹰分别代表国王理查德的法国和德国竞争对手,参见 Barbara Newman, *God and the Goddesses: Vision, Poetry, and Belief in the Middle Ages*. Philadelphia: University of Pennsylvania Press,2003. p.112. 但也有学者认为这首诗是为了庆祝安妮和理查德二世的爱情故事,参见 Wilburn Owen Sypherd, *Studies in House of Fame*. London: L. Paul, Trench, Trubner & Co.,Limited,1907. p. 22。

如果没有完成他的服务,没有挽救雌鹰的荣誉,他承诺她可以剥夺他的生命和所有财产。(第459—462行)第三只鹰表明他无法提供长期服务,(第470行)不能做可以取悦女士的任何服务,但是,他自认为是待她最真诚的人、最能够为她提供安逸生活,并认为自己愿意把一生都献给她。(第477—482行)可以看出,三只雄鹰在表达爱情誓言的时候都提到了"爱"和"服务"(serve/ servyse),说明了各自爱的程度和判断爱的行为标准。第一只鹰和第二只鹰都分别表明他们的忠贞程度以及消极的行为会带来的恶果。第三只鹰在表述前对自己的地位有很清醒的认识,认为虽然无法提供很好的服务,但可能是最忠实的人。可以看出,第一只鹰出身高贵,他在寻找"至高无上的女士"(my soverayn lady/my lady sovereyne),赞颂雌鹰,表达了当时宫廷爱情中对理想女性的期待,而其他两只鹰未提出需要寻找什么样的配偶。

乔叟的这首辩论诗和法国辩论诗不同:鸟不是为自己的爱情辩论,而是代表人类在辩论。在法国类似的诗歌中,主持辩论者不是自然女神,而是爱神,[①]含有很强的异教色彩。在乔叟笔下,主持者却是自然女神,而不同的鸟类展示了多样化中产生的和谐感。在这三只雄鹰表述的过程中,其他的鸟开始抗议,希望尽早结束。鹅代表水鸟群体希望给出自己的结论。布谷鸟代表所有吃虫子的鸟讲话,认为为了大家的利益而应该做出裁判,因为让大家自由是一种福利。斑鸠代表吃种子的鸟讲话,认为自己属于"最没有价值"的鸟类之一,认为对不能说的事情不要干涉。自然女神指出,每一个群体指派一位代表做出评价,所有的鸟一致同意从猛禽开始。雄性猎鹰代表大家说出自己的评判和裁定,认为三只雄鹰的发言都很有道理,很难决定谁更爱这只雌鹰,最后指出:

> 对我而言,最有价值的
> 来自骑士身份(knyghthod),他长期训练有素,
> 级别(estat)最高,血统(blod)最为高贵,
> 如果她如此希望,最适合她。(第548—551行)

这里的关键词是"骑士身份""级别"和"血统"。"骑士身份"主要强调骑士的勇敢和忠诚,既要忠实于国王,又要忠实于自己钟爱的贵族女性。

[①] Jill Mann, *From Aesop to Reynard: Beast Literature in Medieval Britain*. Oxford: Oxford University Press, 2009. p. 194.

猎鹰在这里强调的显然是当时贵族阶层最为推崇的社会群体喜好价值观:要有骑士身份,社会级别最高,且"血统最高贵",而"训练有素"强调的是其勇敢无畏、敢于冒险的品质,符合中世纪第一等级的贵族生活标准。显然,在不同行为之间进行选择,他们选择的是有积极价值、利于贵族阶层的行为。

其他不同种类的鸟同样表达了自己对爱情的看法。水鸟经过讨论达成一致,鹅代表水鸟发表意见,认为"如果她不爱他,让他爱另外一个"(第567行)。雀鹰对此不屑一顾,认为鹅讲话随便,过于愚蠢。吃种子的鸟选择斑鸠作为代表,希望她讲出事实。斑鸠指出:"上帝不许情人改变心意"(第582行),"即使他的女士永远变得疏远,/但是让他为她服务直到他撒手人寰。"(第584—585行)斑鸠显然强调的是对爱情的忠贞。鸭子不同意这个看法,认为人不可能没有理由地永远爱他人。这个观点引起鹰的反驳,认为鸭子是"乡下人"(第596行),说的话"来自粪堆"(第597行),认为鸭子对爱情的认识正如猫头鹰,"你们出身可怜,/至于爱情是什么,你们不懂或猜不出。"(第601—602行)布谷鸟抓住机会代表吃虫子的鸟类说道:"让他们一生保持单身。"(第607行)这里的表述显然是发生在鹅、雀鹰、斑鸠、鸭子、布谷鸟之间,分别代表三类以食物划分的鸟类阶层:水禽、吃种子的鸟和吃虫的鸟。他们的观点综合起来有三点:一、转移追求对象;二、保持忠贞;三、保持单身。这反映了不同群体的不同爱情观。

如上提到的这三类鸟分别代表不同的社会阶层在自然女神主持的"议会"中讲话。不同的观点体现了不同社会阶层对于爱情所持的态度,核心是关于忠诚的问题。在诗歌最后,自然女神阻止了这些鸟的辩论,认为雌鹰应该自己做出决定:"如果她心有所属/就应该拥有他,/不能忘记她,他就可以拥有她。"(第626—628行)并指出:

> 如果我是"理性"(Resoun),那么我
> 建议你选择那只高贵的鹰(royal tercel),
> 正如所言,那只鹰最具技能(ful skylfully),
> 最高贵亦最有价值,
> 令我高兴的是我把他锻造得很好;
> 真正适合你。(第632—637行)

显然,自然女神推崇的是以鹰为代表的爱情价值观,即贵族推崇的宫廷爱情。雌鹰决定推迟到第二年再择偶。这种开放式结尾似乎在有意表

明女性在宫廷爱情中所占据的主导性位置。这种结尾同样在激发读者对不同爱情价值观做出选择性的判断。布鲁尔指出,这些鸟和其他的"鸟-议会"中的鸟类不同,辩论的质量和成员组成与国家议会非常相似。英国议会在 14 世纪后半期国家事务中占据重要位置,但这些鸟也没有代表某个政治人物,不过是追求者或者社会阶层的代表而已。① 百鸟议会的组成很符合英国议会的组成模式,内含社会不同阶层。纽曼指出,学界认为这种反高潮的结尾是乔叟回避叙述和思考结束的做法,是"爱情问题"的文学模式的需求,但自然女神不可能解决争论,因为她没有丝毫的意识形态方面的压力。三只雄鹰采用宫廷爱情语言说话,而雌鹰把婚姻和维纳斯与丘比特等同起来。②

这首诗以叙述者不懂爱情的意义开始,穿插有西塞罗书中的内容和梦境中看到的以维纳斯为代表的异教世界,最后重点描述由自然女神主持、对爱情价值观进行陈述和辩论的百鸟议会。整体来看,乔叟在诗歌开头展示的是人如何具有美德而进入天堂,具有一定的说教成分;诗歌中间部分描述梦境中的异教世界,表达的是欲望和人具有的各种德行;诗歌最后自然过渡到"百鸟议会"的辩论。显然,谈论的主题是美德—欲望—爱情的推进,但同时巧妙地以梦幻诗的方式从人的世界过渡到鸟的世界。他打通了两种人们认为不同的世界之间的界限,以复述书本知识、展示梦境的方式进行了文化与自然之间的跨越与交流,其共同陈述的目的很相似:人要进入天堂需要具有美德,但人要顺应本性。这符合中世纪人对"自然"的定义。这也是自然女神支持雌鹰的原因所在。这种开放式结尾表明,没有任何人或鸟成为真正意义上的道德代言人。乔叟强调的是道德行为应该顺从自然规律。这也是深层环境伦理学倡导的理念。

正如前面所述,鹰通常和王权、真理、勇气、自由等关联。乔叟在这首诗中让鹰作为核心角色,不仅代表着贵族,也和当时宫廷人关注爱情这一热点话题有关。纽曼指出,一方面,这首诗鼓励人们把自然看作是简单、快乐、本能和多产的象征,另一方面,自然女神拥护以社会等级秩序为形式的文化,阶级特权自然化的过程就是社会精英阶层规则自然化的过程。

---

① Derek Brewer, "Introduction." *The Parlement of Foulys*. By Geoffery Chaucer. London and Edinburgh: Thomas Nelson and Sons Ltd., 1960. p.37.

② Barbara Newman, *God and the Goddesses: Vision, Poetry, and Belief in the Middle Ages*. Philadelphia: University of Pennsylvania Press, 2003. p.113.

在这个个案中,是爱神的规则自然化的过程。① "自然女神—雌鹰—三只雄鹰—众鸟"组成的议会和人类组成的议会模式或宫廷生活模式相似,是整个社会的缩影,但以雌鹰为核心的世界阐释的是宫廷爱情和人们对理想化女性的期待。可以看到,雌鹰在整首诗中只讲过一次话。在所有的鸟辩论结束之后,她带着担心的口吻征询自然女神的意见,提出"给我第一次恩惠"(第 643 行),指出她需要"暂缓而进行认真思考,/然后进行自由选择。/这是我能说的一切话;/你就是杀了我,你也无所收获。"(第 648—651 行)随之,自然女神说她不会为"维纳斯和丘比特服务"(第 651 行),要求三只雄鹰要注意言行,做好一切。

这只雌鹰似乎处于社会整体喜好价值的中心,是决定秩序的关键存在。她的沉默、推延、反抗、威胁说明贵族女性在当时文化中处于核心地位,是人们对"至高无上的女性"的全力推崇和美化的结果。雌鹰的推延和自然女神的认可说明一个重要的道理:美或善就是以顺从自然规律为要,即使配对或婚姻也是符合自然规律的事情,符合上帝的旨意,更要考虑女性个体的自身判断结果。② 这和法文版的《爱情的审视》(*Jugements d'amour*)的故事情节有点不同。这个法文故事就是通过两位女性分别为自己的恋人(即教士和骑士)辩论的诗歌。最后,两只鸟带她们去见了爱神,而爱神躺在铺满鲜花的床上。他让议会的爵士们就此讨论。这些爵士是不同的鸟类,他们争执不下,就选派自己的代表辩论,最终支持教士的一方胜利,支持骑士一方的女孩在痛苦中死去。这场辩论是教士的胜利,而《百鸟议会》展示了爱情和欲望的胜利,而骑士或者骑士精神处于悬而未决的地步,但又彰显了骑士制度中男性忠于理想女性的要求。汉森(Elaine Tuttle Hansen)认为,雌鹰不选择这三只雄鹰的原因在于她更喜欢自己作为自然女神的心爱之物的地位。③ 在诗中,乔叟写道:"如此完美,自然女神感到高兴/看着她和她的喙禁不住想亲吻。"(第 377—378

---

① Barbara Newman, *God and the Goddesses: Vision, Poetry, and Belief in the Middle Ages*. Philadelphia: University of Pennsylvania Press, 2003. p. 114.

② 芭芭拉·纽曼认为在现实生活中,波西米亚的安妮对自己的婚姻无任何发言权,她的哥哥神圣罗马帝国国王才有真正的发言权。参见 Barbara Newman, *God and the Goddesses: Vision, Poetry, and Belief in the Middle Ages*. Philadelphia: University of Pennsylvania Press, 2003. p. 114.

③ Elaine Tuttle Hansen, *Chaucer and the Fictions of Gender*. Berkeley: University of California Press, 1992. p. 128.

行)自然女神和雌鹰之间的认同是象征意义上的姐妹情谊的表达,但更是女性气质在整个宇宙秩序中产生作用的表征,既是和谐之源,也有可能是矛盾产生的主因,更是对"自然"本意的挖掘。

乔叟在书写中继承了《玫瑰传奇》的叙述传统。在《百鸟议会》中,雌鹰取代了《玫瑰传奇》中的植物"玫瑰"成为宫廷爱情故事的核心,《玫瑰传奇》中的骑士在这里被三只雄鹰所代替。显然,乔叟在辩手的选取上经历了从"玫瑰"到"鹰"的转变,从具体的植物过渡到可以讲话的"鹰",更加贴近人类的思维表达。鹰传达人的情感,参与到人的文化活动之中,表达了宫廷贵族的心理活动和对宫廷爱情的看法,而这种爱情的本质就是理性化女性"不可及"的实践过程和一套符合文化价值的话语。虽然学界把鹰与历史人物理查德和安妮联系起来,但这也不过是借物抒情的表达,而雌鹰/雄鹰/众鸟的选择把人的社会-文化话语进行了移位和投射,毕竟乔叟是一位宫廷诗人。霍内格指出,这些鸟在《百鸟议会》中是诗歌道具,具有寓言价值,使乔叟用鸟作为主角来挖掘宫廷爱情这一主题。① 这些鸟展示了最完美的多元化走向一体化的过程,因此,他们在最大程度上像人类。②这实际上表明鹰和人一样在生态圈中处于平等地位,这种"像"的过程是乔叟整体生态观的体现。

乔叟在《百鸟议会》中挖掘了"自然"的意义。诗中有两个有关自然的观点:一个是关于非人类的物理世界,一个是关乎人性。这只雌鹰显然是唯一可以和自然女神对抗的鸟。在这方面,这只雌鹰和其他高贵的鸟就代表着人性或人,有自由选择权。这和那些代表动物欲望的低级鸟类不同。诗歌结尾,这些鸟围圈而歌,赞颂自然女神。这是多音部组成的一种和谐的力量,展现了自然世界的圆满与和谐。他们的唱词来自法国,表达出对春天的期待和对情人节的赞美,对寒冷的冬季将要消逝的庆祝,对配对成功的欢喜。

需要指出的是,在中世纪占据主导位置的态度是对世界的蔑视。这种态度导致的结果是人们把持的价值观拒绝自然世界,拒绝自我,拒绝快乐,具有禁欲主义色彩。阿奎纳认为所有的东西必须存在,但有价值区

---

① Thomas Honegger, *From Phoenix to Chaunticleer: Medieval English Animal Poetry*. (Diss.) Zürich: University of Zürich,1996. p. 165.

② A. C. Spearing, *Medieval Dream Poetry*. Cambridge: Cambridge University Press,1976. pp. 89—101.

别，在自然的发展中扮演着一定的角色。婚姻虽然不如保持单身美好，但为了繁衍，它也是美好的事情。婚姻是宇宙完美的一部分，很长一段时间被看作是基督教神圣的事情，而宇宙需要各种存在物。自然象征着神圣、有序和美的创造者。在阿兰和乔叟的作品中，自然尤其和物种的繁衍有关。因此，自然在《百鸟议会》中象征着通过爱和法律起作用的上帝的创造力。布鲁尔指出，"自然女神"同样代表着秩序、稳定和美，有等级感的完美，价值的分类和必要的欲望。[1] 怀特（Hugh White）指出，相比于同时代诗人高厄而言，乔叟在面对"自然"的时候显得更为困惑。他的几首诗把"自然"拟人化为人物，表达出"自然就是善"的观点，但是这些似乎有意让人们对自然产生幻灭感和质疑。这种质疑是他在文化继承中对各种乐观的自然主义观点的深刻反映。乔叟在诗歌中让我们感到自然是友好的，道德上具有调节作用，反而使我们质疑自然是否得到了正确的理解和阐释。这也发生在《百鸟议会》中，"自然"处于道德体系中心，主持仁爱的世界秩序。乔叟感兴趣的是把追求性爱和道德要求中和起来。[2] 自然女神主持议会的情景说明，如何通过配对建立两个个体之间的和谐关系，这可以理解为表达了以上帝为中心的宇宙秩序。可以看到，乔叟在诗歌中把自然与神圣，与神授的有秩序的和谐联系起来。在诗中，乔叟写道：

> 自然，全能的上帝的代理人，
> 把热、冷、重、轻、湿和干
> 和谐而均衡地结合在一起，
> 开始以温和的声音讲话，
> "鸟们，我恳求，现在请注意我的评判，
> 为了你的舒适，为了促进你们的需要，
> 我尽可能说快，我会催促你们。……
> 你们知道在情人节，
> 通过我的法令和管制
> 你们来选择——然后飞走——
> 和你的配偶，就如我想增加你们的快乐。"（第379—389行）

---

[1] Derek Brewer, "Introduction." *The Parlement of Foulys*. By Geoffery Chaucer. London and Edinburgh: Thomas Nelson and Sons Ltd., 1960. p.8.

[2] Hugh White, *Nature, Sex and Goodness in a Medieval Literary Tradition*. Oxford: Oxford University Press, 2000. p.221.

显然，乔叟把上帝的神父（vicaire of the almighty Lord）、情人节（Seynt Valentynes Day）、快乐（plesaunce）等元素结合在一起，表明这种自然世界的和谐来自上帝的巧妙安排，而"自然女神"不过是上帝的代言人而已。自然女神保持秩序和谐的能力进一步体现在她把不同的鸟聚集在一起。在那里，鸟类很难和平共处。但是，自然女神使它成为有秩序的聚会，当充满威胁的混乱开始的时候，她又帮助恢复了秩序。花园门口挂有维纳斯的画像，而维纳斯是爱神，含有异教色彩。自然女神和维纳斯女神的同时出现证明了自然和性爱的和谐存在，而自然女神又是上帝的代言人。因此，这种和谐是基督教精神指引下顺应人性而产生的和谐感。

显然，这首诗中的"自然"除了指涉具体的物理世界之外，还指人们顺应个体的本性选择有价值的生活。怀特指出，自然女神对鹰所持的态度说明高贵的鸟处于自然秩序的最高点，但雌鹰考虑的是自己的愿望而非自然女神关心的共同利益，没有实现自然女神为她确立的目标，这种做法有悖于多产和和谐这一理念。①这个结论值得商榷，但雌鹰的选择和自然女神的认同表明顺其自然才能达到真正的和谐。我们知道，12—13世纪，中世纪法国南部的吟游抒情诗通常赞美女性的完美。这个传统主题自然被广泛地用在情歌之中，对自然的歌颂和对爱情的歌颂融合在一起，经常会用自然女神的形象来展现，代表着多产和秩序的恢复。这扎根于流行文化和古典神话中。自然女神具有许多特点，尤其是治愈和恢复的能力，带来生命的欢乐和复原的能力。②

除了《百鸟议会》之外，乔叟在《声誉之宫》中同样书写了和鹰有关的故事。乔叟的梦幻诗《声誉之宫》是他受到意大利文学影响后创作而成的，全诗长达 2158 行。这首诗是在 1379 到 1380 年之间写成的，但乔叟并没有写完，同样属于开放式结尾。习惯上人们根据内容把它分为三部分，其实乔叟本人并未提出这么明确的分法。鲍姆（Paul F. Baum）认为该故事可以分为四部分：一、维纳斯之书；二、去声誉女神之处；三、声誉女神的居所和她对人的态度；四、谣言之宫。③

---

① Hugh White, *Nature, Sex and Goodness in a Medieval Literary Tradition*. Oxford: Oxford University Press, 2000. pp. 240—241.

② Vernica Fraser, "The Goddess Natura in the Occitan Lyric." *The Medieval World of Nature*. Ed. Joyce E. Salisbury. New York and London: Garland Publishing Inc., 1993. p. 129.

③ Paul F. Baum, "Chaucer's 'The House of Fame'." *ELH* 8.4 (1941): 248—256.

在我们分析之前,有必要先简述一下这首诗的主要内容。在诗歌的第一部分,诗人认为人会做不同的梦,猜测做梦的各种原因,表现出迷惑。在第一个祈祷词中,他祈祷睡梦之神和他的儿子们能够让他把梦成功地讲出来,赋予那些听梦者以快乐并保护他们。在第一个梦中,他看到了维纳斯之殿,看到一系列肖像画和故事情节的展示:头戴玫瑰花环的维纳斯、丘比特和伏尔甘。墙上的一块黄铜片上刻写着特洛伊城毁灭的故事,然后看到维纳斯催促儿子埃涅阿斯逃脱。他看到埃涅阿斯的妻子和儿子一起逃到意大利。埃涅阿斯最终逃到迦太基,抛弃了狄多而致其自杀。埃涅阿斯又逃往意大利。最后,叙述者"我"看到一只金鹰飞过来。

　　诗歌第二部分的开头仍然是祈祷词,诗歌叙述者祈祷人们听他的梦。在梦中,金鹰自称是朱庇特的使者。因为杰弗里的辛勤劳动和奉献,作为报答,金鹰授命带他去声誉之宫,遂叼起杰弗里飞翔。金鹰给他讲述自然科学,分析了声音和语言的关系,指出任何声音都有属于它的去处。杰弗里在随鹰飞翔的过程中鸟瞰到各种自然景色。金鹰同时指出各种星座的名字,带他来到声誉之宫。

　　诗歌的第三部分同样以祈祷词开始。叙述者祈祷阿波罗可以看到他的诗歌艺术。杰弗里接着描述声誉之宫。声誉之宫建在冰山之上,山的一边刻了许多成功人士的名字,有的已经剥落。山的另外一边刻着许多古代名人志士的名字,看起来仍然很新。在城堡里面,杰弗里看到许多吟游诗人和竖琴手在弹奏,讲述故事,还看到不同的魔法师和希腊神话中的名人。他来到声誉之宫的大厅,看到了头顶天堂、脚踩大地、被七星环绕的声誉女神。在这里,杰弗里看到许多刻有名人的柱子,看到荷马、罗利乌斯、杰弗里等书写特洛伊故事的作家的名字,另外一个柱子刻有维吉尔、奥维德、路坎等大名。随后,他看到九拨人先后向声誉女神请求获得荣誉。声誉女神让风神埃俄罗斯根据她的指示吹出荣誉或恶名之风。随后,一位陌生人带着杰弗里去了位于山谷的代达罗斯之屋。那里人声嘈杂,他听到五花八门的谣言。金鹰把他叼起来放在狭小的代达罗斯之屋中。人们在那里不断耳语,他见到来自社会不同阶层的人。人们在谈论有关爱情话题的时候挤作一团,最后杰弗里看到一位很权威的人。诗歌在此结束。

　　关于这首诗,国外学界从不同的角度进行了解读。爱德华兹(Robert R. Edwards)指出,乔叟写这首诗的目的就是探索语言的本质、符号和真相之间的关系以及记忆和权威的作用,这些是美学象征的决定因素。①尼尔(Michael Near)指出,《声誉之宫》中包含有六个独立的再现结构:乔叟本人的叙述、叙述者的叙述、乔叟的叙述者看到的有关维吉尔叙述的图片、维吉尔的叙述、维吉尔笔下特洛伊战争的图片、这些图片再现的特洛伊战争的画面。② 在13世纪到14世纪的文学中,一些诗人和文学家面临着和哲学家一样的问题,有关分歧或矛盾的传统之间如何协调,他们企图采用类似于哲学家的方式解决问题。③ 罗素(J. Stephen Russell)指出,在这首诗中,乔叟扮演着"做梦者-叙述者"的角色和"做梦者-诗人"的角色,而这两个角色和诗歌创作者乔叟之间的距离很难在这首他最伟大的梦幻诗歌中保持,即很容易混淆。④ 在14世纪梦幻-寓言故事中,诗人告诉读者他如何入睡、如何做梦,他并没有把他自己,即真正的活着的诗人乔叟,和诗歌中的做梦人完全区别开来。德拉尼(Sheila Delany)指出,《声誉之宫》把我们带到了多元主义的核心:传统自身。《声誉之宫》的特点是相互关联,但不协调;这是它的主题,因为声誉的本质特点就是不协调。⑤ 奎因(William A. Quinn)认为,这首诗正如《公爵夫人之书》(*The Book of the Dutchess*)一样,开头都是以复述其他作家的作品开始,乔叟以维吉尔的史诗《埃涅阿斯纪》(*Aeneid*)开始叙述。事实上,这首诗涉及许多话题,其中包括诗学与政治、语言学与心理学、认识论与末世论、美学与声学、形而上学与伦理学。⑥ 库恩斯(Byb G. Koonce)指出,它是关于爱情与自然、秩序与混乱、命运与机遇的诗歌。乔叟谈论的是现实与表象,真理与谬误,诗歌、叙事和语言。表面上看,这首诗符合寓言的原则,把异教元素和基督教元素融合在一起。但是,它把它们在寓言层次上联系起来,成为道德化的神话故事的背景,把这些异教形象符号转变

---

① Robert R. Edwards, *The Dream of Chaucer: Representation and Reflection in the Early Narratives*. Durham and London: Duke University Press, 1989. p. 94.

② Michael Near, "Foreword." *Chaucer's House of Fame: The Poetics of Skeptical Fideism*. By Sheila Delany. Gainesville: University Press of Florida, 1972. p. vii.

③ Sheila Delany, *Chaucer's House of Fame: The Poetics of Skeptical Fideism*. Gainesville: University Press of Florida, 1972. p. 22.

④ J. Stephen Russell, *The English Dream Vision: Anatomy of a Form*. Columbus: Ohio State University Press, 1988. p. 175.

⑤ Ibid., p. 35.

⑥ William A. Quinn, "Chaucer's Recital Presence in *The House of Fame* and the Embodiment of Authority." *The Chaucer Review* 43.2 (2008): 171—196.

为充满基督教说教的象征。维纳斯和声誉女神已经成为表达中世纪基督教爱情和声誉概念的象征符号。① 值得注意的是,这两种异质文化在一个文本中的融合是通过鹰引领杰弗里实现的,鹰既代替人讲述时代话语,又以这种表面上似乎脱节的感觉讲述乔叟对当时的社会-历史文化的关注,但实际上,乔叟在书写时放弃了对二元对立思维的坚守,强调的是生态系统所有物种是相互依赖的关系这一信条。鹰在此以生命主体的身份出现。

由于本部分重点分析的对象是鹰及鹰和杰弗里之间的关系,故研究主要从本诗歌的第二部分开始。在诗歌的第一部分结尾,当杰弗里身处一片沙地,看到一只鹰在太阳周围翱翔,比他所见的所有的鹰体形都大,浑身羽毛一片金色,"是另外一个太阳"(Al newe of gold another sonne,第506行)。他相信没有人看到过如此壮观的景观。在诗歌第二部分开头,杰弗里没有发现鹰带有闪电或者打雷,②而是看到鹰猛扑直下,用他强壮而有力的爪把杰弗里轻松地抓了起来。他并不确定究竟有多高,而杰弗里的感受是:

> 我感到惊愕,无能为力,
> 内心茫然,
> 伴随着他的翱翔,我感到恐惧,
> 我所有的知觉麻木。(第549—552行)

梦中,金鹰带领杰弗里飞翔到声誉之宫,而杰弗里是以失恋者的形象出现的。这只雄鹰扮演着三种角色:神的使者、引领主角杰弗里飞翔的向导和对人有用的动物。鹰对杰弗里说他是朱庇特的使者,而这一角色的定位可以追溯到古典作品之中。在荷马的《伊利亚特》(Iliad)中,宙斯就派给阿加人(Achaians,泛指希腊人)一只鹰。维吉尔在《埃涅阿斯纪》中把鹰叫作"Jovis ales",即"朱庇特之鸟"。奥维德把鹰看作是朱庇特的侍者。杰弗里被赋予鸟的视角来看待整个宇宙。这让人想起但丁(Dante Alighieri)笔下的两只鹰。鹰和叙述者都在讲话,叙述者只是询问或回

---

① By b. G. Koonce, *Chaucer and the Tradition of Fame: Symbolism in The House of Fame*. Princeton: Princeton University Press, 1966. p. 7.
② 在神话中,人们认为鹰是宙斯的使者,它的爪可以打雷和闪电。

答,而鹰教授知识。① 在雄鹰把杰弗里叼起来后,杰弗里经历了惊愕、失去知觉到恢复思维等一系列过程。这是在鹰的劝说和安慰下完成的。在诗中,鹰用人的声音(in mannes vois)对他说"醒来!"(第556行)并叫他的名字:

> 他对我说"醒来"
> 用同样的语调和声音
> 正如我能叫上名字的人那样;
> 听到这个声音,老实说,
> 我又恢复了心智。(第560—564行)

直到最后,他把杰弗里放在爪子之中,直到"他感觉到我恢复了体温/我也感觉到心跳"(第569—570行)。他开始安慰杰弗里。当杰弗里在心里想起那些被叼去给朱庇特做管家的人的时候,鹰"知道我在想什么"(第595行),指出他可以给杰弗里揭开谜团,指出他此行的目的是受朱庇特的派遣而来。杰弗里虽然没有获得爱情,但不辞辛劳为丘比特和维纳斯服务,赞美爱情的艺术。朱庇特认为这是谦卑和美德的象征,而杰弗里埋头读书,生活如同隐士,因此朱庇特

> 让我带你去一个地方
> 声誉之宫是它的名字
> 用游戏和娱乐让你满意
> 因为你的劳动和奉献
> 要得到补偿。(第662—666行)

显然,鹰作为朱庇特使者的目的是为了回报杰弗里所付出的辛苦劳动,而这种劳动就是为了赞美爱情而进行的诗歌创作活动。

鹰在飞翔过程中给杰弗里讲述了声誉之宫的位置和作用,尤其通过例证的手法讲述了语言和声音的关系,并把声音和声誉联系了起来。随后,鹰让杰弗里朝下看,杰弗里看到山脉、森林、田野、江河、树木、船、城镇等。鹰飞到很高,直到整个世界于他而言变得非常渺小。鹰提到了几位飞得很高的人:亚历山大、西皮欧、代达罗斯和伊卡洛

---

① John Finlayson, "Seeing, Hearing and Knowing in *The House of Fame*." *Studia Neophilologica* 58.1 (1986):47—57.

斯。然后,鹰让他抬头看"浩瀚的天空",而不要"害怕你看到的人;/因为现在这个地方,/住着许多市民/就是柏拉图谈论的那些人。/这些是空中的野兽,看!"(第928—932行)杰弗里看到了银河。他们越飞越高,而鹰对他讲话更见真诚。杰弗里俯视的时候看到空气中的野兽以及云、雾、暴风雨、雪等自然景观,他不由得赞美创造亚当的上帝,不禁想起波埃休斯有关哲学的名句。此时,杰弗里"带着恐惧开始冒汗"(第979行)。随后,鹰告知了相关星座的名字,这些星座大多以动物名字命名,杰弗里认为没有必要知道。鹰带他继续飞翔,让他抬头看,因为他们已经到了声誉之宫。杰弗里听到各种声音,感到恐惧,鹰把他放在街道上后许诺会等他,然后离开。芬利森(John Finlayson)指出,这首诗是杰弗里对历史、哲学和科学之梦的虚构记载,复述了他想为这三种艺术寻找基本原则的意图。像其他的噩梦一样,这是个人特殊的异象;像所有的异象一样,它把个人视角和其他读者一起共享。① 把维吉尔、奥维德和历史抛在后面,杰弗里再次产生异象,他的追寻从古书那不可靠的历史中脱离出来,而转向个人的启示,而这种启示可以在第二部分的鹰的叫醒中得以证实,鹰用语言把他从梦幻一样的信仰中唤醒,让他坚持理性和科学。② 第二部分可以看作是唤醒书,鹰和杰弗里都提到亚历山大和西皮欧。

诗歌中,金鹰一直在强调他来访的目的。首先,他在把杰弗里叮起来的时候就说:"为了你的知识,为了你好"(第579行),"放心,我是你的朋友。"(第582行)鹰的表述说明旅行的目的之一是为了增长杰弗里的见识;其次,他对他们之间关系的重申说明没有人与动物之间的界限,是整个生态系统一体化的观照。他从一开始就扮演着杰弗里的老师的角色,以理性的方式讲述科学。诗中有几处明确地说明了鹰的作用:"我可以把你从迷惑中解救出来"(putte the out of doute,第598行),"现在我要进一步教导你"(wol the teche,第782行),"现在头抬起来/看这个巨大的空间"(第925—926行),"但有一件事我要提醒(warne)你。"(第1069行)在去谣言之宫前,鹰对杰弗里说道:"有一件事情我必须说:/除非我带你

---

① John Finlayson, "Seeing, Hearing and Knowing in *The House of Fame*." *Studia Neophilologica* 58. 1 (1986):47—57.

② J. Stephen Russell, *The English Dream Vision: Anatomy of a Form*. Columbus: Ohio State University Press,1988. p. 186.

进去,/你无法进去,/或找到路。"(第 2002—2005 行)从鹰反复的提醒中可以看出,他一直把自己看作是杰弗里的老师和指引者。在诗人乔叟看来,没有比鹰更适合做杰弗里老师的了。鹰是智慧的化身,不仅了解人的想法,还承载着对科学、秩序、声誉等的理解和教导。奎因指出,杰弗里一直扮演着被动的学生的角色,可能甚至是蠢材的角色,而鹰主要为他宣扬的那些东西的合理性进行辩护。① 除此之外,鹰还担任着指点、引领杰弗里的角色。肯尼迪(Thomas C. Kennedy)认为这首诗的核心主题是声誉与经历之间的关系。《声誉之宫》是关于声誉的诗歌,但乔叟把声誉作为语言来分析:文学记载了人的声誉以及人们之间的互相评价。因此,世俗声誉的局限性来自人类语言的局限性。② 他指出,诗歌中的鹰就是哲学,给诗人提供了看待世界和看待文学的必要视角。③

《声誉之宫》的核心词之一也是"自然"(nature/kynde)。它由两个词语表述,第一个"自然"指的是形成物理世界的"自然"。杰弗里看到一片没有任何生命迹象的沙地,"自然没有造就任何生物"(Ne no maner creature/ That ys yformed be Nature)(第 489—90 行)。中世纪英语单词"kynde"有"自然、种族、物种、秉性"等意思。金鹰认为自然支配语言,语言作为自然的一种现象必须遵循相同的自然规律。爱德华兹指出,像但丁一样,乔叟从一开始就似乎表明感觉和想象肯定会变成理性的记忆,根据本体论的分类和伦理特性,记忆会保存那些想象过的印象和主观经历。④ 他进一步指出,杰弗里开始了垂直运动——从字面上看,一只鹰抓起了他,把他从荒漠中带走,象征性地来理解语言和记忆的实际条件。荒野象征着美学的绝境,这种做法是从但丁的《神曲》(*Divine Comedy*)中的两个人物借来的,即鹰和省略掉的"思想"。⑤ 乔叟和但丁的做法有许多相似之处:鹰有金色羽毛,而且两人都聚焦在故事叙述者的意识变化之上。这只鹰在但丁笔下象征着可怕的力量,对

---

① William A. Quinn, "Chaucer's Recital Presence in *The House of Fame* and the Embodiment of Authority." *The Chaucer Review* 43.2 (2008):171—196.

② Thomas C. Kennedy, "Rhetoric and Meaning in *The House of Fame*." *Studia Neophilologica* 68.1 (1996):9—23. p.10.

③ Ibid., p.12.

④ Robert R. Edwards, *The Dream of Chaucer: Representation and Reflection in the Early Narratives*. Durham and London: Duke University Press, 1989. p.93.

⑤ Ibid., p.102.

乔叟就是带有虚构特点的象征符号,他把鹰放在了传统的梦幻诗框架之中。梦幻与现实同步,虚构与推论互相转变。① 显然,这种解读是把鹰工具化的做法,只承认其工具价值,而没有把鹰看作生命主体,忽略了其有知觉和目标行为的能力,缺乏尊敬原则。诗中,鹰宣布他们的旅行目标是带有教导性质的,教会人如何学会爱。像维吉尔和奥维德一样,鹰把名誉放在了大地和天堂之间。(第713—720行)

鹰用的核心词是"自然""习惯"和"增加",引用亚里士多德和柏拉图作为权威。鹰指出自然支配语言,而语言作为自然的一种现象,必须遵守相同的规律。从修辞上看,乔叟反复采用"kynde"来表明语言是符合有序的宇宙运行规律的。② 从诗歌中还可以看到,他几次提到这个词语:by kynde(第749行),pure kynde (第824行)。显然,他在强调自然规律的重要性,这不仅强调语言的发展规律,也在说明每一个事物都有自身的发展规律。每一种声音无论好坏都有属于自己的地方,"自然"会到达"声誉之宫"(第823—852行)。另外,乔叟关于"自然"在《坎特伯雷故事》之《扈从的故事》和《伙食人的故事》中也提到过,它的核心意义是指每个东西或每件事物都具备的自然本性或遵循的规律。这种观点其实在中世纪英语辩论诗《教养和自然的辩论》(*The Debate Between Nurture and Kynde*)也有过书写。

从诗歌中可以看到,金鹰把杰弗里带到一个很高的高度,提到四位中世纪读者熟悉的空中旅行者作为例证。(第914—924行)这四个人在中世纪传统中通常用来指特定的寓意:人类必须承认认识自然的局限性和驾驭它的能力。当鹰最后飞到很高的高度的时候,杰弗里不再恐惧,才敢开始讲话。(第973—978行)这种讲述方式属于心灵飞向天堂的寓言故事。我们知道,乔叟对波埃休斯的哲学非常熟悉,可能是从他那里知道飞翔不仅象征着知识上的冒险,也是理解宗教的一种冒险经历。从空间位置上来看,声誉之宫位于天堂、海洋和大地之间,而鹰的不断讲解无疑为杰弗里提供了大量的科学知识。德拉尼指出,这首诗的第二部分带领读者从心理开始,通过历史到宇宙,从微观世界到宏观世界,从心灵世界到人类世界再到整个世界。这种结构的运动变化

---

① Robert R. Edwards, *The Dream of Chaucer: Representation and Reflection in the Early Narratives*. Durham and London: Duke University Press, 1989. p. 104.

② Ibid., p. 107.

和形而上学的结构相呼应,即人类把自身和宇宙联系起来,因为根据创造论,人和宇宙都是由相同的成分组成,由相同的自然规律控制。① 作为著名的传统背景中的人物,这只喋喋不休的鸟很称职地传递了重要的信息:杰弗里②的文学先祖可以在希腊神话、《圣经》、教父的《圣经》评论和但丁的《神曲》中发现。他为第二部分和第三部分的戏剧性动作提供了动机。德拉尼指出,作为才华横溢的雄辩家,金鹰通过几种技巧来说服杰弗里。科学理论和对理论的实证组成了他的独白,而这个独白的核心是自然因果关系和对自然的态度,进一步表明声誉也是遵循自然规律的。③

目前,关于乔叟在故事中采用"鹰"这个角色的来源有不同的推测。在乔叟的《声誉之宫》中,鹰作为神的信使,给诗人带来了艺术的灵感,这是老传统的一部分。④ 在《声誉之宫》中,乔叟把鹰看作朱庇特的使者。这毫无疑问来自古典拉丁文作品。在这部诗作中,鹰不仅把杰弗里带到旅行目的地,而且提供了许多信息和知识。这种旅行是从维纳斯之殿到声誉之宫的旅行,因为杰弗里为丘比特服务而要得到回报。西弗德(Wilbur Owen Sypherd)指出,整个故事的观点完全是中世纪的,即诗人因为为爱神服务而得到回报;框架是中世纪的;素材虽然部分地取自古典作品,但还是充满了中世纪生活气息。⑤ 他进一步指出,鹰作为向导来自奥维德和维吉尔,也有可能来自民间故事,尤其是宙斯化身为鹰掠走

---

① Sheila Delany, *Chaucer's House of Fame: The Poetics of Skeptical Fideism*. Gainesville: University Press of Florida, 1972. pp. 36—37.

② 目前关于这首诗的叙述者身份还有不同的表述,参见 Wilburn Owen Sypherd, *Studies in Chaucer's House of Fame*. London: L. Paul, Trench, Trübner & Co., Ltd., 1907, pp. 12—13。在笔者和斯皮林教授(A. C. Spearing)的邮件以及和梅尼斯教授(Alastair Minnis)的谈话中,这两位教授都认为被叼起来的杰弗里其实就是乔叟本人。

③ Sheila Delany, *Chaucer's House of Fame: The Poetics of Skeptical Fideism*. Gainesville: University Press of Florida, 1972. p. 71.

④ Beryl Rowland, *Birds with Human Soul: A Guide to Bird Symbolism*. Knoxville: The University of Tennessee Press, 1978. p. 55.

⑤ Wilbur Owen Sypherd, *Studies in Chaucer's House of Fame*. London: L. Paul, Trench, Trübner & Co., Ltd., 1907. p. 89.

俊童伽倪墨得斯的故事,甚至可能是伊塔那的巴比伦故事,①乔叟可能还知道亚历山大和鹰飞到天堂的故事。② 我们知道,在中世纪异象文学中,通常是身穿白衫的老者、基督、天使、鸽子、仙女、驴等扮演向导的角色,乔叟摆脱了这种爱情梦幻诗形成的套路,而是把鹰作为诗歌中的向导。在当时的流行作品中,通过动物或人的帮助英雄人物才可以进入可以旋转的城堡中,这可能引起了乔叟的注意。③ 鹰把杰弗里引领到可以旋转的房子,这可能来自法国的一个关于亚瑟王的故事。在这个故事中,驴把主人带进了一个可以旋转的城堡里面。④ 贝内特指出,在《神曲》之《天堂篇》(*Paradiso*)中,女主角贝雅特丽齐(Beatrice)具有鹰一样的视力,她可以看到高高在上的神光。乔叟通过想象,把动物论和这种能力联系起来,想象着金鹰可以在太阳四周飞翔,用鹰代替了但丁笔下的女主角贝雅特丽齐。⑤ 他进一步指出,鹰的作用在于展现朱庇特创造的奇迹,以至于鹰超越了异教神话,受到基督教传统的影响。⑥

在诗歌中,鹰指出,朱庇特就是为了消除杰弗里的痛苦,而他愿意尽力帮助杰弗里,"正确地引导和教导你/到你能听到主要消息的地方"(第

---

① 《伊塔那史诗》(*Epic of Etana*)仅存片段,其中几行和一些词已经失传。基什国(Kish)国王伊塔那是约公元前 2600 年的一首史诗的主人公。他的故事围绕他对女神伊什塔尔(Ishtar,也称依楠娜 Inanna)的奉献和为求得王位继承人的愿望展开。在赢得她的青睐后,伊塔那经过一系列冒险如愿以偿,其中包括登天寻求能赐予他愿望的奇效植物。路上他遇到了天神宇都(Utu)的巨鹰和蛇并战胜困难,得到了神奇的植物,成功使他喜得贵子巴里赫(Balih)。当伊塔那和巨鹰在伊什塔尔的祝福和保护下一起飞离时,儿子继承了王的衣钵。事实上,无法确定乔叟是否读过这个故事,可能维吉尔和奥维德对他的影响更大。

② Wilbur Owen Sypherd, *Studies in Chaucer's House of Fame*. London: L. Paul, Trench, Trubner & Co., Ltd., 1907, pp. 90−92. 他在这本书的开头总结了学界对乔叟这首诗的两种来源的总结:一种是来自但丁的《神曲》,一种是来自民间故事,这两种可能都有,但他个人认为这些看法不可靠,也并不影响乔叟梦幻诗的创作。Wilburn Owen Sypherd, *Studies in Chaucer's House of Fame*. London: L. Paul, Trench, Trubner & Co., Ltd., 1907. pp. 13−14.

③ 西弗德认为乔叟描述的用树枝建成的房子是带有爱尔兰文化特点的房子,这在文学中鲜有描述,说明他对凯尔特的房子结构很熟悉。根据当时英格兰和爱尔兰的关系可以看出,爱尔兰的柳枝房子在英格兰是为人所知的,乔叟肯定听说过这种房子。参见 Wilburn Owen Sypherd, *Studies in Chaucer's House of Fame*. London: L. Paul, Trench, Trubner & Co., Ltd., 1907. pp. 151−153。

④ Wilburn Owen Sypherd, *Studies in Chaucer's House of Fame*. London: L. Paul, Trench, Trubner & Co., Ltd., 1907. p. 155.

⑤ J. A. W. Bennett, *Chaucer's Book of Fame*. Oxford: The Clarendon Press, 1968. p. 51.

⑥ Ibid., p. 63.

2024—2025行)。于是把他叼起来送到谣言之宫。如果说刚开始鹰认为自己的目的就是作为朱庇特的使者"教导"杰弗里,那么,在这里,他明确地指出他扮演着引导者兼教导者的角色。诗歌中,鹰显然代替了人类而担负起这个重任。虽然传统观念中人们把鹰看作是王权、力量、勇气的象征,但鹰之所以能够扮演这样的角色是因为可以飞翔的鹰能把杰弗里叼起来,带到建在高空中的声誉之宫和山谷中的谣言之宫。诗中写道,每一个人的每一句话"会很快上升/自然到达声誉女神的地方"(第851—852行)。原文中用"向高处移动"说明了声誉之宫的空间位置,意味着需要飞翔才可以到达。由于鹰是鸟中之王,具有非凡的力量,从现实意义上来说,只有鹰才具备这样的能力。乔叟显然继承了奥维德和维吉尔在诗歌中对鹰这一形象的塑造。声誉之宫位于天堂、大地和海洋之间,鹰带领杰弗里飞翔的意义就是飞向天堂的旅行。

《声誉之宫》是英国人对"声誉"这一概念所持态度的转折点。鲍埃塔尼(Piero Boitani)指出,虽然14世纪的意大利产生了"声誉"(fame)这一个新的概念,但乔叟是唯一一位非意大利的诗人把整首诗都献给声誉,没有人能够否定它在文化史中的重要性。① 事实上,"声誉"这一概念的发展在西方有着悠久的历史,和其他主宰西方文化的概念紧密相连。声誉和语言密切联系,即在某种程度上来说,人的基本功能的拟人化,即说、听和交流,赋予它神圣、超自然的特质。② 在《圣经》传统中,基督和撒旦是声誉的两种代表,一个在寻找上帝的荣誉,另一个在寻找自己的荣誉。奥古斯丁用两个城市来象征两种声誉:耶路撒冷和巴比伦。一个赞美上帝,是良知的证明;另一个赞美自己,寻求周围人的赞美,所以人的生活被看作是从巴比伦到耶路撒冷的朝圣。③ 除了《圣经》传统之外,波埃休斯在《哲学的安慰》中提出的观点为中世纪作家处理声誉这一问题提供了基本的说法。他把声誉和生命永恒联系起来,但丁对个人荣誉的感受和对诗歌荣耀的坚持对后来者产生了很大影响。库恩斯指出,中世纪人对"声誉"的看法和当今人的看法不同。在中世纪,"声誉"显然是一个基督教概念,不管是谁,对于声誉的追求和灵魂的救赎有关。潜藏于中世纪声誉观

---

① Piero Boitani, *Chaucer and the Imaginary World of Fame*. Cambridge: D. S. Brewer. 1984. p. 1.

② Ibid., p. 19.

③ Ibid., pp. 15—23.

后的是世俗声誉和神圣声誉(天堂的声誉)之间的对比。基督教定义的声誉是波埃休斯《哲学的安慰》的核心主题。爱情和声誉显然是乔叟这首诗中互相关联的主题,如果没有爱情以及潜在的上帝之爱和救赎,中世纪人对声誉的态度就没有意义。① 从彼特拉克(Petrarch)起,"声誉"这一概念成为知识分子关心的核心话题。14世纪的英国对荣誉的关注程度和法国、意大利一样。这从中世纪英国作家高厄、朱丽安(Julian of Norwich)、"高文"诗人对这个话题的表述中可窥见一斑。

鹰和杰弗里的旅行终点其实展示了声誉的双重性特点。诗歌的第三部分,杰弗里到达声誉之宫。这是本诗中比较有争议的部分,原因就在于声誉本身体现出的双重性特点。罗素指出,当我们发现声誉之宫居住的人是女神,她们用诗人的词语来加固语言,那么,鹰就是真正的奥古斯丁式的人,用女神代替了奥古斯丁的那些书写下的符号。让杰弗里相信声誉之宫是他想要的目的地,鹰降低了杰弗里追寻的目标,②因为在故事的开头,鹰说明他的动机是回报他为爱神所做出的努力,让他获得爱情的信息。库恩斯指出,比起维纳斯、命运女神和几位其他异教神祇,声誉女神在中世纪诗人的神话集中占据次要位置。但在《声誉之宫》中,她的地位才提升到了维吉尔诗作中女神平等的地位。③ 它既可以是带有积极价值的声誉,也可以是带有负面价值的声誉,而乔叟对声誉的认识和阐释是在鹰作为向导引领人类(杰弗里)的过程中得以认识的,带有异教色彩和基督教色彩的双重影响。

在诗歌中,"声誉"(fame,第1555行)和"名字"(name,第1556行)联系在一起,且多次出现,这是"声誉"积极价值的体现;它的另外一面又体现在"失去声誉"(diffame,第1581行)和"耻辱"(shame,第1582行)之间,带有消极价值。从行为表达方式上来看,这取决于声誉之神命令风神吹红色的喇叭还是黑色的喇叭。吹红色的喇叭就意味着是"好的、有益的、积极的名誉",吹黑色的喇叭就意味着是"坏的、无益的、消极的名誉"。从拜见声誉女神的九拨人中可以看出,六拨人获得的是恶名,只有三拨人

---

① Byb. G. Koonce, *Chaucer and the Tradition of Fame: Symbolism in The House of Fame*. Princeton: Princeton University Press, 1966. pp. 4—5.

② J. Stephen Russell, *The English Dream Vision: Anatomy of a Form*. Columbus: Ohio State University Press, 1988. p. 187.

③ Byb. G. Koonce, *Chaucer and the Tradition of Fame: Symbolism in The House of Fame*. Princeton: Princeton University Press, 1966. p. 13.

获得了好的声誉。这些人祈求的时候都是双膝跪地。第五拨人只想隐藏自己的优秀作品，并不在乎声誉，结果却获得好的声誉。那些无法获得好声誉的人不是邪恶的人，就是暴徒，没有任何正义感可言。从这些细节中可以看出，声誉女神具有一定的主导权。她能够根据不同社会群体的特点决定是给予对方积极的荣誉或者消极的荣誉。显然，金鹰引领杰弗里认识了声誉的真正价值及其产生的背景，而声誉之宫身处冰山，又说明了它的不可靠性。

史蒂文森(Kay Stevenson)指出，是"谣言之宫"①而非"声誉之宫"包含有朱庇特通过鹰来传达的音信。杰弗里在声誉之宫看到的九拨人不是他所期待的，而他在谣言之宫听到的消息正和鹰在诗歌开始就强调的有关爱情的信息有关。史蒂文森认为，乔叟在诗歌中提到波埃休斯来例证梦境中三场场景之间的关系，讲述代表宇宙秩序的鹰的飞翔和维纳斯、声誉之间的关系。② 西弗德指出，杰弗里梦中旅行的目的就是书写诗歌的目的，这在诗歌的开头就已经表述得很清楚了。梦的动机就是诗歌的动机，就是去声誉之宫。在那里，乔叟可以理解爱情的真谛，这是书写爱情的诗人因为奉献给爱情的服务而要获取的回报。如果接受这个观点，那么就不要认为声誉是乔叟书写此诗的最主要的内容。这首诗就是一部自传，来说明诗歌创作经验中的某些特定的阶段和个人所处的情境。③ 因此，当陌生人问及他去声誉之宫的原因的时候，杰弗里认为是为了听和爱情有关的事情或者类似让人高兴的事情。(第1886—1889行)最后陌生人带他来到代达罗斯之屋，即谣言之宫，他在那里听到五花八门的世俗社会消息。

乔叟对声誉的认识从诗歌的标题中得到了凸显，而鹰在诗中担任引导者的角色。这非常有效地把乔叟带入欧洲诗歌传统之中。西蒙斯(J. L. Simmons)指出，诗人保持永久的声誉是这首诗的主题，而杰弗里就是

---

① 奥维德的《变形记》中的谣言之宫位于大地、海洋和天空交接的地方，"谣言"住在那里，房子有数不清的入口，由闪光的青铜造成，整个宫殿充满各种嘈杂的声音。在这个描述中，"谣言"是女性。参见 Ovid, *Metamorphoses*. Trans. Stanley Lombardo. Cambridge: Hacket Publishing Company, Inc. 2010. pp. 326—327.

② Kay Stevenson, "The Endings of Chaucer's *House of Fame*." *English Studies* 59. 1 (1978):10—26.

③ Wilburn Owen Sypherd, *Studies in Chaucer's House of Fame*. London: L. Paul, Trench, Trubner & Co., Ltd., 1907, pp. 15—16.

诗人本人。① 这当然和杰弗里沿途所看到许多重量级诗人的名字有关。芬利森认为,叙述者的存在在诗歌中占据主导位置,这证实了大多数人的观点,即这首诗既不是关于爱情也不是关于声誉,而是关于诗人和诗歌理念。② 但值得注意的是,杰弗里到达声誉之宫的大厅的时候,看到诸多名人的名字。从这个意义上来说,声誉之宫是不同文化类型中精英人士被记载的地方。它涉及人群有吟游诗人、竖琴师、魔法师、希腊神话人物和作家,等等。杰弗里尤其看到柱子上刻有重量级人物维吉尔、奥维德、但丁、柏拉图、亚里士多德、波埃休斯、路坎等人的名字。可以看出,杰弗里此时完全置身于精英人士之列。

我们知道,乔叟借鉴的"名誉"这一传统文学角色来自奥维德和维吉尔,并非他的独创。斯泰贝格(Glenn A. Steinberg)指出,对乔叟来说,他在《声誉之宫》中探讨他自己和诗歌传统的关系,但丁和古典遗产以及意大利人文主义后来者之间的关系成为乔叟诗歌中很有吸引力的素材和潜在的主题。③ 斯皮林(A. C. Spearing)指出,这使乔叟成为第一位能够建立个人影响力传统的英国诗人,为他的同时代人和后来者,有效地把艺术遗产合法化了。④ 因此,归纳起来看,乔叟从古典文学传统中继承并续写了鹰这一文学动物的意义。在飞翔的过程中,鹰完成了旅行的目的:既教导杰弗里,又助杰弗里认识了声誉的本质、诗人与声誉之间的关系,从而定位乔叟在伟大的诗歌传统(这个传统由欧洲大陆的重量级古典作家组成)中的地位。这是一种自我身份定位、自我寻找身份认同的过程,是乔叟的写作政治,即通过人和鹰的飞翔把乔叟带入伟大的欧洲文学传统之中。这个传统书写了鹰相关的故事情节,从而填补了英格兰在地理、文化、宗教上和欧洲大陆之间的鸿沟,呈现文化一体化的特征。

---

① J. L. Simmons,"The Place of the Poet in Chaucer's *House of Fame.*" *Modern Language Quarterly* 27.2(1966):125—135.

② John Finlayson,"Seeing, Hearing and Knowing in *The House of Fame.*" *Studia Neophilologica* 58.1(1986):47—57.

③ Glenn A. Steinberg,"Chaucer in the Cultural Production: Humanism, Dante and *The House of Fame.*"*The Chaucer Review* 35.2(2000):182—203.

④ A. C. Spearing, *Medieval to Renaissance in English Poetry*. Cambridge: Cambridge University Press,1985. p.59.

显然，乔叟忽略了人-鸟之间的物种界限，动物和人一样扮演引导者角色。鹰在诗中的作用是带杰弗里到他想去的地方，即可以知道有关爱情讯息的地方。在谣言之宫，"我看到真和假融合/融为一体飞向他处。"（第 2108—2109 行）每一条信息都飞到声誉女神那里，而女神根据它们的特点命名，并给予不同的时长。在那里，杰弗里见到船员、朝圣者、卖免罪符的人、信使、报信的人等处于社会底层的人群，因为他们口袋或盒子里装满了谎言。诗歌结尾处，他听到人们在大厅的角落里谈论爱情，最后挤作一团。杰弗里认为这才是他真正想去的地方，这和诗歌开头描写的主旨相同：鹰受朱庇特派遣，回报杰弗里，让他理解爱情的真谛。当杰弗里看到那些谈论爱情信息的人群的时候，或者说他认为自己并不需要在声誉之宫得到任何东西的时候，他对谣言之宫的特别关注说明乔叟关注更为人性化的东西，展现出以人为本的人文主义色彩，把关注点投向处于社会底层的普通人群。他展示了他们人性中黑暗的一面，以朝圣者、卖赎罪券的人、送信者为代表的人群中充满的谎言来说明基督教的腐化，而以人群挤堆、听取爱情的讯息的细节和诗歌的第一部分前后呼应，即人们对爱情的理解和关注。这不仅是叙述者杰弗里在诗歌中不断书写的内容，也是乔叟在情节安排上的有意为之。

爱德华兹指出，在故事的结尾，杰弗里超越了现实经验飞向天堂，提出了知识与现实以及它们在语言中的相互关系。声誉之宫用记忆和意象的塑造表达了这些观点。在这个想象空间中，宫殿成为语言和诗歌的真正价值的抽象关注，这种转变使乔叟把当时知识分子的复杂性囊括其中。[1] 当然，这种关注是鹰在带领杰弗里飞翔的过程中完成的，目的其实在于说明声誉的形成也是通过语言或声音完成的。这种语言的表述既有包含积极价值的声誉，也有包含消极价值的耻辱感，而这都是通过"声音"和"语言"的传递完成的。因此，鹰的教导和引领在表面上是认识爱情、科学、声誉的过程，但本质上是带领人类认识自我本性、了解自我的过程。

《声誉之宫》是未完成之作，乔叟没有再提及鹰的存在，而杰弗里处于那些听取爱情讯息的人群之间。鹰的缺场说明人需要借助外在的力量来完成认识自我的过程，而鹰之所以在诗歌中被采用，是因为他所具备的飞翔能力。这首诗中的鹰是雄性，而非《百鸟议会》中的一只雌鹰和三只雄

---

[1] Robert R. Edwards, *The Dream of Chaucer: Representation and Reflection in the Early Narratives*. Durham and London: Duke University Press, 1989. pp. 111—112.

鹰的搭配,而是以鹰和人的组合搭配出现。这种处理手法和诗歌企图反映的主题有关:《百鸟议会》中的主题和骑士精神、宫廷爱情有关,而自然女神对雌鹰的偏爱使雌鹰成为争论的焦点,恰恰映照出宫廷爱情的本质和宫廷贵族的价值观。在中世纪英国早期基督教占据主导位置,人们遵循禁欲主义思想,但到了14世纪的英国,人的自我意识逐渐出现,有了自由意志,企图摆脱旧秩序而寻找新的秩序。这种新的秩序就是以解放人性为基点,以人为秩序的核心。因此,这首诗中的鹰不仅讲述了这个时代关注的不同话语,而且以异教的名义引领人走向自我解放,进一步去认识自己,但没有做出明确的道德说教。总结起来看,这种飞翔式的引领本身就是帮助杰弗里探寻、判断、确定自己价值观的过程。

《声誉之宫》的目的是鹰引领杰弗里进行精神之旅,涉及的话题包含科学、秩序、艺术等。从学科的划分来说,人们把这样的学科通常和理性联系起来,而理性又通常和男性关联,因此,本诗中的鹰为雄鹰并不为奇。值得注意的是,本章第一部分讨论的夜莺和《百鸟议会》中的鹰都是雌鸟。精神分析理论指出,女性是一种手段,通过她男性主体才能获得和保持生物性身份、社会性别身份和文化身份。亨格(Geraldine Heng)指出,女性在许多层次上是文化的承载者,在文学上,女性以隐喻的形式存在,文化的关注、观念、压力和价值得到表达,在历史上,女性作为文化和文化价值的交流者存在。[①] 因此,在有关夜莺的辩论诗中,夜莺多为雌性,围绕女性、婚姻、爱情等话题辩论。即便是在《百鸟议会》中,雌鹰的存在仍然是以当时文化背景下的骑士文化和宫廷爱情为背景进行的。虽然三只雄鹰和众鸟进行辩论,但乔叟却以梦幻为框架,主题围绕爱情辩论和自然女神的协调作用而展开。

《声誉之宫》中的雄鹰扮演着引领者和教导者的角色。这不仅说明当时的教育体制是以男性为主体构成,而且鹰为杰弗里打开了通向声誉之宫和谣言之宫的大门,认识了声誉的本质,为杰弗里找到了解世俗世界对于爱情的看法的可能性。更为主要的是,鹰把杰弗里/乔叟带入欧洲文学传统之中。乔叟选择这只雄鹰作为向导和教师的原因在于人们把鹰看作是力量、真理、自由、勇气的象征,具有深刻的文化意义。因此,文中用来指涉雄鹰的词为"他"(he)或"他的"(his/hys),雄鹰成为男性气质和中世

[①] Geraldine Heng, *Empire of Magic: Medieval Romance and the Politics of Cultural Fantasy*. New York: Columbia University Press, 2003. p. 192.

纪理性话语的象征。他在教导杰弗里的过程中，完成了对人类中心主义话语的颠覆，指引人类思考人与自身、人与社会、人与传统、人与动物之间的关系，体现了乔叟对生命主体的认识和尊敬。在这种视野下，乔叟和欧洲大陆的文化话语保持了高度一致性。

第三章

骑士与动物的博弈

中世纪骑士文学脱胎于宫廷文化。13世纪,骑士文学在法国走向衰落,但却在海峡对面的英国流行起来。它起初以盎格鲁-诺曼语书写为主,但很快就以中世纪英语书写的形式出现,发展极其迅速。13到14世纪,除了乔叟和高厄的诗歌之外,英国骑士文学大多源于法国,但其在发展中逐渐具备自己的特色。英国诗人不仅采用法语和拉丁语文学中的写作形式和技巧,也借鉴盎格鲁-撒克逊作家的作品。他们改造已经接受的素材,旨在反映他们的文化语境和个人兴趣。虽然学界企图在"宫廷"骑士文学和"大众"骑士文学之间划分界限,但14世纪后半期,上流社会的贵族开始读(听)中世纪英语写成的方言文学。像乔叟这样的诗人对大众文学较为熟悉,虽然其作品的艺术效果适合贵族品味,但肯定会流入社会底层。① 对于中世纪贵族读者来说,这种阅读必然会带来意想不到的心理冲击和满足感。克洛

---

① George W. Tuma and Dinah Hazell,"Medieval Forum"Aug. 23rd,2009,〈http://www.sfsu.edu/~medieval/index.html.〉Nov. 9th,2016.

斯(Peter R. Cross)指出,这些骑士文学文本不是在宽敞的大厅中被阅读,而是很小的团体在私人房间中阅读:随着精心设计的私人住宅或日光浴室的出现,人们逐渐对家庭住宅隐私的重视使这种阅读成为可能。①克洛斯认为,对比盎格鲁-诺曼语骑士文学和中世纪英语骑士文学,就会发现它们既有共同点,又有观点上的改变,尤其是后者故事中的主角会成为民族英雄。原因之一可能是阅读中世纪英语骑士文学的读者多于阅读盎格鲁-诺曼语骑士文学的读者,但更主要的是当时英格兰和苏格兰进行了第一次民族意义上的战争。骑士成为国家秩序的一部分。骑士身份和民族情感、国家利益之间的认同进一步强化这种意识形态的影响力。②

中世纪英国骑士文学以散文体和韵律体的形式写成,许多作者不详或佚名,主题类别较多,但它们中出现了形形色色的动物。表面上看,这些动物在作品中呈现出类型化、概念化、抽象化、工具化、妖魔化倾向,折射出中世纪英国人的异化感、对骑士精神的崇拜、跨物种交流、物种主义消解、种际正义等主题。但作为文中的角色,动物成为骑士生命价值(教养、荣誉、忠诚、高贵、力量等)实现中不可或缺的重要组成部分,共同完成骑士精神的阐释和人性的解码。虚构动物或混合型动物的出现充满魔幻色彩,是神、人、兽三种观念的组合,是人性复杂的外在表征,更具有它产生的历史文化背景。人们通过驾驭动物、战胜巨人或怪物、杀死或打败动物来彰显骑士的男性气质,展现骑士的英雄行为,确立、加固、阐释骑士身份,证明人的主导性位置。但是,人与动物之间的物种差异受到颠覆性描述,含有深刻的伦理警示和人对自然的畏惧。当然,人与动物并非完全对立,他们的关系说明人和动物都是生物系统中相互依赖的存在共同体。在整个生态系统中,人与动物之间的互动关系出现对立、差异消解与和谐等特点,含有深刻的伦理探索和人对动物尊严的理解。

以"中世纪骑士文学"为篇名进行检索,中国知网数据显示,截至2017年10月,相关研究涉及骑士精神内涵、中世纪骑士文学的特点、宫廷爱情观、文学样式和影响以及和中国武侠小说的比较研究,涉及的中世纪英国文本有《亚瑟王之死》和《高文爵士与绿衣骑士》,其他重要骑士文

---

① Peter R. Cross, *The Knight in Medieval England* 1000—1400. Stroud: Sutton Publishing Ltd.,1993. p. 136.
② Ibid., p. 143.

学文本的研究还处于空白状态。本章研究涉及的文本有玛丽的《籁歌》①、《丹麦王子哈夫洛克》《伊萨姆布拉斯爵士》《爱普米顿的生平》《阿托斯的爱格拉默爵士》《巴勒恩的威廉》《屋大维》《高文爵士与绿衣骑士》《特里亚默爵士》《亚瑟王之死》《利比乌斯·戴斯康努斯》和《高德爵士》等,拟从较多的重叠性或相似性的故事中获取更为可靠的结论。研究从以下三个方面展开:第一部分挖掘人与动物之间的二元对立关系,以人和动物关系为主导,展示人类战胜动物的过程,表明当时的人具有人类沙文主义倾向;第二部分主要结合历史背景,分析人和各种混合型或变形动物之间界限的模糊性以及人身上体现的阈限状态;第三部分,在几个典型的骑士故事中,动物和人的关系体现出和谐感,人性和动物性达到融合,动物具有情感回应能力,人和动物之间没有种际边界。这也是中世纪人对人与动物之间是否具有情感回应的挖掘和解答。

一、作为他者的动物:人与动物的二元对立

中世纪英国骑士文学中的世界是男性化的世界,倾向于用二元对立的等级制思考和叙述,体现出典型的男性思维模式,强调理性、正义、个体主义的价值,并把它们和男性联系起来,动物自然成为他们的对立存在物。骑士在阐释骑士精神、表现男性气质和进行冒险行为的时候,贵族在狩猎的活动中,人们在解读动物的寓意的时候,马、猎狗、鹿、狮子、蛇、独角兽等成为人可以占有、控制、驾驭、杀戮、赋意的对象,成为人界定自身道德主体性的客体对象,显示出骑士的社会地位,彰显了骑士、狩猎者、叙述者的主体性。② 这是二元对立的思维方式和等级制划分的明显体现,是自我和他者关系的阐释。

---

① 中世纪英国的籁歌先后用古法语和中世纪英语写成。关于籁歌的体裁问题,虽然目前有学者认为它独立于骑士文学,但学界普遍认为籁歌是骑士文学的分支。因此,在本章的研究中,籁歌归在骑士文学下进行分析说明。"骑士文学"(romance)以韵律体和散文体书写,国内翻译不一致,有"韵律传奇""骑士文学"或"传奇",考虑到当时的文化语境和作品中角色,本章中均采用"骑士文学"这一说法。

② 值得注意的是,13世纪到14世纪的中世纪手抄本的旁注展示了"骑士和蜗牛"之间的战斗,通常以骑士失败而告终。学界意见不一,认为蜗牛可能代表伦巴第人,或者耶稣复活,或者反抗的穷人,或者女性。这是从视觉艺术角度的展示,但蜗牛并未在文字叙述层面出现。"'Knight vs Snail' in Medieval Manuscript Blog", Sept. 23rd, 2013, ⟨http://britishlibrary.typepad.co.uk/digitisedmanuscripts/ 2013/09/ knight-v-snail.html⟩, Jan. 18th, 2017.

中世纪英国骑士文学的巅峰之作《亚瑟王之死》展示了人与马之间的特殊关系。大多情况下,马是人的代步工具。"马"①在这个故事中出现的频率最高。骑马者主要是男性,比如国王、骑士、侏儒等,马通常配有马刺、马鞍、马饰等。男性大多骑的是战马或狩猎用的马,女性骑的是小马或白马,甚至骡子,而修道士骑驴。在这个过程中,人与马的关系界定了人的自我身份,同时又反衬出中世纪人的动物观。

人们因为不同的目的骑马去不同的地理空间,马成为协助人完成各种使命的工具:男性骑马去拜访女性,比如国王尤塞骑马去见依琳格,高文骑上帕里斯的马去见艾达以赢得她的爱情,兰斯洛飞马赶到火刑场解救王后;骑士骑马追赶动物,比如帕林诺骑马追赶怪物,国王赫曼斯骑马追赶红鹿,特里斯丹骑马追赶肥鹿到森林;骑士骑马去交战或冒险,比如亚瑟骑马和艾克隆交战而救出被囚禁的骑士,兰斯洛骑上战马冒险,鲍斯和加拉哈德骑马去海边乘船。当然,骑马不限于男性,女性也骑马,比如湖上仙女骑马去见艾达女士,给她施展魔法,使她爱上帕里斯;伊瑟骑马回宫,骑马陪伴帕勒米德斯一起去冒险;布雷格文夫人骑马寻找特里斯丹;安格里丝和儿子亚历山大骑马从国王马克处逃离;一位贵妇人五旬节前骑马来到亚瑟宫廷;一位骑白马的贵妇人给亚瑟捎话说圣杯会出现。可以看出,人们骑马的地理空间通向森林、沼泽地、荒野、教堂、修道院、王宫、塔楼、泉水边、比武场,目的是约会、报信、郊游、冒险、比武、狩猎、喝水等。除了这些具体的具有中世纪特色的物理空间之外,骑士骑马驰骋在欧洲大陆、英格兰、苏格兰、爱尔兰和威尔士,甚至去了圣地。这又和当时的骑士制度、宗教文化、性别构建、文化扩张有关,不同种类的马或动物阐释了不同群体的人所处的社会地位以及和他们相关的社会性别分工。

同样,在《亚瑟王之死》中,骑士和马之间的关系以及人对待马的方式又展示出人的社会地位和人与人之间的权力关系,比如说,巴林看到亚瑟

---

① 在《亚瑟王之死》中,"马"的单数用作 horse,复数用作 horsys 或 horsis,这两个词出现的频率非常高,"战马"是 steed,在中世纪英语中拼写为 stede 或 sted,主要用在国事、战争、比武场等,故事中女性骑的马拼写为 palfrey,即 palfrey。事实上,中世纪人根据马的不同功用命名马,"军马"在中世纪英语中拼写为 destrer,即 destrier,比武大赛和战斗中用的马还叫 courser 或 charger。这两种马均为雄性,是马中的贵族。其他的马还有:日常骑用的马叫 hackney,体形和质量中等,而 palfrey 是一种带马鞍的小马,一般供女性骑用,耕种和拉东西的马叫 stot 或 affer,女性侧骑的马叫 ambler。在中国春秋时期,人们已将马分为六类,即种马(繁殖用)、戎马(军用)、齐马(仪仗用)、道马(驿用)、田马(狩猎用)、驽马(杂役用),养马和相马成为一门重要学问。

王,赶紧下马,表示敬意;亚瑟让奥兹莱克爵士接管哥哥达玛斯的财产,每年送他一匹小马供他骑,认为小马比战马更适合他的身份;兰斯洛去追赶马克王,马克王滚落下马,伏倒在地请求恩典;马克王见到亚瑟王,赶紧下马,把宝剑和头盔丢在地上,跪倒在亚瑟王面前;拉姆莱克爵士看见特里斯丹的时候便翻身下马,想让特里斯丹踩着他的大腿下马;特里斯丹把亚瑟挑下马,兰斯洛把最好的马给亚瑟。除了这些之外,马还扮演着肯定骑士身份的作用:艾文在威尔士比武大会上打败了30名骑士,奖品是一只鹰和一匹披挂着锦缎的白马;布雷格文夫人找到特里斯丹,通过那匹名叫巴赛布瑞尔(Passe-Brewel)的马她认出了特里斯丹。在这些个案中,男性通过翻身下马这一身体行为表示对对方的敬意,彰显人与人之间的权力关系,或者通过与马之间的认同关系来界定自我身份。

从《亚瑟王之死》中可以看出,贵族通过占有马的数量和装饰马匹来证明自己的社会地位。"没有任何动物比马显得更为高贵,因为正是通过马,把王公贵族与骑士和地位低的人区别开来,原因是贵族成员被普通人看到是不合适的,除了通过用马。"① 故事中,爱尔兰国王马克给特里斯丹配备骏马和最精美的盔甲。奥克尼王后对亚瑟说,她儿子身上披金挂银,骑着骏马,装束和高贵的身份很符合。爱莲娜去亚瑟宫廷的时候队伍浩浩荡荡,十分壮观,同去的马就有一百匹之多。王后桂尼维尔通知圆桌骑士要去威斯敏斯特附近的树林郊游,要求每人备好马匹,马饰必须披挂整齐华美。兰斯洛护送王后桂尼维尔回到卡莱尔城堡的时候,一百位骑士身着绿色丝绒服装,马一律披着垂到脚跟的绣甲。王后由二十四位淑女陪同,兰斯洛身后跟随十二匹骏马,每匹马上坐着一位年轻子弟,这些马也有齐膝的披甲,上面镶有千颗宝石和珍珠(isette with stonys and perelys in golde)。(693:35—44;694:1—4)② 从中可以看出,人通过占有马的数量、用价值连城的珠宝装饰马来达到彰显贵族身份的目的,马和珠宝把当事人的社会地位通过物化的方式显示出来。贵族对马饰的关注程度说明他们把马看作具有生命力的动物,不仅承载特定社会价值,而且和

---

① Qtd. in Susan Crane, *Animal Encounters: Contacts and Concepts in Medieval Britain*. Philadelphia: University of Pennsylvania Press, 2013. p. 141.

② Sir Thomas Malory, *The Works of Sir Thomas Malory*. Ed. Eugéne Vinaver. Oxford: Oxford University Press, 1971. 原文引用只在文中以"页码:行"的形式注出,后面引用不再另行做注。译文为笔者自译。

人一样需要以文明、带有尊严的方式出现在公共场合。从这个角度看,被装饰过的马背后蕴含着人和马一体化的过程,即马成为人的一部分,在贵族塑造自我形象的时候马体现的是工具价值。另外,随行的淑女(jantill women)和绅士(gantyl man)也是彰显他们身份的表现,因为"jantill"和"gantyl"这两个词语通常用来形容贵族。这些淑女、绅士、马完成了对王后身份的外在塑造和证明。在《高文爵士与绿衣骑士》中,高文的马浑身装饰得和高文一样华丽高贵。人装饰马,马装饰人,这是贵族身份形成中的一部分,马也是贵族表演身份的对象。

马除了扮演交通工具和提升贵族身份的作用之外,通常情况下,人们通过改变人和马之间的体位关系来证明个体的社会地位,这体现的不是骑士的荣誉感,而是一种耻辱感。骑士通常骑在马背上,而通过改变人和马的体位关系(比如把人绑在马尾巴或马肚上)表现出人的卑贱性,以此达到羞辱对方的目的,致使对方失去荣誉。在《亚瑟王之死》中,艾达的骑士把帕里斯绑在马尾巴上(tye hym to his horse tayle),或捆绑在马的肚子上(bynde hym undir the horse bealy),用这种方式羞辱他,让他离开。(100:34—39)把帕里斯捆绑在马尾上或马肚下的做法是羞辱他的做法,而这正是通过改变骑士和马之间的体位关系实现的。这在骑士文学《丹麦王子哈夫洛克》①中有同样的例子。中世纪英语骑士文学《丹麦王子哈夫洛克》中多次提到骏马(文中出现频率最高的词为 stede 或 horse)。丹麦国王死时把王子哈夫洛克托付给大臣皋大德,但后者想把哈夫洛克投入大海从而篡权,他的奴仆格里姆救了哈夫洛克。高德里奇决定把英格兰公主高德波茹嫁给哈夫洛克。他们的婚礼由约克郡的大主教主持。晚上,高德波茹、律师优博及其骑士先后发现哈夫洛克睡觉时候口吐火焰,肩刻有国王印记。哈夫洛克被加冕为丹麦国王。最后,所有骑士抓住了正在狩猎的皋大德,一位少年用刀剥掉他的皮,他的喊叫声在一里之外都可听到。皋大德被绑在一匹脏且瘦骨嶙峋的老马尾巴上在地上拖拉,直到他被送上了绞刑架。在英格兰厮杀的过程中,高德里奇被哈夫洛克打

---

① 整首诗有 3002 行,大约写于 1280 到 1290 年之间,用林肯郡的方言写成。这个关于丹麦王子哈夫洛克的故事来自编年史学家杰弗里·盖玛(Geoffrey Gaimar)在 12 世纪早期用盎格鲁-诺曼语所著的《英吉利史》(*Estorie des Engles*),在此基础上,出现了一首盎格鲁-诺曼语的籁歌《哈夫洛克的籁歌》(*Lai d'havelok*),后者可能对中世纪英语版的《丹麦王子哈夫洛克》产生了影响。本部分关于这首诗的引文来自 G. V. Smithers, ed., *Havelok*. Oxford: Clarendon Press, 1987. 后面引文只注出诗行,不再另行做注。译文为笔者自译。

倒在地。按照哈夫洛克的吩咐，高德里奇的鼻子被绑在驴身上，鼻子对着驴尾巴(te stert)。他被带到林肯郡的树林之后被火烧成灰。值得注意的是，这个故事中关于哈夫洛克骑马激战的场面描述相对较少，但两位邪恶之徒皋大德和高德里奇分别被绑在老马和驴的尾巴上处死。把人绑在动物尾巴上的做法是通过羞辱他们而达到惩罚的目的。这两位大臣在摄政的时候都以企图杀死王位继承人为目的，他们是邪恶的代表，而这种惩罚的过程就是公示邪恶而展现人间正义的过程。《爱普米顿的生平》中有类似的描述。爱普米顿是国王厄莫尼斯的儿子，洗礼后取名为爱普米顿。他在比武场上把四位骑士挑落马下，把骑士凯米斯打下马，命令手下牵走凯米斯的战马并牵来一匹老马，他们让凯米斯面朝后坐在马鞍上，用绳子紧绑着他，而他的脸对着马尾巴(To the tayle was turnyd his visage，第1492行)，凯米斯这样骑马到小镇，致使名声扫地。[①] 显然，爱普米顿借助改变人和动物体位关系的惯有方式来羞辱对方，使对方失去名誉。

  通常情况下，人以"骑"马的方式来证明人的优势地位，而"人-动物尾巴/肚子"这种体位的展现说明人处于低劣位置。"动物尾巴拖拉人"或"面向尾巴"示众的做法旨在降低人的尊严感。原因是，动物的尾巴从身体的角度来看，通常被看作是动物最为低劣的部位。尾巴所具备的卑贱性使那些被绑在尾巴上或面对尾巴的人成为卑贱者。进一步说，人与动物之间的体位关系被颠覆，从人"骑"马这一控制姿态转变为人被马或驴拖着走的姿态。在这种对立关系中，被羞辱的人丧失主体性，而复仇者以有意让对方失去这种主体性达到羞辱对方的目的。那些被绑在马尾巴上或倒坐在马背上的人成为邪恶的象征。驴尾巴或马尾巴所具备的卑贱意义使这些邪恶之人的恶行得以外化，凸显了骑士在面对人世间不公正行为所进行的纠正。马尾或驴尾在此成为显示伦理道义的道具。

  虽然马在文化构建中是自由、勇气、成功、力量、智慧、高贵等价值的象征，在中世纪描述中，童贞英雄、圣徒、基督通常骑着白马出现，但马的尾巴却具有一定的宗教意义。在《圣经》之《约翰福音》的描述中，马的尾

  [①] 这个故事现存有三个中世纪英语的手抄本。这三个版本都来源于罗特朗得的修(Hue de Rotelande)，他当时用盎格鲁-诺曼语写了这个长达10580行的故事，时间大约是1174到1191年之间。在其中的一个手抄本中，根据其中词语发音、拼写等特点，可以看出作者来自英格兰东北部，诗歌完成于15世纪后期，参见 Tadahiro Ikegami, ed., *The Lyfe of Ipomydon*. Tokyo: Ohyu-sha Printing Company Ltd., 1983. 文中引文均来自这个版本。引文注出诗行，不再另行做注。译文为笔者自译。

巴外形像蛇,会给人带来伤害。尾巴朝下长或朝外长,意味着面向世俗世界。朝上长意味着面向高高在上的天堂和上帝。当一个人信仰上帝的时候,他的内在是向上的;如果他的本性邪恶,他的内在就会朝下,面向世俗世界。因此,他就不具备人性,反而拥有动物性,因为野兽通常向下看,面朝世俗世界。那些朝下看的人做邪恶且错误的事情,朝上看的人做善事。① 邪恶之人或失败者被绑在马尾上或面朝着尾巴,这说明了被捆绑人的邪恶和错误之处,以此表明对他的人性的贬低,把他的邪恶外化。当然,对于像帕里斯这样英勇的骑士来说,无论是被绑在马尾上还是马肚子上,都是女性对男性的羞辱方式,因为马尾、马肚子、驴尾是卑贱的存在:它们虽然是马/驴的身体的一部分,却在文化的构建中不具备神圣感。尾巴/肚子在文化的构建中和污秽、污物、废弃物等关联,引起人们心理上的厌恶感,受到象征秩序的排斥。在这些故事中,绑在马尾/马肚上或对着驴尾的过程实际上是一种排除污秽的仪式表演,通过这种方式在被排除的对象和卑贱物之间建立关系,从而达到排除、边缘化某些社会群体的目的。因此,这几个故事中的骑士分别被绑在马尾或面对驴尾的体位变化过程就是排斥他们的表演仪式,使他们成为真正的卑贱者,从而维持一种洁净的社会和文化秩序。卑贱的不是动物本身,而是人们附加在这些动物身上的文化意义。

还需要注意的是,中世纪英国作家继承欧洲大陆梦幻文学传统,在作品中极度关注中世纪人赋予某种动物(比如鹰、狮子、公牛、蛇等)所包含的文化意义,以释梦方式赋予动物以文化象征寓意和社会批判功能,以伦理掩饰之手法探究人性之善恶。在《亚瑟王之死》中,动物的宗教意义和释梦传统相互关联,亚瑟、高文、鲍斯、帕西威尔在梦中梦见了不同的动物,这些动物在释梦过程中都被赋予了不同的意义:亚瑟王梦见巨龙和野猪交战,遂请一位智者解梦。智者认为巨龙是亚瑟航行于海的象征,巨龙翅膀上的色彩象征着亚瑟获得的王国,尾巴上的鳞片象征着圆桌骑士。野猪象征着鱼肉百姓的暴君,或暗示亚瑟会与巨人交战。智者认为这个梦说明亚瑟会成为征服者。在第二个被释的梦中,亚瑟王梦见可怕的黑水中有许多形状丑陋、令人生畏的蛇虫猛兽。他跌入一窝蛇中间,所有的野兽都扑过来抓他。释梦人高文对此的解读是上帝派他来警告亚瑟他的

---

① "Spiritual Meaning of Tail",〈http://www.biblemeanings.info/Words/Animal/Tail.htm〉. Nov. 6th ,2014.

死期就要到了。如果亚瑟与莫得莱德交战,必死无疑,双方都会死很多人,最好不要交战。高文梦见在牧场看到150头公牛,除了其中三头,其他的公牛都非常高傲,毛色是黑色,三头中有一头带有黑斑,另外两头洁白如雪,其余的牛去找牧草,变得很瘦。隐士南逊解梦的时候认为牛群代表着圆桌骑士,绿草代表谦逊和忍耐,他们不吃草是因为他们不知道谦逊和忍耐,不懂骑士精神,而这些公牛罪孽深重,所以毛色为黑色。纯白的两头牛象征着骑士加拉哈德和帕西威尔,因为他们拥有童贞。鲍斯梦见白鸟和黑鸟对他说话,让鲍斯为他们服务。释梦人修道院院长认为大鸟救小鸟,预示着基督被钉在十字架上拯救人类。黑鸟是神圣教会的象征,黑意味着完美。白鸟是魔鬼的化身,是伪善的象征。骑士帕西威尔梦见骑着狮子的女子和骑着蛇的老妇。释梦人老者认为骑着狮子的女子象征神圣教会的新律法,即忠诚、希望、信仰和愿受洗礼,而骑蛇的老妇象征旧律法,蛇是魔鬼的化身。

可以看出,亚瑟、高文、鲍斯、帕西威尔梦到了巨龙、野猪、公牛、鸟、蛇、狮子等动物,而释梦人(智者、高文、隐士、修道院院长)说明了不同的动物所包含的象征意义和预言功能。在解读的过程中,动物被赋予基督教色彩或象征意义。这种释梦传统和《圣经》中的释梦有一定的关联。在《圣经》之《但以理书》中,但以理在梦中看到四种动物:狮子、熊、豹子和头上长角的怪物。但以理请人释梦,解梦人告诉他这四种动物象征着要出现的四个王国。后来,他又产生异象,看到公羊和山羊互相攻击,梦中,有人指派加百列来释梦。加百列认为这两只羊代表的是两位国王。① 这种解读显然是象征意义的挖掘,同动物论和文化构建有一定的关系。弗洛里斯指出,在中世纪时期,动物与象征之间的联系主要来自《自然主义者》和后来的动物寓言集。② 这些作家喜欢采用梦幻方式进行文学创作,故事中的主人公做梦或产生异象,会梦到或在异象中看到不同的动物,醒来之后就会请教士、隐士等人释梦。释梦者基本上都是教会人员,他们在继承传统动物论的基础上,自然会为解读赋予基督教色彩。在他们的解读中,动物处于被赋予意义的被动位置,成为释梦者和听梦者用以基督教教义阐释、预测未来、认识自我身份的指涉对象,从而达到理解自我、理解世

---

① Daniel, 7:1—29; 8:1—27.
② Nona C. Flores, "Introduction." *Animals in the Middle Ages: A Book of Essays*. Ed. Nona C. Flores. New York and London: Garland Publishing, Inc., 1996. p. ix.

界的作用。这些梦中出现的动物是想象构建的产物,而释梦的过程是构建意义的过程。此时,他们不过是一种符号,既包含有动物论含义,又有基督教的寓意。

事实上,这种为动物赋予基督教色彩的故事也出现在其他骑士文学故事中。《伊萨姆布拉斯爵士》就是一个例子。从体裁上来说,《伊萨姆布拉斯爵士》介于圣徒传和骑士文学之间,可以说是典型的训诫骑士文学(homiletic romance)文本。在故事中,伊萨姆布拉斯爵士是骑士的榜样和吟游诗人的资助人,和妻子及三个儿子过着富华的生活。在异象中,他知道自己已经远离上帝,犯有七罪之一的骄横罪。随之而来的悲剧是他失去了骑士必备的装备,他的猎鹰飞走,他的马和猎狗死去,他的住房着火,妻子和三个孩子浑身赤裸从大火中逃生。悲伤之余,他准备赎罪。随后的故事情节发展和充满爱情、比武、骑士勇敢事迹等元素的骑士文学不同。他携带全家去圣地朝圣。在路上,他的长子被狮子叼走,次子被一只豹子叼走。他们带着最小的儿子乘船去了希腊海,后见到苏丹,苏丹让他改信伊斯兰教。但他坚持自己的基督教信仰,苏丹让伊萨姆布拉斯把妻子卖给他做他的王后。不幸的是一只独角兽带走了他的小儿子。最后他杀了苏丹,基督教国王奖励了他,并封他为骑士。他为一位女王服务,杀死了许多撒拉逊人。在征战撒拉逊人时候,伊萨姆布拉斯爵士和妻子碰见骑着豹子、狮子和独角兽的三位骑士。他们解救了他们夫妻俩,杀死了许多撒拉逊人,并承认是他们的儿子。原文中写道:

> 然后来了三位骑士
> 骑着豹子和独角兽
> 骑着狮子的走在前面
> 那是她的长子。(第 731—734 行)
> ……
> 他们说道:"上帝之恩典派我们到这里。
> 我们是你们的亲生孩子。"(第 746—747 行)

这个故事就像其他的骑士文学一样,演绎了全家团聚、皆大欢喜的结局。在结尾,佚名诗人把这一切都归功于基督的保护。

诗歌中先后出现了狮子、豹子、鹰、独角兽、马等动物,最后伊萨姆布拉斯失去的三个儿子骑着三种动物和他们夫妻相认。在这首诗开头,狮子、豹子、独角兽都以掠夺者的形象出现,但在故事最后,他们认为自己是受上帝的派遣来解救父母的。这个故事具有很强的基督教色彩和说教作用。它没有展示伊萨姆布拉斯如何在比武场比武或在野外冒险的经历，而是通过他失去家人、乞讨、朝圣、杀戮异教徒来展现他的精神救赎过程，其中不乏他的英勇表现。三个儿子所骑的动物有意在表明他们是上帝的代言人，伊萨姆布拉斯爵士的救赎之旅首先是以失去财产、失去妻子、失去儿子为代价。当他的罪恶得到原谅的时候，当他在征服异教徒撒拉逊人的时候，他的三个儿子骑着曾经掠走他们的狮子、豹子和独角兽出现。我们知道，中世纪时期，狮子被看作兽中之王，在动物论中通常是第一个被描述的对象，是基督的化身。豹子通常被看作是象征性的自我阉割。独角兽象征着基督，而独角兽的角象征着上帝与基督的融合，又因为独角兽体形较小，又象征着基督身上的谦卑。显然，这个故事具有很强的说教作用，三只动物其实代表着上帝和基督，代表着基督教，在个人走向精神救赎和战胜异教徒的过程中，上帝或基督教起着关键性的作用。这个故事进一步说明上帝的恩典在个人精神救赎中的拯救作用，也是佚名诗人写作政治的表现，而出现的几种不同动物联袂完成了救赎使命。

《伊萨姆布拉斯爵士》演绎了传统骑士故事皆大欢喜的团聚结局。诗歌最后写道："耶稣基督，天堂之王，/总是把他的祝福给予我们/保护我们。"（第769—771行）故事中先后两次出现了鹰，而鹰在动物论中通常被看作基督的化身。他和妻子能够团聚实际说明这是上帝的旨意。总而言之，这个故事通过这四个主要的动物展示了上帝和基督在人走向精神救赎中的作用，一方面通过动物带走他的孩子让他遭受情感之考验，使他忍受苦难，另一方面在他们夫妻大战异教徒撒拉逊人的时候孩子骑着不同动物出现表明他们的信仰，基督教最终战胜异教，他们全家团聚，幸福生活。人附加在动物（比如狮子、独角兽等）身上的文化象征意义为人类构建自我、认识世界、阐释基督教精神打通了通道。

除此之外，人类追击、战胜、杀死其他动物也成为确立人类中心主义思想的极好例子。骑士或故事中的主人公通常需要打败、征服或杀死动物来凸显他们的骑士精神，凸显人的社会等级。在《亚瑟王之死》中，兰斯洛用利剑斩下了野猪的头，杀死了一条藏身在坟墓中喷火的毒龙。（308：2—3）鲍斯在考宾城堡与一头凶恶的狮子搏斗，砍下狮子的头颅。他们与火龙、猛狮搏斗的过程就是彰显他们英雄行为的过程。除了战胜或杀戮这些动物，中世纪贵族推崇的狩猎活动也是典型的确立人的主导位置的活动。福提尔(Robert Fawtier)指出,宫廷文化意味着由贵族男性和贵夫人长期出席国王和王后举行的悠闲而浮华的生活。① 这种生活由各种加固这个群体的活动组成,其中包括狩猎、驯鹰、下棋、配乐诗朗诵等。② 事实上,诺曼国王和贵族对狩猎非常痴迷,为了保护这种乐趣,国王们都一直执行威廉一世(William I)颁布的森林法,被猎杀的动物,即三种鹿和野猪,是他们的财产。至于狩猎本身,他们经常会举行分发猎物仪式和游行。对于不同的猎物,狩猎者通常会采用不同的语言进行描述,而杀死猎物,比如野兔或鹿,有一定的技术要求,每个人会根据地位、狩猎中的贡献等分得猎物的相应部分,就连一起追赶猎物的猎狗也会得到回报,分食猎物的某个部位。③ 对于中世纪骑士阶层来说,日常主要关注的事情是战争、宫廷爱情和狩猎。在狩猎方面,欧洲各国国王,包括英国国王亨利二世都养有猎狗或猎鹰或两者都有,部分是为了让来访的高官娱乐,但更主要的是为了娱乐和锻炼,狩猎方面的开销也不小。④

虽然骑士阶层和贵族阶层之间从出身、社会等级和权威性方面有所区别,但逐渐地他们具有共同的精神追求,即崇尚武力带来的快乐,比如狩猎和尚武活动,尤其是骑马格斗。⑤ 比武大赛颂扬的是体力和军事能力,这有助于那些出身卑微的武士在雇佣他们的当权者眼里展示自己的价值并因此获得较高地位、恩惠和礼物,使他们有机会和在场的女性交谈,因为对于出身低微的武士来说,婚姻也可以带来社会地位的提升。⑥ 不打仗的时候,骑士为了保持战术,就会驯鹰或参加比武大会。身披战袍,骑上战马,他们会找到狮子、豹子和熊以及他们熟悉的动物,比如鹿或

---

① Robert Fawtier, *The Capetian Kings of France*. Trans. L. Butler and R. J. Adam. London:Macmillan,1960. p. 205.
② Susan L. Ward, "Fables for the Court:Illustrations of Marie de France's *Fables* in Paris." *Women and the Book:Assessing the Visual Evidence*. Ed. Jane H. M. Taylor and Lesley Smith. London: The British Library, 1997. p. 190.
③ Dorothy Yamamoto, *The Boundaries of the Human in Medieval English Literature*. Oxford:Oxford University Press,2000. pp. 105—113.
④ John Cummins, *The Hound and the Hawk:The Art of Medieval Hunting*. London: Phoenix Press,2001. p. 1.
⑤ Qtd. in Peter R. Cross, *The Knight in Medieval England* 1000—1400. Stroud:Sutton Publishing Ltd.,1993. p. 7.
⑥ Ibid.,p. 8.

野猪。① 征服或杀戮的过程展示了他们的精神,动物显示出工具价值。普通百姓非常憎恶森林法,如果有人吃了鹿或野猪,会有很重的罚款。有时国王会豁免,让普通人捕猎那些不是狩猎对象的动物,狼、狐狸、野猫和野兔也在其列,因为这些动物对国王的狩猎对象和家禽造成威胁。② 显然,这种法律的实施是通过给不同的动物划分等级,从而彰显贵族的生活方式和社会地位。萨里斯伯里指出,虽然中世纪有不同的法律规定对待动物的方式,但可以被猎取的动物显然比当作食物的动物更有价值,原因就在于人们视狩猎如战争,是一件高贵的事情。在功能性等级次序之中,他们处于最高位置,而那些能够表现人的地位的动物价格最贵。马就是一个很明显的例子,干农活的马和战马售卖价格大相径庭。③

在《亚瑟王之死》中,特里斯丹爵士学习狩猎和驯鹰技术,而狩猎中的许多术语都是他提出的,后来有关这方面的书就叫"特里斯丹之书"。这些术语可以用来区分绅士(jantylman)、自由民(yoman)和乡下人(vylayne)之间的差异。(232:7—20)特里斯丹所创立的狩猎语言成为表征社会身份的媒介。亚瑟王肯定了特里斯丹在狩猎和驯鹰方面做出的贡献。显然,这种狩猎活动彰显的是贵族的身份和地位,人以动物确立自己在生物系统中的主导权。卡明斯指出,无论是在详细的使用手册还是在想象的作品中,狩猎者成为一种叙事或符号。中世纪文学充满了享乐的感觉,人们在一段时期内实现了和自然之间保持的联系,自我沉浸在欧洲的森林之中,创造了一种身处荒野但可以获得无限游戏的幻想。④ 荒野既是纯洁、未征服之地,也是撒旦出没之地,具有文化双重性特点,显示出人的道德独裁性质。在荒野捕猎的过程使人类感受到精神之美,因为荒野既是上帝放弃之地,又是魔鬼占有之处。《圣经》表明,荒野不仅危险邪恶,而且是作为伊甸园和福地的对立面而存在,在那里生存的动物自然成为邪恶的代表。

---

① James Harpur, *The Crusades*, *The Two Hundred War: The Clash Between the Cross and the Crescent in the Middle East* 1096—1291. London: Carlton Books, 2005. pp. 45—46.

② John C. Jacobs, "Introduction." *The Fables of Odo of Cheriton*. Trans. and Ed. John C. Jacobs. New York: Syracuse University Press, 1985. pp. 21—22. 这方面的论述也可参见 Dorothy Yamamoto, *The Boundaries of the Human in Medieval English Literature*. Oxford: Oxford University Press, 2000. pp. 99—105。

③ Joyce E. Salisbury, *The Beast Within: Animals in the Middle Ages*. New York and London: Routledge, 1994. p. 35.

④ John Cummins, *The Hound and the Hawk: The Art of Medieval Hunting*. London: Phoenix Press, 2001. p. 2.

事实上，人类控制自然世界的实际需要和愿望可以从驯鹰的技巧中看出来。中世纪人对自然所持的科学态度从逐渐增加的关于鹰和驯鹰术的文章以及逐渐真实地描写捕鸟的过程中显现出来。中世纪人对自然的这种实用的科学观点在神圣罗马帝国皇帝腓特烈二世（Frederick Ⅱ）的专论《论以鸟行猎的技艺》(De arte venandi cum avibus)中达到顶峰。他死后，驯鹰术相关文献或文学的出现扩大了读者面，这种文学反映了知识界对自然更为宽泛的处理方法。① 欧洲有关驯鹰的最早记录大约出现在459年，一位名叫帕乌利努斯（Paulinus of Pella）的人在80岁撰写的自传体诗歌中提到了鹰。从那时起，有关驯鹰的知识就出现在信件之中。显然，在早期，驯鹰主要是贵族的活动。② 13世纪的英国国王爱德华一世甚至把得病的鹰送到神龛或带去朝圣。12世纪的各种相关材料把鹰分为高贵或通俗两类，为13世纪的相关研究奠定了基础。13世纪的驯鹰书一般分为两类：一种主要是关注鹰本身，更把鹰看作是上帝创造物的一部分来描述，百科全书就是属于此类；另外一种关于如何驯鹰，这继承了早期的传统。③ 英格兰当时唯一完整的百科全书是巴特洛迈乌斯·安戈里库斯的《论万物之属性》。直到14到15世纪，普通人写的相关文章才出现。有的关于驯鹰术，有的关于狩猎术，有的是关于钓鱼术，显示出普通人对征服自然世界所做出的努力。米罗和巴特勒（W. J. Millor and H. E. Butler）指出，有的人驯鹰的目的只是为了消磨时光。④《圣安尔伯斯之书》的作者是15世纪英国女诗人朱丽安娜·伯纳斯。她以诗歌书写的方式全面讲述了狩猎、驯鹰、钓鱼、纹章等四个方面的具体问题及艺术。她的作品和欧洲大陆其他作家的作品一样，目标读者是上流社会的贵族。需要指出的是，中世纪时期，不同社会阶层的人狩猎的对象和他们的社会地位有关：皇帝一般射杀鹰或秃鹰，国王射杀白色猎鹰，王子射杀雌隼，伯爵射杀游隼，男爵射杀大鸨，自耕农射杀苍鹰，神父射杀雀鹰，男仆射杀茶隼，等等。显然，人们社

---

① Robin S. Oggins,"Falconry and Medieval Views of Nature." *The Medieval World of Nature*. Ed. Joyce E. Salisbury. London: Garland Publishing, Inc., 1993. p. 47.

② Qtd. in Robin S. Oggins,"Falconry and Medieval Views of Nature." *The Medieval World of Nature*. Ed. Joyce E. Salisbury. London: Garland Publishing, Inc., 1993. p. 48. 关于英国早期相关记录，参见 Robin S. Oggins,"Falconry in Anglo-Saxon Engalnd."*Mediaevalia* 7 (1984 for 1981):173—208。

③ Robin S. Oggins,"Falconry and Medieval Views of Nature." *The Medieval World of Nature*. Ed. Joyce E. Salisbury. London: Garland Publishing, Inc., 1993. p. 50.

④ W. J. Millor and H. E. Butler,eds., *The Letters of John of Salisbury*. Vol. 2. Oxford: Claredon Press,1986. p. 5.

会地位之间的等级差异导致狩猎对象之间同样存在人为的等级差异,反过来,猎物成为反观人类社会地位的客体。

在《爱普米顿的生平》中,爱普米顿的老师索罗缪教爱普米顿唱歌、读书和礼仪知识,使他懂得如何狩猎和驯鹰,如何在不同地方追鹿,如何在荒野骑马。爱普米顿追赶公鹿技艺高超,他在整理鹿肉的时候众多骑士和扈从以及卡拉布里国公主也从看台上看他,她觉得他狩猎水平非常高,对他极其欣赏。(第 398—410 行)后来,爱普米顿带着白色、红色、黑色三匹骏马和三套不同颜色的行头奔赴卡拉布里国。他在半路见到国王麦里阿葛在森林里狩猎,猎物有公鹿、雌鹿和其他野兽。(第 665—670 行)由此可以看出,学会狩猎和参与狩猎活动已经成为贵族闲暇时刻的重要活动,更是贵族身份的象征。

除了驯鹰之外,骑士或女性的英勇行为也表现在猎杀动物的游戏之中。在《亚瑟王之死》中,一名贵妇每天和女性同伴手拿弓箭狩猎。她们擅长骑马和蹲点骑射,带着弓箭、号角、砍刀和猎犬,追捕猎物。这些女性的举动超出了人们对中世纪女性角色的想象,因为狩猎者通常情况下都是男性。她们的这种跨性别的表演表明了人对征服、猎杀动物所持的态度,是贵族推崇的理想生活方式的极端表现。山本指出,狩猎就是对人调整、改变自然世界的能力的庆祝,在非人类的东西的身体上施加主权,但这种行为忘记了人也有血肉之躯这一事实。[①] 狩猎不仅关联骑士的荣誉,也是狩猎者主体身份的一种展示。卡明斯指出,中世纪作家在叙述之中,尤其是有关捕获鹿的故事中,会把人从熟悉的环境和人群身边带到不熟悉的地方。在中世纪虚构作品中,这种新的环境不仅是地理上的,而且是情感的,有时是道德性的。[②] 在《亚瑟王之死》中,高文爵士完成了追寻白鹿的冒险历程,托儿爵士完成了追寻猎狗的历程,帕林诺爵士追回了被骑士劫走的贵夫人。卡明斯指出,这是在亚瑟确立自己的领袖地位的时候进行的,被他看作是圆桌理想的表现,一种信念,尤其是男性对女性的态度。[③] 在不同空间中被追赶/追寻的怪兽、白鹿、猎狗、贵夫人对这些骑

[①] Dorothy Yamamoto, *The Boundaries of the Human in Medieval English Literature*. Oxford: Oxford University Press, 2000. p. 130.

[②] John Cummins, *The Hound and the Hawk: The Art of Medieval Hunting*. London: Phoenix Press, 2001. p. 74.

[③] Ibid., p. 76.

士来说是他们建立荣誉的对象,没有明确的物种分类,而是帮助骑士完成了展示骑士精神的行为,即重在强调勇气、荣誉和服务的品德,为领主尽责,为正义和善而战。在亚瑟宫廷,这样的做法说明他们效忠领主的美德和敢于冒险的精神,展示了亚瑟宫廷的骑士追求"荣誉"的理念,形成了一个团结一致的骑士共同体。

事实上,"荣誉"这一理念的形成和文化的发展有关。12世纪上半期,"荣誉"这一理念形成,12世纪后半期,法国北部贵族使骑士制度成为一种思想意识。12世纪末,骑士文学直指贵族圈中更为明确的阶级意识,赋予骑士身份以强烈的道德和社会价值。[①] 12世纪末,理查德一世把比武大赛正式引入英国,皇室男性成员积极参加比武大赛。猎取白鹿也成为骑士荣誉的外在表现。事实上,鹿通常出现在圣徒传、《圣经》意象、道德寓言等之中,雌鹿在诗歌中被看作是优雅女性的代表。但是,这和玛丽笔下的带有凯尔特文化特点的鹿不同。在玛丽的《籁歌》之《桂盖玛骑士》(Guigemar)中,白鹿被浪漫化,成为激发人类发现真爱、理解自我的引领者,又是需要拯救的人的自我灵魂的象征。因此,动物具备的意义和文化的构建有一定的联系。猎鹿既是贵族社会地位的象征和骑士精神的外显,白鹿又是人之灵魂的外化。

猎物不仅可以是物理世界中具体的动物,也可以是人。《高文爵士与绿衣骑士》就是一个典型的例子。在诗歌的第三部分,狩猎场景和室内场景对称布局,分别发生在森林和城堡两个不同的空间之中。城堡主人邀请高文用餐,约定每天以自己获得的奖品进行交换。第一天,城堡主人和一百名狩猎者骑马去森林中狩猎,用箭射杀鹿,他们的猎狗以最快的速度帮助主人追到鹿,然后狩猎者杀死鹿。(第1136—1177行)[②]这是典型的中世纪贵族狩猎场景的描述:贵族带着猎狗骑马狩猎,在树林中吆喝着逐鹿,而他们的猎狗随着主人的指挥而追赶猎物。这个世界是男性/猎狗-鹿构成的二元对立世界。这些狩猎者回来后,开始剖鹿。"高文"诗人对剖鹿场面的描述非常细腻,详尽展示了整个过程。(第1320—1352行)我

---

① Peter R. Cross, *The Knight in Medieval England 1000—1400*. Stroud: Sutton Publishing Ltd., 1993. pp. 49—50.

② 诗歌原文引自 *The Poems of the Pearl Manuscript: Pearl, Cleanness, Patience, Sir Gawain and the Green Knight*. Trans. Malcolm Andrew and Ronald Waldron. Exeter: University of Exeter Press. 1987. 引文只注出诗行,不再另行做注。译文为笔者自译。

们知道,剖鹿这一技术和狩猎水平有关,也显示了贵族的地位,这也部分地反映了贵族推崇的价值观。第二天,城堡主人费尽力气用利剑杀死了一头野猪,把猪头带回去送给了高文,作为礼物交换。野猪外表丑陋,但力大无比,通常被看作是勇敢无畏的象征。第三天,城堡主人杀死了一只狐狸,而狐狸通常以狡猾出名,是动物论中等级较低的动物。人们也捕杀狐狸,但对狐狸采取的方法却不同于鹿,因为人们需要的只是狐狸的皮毛。人们之所以讨厌狐狸,不仅是因为狐狸身上难闻的臭味唤起人们的厌恶感,更为主要的是,在中世纪文化中,狐狸和魔鬼、邪恶、欺诈关联。城堡主人先后猎取到鹿、野猪和狐狸,而前两只动物在中世纪文化建构中分别和贵族、力量关联,而狐狸通常是卑贱的代名词。城堡主人用狐狸和高文交换,高文回馈的是三次吻。山本指出,在《高文爵士与绿衣骑士》中,鹿的身体变为食物,从而和人的身体融为一体,狐狸作为人的狡猾对手是最终要被揭开面具的伪人物。①

需要指出的是,高文爵士也成了无名女主人的猎物。她三次诱惑高文并考验他。之所以这样说,是因为骑士身份要求他们保持自身贞洁,对女性谦恭有礼,虔诚慷慨,忠于女主人。当城堡主人带领人马在野外追杀猎物的时候,身处室内空间的高文三次受到女主人的诱惑,成为私人空间的"猎物"。第一次,女主人秘密来到高文的卧室,不让他起床,"我要把你固定在床"(第 1211 行),高文央求女主人让他起来:"亲爱的女士,您可否同意/放开你的俘虏(deprece your prysoun)让他起床。"(第 1219—1220 行)女主人表达出对高文的赞美和敬佩,离开的时候,"她走近高文拥他入怀,/优雅弯身给他一吻。"(第 1305—1306 行)高文和城堡主人交换了礼物,对方给他鹿肉,他给对方还了一个吻。第二次,女主人仍然来到高文的卧室,她给了高文两个吻,认为高文接受她的吻才具有骑士风范。后来,男主人给了他一颗野猪的头颅,作为交换,高文还给主人两个吻。第三次,女主人送给高文三个吻和一个可以赦免人的绿色腰带。安德鲁(Malcolm Andrew)和沃尔德伦(Ronald Waldron)指出,在引诱高文的时候,这位女主人谈论的是宫廷爱情的信条,因担心自己表现不礼貌,高文无法直接拒绝,遂加入这场看似优雅的游戏之中。女主人对中世纪人推崇的"礼貌"原则和高文坚持的原则显然不同,但是,他通过假装误解她或

---

① Dorothy Yamamoto, *The Boundaries of the Human in Medieval English Literature*. Oxford: Oxford University Press, 2000. p.129.

自我贬低来回避她对他的美德造成的威胁,而未直接公开批评她。① 科恩指出,狩猎场景是卧室中诱惑功能不可缺少的一部分。如果"高文"诗人没有在高文爵士和这些绝望的动物之间创造一种情感纽带,如果骑士的主体性没有从拉着窗帘的卧室空间散发出来,没有依附于那些在充满恶意的世界中焦虑地冲撞的鹿、野猪和狐狸,气氛就不会因为充满危险和期待而显得沉重。② 显然,高文成了这位贵夫人的猎物。如果说骑士文学中男性以征服动物为基点来塑造自己的形象,建立个人身份,展现人的主体性的话,那么,城堡这个封闭空间涉及人们对猎物的重新定义。在这两者关系之间,狩猎者和猎物之间的关系是征服与被征服的关系。女主人的做法是通过引诱的方式消除高文坚守的骑士行为准则,逐渐实现征服高文爵士的目的。她送给高文的绿色腰带实际上说明了这并不具备神奇功能,反倒证明了高文身上的罪恶。高文和其他的亚瑟宫廷的骑士一样,是虔诚的基督徒。他们佩戴的绿色腰带只不过是把基督徒骑士的原罪给外化出来了。

通常情况下,贵族狩猎活动展示的是人对以动物为代表的自然世界的征服和控制过程。当城堡主人剖鹿的时候,发生在城堡中的"狩猎"行为是女主人对她的猎物高文的"解剖"。她像其他剖杀动物展示其内脏的骑士一样展示了高文的内在,即坚守骑士行为准则的高文不过是具有世俗欲望的骑士。第三次交换礼物的时候,高文得到的是狐狸,而狐狸的出现无疑说明了高文不过是带着骑士身份这一面具的伪英雄。由此可见,高文遇到的男主人和女主人都是狩猎者,他们的狩猎武器分别是利剑和吻,前者具有物理技术色彩,后者具有道德色彩。在展示"狩猎者-猎物"关系的过程中,"高文"诗人阐释了人性和动物性之间的流动关系。在反复的考验中,人身上的动物性得以外化,这和第三次男主人猎杀的狐狸如出一辙,代表了人性中的卑贱性。

如上所示,除了狩猎行为之外,人类通过占有、消费动物来展现人的主导位置和社会地位。在《丹麦王子哈夫洛克》中,丹麦国王博卡拜恩死

---

① Malcolm Andrew and Ronald Waldron, "Introduction." *The Poems of the Pearl Manuscript: Pearl, Cleanness, Patience, Sir Gawain and the Green Knight*. Trans. Malcolm Andrew and Ronald Waldron. Exeter: University of Exeter Press, 1987. p. 40.

② Jeffrey J. Cohen, *Medieval Identity Machines*. Minneapolis and London: University of Minnesota Press, 2003. p. 74.

前把两个女儿和儿子哈夫洛克托付给侍臣皋大德，但后者杀死了他的女儿，准备把哈夫洛克投入大海。他的仆人格里姆受命于主人皋大德去杀死哈夫洛克，在被投入大海之前，哈夫洛克一方面遗憾自己生自王室，一方面又期待狼、熊、秃鹰或其他野兽抓走格里姆夫妇。（第 571－575 行）格里姆和妻子莱夫发现哈夫洛克睡觉时口喷火焰，肩有国王印记。格里姆认定他将是丹麦和英格兰国王，遂跪地就拜，承诺一定照顾哈夫洛克。他对皋大德假称哈夫洛克已死，卖掉他所有值钱的东西，即粮食、绵羊、牛、马、猪、山羊、鹅和母鸡（第 700－706 行），拿到现金后带着全家人及哈夫洛克乘船离开丹麦赴英格兰。格里姆到达英格兰后建造了小木屋供大家居住。他是一个技艺高超的渔夫，捕到过鲟、大菱鲆、三文鱼、鳗鱼、鳕鱼、动鼠海豚、海豹、鲸鱼、比目鱼、鲱鱼、马鲛鱼和大比目鱼等。这些鱼常是贵族的食品。（第 750－760 行）他们分头卖鱼以养家糊口，然后买回来猪肉、羊肉和牛肉吃。这个过程是典型的商业行为，而王子哈夫洛克参与了这个过程。这首诗展示了普通百姓格里姆如何通过自己的辛勤劳动、自食其力而获得食物。他捕鱼的种类丰富多样且都是典型的北方鱼类。难能可贵之处是他懂得如何卖掉鱼而换取其他肉类，具有一定的商业意识。最后，哈夫洛克回到格里姆家，格里姆的五个子女愿意和他分享父亲留下的金银和牲畜，比如马、牛、羊、猪等。

  这首诗可以看作是典型的中产阶级骑士文学（bourgeois romance）文本，因为它里面除了描写王侯将相的事情之外，还详细描写了以格里姆为代表的普通劳动人民的生活。从格里姆豢养的动物和日常吃的食物可以看出，他代表着当时普通百姓的日常生活运作模式。但贵族的生活显然不同于他们，贵族狩猎显然是为了取乐，而他们的食物显示出社会等级之间的差异，这同样可以从他们的饮食看出。哈夫洛克一行人假扮成商人和丹麦法官优博见面。优博邀请哈夫洛克夫妇用餐。在那里，他们吃到了国王才可以吃到的美味佳肴，有鹤、天鹅、鹿肉、三文鱼、七鳃鳗和鲟鱼，喝着美酒。（第 1725－1732 行）这种消费动物的方式不仅关联社会阶层等级划分，而且消费过程牵扯到商业利益问题。这两个不同阶层对动物的摄取和占有说明了动物在人的日常生活中扮演的角色，是以被消费的他者的形象存在。人在捕获、销售、食用动物的过程中，把动物看成定义自我形象的他者。人和动物的区别和差异明显地得到了再现，显示了人类中心主义思想，彰显了人在生态系统中的主导作用。处于大海、农舍、宫廷等不同空间的动物实际上进行了一次从自然到文化的迁移过程。这体现自然资源的多样性，是人有意识地加入劳动而产生了这些动物的经济价值和文化价值。推进一步看，以格里姆和优博为代表的人群需要通过获得或食用带有一定文化意义的动物定义自我。结合《丹麦王子哈夫洛克》来看，无论人吃哪类动物，它都符合生态系统的整体运作序列，而处于这个食物链的最终端的是人类。人与动物之间是一种捕食对立关系，动物以食物的方式进入人体而被人消费。

上面的例子说明人以"吃"或"捕捉"动物的方式展示人的主体性，但骑士通常也以杀戮、征服自然界中的动物来彰显英雄主义，展现以人为道德代言人的世界。《阿托斯的爱格拉默爵士》就是典型的例子。它可能是1350年左右写成的，最早可能出现在英格兰东北部。在法国文学中找不到类似版本的故事，所以它应该是英国原汁原味的骑士文学。故事中，出身低微的爱格拉默骑士爱上伯爵普利萨摩的独生女儿克利斯贝尔。爱格拉默想娶她为妻，但是她的父亲先后三次提出三个要求考验爱格拉默：杀死巨人和公鹿，杀死野猪，杀死威胁罗马的火龙，通过这些考验之后他才可娶她为妻。这是推动整个故事发展的主线。第一次他杀死了巨人和他豢养的鹿，第二次杀死了巨人和他豢养的野猪。关于这两次考验将在本章第二部分细述。第三次，伯爵普利萨摩告诉爱格拉默爵士在罗马有一条伤害普通百姓的龙。爱格拉默启程去罗马寻找那条恶龙。作者在描述龙的时候用到"worme"（虫），"this wykked worme"（这个邪恶的虫），"drgon/dragone"（龙），"dredfull thyng"（可怕的东西），"the hydowes best"（可怕的野兽），"that fowle thyng"（那个邪恶的东西）等词语。这说明，爱格拉默是为善和正义而战。罗马皇帝发现这条被杀死的恶龙侧身若鲸骨一样坚硬，有绿色翅膀，他的头是火红色。人们丈量后发现龙的身体长约四十多英尺。第三次考验是骑士屠龙、拯救大众的故事。这和圣乔治屠龙的故事非常相似，都以恶龙被杀而结束，展示了他们身上非凡的力量和勇气，邪恶被祛除，正义得以彰显。

这和传统神话故事中叙述模式相似，即出身贵族的公主最终嫁给有德行的屠龙者或屠杀其他有威胁性动物的勇士。这既是英雄救美故事的重写，也是维持社会秩序的表征。古代传说把龙的出现看作是上帝愤怒的一种外化，但在后期许多故事的叙述中，龙代表了一种邪恶的力量，随时危及人类的存在和正常的社会秩序。爱格拉默先后以两种身份行动：

骑士和朝圣者,而他三次经受的考验发生在不同的物理空间(阿托斯西顿王国、罗马),最后他去了圣地。他杀死的对象分别是公鹿/巨人、野猪/巨人和有翼的恶龙,还有异教徒。他以骑士和圣徒的身份来完成这些使命,这些都有助于他界定自我的角色和个体价值。被杀的动物作为反派角色出现,帮助他完成了人与动物、基督徒与异教徒之间界限的划分,物种差异和信仰差异在他的战斗中充分展现。他以武力杀戮的方式彻底消除了这种差异,从而保护了人类。

爱格拉默杀戮的野兽在原文中用的相应指代词均是 he(他)、hys(他的)、his(他的)等,而没有用 hit(它)或 hyt(它)这些中世纪用来指涉这些动物的词。显然,这是一个男性化的世界,从语义和语言意义上来看,人类和动物处于一个平等地位。这是物种平等的一种表现,没有物种差异,且女性成为骑士(爱格拉默)冒险经历和比武大赛的推动者和战利品。故事中的这些男性以力量自居:爱格拉默是骑士精神的象征,而国王是文化发展的政治推动力,动物象征着危及社会的邪恶力量。整体来看,这是充满暴力的世界,男性通过武力改变世界,对抗和征服自然世界是一种力量,而政治话语推动文化的发展。在这种人与动物、自然与文化、正义与邪恶的交锋中,文化与人类占据制高点。这是典型的二元对立思维模式,主体身份需要借助自我定义的他者来完成。在这首诗中,"上帝""玛利亚""基督"被反复提到,又为故事中的角色添加了基督教色彩。故事的最后,邪恶的伯爵得到了惩罚,他和故事中其他被杀的动物一样死去。叙述者说道:"没有人能抗争过上帝!"(wyth God may no man stryfe,第 1290 行)诗人在诗歌结尾写道:"耶稣把他的祝福带给我们/那永无尽头!"(第 1319—1320 行)这个故事不仅展示了骑士的英勇行为,而且歌颂上帝在决定人的命运中的角色,体现了神-人-兽世界的等级秩序。

前面几个文本分析说明,在人与动物的关系之中,人类似乎处于主导位置,但是在中世纪英国文学中,同样出现了颠覆性的描述,即人成为动物的猎物或食物。当然,这样的描述比较少。在《亚瑟王之死》中,帕林诺看到一女子的尸体被狮子和其他野兽吃光(etyn with lyons other with wylde bestis),只剩下头颅,他非常痛心地啜泣。(74:32—34)他把她那颗尚残留着金黄色头发的头颅拿到亚瑟宫廷。梅林告诉帕林诺这个女孩其实是帕林诺的私生女爱莲娜,并预言上帝会因为他无情拒绝帮助他人的行为而惩罚他。在《坎特伯雷故事》之《骑士的故事》中,比武场的墙上画着壁画。画中"野猪竟然掐断了猎人的喉管,/母猪吃了睡在摇篮里的婴孩。"(第 1160—1161 行)还有一只因为吞吃了人而两眼发红的狼。(第 1190 行)乔叟以"壁画"的视觉效果展示了人与动物之间的关系。狮子、野猪、狼等把人当作他们的猎物和食物,通常称为食人动物。事实上,这种动物还包括老虎、豹子、鳄鱼、熊、鲨鱼、鬣狗、莫多龙等食肉动物。① 在马洛礼和乔叟的笔下,人与动物之间的协商关系是人与自我的一种协商。人以食物的形式出现,成为动物身体的一部分,成为被消费的对象。在文字叙述层面,骑士文学中大多展现的是人如何战胜动物,人是道德主体,动物是典型的他者,是道德客体。但在这两个细节的描述中,人反而成为动物的他者。在这种叙述中,狮子-少女、野猪-婴儿、狼-人、野猪-猎人的关系说明,"他者"的构建具有流动性和相对性。在前面分析的骑士战胜动物的故事中,动物作为人构建自我的客体而存在,是他者,但是,在这两个故事中,人成为他者,处于沉默、被压制、被捕获、被消费的地位之中。这同时表明,中世纪人对这些食人动物存在的可能性表现出一种猜测,表现出内心潜在的焦虑感和恐惧感。

综上所述,骑士为了塑造自我形象,坚守骑士行为准则,他们不是活动在比武场,就是在森林中冒险。他们与动物搏斗展现了骑士所具备的勇敢无畏,为民除害,塑造了维持正义的胜利者形象。释梦者对不同动物的解读说明不同的动物具备一定的文化象征意义和宗教含义。动物成为人认识自我、理解宗教信条和信奉上帝的象征性符号。中世纪贵族在消费、占有、追捕、训练动物(比如马、龙、野猪、白鹿)的过程中,明确地划分了人与动物之间的界限,说明动物确实不同于人类,有物种和道德地位之区别。骑士文学中的描述同时表明,"猎物"的定义并不确定,即"猎物"既可以是人,也可以是动物。由此表明,道德主体和道德客体之间处于关系的不断协商之中,人既可以具有主体性,也可以成为他者。

二、混合型动物和阈限身份:尴尬的协商

中世纪十大怪物排行榜中有龙、独角兽、蝎尾兽(Manticores)、布勒

---

① 《亚历山大的传奇》(*The Romance of Alexander*)的手抄本(编号 MS Bodl. 264)藏于牛津大学的图书馆,其中绘有兔子狩猎的系列彩色图片。兔子守株待人,把人装在袋中,或狩猎成功后把人扛在肩上离开,兔子还捕抓到猎狗等。中世纪人的动物观可窥一斑。

米人（Blemmyae）、狗头人（Cynocephali）、独脚人（Skiapodes）、巨人、蛇女（Melusine）、美人鱼、格兰德尔及其母亲。① 人们无法对他们具体考证，但作家们却对此非常热衷。中世纪英国骑士文学中也频繁地出现怪物，还有混合型动物、变形人、狼人、野人和巨人等形象的描写，展现出人的阈限状态。这是本部分分析的重点所在。

在《亚瑟王之死》中，梅林、兰斯洛、特里斯丹因为情感受挫变得疯癫。② 他们进入森林，与动物一起生活，过着近乎野人般的生活，而梅林通常是以"林中野人"的形象出现。特里斯丹骑士发现了爱人伊瑟的背叛行为而过度伤心。他独自在城堡生活了三个月，有天晚上放走了马，脱下盔甲，从城堡逃走跑进荒野（305：1），浑身赤裸（305：10－11），拿剑砍树。特里斯丹丢弃了那些能够证明自己身份的马和盔甲，只保留了利剑和竖琴，用来宣泄内心的愤怒和悲伤。他使用利剑破坏自然环境、杀戮他人来抚平心中的创伤，通过音乐治愈伤痛。这里，骑士身份已经暂时和他没有了关系。在宫廷爱情中，骑士和贵夫人之间的秘密恋情通常要经过一见钟情、男性爱慕、表白、女性婉拒、男性再发誓、爱欲受挫后悲痛、用英雄壮举赢得爱情等环节，特里斯丹显然是处于爱欲受挫的环节。

特里斯丹弃甲逃向荒野的做法是放弃骑士身份的做法，马洛礼在此方面的文字描述构建了一种叙述方式。特里斯丹从城堡逃走后骨瘦如柴，整天与放牧牛羊的人为伍，靠施舍度日。他们棍棒打他，剪去他的头发，将他当作傻瓜来戏弄。特里斯丹浑身赤裸，把寻找他的帕乐米德斯爵士和随从推入水中，手握宝剑四处乱跑。他后来来到修道院，杀死一直害怕他的巨人，又返回牧羊人那里。国王马克听说此事后，派骑士们找到他并给他披上斗篷，（308：21－22）带回到丁塔吉尔城堡，让他洗浴并喝汤，使他逐渐恢复记忆。山本指出，"要变成'野人'，骑士需要离开自己所处的社会。他要离开，逐渐忘记他的东西。用以显示特权身份的盔甲破裂，

---

① 〈http://www.medievalists.net/2013/10/13/top-ten-monsters-of-the-middle-ages/〉. Oct. 23rd, 2014.

② 13世纪的《散文兰斯洛》（Prose Lancelot）的插画通过视觉的方式展现了兰斯洛和特里斯丹的疯癫行为。从视觉判断，这种疯癫行为主要体现在秃头和手持的棍棒上。具体参见David A. Sprunger, "Depiction the Insane: A Thirteenth-Century Case Study." *Marvels, Monsters, and Miracles: Studies in the Medieval and Early Modern Imaginations*. Ed. Timothy S. Jones and David A. Sprunger. Kalamazoo: Medieval Institute Publications, 2002. pp. 223－241.

他需要隐喻性、文字性地寻找新的着装。"① 在特里斯丹的个案中,"荒野""赤裸""牧羊人""傻子""剪发"等词语说明了他在荒野中过着接近野人的野蛮生活,他身上体现出的卑贱性使牧羊人把他看作可以控制的他者,剪头发就是剥夺他作为人的尊严的做法。最后,他披上斗篷回到城堡,而披上斗篷的过程是他从纯粹的自然状态回归到文明状态的表现,是从自然人到文化人的角色恢复。给他洗浴的过程(bathed hym and wayshed hym,308:22—23)就是祛除他身上的动物性的过程,是一种祛除污秽的仪式。他身上的动物性表现在他的非理智行为上。德里达指出,人在动物面前裸体会感到羞耻,因为是和野兽一样赤裸才感到羞耻。除了人类之外,理论上说,没有动物想过要穿上衣服。穿衣服对人来说是合适的,它是人类的一个"财产"。人能感觉到赤裸是因为他能感觉到谦卑或羞耻。赤裸就是被动,不自愿地展示自我的过程。② 因此,特里斯丹在荒野中成为无任何羞耻感的动物。

兰斯洛也以疯癫的野人形象出现在《亚瑟王之死》之中。王后桂尼维尔指责兰斯洛背叛了她。伤心的兰斯洛晕倒在地,醒来后穿着内衣从窗口跳下,神智错乱,完全像个疯子(as wylde as ever was man),东跑西颠,一走就是两年。(487:34—38)他在荒山野岭中东奔西跑(ran wylde woode),吃着野果和随手可得的东西,喝着泉水。(495:28—32)他路上遇到的侏儒认为他神志不清(a man oute of his wytte,496:30),是个疯子(he ys fallyn madde,496:32),兰斯洛来到考宾城堡,许多年轻人向他投掷污物。其他几位骑士扈从从他的外表判断他以前肯定是有身份之人,遂帮助他腾出一间屋子供他居住。他们每天都远远地抛(throw)一些肉食和喝的东西给他,很少有人把食物放在他手里。(499:1—5)快乐岛上的无名女子说兰斯洛像一个疯子(like a madde man),他的身后总是追着一群猎狗和一帮看热闹的孩子,最后是圣杯的神力助他恢复了理智。(502:38—40)兰斯洛的疯癫表现首先是举止异常,处于非理智状态,在森林中吃野果,成为一个脱离社会的"野人"和处于社会边缘位置的存在。他的理智的恢复来自圣杯,即圣杯具有治愈功能,凸显了基督教在人的精

---

① Dorothy Yamamoto, *The Boundaries of the Human in Medieval English Literature*. Oxford:Oxford University Press,2000. p. 179.

② Jacques Derrida, *The Animal Therefore I Am*. Ed. Marie-Louise Mallet. Trans. David Willis. New York: Fordham University Press, 2008. p. 11.

神提升方面扮演的重要作用。

斯普鲁格(David A. Sprunger)指出,在骑士文学中,圣徒进入荒野,自愿过着禁欲生活,骑士文学中的英雄逃离了荒野。① 显然,中世纪骑士文学把疯癫的英雄和野人联系起来。首先,荒野和疯癫行为之间有一定的联系。从词源上看,在中世纪英语中,用来表示"疯癫的"形容词是"wode","疯癫"的中世纪英语是"wodnes"、"wodenesse"、"woodnesse",但"wode"作为名词意为"树林""树木",因此中世纪英语"wode man"既指疯癫的人或神志不清的人,又和森林有联系,指住在树林中的人。其次,疯癫是心智的混乱表现。野人总是和森林联系在一起。关于森林的荒蛮性,山本指出,中世纪的森林并不是没有人迹的未知而神秘的土地。一部分居住着人类,特别典型的是它的居住者是那些处于社会边缘的人,比如隐士和被流放的人,或者那些参加某种阈限活动的人,照管动物,比如猪,或追狩野猪之人。② 有关"野人"这一话题,怀特(Hayden White)认为在每个人心中都潜伏着野蛮和愚昧,无论是原始的还是文明的,他可能无法和社会建立关系。③

除了像特里斯丹和兰斯洛这样的"野人"之外,狼人也出现在骑士文学作品中。在玛丽的《籁歌》之《狼人贝斯克拉乌利特爵士》(*Bisclavret*)中,贝斯克拉乌利特每周有三天会变形为狼人。他常把衣服藏在路边挖空的石头中,在森林中以吃猎物为生。他把真相告诉妻子之后,惊慌恐惧的妻子让追求她的一位骑士跟踪贝斯克拉乌利特,把他的衣服偷偷拿走。这个故事中的衣服显得非常关键。没有了衣服,他就无法恢复人形,进而导致最后的悲剧。在被猎狗撕咬的时候,他请求国王解救他,国王觉得狼人具备人的正常智力,表现谦卑,遂带回宫中,其深受人们喜爱。贝斯克拉乌利特开始了他的复仇计划,先后攻击那位骑士和妻子,并咬掉妻子的鼻子。知道实情后的国王助他变回人形,流放了他的妻子和那位陷害他

---

① David A. Sprunger, "Wild Folk and Lunatics in Medieval Romance." *The Medieval World of Nature*. Ed. Joyce E. Salisbury. New York and London: Garland Publishing, Inc., 1993. p.153.

② Dorothy Yamamoto, *The Boundaries of the Human in Medieval English Literature*. Oxford:Oxford University Press,2000. p.151.

③ Hayden White, "The Forms of Wildness: Archaeology of an Idea." *The Wild Man Within: An Image in Western Thought from the Renaissance to Romanticism*. Ed. Edward Dudley and Maximillian E. Novak. Pittsburgh: University of Pittsburgh Press, 1972. p.35.

的无名骑士,从此,她和这位骑士所生的女儿都没有鼻子。这个狼人的故事显然富有讽刺意味,人与动物之间的物种差异消解,贝斯克拉乌利特的妻子对他所持的恐惧心理恰恰是当时欧洲人痛恨狼人的具体表现,因为狼人通常被看作是邪恶的象征。国王解救他、他与群臣共眠则是因为他的谦卑和智力使然,而他能够恢复人形是借助象征人类文明的衣服完成。故事并无意展示人类文明的演变史,更多地彰显了谦卑这一美德,加深了教会教义和民间文化对狼人的看法。弗莱斯(Dolores Warwick Frese)指出,人通过"剥皮"的方式把动物变为捕食者纯粹的猎物,失去了其人性(衣服)的一面,成为动物,人和野人、狼人的区别就在于人穿衣服,在玛丽的《籁歌》之《狼人贝斯克拉乌利特爵士》中就有明显的展示。从隐喻意义上来说,没有人性,而纯粹沦为野兽,和身份问题有关。①

《巴勒恩的威廉》中同样出现了狼人。这个故事改编自12世纪古法语版的《巴勒姆的圭劳姆》(*Guillaume de Palerme*)。故事中,狼人把西西里国王的儿子威廉带走藏在洞中,悉心照顾。这个狼人实际上是西班牙王子,他的继母为了让自己的亲生儿子继承王位而给他施展了魔法,把他变为狼人。(第130—148行)②罗马国王发现了威廉并把他带到宫中,威廉和公主麦里奥秘恋,最后披上白色熊皮私奔到森林。狼人竭尽全力帮助他们,最后狼人杀死了鹿又让他们披上了鹿皮。西西里女王梦见狼人和两只熊变成了鹿,打败了许多动物。梦醒后,她在花园发现了鹿,把自己打扮成母鹿的样子去见他们。最后,西班牙王后解除了施加在狼人身上的魔法,狼人再次变形成人。他浑身赤裸,感到很难为情。(Sotli tat he was so naked sore he was aschamed,第4443行)狼人原来是西班牙王子阿尔芬斯,最后他被威廉封为骑士,娶了威廉的妹妹。这里实际上涉及狼人、魔法、伪装等话题,狼人以善者的形象出现,而威廉和西西里女王等披着兽皮进行交流。这个故事具有一定的超自然色彩,狼人恢复为人形时表现出的羞耻感说明人实际上借助衣服祛除自己的耻辱感,以和动物进行区别,而衣服作为文化的象征显示出人在文化构建中的作用。被变

---

① Dolores Warwick Frese, "The Marriage of Woman and Werewolf: Poetics of Estrangement in Marie de France's *Bisclavret*." *Vox Intexta: Orality and Textuality in the Middle Ages.* Ed. A. N. Doan and Carol Pasternack. Madison: University of Wisconsin Press, 1991. p.189.

② G. H. V. Bunt, ed., *William of Palerne: an Alliterative Romance.* Groningen: Bouma's Boekhuis,1985. 出自原文的引文只注明诗行,不再另行做注。译文为笔者自译。

形为狼人的西班牙王子从一个侧面透视出社会的黑暗和邪恶。

除了人变形为狼人之外,骑士文学中还出现了动物变形为人的书写。在玛丽的《籁歌》之《尧奈克》(Yonec)中,遭遇年老丈夫囚禁的贵族女子在悲痛中祈求她会有浪漫的爱情故事。一只雄鹰从她的窗户飞进房子后变为英俊潇洒的骑士穆尔杜玛埃克,后被该贵族女子的丈夫在窗户上装的铁钉所伤,骑士遂回到自己的王国。这位无名女士跳下城堡尾随到他的王国,该王国实为凯尔特文化中所指的他界。穆尔杜玛埃克交给她一枚魔戒和一把利剑,魔戒可以使她的丈夫忘记他们之间的恋情。儿子尧奈克长大成人后,用剑杀死继父而替母报仇,并被拥立为王。需要注意的是,在这位女性向上帝祈祷的瞬间,半人半鸟的骑士穆尔杜玛埃克的出现完成了她的夙愿,既含有很强的基督教色彩和骑士文学的意味,又含有童话故事的成分,同《圣经》中的天使加百列向圣母报喜的情景非常相似。从祈祷、鹰的出现、鹰变为骑士、骑士皈依基督教、两人相爱、女性怀孕、骑士受伤等系列环节中可以看出这个故事是对圣母玛利亚故事的模仿,是骑士文学、贵族听众的品味、基督教、凯尔特文化共同催生的产物。对于诗人玛丽来说,这个充满魔幻色彩的故事传递的不过是人们对于爱情和自由的热烈追求。半人半鸟的骑士和现实世界中无名女子的结合再次说明了凯尔特文化对神话和超自然力量的信奉。这个故事显示出早期人类普遍的思维逻辑,万物有灵论或图腾崇拜使人们相信人与动物有着亲缘关系,而人与动物的结合显得自然、完美且易于接受。在痛苦中幻想的这位女性身上既承载着凯尔特文化和神话故事对人与宇宙关系、人与动物关系的独特理解,更是人类自恋情结的阐释,说明人性与动物性的相通之处。[①]

穆尔杜玛埃克变形了三次:先后变为无名女性、鹰和骑士。他由鹰而变,又可以由骑士变回鹰,他本人还可以变作女性。这种复杂的变形过程彻底否定了物种和性别之间的差异,成为生态系统中平等的存在物。这种带有超自然色彩的变形潜在地表明人们对自然所持的心态。显然,在玛丽的《籁歌》中,动物叙事使爱情故事更精彩有趣,既有有预言能力的雌鹿和可以变形的狼人,又有半人半鹰的浪漫骑士。动物成为某种象征符号,其后隐藏着凯尔特文化和基督教文化的渗透和影响,融合了玛丽的丰富想象和她的道德观和艺术观。玛丽通过动物(比如雌鹿、狼人、鹰、夜

[①] 关于这方面论述,参见张亚婷:《中世纪英国文学中的母性研究》,北京:中央编译出版社,2014,第71—84页。

莺、天鹅)展现中世纪伦理道德观念,把动物与中世纪人追求的价值(荣誉、忠诚、高贵、力量)和个人身份的确立联系在一起。这种写作体现出人与动物之间的复杂关系,赋予动物以文化象征寓意和社会批判功能,折射出物种差异消解、超语言交流、人与动物平等主题,可以变形的动物形象身上寄托了玛丽对生活理想与审美情趣的揭示与判定。

  人和人之间也可以互相变形。在《亚瑟王之死》中,国王尤塞通过魔法变形为依琳格的丈夫,同眠之后孕育了亚瑟王。凯克海弗(Richard Kieckhefer)指出,魔法处于宗教与科学、大众文化与精英文化、想象与现实的交接点上。[①] 在中世纪时期,普通人可能会说"咒语""祈福""治疗""巫术"等词语,很少用"魔法"二字,他们更关心的是如何用它来实现愿望。在人的某种愿望和需要无法实现的情况下,人们以为可以通过神或其他神秘力量使愿望得以实现。魔鬼通常以可怕的、丑陋的动物的样子出现,随着对人与动物之间相似性的关注,猿猴逐渐步入人的视野。萨里斯伯里指出,中世纪晚期人们对猿猴模仿人类的做法加深了对人类分类概念的不确定性,而怪物的出现更模糊了这种分类界限。[②]

  除了上述两种情况之外,变形的动物还具备基督教色彩。《亚瑟王之死》就是一个典型例子。通过动物变形的方式,骑士理解了上帝的启示和圣母玛利亚的母性。骑士加拉哈德、鲍斯和帕西威尔在森林中看到一只鹿跟在四头狮子后面。他们尾随狮子到了一座教堂。修道士唱弥撒曲的时候,鹿就变成了人,这个人随后坐在祭台的位子上。四头狮子中的三头也都变了形:一头变成人,一头变成鹰,一头变成牛。这说明这些骑士看到的动物在教堂中呈现为:两个人,一只鹰,一头牛和一头狮子。显然,这个密闭空间融合了人性、动物性和神性。他们在鹿的地方蹲下,后来又从玻璃窗口出去,而玻璃未有任何损坏。随后三位骑士听到一个声音告诉他们上帝之子就是以这样的方式进入童贞女玛利亚的子宫,她的童贞女身份没有受到任何损失。三位骑士赶紧跪倒在地,此时教堂一片光亮。修道士后来告知他们,他们三人将是找到圣杯的人,而上帝给他们显示了奥秘,启示

---

 ① Richard Kieckhefer, *Magic in the Middle Ages*. Cambridge: Cambridge University Press, 1989. p. 1.

 ② Joyce E. Salisbury, *The Beast Within: Animals in the Middle Ages*. New York and London: Routledge, 1994. p. 144.

善良的民众和骑士,从而使他们懂得真理。基督化身为鹿,因为鹿的皮毛一旦变白就能返老还童,这预示着基督的复活。因此,基督以鹿的样子显身,而四头狮子是《福音书》的四位作者。基督化身为鹿就是启示民众和骑士。这样的神迹很难见到。修道士的解释说明,四头狮子陪伴一头鹿实际上是基督的弟子陪伴基督的过程。卡明斯指出,马洛礼有关鹿的意象与圣灵感孕说和基督复活有关,部分原因基于动物具有复活能力这一点。在这里,鹿就是基督。① 这个其实从文中修道士的解读中就显示出来了。在这个故事中,动物变形为人,凸显了他们具备的宗教意义。这个故事发生在树林中,三位骑士、一位修道士、一只鹿、四头狮子(其中三头分别变为人、鹰、牛),诠释的是基督出生和复活的故事。马洛礼之所以选择鹿的原因在于说明基督和圣母玛利亚的纯洁。他们的纯洁正好预示了寻找圣杯者的身份,即他们必须是童贞男子。未受破损的玻璃再次证明了圣母玛利亚是童贞女母亲,窗口的玻璃象征着母体。这个有关动物变形的细节描述是预示这三位骑士能够找到圣杯的前奏,也有可能是他们三人产生的异象,而事实是他们三人都具备童贞。在故事的最后,只有这三位骑士发现了圣杯,骑士兰斯洛却没有这样的荣耀,因为他有世俗之罪。马洛礼对动物变形的书写展示了寻找圣杯的宗教意义。

关于变形人,萨里斯伯里指出,这些发生在人与动物之间的变形通常和性有一定的关系,这时候人的动物性就显示了出来。② 他认为早期异教传统有许多关于变形的故事,但早期基督教神父都极力否认这种可能性。神学家奥古斯丁和阿奎纳认为虽然外表变了,但本质并没有变。这种看法在中世纪具有很大的影响力。变形使人们相信人与动物之间物种界限模糊。当人们意识到、思考、害怕人自身具备的动物性时,他们开始把目光投向动物。对变形的相信表现出人对自身的理性和精神中的动物性的恐惧。这些变形故事在文艺复兴时期达到巅峰,一直持续到了现代,使人类意识到自己也是动物。人变为动物的故事从凯尔特地区重新进入欧洲文学传统。通过他们想象中的动物,从半人半兽的怪物到狼人,他们

---

① John Cummins, *The Hound and the Hawk: The Art of Medieval Hunting*. London: Phoenix Press, 2001. p. 73.

② Joyce E. Salisbury, *The Beast Within: Animals in the Middle Ages*. New York and London: Routledge, 1994. p. 159.

开始意识到、害怕并在他们发现自己的兽性中找到共鸣。① 这种看法表明人们企图在人性与动物性之间划分界限，而变形的种种可能性说明，人们可以通过魔法、祈祷、唱弥撒曲等方式使人和动物互相变形，具有一定的异教色彩。

这种变形人/动物在许多文化的构建中都有出现，被称为兽人或兽化人（therianthropy）。这种变形不仅说明了人性的双重性，诠释了文化和自然的关系，又展示了变形发生的媒介的作用。这些变形使人相信人和动物之间没有界限，他们不过是生态系统中处于平等地位的不同物种而已。这同时展示了这些作家具备的物种平等意识。这些作品中的变形过程是物质形态的改变，无论是人变为动物，还是动物变为人类，展示的本质未变。比如，《巴勒恩的威廉》中的王子即便是变为狼人依旧非常善良，《尧奈克》中鹰变为骑士依然保持着高贵的品德和王者身份。变形是一种伪装，通过这种伪装，人们做到了能力之外的其他事情。比如，尧奈克的亲生父亲和亚瑟的父亲尤塞通过变形实现了追求心仪女士的目标。尧奈克和亚瑟的出身具有一定的超自然色彩，但他们的父亲都是以变形人的形象出现。这种变形的随意性不仅含有性别变形，还有不同物种之间的变形。人们对变形人表现出的狂热程度说明了中世纪人不仅继承了人对变形人故事的讲述传统，表现出企图对抹除差异所做出的大胆尝试，变形的实现就是人不断改变自我、实现主体身份的过程，是人认识自身多面性的乌托邦幻想。奥斯丁（Greta Austin）指出，在中世纪早期，人与动物之间的界限比较模糊，在人和动物之间没有划分明确的生物分类。② 这可能是中世纪人普遍觉得变形人能够存在的基本前提。

人和动物（比如狗）之间的行为转换说明了宗教的力量和邪恶对人的行为的影响。这可以从14世纪的骑士文学《高德爵士》中看到。弗赖伊（Roland Mushat Frye）指出，撒旦本质上是对善的曲解和变形，因此可以理解为是对美的扭曲。在基督教对这种美-丑张力的理解中，邪恶或魔鬼

---

① Joyce E. Salisbury, *The Beast Within: Animals in the Middle Ages*. New York and London: Routledge, 1994. pp. 161–166.
② Greta Austin, "Marvelous Peoples of Marvelous Races? Race and the Anglo-Saxon Wonders of the East." *Marvels, Monsters, and Miracles: Studies in the Medieval and Early Modern Imaginations*. Ed. Timothy S. Jones and David A. Sprunger. Kalamazoo: Medieval Institute Publication, 2002. p. 42.

本质上丑陋而具有破坏力,但永远通过具有诱惑力的面孔对人产生吸引力。①《高德爵士》这首诗共 756 行。在这个故事中,奥地利公爵夫人婚后一直不能生育,奥地利公爵因此担心没有继承人。公爵夫人很悲伤,向上帝和圣母玛利亚祈祷,希望她能有个孩子。一天在果园中,她看到一位男性,像她的丈夫。(As lyke hur lorde as he myght be,第 70 行)②这位男性占有了她并预言她会生育一个孩子,公爵夫人非常高兴地回到屋中告知公爵,说是天使说上帝将赠送给他们一个孩子,当晚他们就可孕育。叙述者指出,这个孩子是梅林的半个兄弟,他们的父亲是魔鬼。(Bot eyvon Marlyon halfe brodur/For won fynd gatte hom bothe,第 98—99 行)这在诗歌的开头就已经提到:

> 魔鬼拥有权力
> 以她们丈夫的样子(In liknesse of here fere)
> 与贵族女性交合
> 生下梅林和其他人。(第 7—10 行)

这个孩子洗礼后取名为高德,从小就有暴力倾向和破坏欲望。他逼修士跳悬崖,杀死神父,强奸修女,烧毁修女院,无恶不作。一位伯爵告诉高德这些举止说明他是魔鬼的儿子,而他后来从母亲那里知道了孕育他的过程。(第 229—233 行)他希望与魔鬼父亲脱离关系。(To save hym fro is fadur tho fynde,第 241 行)于是他去罗马教皇那里坦白罪恶。教皇告知他要吃狗食才能赎罪。(第 304—312 行)最后他见到德国皇帝,在他的宫廷仍然吃狗食。波斯的苏丹要以武力迎娶德国公主,高德最后骑马杀死了众多撒拉逊人。索尔特指出,这个故事把圣徒传的元素融入骑士文学的大框架之中,而高德爵士所骑的马的颜色不断转变表明他内在的转变,即从有罪的状态转向纯洁的状态。③ 公主用酒清洗了狗嘴,让狗衔着面包送给高德。我们知道,红酒和面包是圣体的象征。显然,高德所食

---

① Roland Mushat Frye, *Milton's Imagery and the Visual Arts: Iconographic Tradition in the Epic Poems*. Princeton: Princeton University Press, 1978. p. 65.
② 引文参照 "Sir Gowther." *The Breton Lays in Middle English*. Ed. Thomas C. Rumble. Detroit: Wayne State University Press, 1965. pp. 179—204。出自原文的引文只注明诗行,不再另行做注。译文为笔者自译。
③ David Salter, *Holy and Noble Beasts: Encounters with Animals in Medieval Literature*. Cambridge: D. S. Brewer, 2001. pp. 74—75.

面包具有宗教意义。第三天,高德杀死了苏丹,救下了德国皇帝,自己却受伤。哑巴公主最终能够张口讲话,告诉高德上帝已经原谅了他的罪过。高德最后继承了德国皇位,维护教会,保护穷人,死后被封为圣徒。事实上,高德的罪恶来自他的父亲,而他的父亲是以变形人的形象出现的。作为魔鬼的儿子,他把魔鬼的本质外化了出来,不断地破坏代表着上帝的教会。在这个故事中,狗扮演着特殊的角色,即帮助高德赎罪并助他完成转变为真正的基督徒的过程。索尔特指出,诗中展现的高德与狗的关系不仅仅是他悔罪的表现。这种有失尊严的做法说明这些狗是上帝恩典的表现,而灰狗又是贵族地位的象征。①

从上面的例子可以看出,变形的发生和魔法、想象、异象、凯尔特文化、衣服缺失等因素有关。狼人、半人半鹰、变形人/动物和人的互相变形等现象的出现说明了文化和自然之间的互动关系,展示了人的文化想象力和构建能力。这说明由人建立起来的文化在塑造人的自我形象中的作用,而人的伦理价值观的形成在这种变形人/动物的出现中得到表现。变形人的出现是人的伪装的表现,而这种叙述与文化话语达成共谋。这些例子彰显了正义、公平、善的意义,扬善除恶。被割掉鼻子的妻子、被杀死的丈夫是这种观念得以证明的反例。他们的存在表明人性的双重性,既有人性又有动物性,而玛丽在叙述中表现出的乌托邦幻想是对美好的理想社会的向往和憧憬,显示了人性的高贵和对追求自然、追求爱情的人的同情。这些变形人/动物的存在成为一种颠覆性文本。他们的可读性在于他们作为一种叙述方式说明了不同文化的糅合过程以及这种过程所带来的阅读体验。

除了野人、狼人、变形人/动物之外,骑士文学中普遍出现了骑士打败巨人或杀死巨人的故事情节。② 巨人在蒙茅斯的杰弗里(Geoffrey of Monmouth)的《不列颠国王史》(*De gestis Britonum*)中就有所提及。当布鲁特率领特洛伊人到达英格兰的时候,和 20 个巨人一起搏战,最后一位巨人格玛哥格掉下悬崖而死。这种叙述传统在韦斯(Wace)和莱亚门

---

① David Salter, *Holy and Noble Beasts: Encounters with Animals in Medieval Literature*. Cambridge: D. S. Brewer, 2001. pp. 78—81.
② 《牛津英语词典》中词条表明,"巨人"(giant)一词出现在 13 世纪的《格罗斯特编年史》中,拼写为 geant。在 14 世纪,拼写为 geauntes(1330),被看作是邪恶的东西。15 世纪拼写为 yeaunt 或 yeant(1440),因为他们通常住在森林。16 世纪拼写为 gyand 或 gyaunte,17 到 18 世纪,拼写为 gyant,19 世纪起用 giant。在神话故事和许多文化中,巨人具备人形,但体形高大,力量非凡。

(Layamon)的作品中都有提及。这些巨人通常是男性,力大无比,是男性气质的外在表现。巨人从生理意义上来说,比正常人体形高大,既是人,又不同于人,象征着多余、过度、无节制等观念。他们既属于人类这个分类,但又是放大、扩充了的人。中世纪人相信他们大多住在荒芜的森林、沼泽地或山洞之中,会养鹿或野猪,而这两个动物通常是贵族的猎物。巨人甚至吃人,对普通百姓的生活造成干扰,会讲人类的语言,拥有名字,甚至有娶公主为妻的想法。科恩指出,巨人身上体现了男性气质,这个过程意味着男性肌肉过多而充满危险,巨人的存在同时是对身体快感的一种歌颂,沉迷在酒、食物和性之中。① 他强调巨人身上具备他异性和杂糅性。② 科恩研究了中世纪英国骑士文学文本《华威的盖伊》(Guy of Warwick)、《汉姆普图的贝维斯》(Bevis of Hampton)、《利比乌斯·戴斯康努斯》和《屋大维》,称它们为"身份骑士文学"(identity romance),指出男性身份或主体性是通过与巨人相遇而构建的。他认为骑士文学重在塑造虚构且具有自主性的男性人物。

我们知道,《圣经》中出现了五个不同的巨人部落,他们是上帝之子和凡间女性的后代。他们外形比普通人强壮,但道德低劣,成为邪恶的象征。图麦(Michael W. Twomey)指出,《圣经》中的巨人在浑水中被冲走,但其他新的巨人出现。像洪水前的巨人一样,这些新的巨人族意味着罪恶重返世界。洪水前的故事叙述传统表明,他们的存在意味着物种堕落(species corruption),由精神洁净的人和不洁净的人结合形成的变体,这是他们被看作怪物的原因之一。巨人是非自然结合后的非自然后代。③ 骑士在战胜巨人的过程中,彰显了他们勇于战胜邪恶、维持正义、保护弱者的高贵品质。沿路所遇巨人成为帮助他们展示骑士精神的道具,演绎了英雄救美的故事,从而进一步阐释了宫廷爱情的本质。

在《亚瑟王之死》中,几名骑士先后和巨人决战。玛豪斯爵士打败了巨人。亚瑟为了解救许多婴儿而杀死了巨人,在和罗马人的战斗中杀死

---

① Jeffrey J. Cohen, *Of Giants: Sex, Monsters, and the Middle Ages*. Minneapolis: The University of Minnesota Press, 1999. p. xiii.

② Ibid., pp. xiv—xv.

③ Michael W. Twomey, "Falling Giants and Floating Lead: Scholastic History in the Middle English Cleanness." *Marvels, Monsters, and Miracles: Studies in the Medieval and Early Modern Imaginations*. Ed. Timothy S. Jones and David A. Sprunger. Kalamazoo: Medieval Institute Publication, 2002. pp. 153—155.

了一位巨人加勒帕斯。兰斯洛杀死了两个巨人，特里斯丹用剑砍掉巨人陶拉斯的头颅。亚瑟大战巨人的故事有时被看作是来自威尔士或不列颠民歌，因为威尔士元素无疑是《不列颠国王史》的素材，这可以从作者的民族身份中得以说明。对两个巨人的讲述与其说是来自传统，还不如说是来自第一次十字军东征后带来的舶来品，是这种残留的记忆。① 对于这种二形合一的动物的出现，弗洛里斯指出，在许多文化中，神圣的人或魔鬼似的人物在视觉上体现为半人半动物的混合体，来表现他们的超人特点，而基督教艺术尤其在视觉上展示魔鬼的时候喜欢采用这种混合艺术。②

在《阿托斯的爱格拉默爵士》中，爱格拉默爵士面临的第一个考验是杀死巨人和他养的鹿。出行前，克利斯贝尔送给他两条猎狗，最后他吹响号角，在鹿群中选中了一只鹿。这只鹿叫醒了巨人阿罗克（Arrok the gyaunt）。爱格拉默杀死了鹿，拿到鹿头。（a gret hert sleyn and tane the hede，第 299 行）和巨人战斗了一天之后，他最后拔出利剑杀死了巨人。爱格拉默爵士丈量了巨人的身高，有 50 多英尺高。爱格拉默感谢上帝和他的利刃，认为他杀死巨人得益于上帝的爱。（第 319—333 行）他拿着巨人的头颅去见伯爵，众人围观，皆说未见过如此巨大的头颅。这可能是中世纪英语文学中比较具体提到巨人身高的作品。巨人的身高、斥责、拼杀无疑对爱格拉默造成一种威胁。巨人的存在对他个人来说形成力量、意志方面的极大挑战。科恩指出，巨人的毁灭是功能性的，即它允许这位骑士再立战功，使公众认可他的英雄身份，非常吻合文本构建的男性气质。③

这是爱格拉默面临的第一个考验，在爱格拉默和巨人-公鹿之间形成了一种对立关系。爱格拉默以杀死居住在森林中的巨人来完成自我价值的实现，完成对人或者骑士身份的界定。他借助"上帝"的力量和"利刃"

---

① Geraldine Heng, *Empire of Magic: Medieval Romance and the Politics of Cultural Fantasy*. New York: Columbia University Press, 2003. pp. 20—21.

② Nona C. Flores, "Effigies Amicitiae... Veritas Inimicitiae: Antifeminism in the Iconography of the Woman-Headed Serpent in Medieval and Renainssance Art and Literature." *Animals in the Middle Ages: A Book of Essays*. Ed. Nona C. Flores. New York and London: Garland Publishing, Inc., 1996. p. 169.

③ Jeffrey J. Cohen, *Of Giants: Sex, Monsters, and the Middle Ages*. Minneapolis: The University of Minnesota Press, 1999. p. 73.

这种人类文明的力量完成了杀死巨人-公鹿的使命,而居住在柏树林中的巨人-公鹿成为自然的代表。爱格拉默提着他们的头颅去见伯爵。这有助于他完成自我在生态系统中人类地位的界定和自我骑士身份的确立,因此获得他想在人类社会中所要获得的其他利益。爱格拉默经历了从文化到自然再到文化的转变过程。这证明了人在整个生态系统中个体自我爱好价值和社会群体爱好价值的追求和实现过程。

爱格拉默爵士面临的第二次考验是杀死野猪和他的主人,他的主人也是一位巨人。因为富庶之国西顿有一头野猪,"他既吃兽也吃人"(Best and man, all sleys he,第 352 行)。从国王口中我们知道,野猪已经害死百姓无数,一天甚至可以咬死 60 人。爱格拉默毫不犹豫地穿过陆地渡过海洋,骑马去了野猪的所在地。野猪力大无穷,咬死了爱格拉默的战马。爱格拉默最后拔出利剑,和这头野猪(wylde swyne)搏斗了 4 天,最后:"他在野猪头上猛击一下,/他的长牙就地破裂。/那一刻他非常感激基督,/他给野猪一个致命伤。"(第 404—407 行)爱格拉默获悉,这个王国还有巨人马拉斯(Marras),他已经把这头野猪养了 15 年。爱格拉默帮助那些人剖开野猪,并索要野猪的头作为战利品,满城人为野猪被杀而欢庆。王后为了表示奖励,有意让他娶他们的女儿奥格内特。奥格内特告诉爱格拉默巨人马拉斯如何想杀死他们,爱格拉默决心杀死巨人。巨人马拉斯再次到来之时,爱格拉默把野猪的头挑在长矛尖上面对他,巨人异常愤怒并说道:"我知道你帮助他们杀死了我的野猪:/你应该承受痛苦或为此赎罪。"(第 568—569 行)

这里的叙述显然和传统叙事有点矛盾。通常情况下,骑士在成功战胜野兽或巨人的时候会认为是上帝的恩典成就了他们,比如伊萨姆布拉斯和爱格拉默。但是在这里,巨人马拉斯却在和爱格拉默的对话中提到了救赎问题。这在骑士文学中并不太多见。在第一次考验中,爱格拉默拿着公鹿和巨人的头回到阿托斯,见到了伯爵普利萨摩,和克利斯贝尔团聚。在第二次考验中,他杀死了野猪和巨人马拉斯,同样提着他们的头颅回去见伯爵。他回到阿托斯的目的无非是向伯爵证明他出色地完成了任务,有能力娶克利斯贝尔为妻。但是,两次考验都和巨人有关:第一次杀死的是巨人/公鹿,第二次杀死的是巨人/野猪。

家庭骑士文学(family romance)《屋大维》中有弗劳伦特大战巨人的情节。诗歌中,蒙冤的王后被丈夫流放,在林中产下双胞胎儿子,但在她昏睡之余,其中一个儿子被母狮子带走,另外一个儿子被一只母猴抢走带到了森林之中。一位骑士和猴子激战,抢走了这个孩子,但孩子又被一群歹徒抢走。他们把孩子卖给了巴黎市民克莱蒙特,克莱蒙特把孩子带到法国,洗礼后取名为弗劳伦特。弗劳伦特喜欢猎鹰买马。他的做法使养父克莱蒙特隐约感觉到他是贵族出身。撒拉逊人侵略法国,围攻巴黎,苏丹国王随行中有一位巨人阿拉贡尔。苏丹国王给巨人的承诺是如果他能拿到法国国王首级,就把女儿玛莎贝尔嫁给他。巨人杀死了许多巴黎人。弗劳伦特决心打败巨人,他对父亲克莱蒙特说道:

  我要骑马去见巨人(To the gynaunt wylle y ryde),
  向他证明我的力量(And proue on hym my might)。(第 875—876 行)①

  人们为他祈祷,弗劳伦特骑马前往,经过激烈的战斗,他取下巨人的首级,拿给了玛莎贝尔,并杀死了许多异教徒,最后被册封为骑士。在全家团聚之后,他成为罗马皇帝。战胜巨人的过程也是对物种模糊性和阈限身份的祛除。在这个故事中,弗劳伦特的经历不同于一般骑士的冒险经历,原因在于他在打败巨人之前不过是一个未成年的孩子。他最终战胜巨人的英勇行为不仅证实了他的高贵身份,更说明骑士身份和正义之举之间的关系。巧合的是,巨人是撒拉逊人的帮手,而撒拉逊人通常被基督徒看作是异教徒,是必须祛除的他者。弗劳伦特和撒拉逊人以及巨人之间形成的关系说明骑士不仅要消除邪恶,维护正义,还要为上帝服务。这凸显了中世纪基督教文化构建自我身份的策略。

  在《特里亚默爵士》中,被国王阿杜斯冤枉而遭遇流放的王后玛格丽特逃到匈牙利。在逃亡的路上生下了儿子特里亚默,她得到正在狩猎的巴纳德爵士的帮助。他让仆人照看他们母子。匈牙利国王死后无子继承王位,就让女儿海伦继承,而她想通过比赛找到意中人。特里亚默爵士听到这一消息的时候跃跃欲试。巴纳德爵士为他

---

  ① 这个故事在中世纪晚期的欧洲非常流行,从意大利到斯堪的纳维亚半岛都有不同的文本。这些都来自 13 世纪的法文双行体骑士文学,作者用到传说、骑士文学和武功歌中的主题。14 世纪,英国出现两个不同的版本,一个是用东北部方言写成,一个是用东南部方言写成。南北版本的区别是南方版是六行体的诗节,北方版用的是十二行的截尾诗诗节。本部分原文引文部分来自 *Octavian*. Ed. Gregor Sarrazin. Heilbronn: Gebr. Henninger, 1885. 出自原文的引文只注明诗行,不再另行做注。译文为笔者自译。

准备了马、盾、矛等东西。特里亚默和伦巴第的国王、阿莫尼王子、德国王子、纳维恩王子等人比武,并打败了他们,而他比武时候的英勇行为引起海伦的注意。第三天,他和德国王子詹姆斯比赛获胜,但詹姆斯在他摘掉盔甲的情况下伤害了他。他回去疗伤,海伦决定将婚姻大事推后两年。后来,德国国王派巨人马拉达斯(Moradas)来为儿子詹姆斯复仇。特里亚默爵士在去找海伦的路上巧遇国王阿杜斯,阿杜斯使他成为继承人,并封他为骑士。他奋力杀死了巨人马拉达斯,"国王阿杜斯和特里亚默/带着荣誉(honowre)回家"(第 1255—1256 行)。德国国王认输。特里亚默爵士沿路又杀死了巨人马拉达斯的两个要复仇的兄弟,在比武大会上杀死巨人的另一个兄弟博伦德,成功赢取了海伦的芳心。杀死四个巨人的目的和荣誉有关,而这个荣誉实现的最终目的是能够顺利获得海伦的前提条件。这说明,骑士若要获得爱情,除了冒险之外,另外一个重要的事情就是展示自身的英雄气概。在当时的语境下,英雄气概的获取在一定程度上要求骑士要展示男性气质,而男性气质构建的一个要素就是要展示力量感,而力量感的获得是通过战斗、拼杀、比武等方式实现,目的是展现正义的力量,而巨人成为他展现个人力量的对象。

《利比乌斯·戴斯康努斯》是亚瑟王传奇故事的一部分,长约 2200 行,作者是托马斯·切斯特(Thomas Chestre)。故事中,基莱恩的母亲不想让他受到伤害,就在森林中抚养他成人。他后来在亚瑟宫廷中被封为骑士,亚瑟给他取名为利比乌斯·戴斯康努斯,意为"不认识的帅小伙"。亚瑟派他去解救被囚禁的丝娜顿的女士(lady of Synadowne)。在荒野中,他杀死了两个巨人,解救了一位少女,把巨人的头颅差人送到亚瑟宫廷。在爱尔兰和威尔士冒险之后,利比乌斯终于到达金子岛。在那里,一个撒拉逊巨人莫吉斯(Maugys)包围了女主人"爱情夫人"(La Dame Amour)的城堡。他最后终于杀死这个巨人,并赢得"爱情夫人"的芳心,过着幸福的生活。利比乌斯杀死巨人并使两位女性获救,科恩认为这是一种性释放的方式,但同时说明必须进行性压制,这从文中英雄内在压制自己,避免具有巨人强烈的欲望的描述中可以看出。[1]

除了这些带有物种模糊性的野人、狼人、变形人/动物、巨人之

---

[1] Jeffrey J. Cohen, *Of Giants: Sex, Monsters, and the Middle Ages*. Minneapolis: The University of Minnesota Press, 1999. p. 74.

外,中世纪英国骑士文学中还出现了一些奇特的混合型动物。《亚瑟王之死》中被追赶的怪物就是豹身、蛇头、狮尾、兔脚组成的混合型动物。亚瑟梦到的狮鹫就是一种奇特的混合动物。这种狮鹫也出现在《屋大维》之中。这种动物长有狮子的躯体与利爪、鹰的头和翅膀,是典型的混合型动物。人们一直在争论怪物在中世纪盛期流行的原因。长期以来,人们认为也许是因为逐渐增多的旅行满足了人们对奇异的东西的好奇,也有人认为当时动乱的社会秩序使人们对奇异的怪物很迷恋。萨里斯伯里指出,从13世纪起,人们对这种可怕的动物保持的关注部分地源自混合或杂糅概念。① 许多研究者把怪物看作是身处远方可怕的种族或部落中的人群,在道德和身体上处于畸形状态,但科恩认为,怪物肯定是一种移位,在既定的文化凝视和作为特殊的客体之外,怪物不具备意义。怪物非常重要,因为他不能完全从他构建起来的身份类别中排除或融合进来。巨人似乎完全是他者的表征,他不可战胜的可怕身体表明人类在这个世界上生存的难度。② 怪物是一种双重性的叙述,相当于两个故事:一个用来描述怪物是如何产生的,另一个作为证据详述怪物在文化中的作用。③ 王慧萍指出,中世纪出现各种怪物的原因在于中世纪民间文化仍然延续着异教传统,中世纪人用虔诚与诙谐的态度看待周围的生活,在基督教义中掺杂了异教传统。④ 米茨曼(Asa Simon Mittsman)认为,怪物出现在不同的素材之中,而这些素材是构成盎格鲁-撒克逊观念的根基。他们出现在《圣经》、日耳曼宗教和大众信仰之中,出现在医学文本、百科全书和英雄体诗歌中。许多素材脱离隐喻和象征符号,转向怪物。⑤ 怪物一般拒绝任何意义上的归类,他们是骚动不安的混合体。他们外部支离破碎的身体抵制任何系统性的结构化尝试。因此,怪物很危险,处于阈

---

① Joyce E. Salisbury, *The Beast Within: Animals in the Middle Ages*. New York and London:Routledge,1994. p. 149.

② Jeffrey J. Cohen, *Of Giants: Sex, Monsters, and the Middle Ages*. Minneapolis: The University of Minnesota Press,1999. p. xiv.

③ Ibid., p. 13.

④ 参见王慧萍:《怪物考:中世纪幻想艺术图文志》。武汉:湖北美术出版社,2015,第1—6页。

⑤ Asa Simon Mittsman, *Maps and Monsters in Medieval England*. New York and London:Routledge,2006. p. 69.

限状态。怪物是一种混合型类别,拒绝任何建立在等级制或二元对立基础上的分类,而是需要一种允许多音部、混杂的回复(同中有不同,令人厌恶又让人喜欢),抗拒一体化的系统存在。① 显然,怪物的出现是分类危机感和物种模糊性的表现,骑士追赶、杀戮他们的过程是清除阈限状态的过程。

显然,早期确立的人与动物之间的物种界限面临消解的趋势。萨里斯伯里指出,早期的基督教思想家继承了两种有关动物性的传统,即日耳曼神话和希腊-罗马神话。在这两种神话中,动物被看作是他们的祖先。在人们的描述中,英雄具有力量或比较凶猛。古典传统对中世纪基督教思想家影响更大,因为他们把古典作品和基督教思想融合在了一起。在这种传统中,神经常以动物的形象出现并和人类发生关系。在伊良的《论动物的特点》(De Natura Animalium)中可以发现人与动物之间界限消解的例子,动物也会因为爱、愤怒、嫉妒而痛苦,他们同样会爱上人。② 事实上,这种描写在中世纪英国文学作品中较少出现。在人与(半/混合)动物的关系中,动物作为他者彰显人的主体性,他们的关系界定从边界分明到边界模糊,都展示出人在自身界定过程中产生的等级观念和焦虑感,以征服者、破坏者、卑贱者的身份出现。在这种排斥化的体系中,人坚守的是"洁净"和"秩序"观念。在清除扰乱秩序者的过程中,人构建起属于人自身的文化空间,而这些动物处于阈限状态,说明了人性的复杂性和多元性。萨里斯伯里指出,从 12 世纪起,人们对动物的认识发生了质的转变。在人们的想象中,人与动物有许多共性,人们更乐于接受这种模糊的相似性。从 12 世纪起,混合动物或杂交动物在历史和文学作品中很受欢迎。13 世纪起,人们对怪物保持的关注部分地源自混合或杂糅概念。③ 格洛赛克(Stephen O. Glosecki)指出,文学中想象出的动物象征意义的改变与基督教的介入有关,而半人半动物(were-creatures)的形象体现出某种模

---

① Asa Simon Mittsman, *Maps and Monsters in Medieval England*. New York and London:Routledge,2006, pp.6-7.
② Joyce E. Salisbury, *The Beast Within:Animals in the Middle Ages*. New York and London:Routledge,1994. pp.85-86.
③ Ibid., pp.138-149.

糊性。① 正如前面分析所见,这些怪物身上最大的特点是他们和人之间界限不明确,出现分类危机感。这是中世纪英国人在构建文化身份、界定自我过程中产生的模糊性和复杂性的外化。这种思维模式说明在划分物种疆界的时候出现了分类危机感。这些怪物的存在产生了一种意识观念,展示的是人在特定的文化语境、性别话语、种族、信仰体制等方面的焦虑感。在这种游戏或博弈的过程中,人类在划分物种疆界的过程中不断地界定自我。这些混合型动物既可能是人与动物的混合,也可能是不同动物身体的不同部分的组合。山本指出,一方面,人与动物之间的边界是游戏的场所,大量地产生了文化的东西,但它又是一个危险的地方,人类的身份本来和动物有差异,但此时却很难把握。② 人们抹杀了原先保持的界限或差异,这在某种程度上来说是人对自身人性认识的加深,承认人与动物在本性方面的相似性。

  混合动物的出现也许受到神话的影响,但人们的想象颠覆了早期人们坚守的物种差异观念。在具有混合特点的动物组合之中,体现的是中世纪人逐渐觉醒的自我意识。他们敢于冲破人们附加在不同动物身上的价值取舍,在拼贴零散的价值观念的时候体现出对新型的、杂糅化、多样化价值的肯定。他们打破了动物类型化的框架,使得抽象概念马赛克化和人性表征杂糅化。这种动物是视觉艺术和文字叙述共同联袂的产物,人们不再把动物看作是具体的生物实体,而是承载文化价值、道德意识、宗教意义的动物,当然也是对动物论传统中混合动物形象的继承和再阐释。科恩指出,怪物是一种隐喻,体现了特定时间的文化,怪物的身体融合了恐惧、欲望、焦虑和幻想,赋予他们生命和神秘的独立性,而可怕的身体纯粹是一种文化。③

  如前所示,这些不同类型的人或动物(狼人、野人、变形人、巨人、混合动物)的出现离不开一定的历史文化背景。从文化和政治层面上来看,从丹麦征服和诺曼征服到 12 世纪,英格兰政局不稳,而诺曼人作为移民/入

---

  ① Stephen O. Glosecki,"Marble Beasts: The Manifold Implications of Early Germanic Animal Image." *Animals in the Middle Ages: A Book of Essays*. Ed. Nona. C. Flores. New York and London: Garland Publishing, Inc., 1996. pp. 3—23.
  ② Dorothy Yamamoto, *The Boundaries of the Human in Medieval English Literature*. Oxford: Oxford University Press, 2000. p. 225.
  ③ Jeffrey J. Cohen,"Monster Culture." *Monster Theory: Reading Culture*. Ed. Jeffrey J. Cohen. Minnneapolis: University of Minnesota Press, 1996. p. 4.

侵者成为英格兰的统治者。阿什(Laura Ashe)指出,所谓的"英格兰性"或"英国人身份"面临着中断、重续的现实,诺曼人通过历史书写来界定自我身份。在当时的背景下,丹麦入侵者和诺曼入侵者所带来的文化冲击使当权者努力构建自己的身份。① 科恩指出,因为盎格鲁-撒克逊时期的英格兰持续地面对这种无法统一的局面和自我界定的挑战,怪物身上体现出的杂糅性恰好表达了对身份构建过程中出现的有限性和脆弱性的焦虑感。诺曼征服之后,贵族在英国没有属于自己的历史来强化他们的统治,面临着身份危机。盎格鲁-诺曼统治者借助布鲁特和亚瑟王大战巨人的故事建立新的集体身份意识。14世纪起,巨人顺利地从作为人类存在的衬托对象转变为怪物,他把国家、家庭和性别化的身体具体化了。在骑士文学中,英雄的身体产生了,性别化并神圣化了。② 显然,诺曼统治者在构建合法的统治者身份的过程中,需要从令人感到荣耀的过去建立文化血统和历史的延续感,而当时的英国处于多元文化并存到逐渐融合的转型时期,几种不同语言创作的作品就说明了这一点。文化的多元性显示出的碎片化特征在怪物身上得到展现。这既展现了文化抵制、文化抗击、文化融合过程中的复杂性,也显示出人们在面对复杂的政局和文化格局的时候内心表现出的强烈焦虑感和缺失感。这些不同类型的混合动物或人(狼人、变形人、野人、巨人)的出现彰显出文化的马赛克特征、人群的流动性和不确定特点,而文化英雄(比如亚瑟)的出现是新的统治者建立自我身份的产物。他们大战巨人或怪物的时候彰显的英雄气概满足了征服英国的诺曼当权者心理上面临文化杂糅性和身份危机感的需要。

  当然,具有凯尔特文化色彩或基督教色彩的变形故事演绎了人们对超自然力量的信奉,是人们继承文化遗产的一种表现。但是,那些不同类型的、威胁人类的怪物的出现不仅是历史演进、政治统治、文化血统延续性建立的外化,而且是中世纪英国人审美观的再现。这些人或怪物不仅在外形上丑陋,而且在道德上也卑贱。他们体现的特点是缺乏形式、不对称、不和谐、变形和畸形,会引起人的恐惧、恶心、焦虑,这正是幽灵、魔鬼、巫婆或撒旦能够引起的荒诞、污秽和可憎的感觉,他们往往在道德上也很

---

  ① 具体可参见 Laura Ashe, *Fiction and History in England*, 1066-1200. Cambridge: Cambridge University Press, 2007。
  ② Jeffrey J. Cohen, *Of Giants: Sex, Monsters, and the Middle Ages*. Minneapolis: The University of Minnesota Press, 1999. p. xviii.

低劣。当这些怪物、巨人和狼人被祛除或恢复原形的时候,人们感受到的是祛除那些代表混乱、非理性、丑陋的东西的快感。英国美学家李斯托威尔(William Hare Listowel)指出:"丑的对象,经常表现出奇特、怪异、缺陷和任性,这些都是个性明确无讹的标志;经常表现出生理上的畸形、道德上的败坏、精神上的怪癖,这些都是使得一个人不同于另一个人的地方。总之,丑所表现的不是理想的种类典型,而是特征。"①骑士文学中出现的怪物代表着不和谐和丑陋,是在人性与动物性协商中出现的矛盾的外化,展示了人性中的冲突、不和谐和多维化特点。这些作家通过叙述具有美德的骑士大战或杀死怪物的方式来竭力展示一种和谐的、美的生存状态和秩序。这种叙述实际上又是美和丑之间二元对立的展示。

三、与你同在:人与动物之间的和谐感

事实上,在中世纪英国骑士文学中,不是所有的故事都再现的是人与动物之间关系的对立、人与动物之间的物种界限的模糊性。我们发现,中世纪人还表现出对动物的关心与爱护,相信动物具有对特定情景或人物产生情感回应的能力。这个过程既体现出种际正义感,又完全模糊了物种差异。这既是物种平等的表现,也是人与动物之间产生情感和谐感的表现。这体现在人与马、猎狗和狮子的亲密关系的书写之上。

在《亚瑟王之死》中,骑士和马的关系不断表演、阐释着骑士精神的内涵。克洛斯指出,骑士是始于 10 世纪而在 11 世纪加速发展的军事化社会的产物。② 因此,骑士身份本身的确立和武力相关。在骑士的交战和比武中,马战和步战是两个重要环节。在这个过程中,人和马是一体的。这种一体化的形式一旦被打破或摧毁,甚至被颠覆,就意味着一方失败,另一方获得荣誉。马洛礼把大量笔墨用在描写骑士交战和比武的环节上,而其中频繁用到的词语就是"打落马下"。骑士被打落马下意味着人和作为人的自我的那部分脱离,意味着马战的失败。比武大会规定骑士以被打落马下决定输赢。所有骑士骑上骏马,手提长矛,驱马冲阵。亚瑟、班王和鲍斯王左刺右砍,鲜血染红了马蹄上的毛。亚瑟为此气愤,和

---

① 李斯托威尔:《近代美学史评述》,蒋孔阳译,上海:上海译文出版社,1980,第233页。
② Peter R. Cross, *The Knight in Medieval England* 1000—1400. Stroud: Sutton Publishing Ltd.,1993,p.5.

帕林诺再战,但骑士的长矛刺中他的盾心,亚瑟连人带马跌倒在地,亚瑟说:"马上比武我失去荣誉。"(I have loste honoure on horsebacke,33:36—37)骑士骑在马背上,亚瑟生气,骑士连忙下马,"因为他觉得占人家便宜对于骑士来说不够体面",于是跳下来迎战(33:41)。故事中有许多这样的例子:鲍曼爵士把凯爵士、黑衣骑士、绿衣骑士、蓝衣骑士、绯红骑士打落马下。梅勒格林被艾文爵士打下马。高雷斯挑开了数位骑士的头盔,把他们打落马下,连高文都被打下了马。特里斯丹把道丁纳斯爵士、艾克特爵士、派特骑士、布雷默爵士、布鲁诺爵士、凯勒德斯、帕乐米德斯、亚瑟、艾文爵士分别打落马下。特里斯丹和拉姆莱克爵士过招,特里斯丹被挑落马下,他感到十分羞愧(sore ashamed),赶紧弃马,徒步交战。(295:20)特里斯丹被帕乐米德斯打下马后,感觉"非常耻辱"(sore ashamed of that falle,318:30)。亚瑟把帕乐米德斯打落马下,帕乐米德斯哭着退出比武场,在泉水边为失去的荣誉痛哭,说道:"现在,我失去了所有人的敬仰(worshyp)。"(464:23)但在故事的最后,兰斯洛不再骑马进行冒险和比武,转而去了修道院苦修了六年,从牧师职位升到了主教职位。因为他们不再关心尘世的荣华富贵,"他们的马成了无人管束的野马"(722:16—17)。这种身份和社会角色的转变使马脱离了人类文化的约束而走向自然状态,从文化转向荒野,这从一个侧面说明马在骑士身份和角色构建中的核心作用。

在这种人马一体化的过程中,骑士以骑在马背上和对方交战来证明自己的身份,来阐述骑士精神的内涵。卡克斯顿(William Caxton)在英文版的《骑士制度之书》(*Book of the Ordre of Chyvalry*)中表明,马因勇气、忠诚、力量和服从而出名,"马是动物中最高贵的",因此,马最像"骑士",因为骑士"最为忠诚、最强壮、最为高贵且富有勇气。"[1]科恩认为,受骑士完全控制的马是骑士内化的自律和自我掌控的外在表现。马的理想功能就是骑士和马结为同盟,成为自我转化的方式,成为"存在艺术"或"自我技术"的一部分。[2]可以看出,马成为骑士身体的一部分,是骑士身体的扩大和延伸。帕乐米德斯用剑刺了兰斯洛的马的脖子,致使兰斯洛摔落马下。许多骑士对此大为光火,他们认为刺死对手的马有失骑士风

---

[1] Qtd. in Jeffrey J. Cohen, *Medieval Identity Machines*. Minneapolis and London: University of Minnesota Press,2003. p. 54.

[2] Ibid., pp. 58—59.

度(unknyghtly done)。(449:9—10)可见,"人-马"的搭配是骑士获取荣誉、显示骑士气质和风范的重要一环,彰显的是骑士精神的内涵。马具备中世纪文化象征价值,帮助中世纪人进行自我价值和文化价值的判断,凸显了有中世纪特色的道德伦理价值观。克兰指出,骑士交战的壮美之处不仅来源于由花费、出身和训练包装起来的表演中资源的调用,而且体现在大量地消费这些有价值的资源,即骑士的身体、武器和马匹,虽然在追求荣誉的过程中,它们被割裂开来。①

骑士能否在马背上坐稳比武通常和技艺、荣誉、身份联系在一起。在《亚瑟王之死》中,兰斯洛把高文的马挑了个四脚朝天,高文伤心地从马背上跳下,但他猜到此人一定是兰斯洛爵士,因为他可以从兰斯洛骑马的姿势看出来。莫得莱德爵士说,高特梅泰尔在马上坐不稳,但通过练习,一定能成为优秀的骑士,而资深骑士往往通过看年轻人的骑马姿势(rydynge),就能知道能否把对方打下马。(287:6—12)帕乐米德斯被特里斯丹打下马之后,羞愧的几乎精神失常,想找他复仇。有一天来到河边,恍惚中想让他的马跃过河去,结果失足掉进了河里。他担心自己会被淹死,便放弃他的马游到岸上,任凭马被河水冲走,他上岸后号啕大哭。比武大赛上,拉姆莱克看到自己的两个兄弟从马背上摔落下来,心里十分恼怒,他让他的两个兄弟重新跨上马背,说道:"兄弟,你们两个刚一交手就从马背上摔了下来,这是多么丢脸啊。一个骑士不能在马背上,还算什么骑士呢?(what is a knyght but whan he is on horseback?)我向来是不打步战的骑士,因为步战是偷鸡摸狗的勾当。一个骑士如不想要阴谋,是不会下地作战的,除非他被逼得无奈才这样做。兄弟啊,请你们在马背上坐稳了,否则就别在我面前比武了。"(408:36—41)从他的言谈中我们可以看出,在界定骑士身份的时候,以骑士骑马的姿势和人马一体化来判断骑士的技艺。

在比武大赛中,骑士要遵守一定的比武规则:一位骑士若被对方挑落马下,他的同伴不能再提供坐骑,他必须凭借自己的本事夺回战马,否则就做俘虏。克兰指出,在中世纪骑士制度这一亚文化中,获得荣誉(比如赞美、崇拜、名望)对于界定自我非常重要。骑士的身份来源于表演和同行的评价。在具有骑士风范的事迹中,骑士竭力通过自己的武器和战马

---

① Susan Crane, *Animal Encounters: Contacts and Concepts in Medieval Britain*. Philadelphia: University of Pennsylvania Press, 2013. p. 146.

获得更多空间,理想的骑士能在动态表演身份的过程中把马和武器协调起来。① 可见,"人-马"成为整体,然后进行交战和比武表演。在表演自我身份的时候,马已经不是简单地发挥工具的作用,而是成为骑士展示技艺、界定自我身份的镜子。更为重要的是,马成为骑士自我身体的延伸,骑士和马没有了人与动物之间明确的界限划分,马就是骑士本人,骑士就是马。

  骑士所骑的马与骑士一起不仅展现了骑士精神的内涵,而且是骑士文化的构建者和合作伙伴。我们发现,马在骑士交战的过程中有时候处于受害者的位置,马甚至被用作置敌于死地的道具,但马仍然是作为骑士身份的一部分出现。在《亚瑟王之死》中,巴林和兰赛奥对战,巴林的矛刺穿他的盾和锁子甲,刺入他的躯体和马的后臀,兰赛奥爵士死去。班德莱恩骑士的随从齐心协力刺死了高海里斯的马。高海里斯杀死他们之后,在他们的战马中挑选了一匹最好的继续赶路。帕林诺力大无比,一枪刺偏,却刺中罗特王的战马,使他摔倒在地。特里斯丹猛砍金陵格的头盔,顺势砍断了他的马的脖子。塔楼骑士和玛豪斯爵士过招,塔楼骑士被刺中落马,和战马一起死亡。兰斯洛和突奎恩大战,他打断对方的马的脊椎骨。加拉哈德把高文打落马下,把高文的马当头劈成两半。兰斯洛去救被俘的王后桂尼维尔,他的马中了 40 箭。王后看到那匹伤痕累累的马的内脏挂在体外。在这些打斗情节或激战场面的描写中,马的身体(后臀、脖子、脊椎骨、头、内脏)被看作是骑士身体的一部分,成为对方手中武器(矛、剑、箭)的袭击对象。他们砍杀战马的目的无非就是想通过杀死和骑士身为一体的马来削弱、破坏、摧毁对手的完整性,从而达到战胜对方的目的。

  在马战中,骑士把马看作自己身体的一部分,骑马踩踏对手,目的是战胜对方。在《亚瑟王之死》中,海勒斯爵士把帕乐德斯从马背上挑落,然后让马踩帕乐米德斯的身体。骑士布鲁斯把高文挑下马,让马反复踩高文的身体,想踩死高文。帕塞德斯爵士被打下马,几乎被杀,当时从他身上踩过的就有 40 匹战马。可见,在骑士的交战中,马和骑士手中的矛一样,成为骑士的武器,但是,在骑士眼里,马已经成为骑士双腿的延伸。踩踏在对手身上的是马蹄,但实际上是骑士本人身体力量的拓展和延伸,

---

  ① Susan Crane, *Animal Encounters: Contacts and Concepts in Medieval Britain*. Philadelphia: University of Pennsylvania Press, 2013. p. 138.

这还是人-马一体化的写照。骑士们在交战中以和马之间的体位关系判断自身的优势，从而追求中世纪骑士冒险和打斗中的荣誉。人-马一体化的建构进一步证明了骑士的动物观以及人对人和动物关系的界定。它是人和马物种差异消解后的关系，这种一体化的过程不仅在构建身份，而且彰显了文化与自然的巧妙融合。人以骑马进入自然系统，马以参与比武或决斗而步入文化系统。"骑士-战马"一体化的过程体现的是自然与文化之间的无界，是骑士构建自我的过程。

除了比武时候人和马一体化的过程之外，骑士文学中还展现出人对动物的怜悯和关爱情感以及动物对人的关爱和帮助。在中世纪贵族的生活中，猎狗扮演着极其重要的角色。在《亚瑟王之死》中，高文认为城堡的骑士艾波拉姆不应该杀死不会讲话的猎狗（I wolde that ye had wrokyn youre anger uppon me rather than upon a dome beste, 65:37—39），遂刺伤了他。高文说："你杀死我的猎狗，必须偿命。"（thou shalt dey for sleynge of my howndis, 66:4）显然，猎狗和人类之间关系非常亲密，和人类达成同盟，这从狩猎活动中就可以看出来。兰斯洛骑马进入森林，跟着黑狗进入庄园，看到一具骑士的尸体。猎狗在舔他的伤口，骑士的夫人在哭，原来死了的骑士是吉伯特爵士。马克率领众人打猎，发现了赤身裸体的特里斯丹，吹响号角，骑士们把他带回城堡。伊瑟去看他，他曾经送给她的小狗认出了特里斯丹。狗舔他的脸和耳朵，一边吠叫着，一边嗅他的手和脚，他身上的每个部位都被嗅遍。伊瑟走后，那只小狗却不愿离开特里斯丹。

在他们的狩猎活动中，骑马的贵族狩猎者和猎狗之间形成了密切的同盟关系。还有骑士认为动物比人更为重要。迪纳斯爵士失去了情人和猎狗，感到恼火，尤其是他的两条猎狗，失去他们比失去情人让他更难受（more wrother for hys brachettis, more than for hys lady），于是骑马去追，击落对方后，他带着猎狗返回城堡，而不要祈求得到宽恕的情人。（337:24—27）从原文中可以看到，迪纳斯爵士把猎狗（hys brachettis）和情人（hys lady）放在同等位置进行比较，并没有因为人与动物之间的物种差异而选择情人而放弃猎狗。在这个个案中，迪纳斯爵士没有表现出对物种差异的坚持，更重视他和猎狗之间的亲密关系，即便他的情人祈求他的谅解，他仍然放弃情人而带猎狗离去。故事中，兰斯洛骑马游历了许多王国，踏遍千山万水，来到一座城堡，看到一只猎鹰被绳子绑在树上，他

"心中不禁怜悯起来"(he was sory for hir, 169∶24)。这种怜悯之情就是对动物的尊重。

《特里亚默爵士》谈到狗如何救人的动人故事。国王阿杜斯和妻子玛格丽特婚后无嗣，于是他决定去圣地朝圣祈求上帝为他送子，把王后交给管家马洛克照管，但在走之前，妻子其实怀上儿子特里亚默，他们并不知情。马洛克向玛格丽特示爱但遭拒。国王朝圣完返回后，马洛克说孩子是王后偷情所孕。王后遂遭国王流放，骑着一匹瞎眼的老马离开，由老骑士罗格送行，但罗格被马洛克派人杀死。玛格丽特趁机骑马逃离并躲在灌木丛中，罗格的猎狗"真爱"(Trewe-love)一直帮助他：

> 没有离开他的主人
> 但躺在他身边舔他的伤口(likyng hys woundes)。
> 他以为已经治好了他；
> 他尽其所能—
> 狗儿真仁慈。（第383—387行）

最后，"真爱"挖坑埋葬了罗格，"不再离开他；一直守候在那里。"（第394—395行）这也许是这个故事中最为打动人心的部分。猎狗"真爱"守着主人罗格的墓地长达七年，直到自己变老。圣诞节前夕，"真爱"跑到国王的宫殿，四处寻找，却未找到他想寻找的仇人，最后又回到罗格的坟墓旁边。后来，他又去国王的宫殿，这引起国王的注意，他认出这是罗格的猎狗。有一天，"真爱"再去的时候，他发现了马洛克后跳起来紧抓马洛克，"猎狗为他的主人复仇"（第537行）。国王手下的骑士和扈从尾随这条猎狗，直到发现了罗格的墓地，而猎狗"真爱"站在那里保护主人的墓地。这些人回去后向国王如实汇报。国王再次派人前往，找到了罗格的尸首，知道了马洛克的阴谋，遂判他绞刑，体面地安葬了罗格爵士。但是，他的猎狗一直在守护他："他的猎狗没有离他而去/而是躺在他的墓地上(But evyr on hys grave he lay)/直到死去。"（第586—588行）

猎狗与主人之间建立起来的亲密情感在狗的守望、复仇、陪伴中展现了出来。这说明，人们所固守的传统观念，即动物不具备情感回应能力，遭到否定。事实说明，动物同样在特定的情景中有特定的、合适的反应。这种能力不是人通过移情或作品中人格化的方式进行，而是通过动物的实际行动得以证明。佚名诗人的书写是有力地展现动物情感反应的过程，也是一种探索动物世界的讲述方式，由此说明，人与动物之间可以建立深厚的情谊。"真爱"识出马洛克的过程是善与恶之间的交锋,是对没有爱的世界的拯救。这条狗的名字无疑在说明世界上存在真爱。人与人之间没有真爱,而狗对人的不离不弃是真爱的阐释,更是对人的社会的一种讥讽。他的举动不仅为主人复仇,而且是为正义正言。这是对狗具有在特定情境下情感回应能力的表述。

除了人和狗之间的亲密关系之外,人还会和狮子建立深厚情谊。在《亚瑟王之死》中,帕西威尔爵士在海水中看到狮子和蛇的搏斗。他觉得狮子更符合天道,遂帮助狮子,重击大蛇。狮子对他表现出亲昵的样子,给他摇尾巴。他抚摸了一下狮子的脖子和肩膀,他为自己能与这头猛兽友好相处向上帝表示感谢。就在他向上帝祈祷的时候,狮子躺在他身边。整个晚上,他就和狮子睡在一起。他梦见一位老妇骑着蛇,一位年轻的贵夫人骑着狮子。当老妇质问他为什么杀死觅食的蛇的时候,他认为狮子的天性比较温和(more of jantiller nature),所以杀死蛇。(547:1)让老者解梦后,帕西威尔离开老人回到山岗,又发现了那只一只陪伴他的狮子(allway bare hym felyship),伸手抚摸一下它的脊背,"心里感到非常快活"(had grete joy of hym,548:7—8)。这头一起同眠的狮子在他看来就是他的同伴。在原文中他还用到"jantiller",而这个词通常又和贵族推崇的价值观关联。这头狮子的存在不仅具有象征意义,而且帕西威尔和狮子之间的亲密关系说明他其实是对代表忠诚、希望、洗礼、信仰的神圣教会的认同。

骑士通过对马、猎狗、鹰等动物的爱护来展示他们对动物的平等看法,表现出他们的怜悯和关爱,以己度物,视动物为自己的一部分。在《亚瑟王之死》中,骑士巴林在准备比武的时候说道:"旅途中的人通常很疲惫,他们的马也是。但尽管我的马有些累了(my hors be wery),我的心并不累。"(56:14)帕林诺和骑士洪兹莱克决斗,但后者把剑刺入他的马身,他认为对方杀了自己的马,遂取了对方首级。玛豪斯爵士说:"我累了,我的女伴和我的马都累了。"(for I am wery,my damsel and my horse both,105:6—7)鲍曼让侏儒通宵守护马,自己睡觉。高雷斯骑马穿过树林来到城堡,认为自己和马都很累,需要休息。高特梅泰尔爵士看到自己的马可能会被一百多位骑士刺死,赶紧下马,卸下马鞍,把马放了,然后和这些骑士厮杀。(285:41—43)特里斯丹为了不伤害自己的马,跳下马和以派特为首的骑士厮杀。加拉哈德把帕乐米德斯的马头砍了下来,他对自己这一剑感到惭愧,随即跳下马,请求帕乐米德斯收下他的马,并原谅他的行为。帕乐米德斯于是骑上加拉哈德的马。梅林让巴林兄弟休息,吩咐他们卸下马鞍,放马去吃草,他们自己躺下休息。他把利恩斯挑下马,使他受了重伤。托儿爵士认为自从离开亚瑟王的宫廷,他和他的马一直没有好好地吃过什么东西。于是他骑马跟随无名女士前往她的住处,她的丈夫是个善良的骑士,"使他和马得到充分的休息"(easyd both hys horse and hym,70:41)。在这些小的细节描写中,"马"被骑马者看作是自己身体的一部分。除了在比武的时候看作是自己身体的一部分之外,在骑士厮杀、休息、用餐等情况下,"马"同样被看作是骑马者身体的一部分。当他们乏累的时候,以"马也累"来说明人对马的关爱之情。当"马"受伤的时候,骑马者表现出的愤怒、复仇、愧疚情绪进一步说明了人对马的关怀,对作为自我的一部分的马的认同。在招待客人的时候,人们把马也看作是主人的一部分来款待,这同样是对骑马者主体身份的一种认同。

比武大赛的时候,骑士不与累乏的骑马者比武。这同样说明骑士精神的真正内涵。马克王要求特里斯丹和拉姆莱克爵士比武,特里斯丹认为国王要他做的事情是违背骑士精神的,原因是他和自己的马此时都精神饱满,而拉姆莱克爵士和马却不是,但他还是按照国王的意思不得已行事。双方交战时候,特里斯丹说:"我不愿看到一个精神饱满的骑士打败一个筋疲力尽的骑士,因为任何一个人、任何一匹马都有血有肉,会有体力不支的时候(that knyght nother horse was never fourmed that allway may endure)。因此,我不能与你继续打下去,我刚才所做的一切已经够让我丢脸了。"(269—270:42—43,1—3)从特里斯丹的谈话中可以看出,他不仅考虑到对手的身体状况,还考虑到对手骑的马的身体状况。这种由此及彼的想法说明特里斯丹对骑士精神及其本质的认识,真正的骑士不会乘人之危去赢得比武大赛的胜利。它需要双方在"人-马"组合方面达到同等条件的时候才可以进行比武。这个条件背后隐含着人对动物的怜悯、关爱和尊重之情。

除此之外,动物抚养人类的孩子,出现了人与动物之间的和谐画面。在《屋大维》中,罗马皇帝屋大维和王后婚后七年无子,在建立了修女院后喜得双胞胎,但公婆故意说孩子是王后和厨师的帮手所生的私生子。梦中,王后梦到她处于一片荒野和黑暗之中,一只火龙带走了她的两个孩子。这个梦具有预示功能。虽然她不断祈求皇帝,甚至晕厥了过去,最后他们母子全部遭遇流放之厄运。途中,一只母猴寻找猎物,把她的一个儿子带走。悲伤之中,她看到一头母狮子把她的另外一个儿子带走了,两次她都晕厥过去。(第335行)叙事者感叹道:"这些野兽(wylde beestys)带走她的孩子/因悲伤她的心在流血。"(第344—345行)这时出现一只力大无穷的狮鹫,他把母狮和孩子一起叼起,带他们到了海中的一个岛屿上,"孩子在狮子的嘴里睡着了。"(The chylde slept in te lyneas mowthe,第358行)在上帝的帮助下,狮子着陆后咬死了狮鹫,但是人们却发现:

> 孩子吸吮母狮的奶
> 正如上帝的旨意所要求的那样。(第367—368行)

母狮非常疼爱这个孩子,"她非常谦卑"(第372行)。她挖洞把孩子放在里面,当孩子饿的时候就吃狮奶,而孩子"又可爱又聪明"。当两个人袭击母狮的时候,母狮咬死了他们。当其他十二人发现了母狮的洞穴:

> 一个男孩躺在里面
> 和狮子一起玩耍
> 有时他吸吮狮子的乳房
> 有时他们亲吻和拥抱
> 他们(两人)逃之夭夭。(第440—444行)

王后决心去耶路撒冷赎罪,路上遇见母狮和她的儿子,他们一起上船。船上的人看到母狮后吓得跳入大海,"母狮躺在这位女士身旁,/和孩子一起玩耍。"(第478—479行)科恩指出,狮子的奶液流过这个男孩年幼的身体,和他体内的体液融合在一起并不断地流动。先后处于猿猴、骑士、匪徒和商人手中的弗劳伦特意识到他多年来具备的身份说明他是外国人,从猎鹰的皇室姿态和马耀眼的光泽中发现了属于自然且绝对的自我;这些处于动态而混杂的身体是体现骑士主体的前提条件。① 他们到了耶路撒冷,见到国王,国王给孩子洗礼并取名为屋大维。母狮和王后住在一起,他们过着富足的生活。后来,屋大维率领军队去罗马攻打撒拉逊人,在那里,他和罗马皇帝,即他的父亲,相认。在这个故事中,狮子给孩

---

① Jeffrey J. Cohen, *Medieval Identity Machines*. Minneapolis and London: University of Minnesota Press, 2003, pp. 68—69.

子哺乳、和孩子一起玩耍、杀死狮鹫,扮演着孩子母亲的角色,不仅在物质上满足孩子的成长需求,而且在精神上促其成长。母狮、王后、孩子三人形成的新的组合关系非常和谐。这意味屋大维有两位母亲,即亲生母亲和母狮。

  动物还用来传递情感,成为情感的承载物,比如狗、夜莺和天鹅等。在《亚瑟王之死》中,法兰西国王的女儿爱上特里斯丹,写信并送来了非常漂亮的小狗。在玛丽的《籁歌》之《夜莺》中,一名贵妇和邻居的丈夫透过窗户眉目传情,她的丈夫对此产生疑心,而妻子以听夜莺唱歌为由搪塞。丈夫遂让仆人逮住一只夜莺并杀死了夜莺,妻子把夜莺包起来让仆人送给她的情人。夜莺的死亡说明他们的恋情被发现,最终走向终结。这个细节说明夜莺在中世纪文化中通常被看作是爱情的象征物,常以悦耳的歌喉赢得人们的喜爱。这在中古英语辩论诗《猫头鹰与夜莺》中足见一斑。夜莺在黑暗中唱歌,她的特质就和他们之间不合法而未实现的爱情的特点一样,现在融为一体,可以用同样的形容词描述:纯洁、温柔、自然、高兴,同时,隐蔽、脆弱而微小。夜莺微小的体形表明这对嫉妒的丈夫来说是一件无足轻重的事情。他杀死夜莺的做法破坏了联系人类世界与动物世界之间的自然快乐。① 在玛丽的《骑士米伦》中,米伦因英勇善战在国内外美名远扬,一位年轻女子和他相恋并育有一个儿子,他们分离后他去欧洲大陆冒险。后来,他们把书信绑在天鹅的脖子上传递情义,最终全家团聚。我们知道,天鹅是女性气质的象征,在凯尔特文化中具有和谐、团结、团圆的象征意义。凯尔特文化受日耳曼文学传统的影响,来自仙界的女子若是相中现实世界中的意中人,就会变为天鹅在泉水边等待他的出现。在玛丽的《籁歌》之《桂盖玛骑士》中,富有冒险精神的骑士桂盖玛对爱情丝毫不感兴趣,在狩猎中射中了一头白色雌鹿,不料射中白鹿的箭反弹而射伤他的腿,受伤的白鹿预言他只有爱上某位女性伤口方可痊愈。桂盖玛遂迅速乘船离开,进入凯尔特文化中的仙界。城堡中备受丈夫关禁之苦的女主人发现了他,他们很快相爱,但不幸被发现,离别时分他送给她一条腰带,她在他的衣服上打了一个只有她可以打开的结,后再次相遇并结为连理。这个故事不仅富有超自然色彩,还融合了中世纪骑士文学的故事情节,白鹿被浪漫化,成为激发人类发现真爱、理解自我的引路

---

① Jill Mann, *From Aesop to Reynard*: *Beast Literature in Medieval Britain*. Oxford: Oxford University Press, 2009. p. 78.

者,又是需要拯救的人的自我灵魂的象征。

　　表面上看,这些动物在这些故事中似乎成为道具,人和动物之间的这种纽带关系是人的情感外化的表现。动物具备的情感表达能力(比如安抚、鸣叫、飞翔送信)使人把自我情感的抒发自然而然地交付给他们。动物所特有的生物特征(比如夜莺的微小和愉快鸣叫,天鹅的白羽和飞翔)使人把抽象概念(比如爱情、和谐、死亡)、人的情感和动物的行为表现联系起来,从而实现情感表达的流畅和自然。这些情感以非常自然的方式表达出来。

　　这些故事中出现了相似的情景:骑士为马复仇、狮子与人共眠、狮子为婴儿哺乳、猎狗为主人复仇、骑士珍爱猎狗胜过人、天鹅送信,等等。这些细节表现出人与动物之间的跨物种亲密感和界限消解。德里达在《我思故我是动物》中鼓励人们要相信动物也有情感,动物也有他们的情感反应能力。上面所列举的故事涉及的动物有狮子、马、猎狗、猎鹰、夜莺、天鹅等。狮子不仅和骑士关系亲密,还会抚养人类的孩子。与马之间最直接的关系体现在骑士对马的关心和爱护上。人对猎狗的重视程度以及一起狩猎说明了贵族和猎狗在一起形成了联盟。卡明斯指出,通常情况下,逐鹿的时候,人和猎狗联合在一起,人的喊声和猎狗的叫声混合在一起互相鼓励。① 这便是中世纪贵族日常生活中典型的例子。

　　显然,人和动物之间建立的亲密感或一体化过程表现在跨物种的情感依赖、哺育、关爱、陪伴等社会行为和心理依赖上。这种亲密感的建立不是降低了人的地位,也不是使动物的地位变得高贵。这恰恰说明物种之间没有差异,没有等级之分。这种亲密感凸显了物种差异的消解,显示出文化构建中动物扮演的重要角色。人以与其他物种的亲密互动认识自我。跨物种的互动关系体现的伦理观念是以创造和谐的物种关系为基点的,旨在抹杀差异。人与动物的这种亲密互动说明中世纪英国人在日常生活中很容易接触到这些动物,把他们看作是人认识自我、人进行日常生活不可或缺的重要成员。对于这些骑士文学本身的叙述来说,他们扮演着和人一样重要的平等角色,在文学作品中发挥着和人一样的角色功能。在"被言说"和"言说"行为之间,这些动物成为和谐的生物系统和社会系统中不可或缺的重要成员。

---

① John Cummins, *The Hound and the Hawk: The Art of Medieval Hunting*. London: Phoenix Press, 2001. p. 39.

可以看到,中世纪英国骑士文学中的人与动物的博弈多发生在森林、比武场、教堂、狩猎场、宫廷、沼泽等地方,物理空间上处于英格兰、威尔士、丹麦、西西里、西班牙、法国、奥地利、匈牙利等欧洲国家或地区。但是,我们知道,中世纪英国人在书写中同样关注东方,在作品中把动物叙事和远东联系了起来。动物不仅具备象征意义和文化价值,也同时展现出其情感回应能力。这种动物叙事带有一定的异域色彩。这将在第四章进行细读分析。

第四章

动物叙事与远东想象

"远东"(Far East)一词最早出现在12世纪欧洲的地理学中,和"近东""中东"合在一起称为"东方"。这不仅是一种地理意义上的划分,同时也是一种文化概念上的划分。"近东"指东南欧和非洲东北部,"中东"主要指西亚附近,后来把中东和近东合称为"中近东"。"远东"主要指今天的东亚、东南亚和俄罗斯的西伯利亚地区,即太平洋西岸、北冰洋以南和澳大利亚以北地区。中世纪,人们对于东方的文化想象具有基督教色彩。希金斯(Iain Macleod Higgins)指出,从亚当和夏娃离开伊甸园开始这段旅行起,东方象征着流放、迷失和新的开始。① 13世纪,意大利旅行家马可·波罗(Marco Polo)所著的《马可·波罗游记》(*The Travels of Marco Polo*)使欧洲人对东方有了初步的了解和认识,但中世纪英国人在这方面并不落伍,他们通过摘选、记录、想象等方式书写了一些作品,构建起让中世纪英国人无比向往的远东世界,把人们的目光引向了远东神秘的国土。诺曼征

---

① Iain Macleod Higgins, *Writing East: The "Travels" of Sir John Mandeville*. Philadelphia: University of Pennsylvania Press, 1997. p. 1.

服之后,英国和欧洲大陆之间的文化、宗教、政治交往互动频繁,西欧作家或旅行家的记述和旅行作品对中世纪英国人构建一个属于他们想象的远东产生了无法忽视的影响。

中世纪的地图采用的是"T-O"图解方式,即整个世界用圆形来表示,亚洲居上,占半个圆形,欧洲和非洲分别在下,为一左一右之势。三大洲形成 T 形。整个地图是东方在上,西方在下,南方在右,北方在左,耶路撒冷在世界的中心,说明了基督教的扩张活动和范围,但十字军东征和商贸的发展扩大了欧洲人的视野。阿克巴里(Suzanne Conklin Akbari)指出,东方与西方的二元对立不适合中世纪这个时代,因为中世纪地图和百科全书几乎都把世界展示为三部分,分为亚洲、欧洲和非洲。冷漠、理性的西方和热情、富有激情的东方之间的对立不是来自古典时代,而是来自 14 世纪西北欧重新定义它和周围世界的关系。①这种三分法属于地理范畴,但是,从中世纪地图的布局中可以看出,即在"T-O"的图解中,亚洲单独占据半个地球,而非洲和欧洲占据另外一半。这种地理的重新定义实际上是以地中海为界,界定它和亚洲与非洲之间的关系。显然,亚非成为西北欧定义自我主体地位的他者。因此,亚非成为欧洲旅行者去"看""想象""书写"的对象。中世纪欧洲人通过地图展示物理空间发展历史和空间身份。帕里斯绘制了两张"巴勒斯坦地图",以图片方式展示了东行路线图。东方位于地图上方,鞑靼人位于地图最东北端突出的区域。② 在中世纪英国地图中,相对于世界中心耶路撒冷来说,英伦岛和非洲处于地图的边缘位置,"是怪物的家园,而这些怪物又和当下的居民的身份关联。"③当时的世界地图中画满了怪物,大多数居住在世界边缘。④ 当然,这种做法旨在凸显耶路撒冷的宗教地位。

无论是空间意义上的西方和东方,还是意识形态领域或文化概念上

---

① Suzanne Conklin Akbari,"From Due East to True North:Orientalism and Orientation."*The Postcolonial Middle Ages*. Ed. Ananya Jahanara Kabir and Deanne Williams. Cambridge:Cambridge University Press, 2005. pp. 19—34.

② Alfred Hiatt,"Mapping the Ends of Empire." *Postcolonial Approaches to the European Middle Ages: Translating Cultures*. Ed. Ananya Jahanara Kabir and Deanne Williams. Cambridge:Cambridge University Press,2005. pp. 62—63.

③ Asa Simon Mittsman, *Maps and Monsters in Medieval England*. New York and London:Routledge,2006. p. 44.

④ Ibid., pp. 53—54.

的西方和东方差异,在中世纪之前就有一定的文化互动关系。人们非常关注 12 世纪以希腊-罗马文化为主的西方和以拜占庭为主的东方文化之间的交流,①阿克巴里指出,大量的文本,包括亚历山大的骑士故事、祭祀王约翰②的书信、马可·波罗的游记和《约翰·曼德维尔游记》,都展示了东方充满奢侈的货物、财富和奇观。③ 西欧第一位到达远东的旅行家,也是第一位到达中国的欧洲人是意大利人、方济各会修士伯郎嘉宾(John De Plano Carpini)。他受罗马教皇伊诺森四世(Innocent Ⅳ)委派,长途跋涉见到元定宗孛儿只斤·贵由(Güyük Khan)。1246 年,他还参加了元定宗的登基大典,成为罗马天主教在华传教活动的开拓者。伯郎嘉宾回国后第一次描写了鞑靼人(tartars)的生活方式,书名为《蒙古史》(*Historia Mongolorum*)。直到 13 世纪中期,鞑靼人才引起拉丁基督教国家的注意。这些鞑靼人发动了一系列武力扩张战争,致使一些作家把他们和"地狱"(Tartarus)联系起来。欧洲人内心带着恐惧和幻想,商讨如何抵制他们,鞑靼人成为欧洲人企图皈依或抵制的目标对象。这期间出现了两本最重要的有关远东的书:伯郎嘉宾的《蒙古史》和鲁不鲁乞(William of Rubruck)的游记,随后又出现了中世纪最有名的游记《马可·波罗游记》。鞑靼人成为人们想象中的远东的一部分。④ 中国也非常重视和欧洲之间的交流。忽必烈可汗让马可·波罗带信给教皇,要求派

---

① Anthony Bryer, "Cultural Relations in the Twelfth Century." *Relations Between East and West in the Middle Ages*. Ed. Derek Baker. Edinburgh: Edinburgh University Press, 1973. pp. 77—94.

② 西方文学中最早提到祭祀王约翰的是《奥托的编年史》(*Chronicle of Otto*)。据说 1165 年,祭祀王约翰的书信开始在欧洲流传。这些书信的手抄本分为六部分,但曼德维尔似乎用了整个文本,人们很难确定这个王国的位置,但曼德维尔认为祭祀王约翰的王国在亚洲。参见 Malcolm Letts, *Sir John Mandeville: The Man and His Book*. London: The Batchworth Press, 1949. pp. 76—79. 在这本书所附的地图中,祭祀王约翰的王国在中国北方,接近今天的内蒙古地带。从地理位置和时间看,中国学界认为他可能是西辽的耶律大石,也有人认为是中国皇帝或印度皇帝。

③ Suzanne Conklin Akbari, "Alexander in the Orient: Bodies and Boundaries in the Roman de Toute Chevalerie." *Postcolonial Approaches to the European Middle Ages: Translating Cultures*. Ed. Ananya Jahanara Kabir and Deanne Williams. Cambridge: Cambridge University Press, 2005. pp. 105—106.

④ 近年来,人们从一本遗忘了 700 年的手抄本中发现了早于马可·波罗到达中国的犹太人亚伯(Jacob d'Ancona),他于 1271 年到达中国泉州,而马可·波罗是 1275 年到达中国的,亚伯比马可·波罗早了 4 年。这本手抄本已被翻译为英文出版,参见 Jacob d'Ancona, *The City of Light: The Hidden Journal of the Man Who Entered China Four Years Before Marco Polo*. Trans. and Ed. David Selbourne. London: Little, Brown and Company, 1997。

传教士来中国。这在曼德维尔的游记中也可以看到,元朝宫廷对各种信仰的存在其实比较宽容。实际上,中西方的交流开始得很早,①但英国人对中国的想象与记述相比于欧洲大陆的旅行家起步较晚。

对于东西方之间的交往,西欧的相关文本呈现出具有倾向性的描述,在意识上表现出对东西方文化的思考和关系定位,尤其体现在西欧世界和中东世界的互动关系方面。近年来,国外相关领域主要研究西欧和近东、中东的互动关系,②而对于远东的相关研究较少。本章研究以如下文本为主:马修·帕里斯(1200—1259)用拉丁语撰写的《大编年史》,巴特洛迈乌斯·安戈里库斯(1203？—1272)用拉丁语撰写的《论万物之属性》,约翰·曼德维尔(14世纪)用盎格鲁-诺曼语书写的《约翰·曼德维尔游记》和乔叟用中世纪英语书写的《坎特伯雷故事》之《扈从的故事》。这些不同语言(拉丁语、盎格鲁-诺曼语、中世纪英语)书写的作品涉及的远东物理空间有今天的中国、印度、印度尼西亚等地。在他们的笔下,远东既是乌托邦的文明国家,又是怪物充斥的奇异世界。远东既成为文化乌托邦的象征,又成为文化他者的代言人。同时,在动物叙事方面,他们显示出人与动物的多元关系和西欧人的东方情结。

一、异域色彩:编年史中的动物叙事

中世纪英国人早期对远东的想象和书写来自拉丁文著作。13世纪的两位修士马修·帕里斯和巴特洛迈乌斯·安戈里库斯在这方面功不可没。他们在著作中谈到了对远东的看法,而这从某种程度来说又是对欧洲大陆相关记述的继承和回应。

马修·帕里斯出生在英格兰,可能在巴黎接受过教育。他是盎格鲁-

---

① 有关中西方交流史,可参见 Foster Stockwell, *Westerners in China: A History of Exploration and Trade, Ancient Times Through the Present*. London: McFarland & Company, Inc., Publishers. 2003. pp.19—22。

② 参见 Rosamund Ellen, *Eastward Bound: Travel and Travellers*, 1050—1500. Manchester:Manchester University Press,2005。这本论文集主要考察欧洲十字军东征者、香客、传教士、商人在中东的旅行经验,探讨欧洲人和非欧洲人之间的关系。它的研究范围局限于中东,而没有涉及远东。关于欧洲和近东关系和互动研究,参见 Daniel S. Snell, ed. , *A Companion to the Ancient Near East*. Oxford:Wiley-Blackwell. 2007。"东方"被看作乔叟诗歌和中世纪骑士文学中的母题,参见 Carol F. Heffernan, *The Orient in Chaucer and Medieval Romance*. Cambridge:D. S. Brewer,2003。

拉丁修道院的历史学家、编年史家和插图画家。除此之外，也有学者认为他是圣徒文学家和艺术家。① 帕里斯本人对历史、绘画、纹章和诗歌非常感兴趣。1217年起，他成为圣安尔伯斯修道院的修士。1240年起，他开始撰写《大编年史》，其地域涉英格兰、苏格兰、爱尔兰、欧洲大陆（英、法、德等国家）和东方，时间跨度集中在1236年到1259年，字数达30万之多。《大编年史》记录非常详尽，里面提到几次光顾该修道院的英国国王亨利三世（Henry Ⅲ）。在自然史书写方面，他尤其对大象表现出强烈兴趣，这也许和国王亨利三世拥有大象有关。他的插画有猫、大象、山羊、乌龟、鹿、骆驼、狮子、牛和野猪等。关于远东方面的话题，帕里斯描述了鞑靼人和印度，和动物叙事结合了起来。

帕里斯指出，鞑靼人身穿牛皮，配备铁制武器。他们的马吃树叶，甚至吃树。鞑靼人"比狮子或熊还野蛮"。② 帕里斯用"蝗虫""狮子"和"熊"的比较来形容鞑靼人。这显然是继承了西欧人传统的看法，以"撒旦""魔鬼""怪物""野蛮"等这些具有负面价值的词语来描述鞑靼人。这些含有基督教色彩的措辞表明他们与基督徒对立存在，是典型的文化他者。这种自相矛盾的描写是对文化他者的美化和丑化过程的融合。一方面，他们对东方显示出恐惧，另一方面又对远东文化显示出好奇。这种对异族文化表现出的不确定性导致他们在对文化他者认识中出现的一种概念的模糊性，既怕又羡的情绪流露在字里行间。

安戈里库斯是方济会修士，曾在巴黎学习，以讲授神学出名。他的《论万物之属性》可能写于1230年左右。许多人认为这是中世纪第一本重要的百科全书，用以教授方济各会修士和普通读者阅读。全书分为19卷，主要涉及天文、宇宙学、医药和动物学等知识，地域涉及欧洲国家，又包含东方国家，尤其细述了对印度的看法。它既有对当时生活的记录，又有想象的动物和世界。这本书被约翰·特里维萨（John Trevisa）③翻译为中世纪英文。安戈里库斯指出，印度有金山，是全世界最辽阔、最富有和最美的地方。他与古希腊人和古罗马人看法一致。库尔克（Hermann

---

① Richard Vaughan, *Matthew Paris*. London: Cambridge University Press, 1958.
② Douglas Gray, *From the Norman Conquest to the Black Death: An Anthology of Writings from England*. Oxford: Oxford University Press, 2011. pp. 75-76.
③ 约翰·特里维萨（John Trevisa, 1342-1402）是乔叟的同时代人，曾在牛津学习，主要从事把拉丁文翻译为中世纪英语的工作，可能是《圣经》英文版翻译参与者之一。

Kulke)和罗特蒙特(Dietmar Rothermund)指出,除了早期希腊人的记述之外,罗马人对同印度贸易的描述构成了欧洲人对印度印象的基础,即印度是一个富庶之地。① 事实上,古罗马博物学家老普林尼在《自然史》中采用数据说明印度(Indiae)幅员辽阔,"它的部落和城市不计其数"②,恒河边上居住着不同的印度人部落,人们以不同部落拥有的步兵、骑兵和大象数目说明其富有程度,比如,巴特那市国王拥有 6 万名步兵、3 万匹马和 9 千头大象,"从中你就可以想象他的财富了。"③老普林尼指出,印度山民挖掘大量金矿和银矿,商人甚至想方设法找到捷径,"为获得财富的欲望把印度拉近了。"④显然,安戈里库斯在叙述上和老普林尼保持了一致性。14 世纪的乔叟又继承了他们的看法。乔叟在《坎特伯雷故事》之《骑士的故事》中的描述说明了印度国王的辉煌和富饶:他拥有枣红色的马、马饰、金丝马衣、丝绸纹章、玉桂花冠、白色猎鹰、驯养的狮子和豹子。(第 2155—2189 行)

可以看出,安戈里库斯和老普林尼的描述具有互文关系。在安戈里库斯的描述中,印度有大型野兽和猎狗。老普林尼指出,"印度有体形最大的动物:比如印度狗比任何狗体形都大"⑤。在安戈里库斯的描述中,印度当地居民体型高大,有八指头人和狗头人。印度东部男性没有嘴巴,身上长有苔藓,不吃不喝,只闻花香和木苹果的香味。⑥ 他描述的印度人和笔下的苏格兰人、爱尔兰人和芬兰人稍显不同,他侧重描写后者的性格、文明的生活方式和发达的技术。安戈里库斯还指出,印度有一种混合型动物叫蝎尾兽,即人头狮身蝎尾的曼提柯尔(Manticore),即"人头狮身龙/蝎尾怪兽",红色狮身,人面、人耳和蓝色的眼睛,上下颚各有三排利

---

① 赫尔曼·库尔克、迪特玛尔·罗特蒙特:《印度史》,王立新、周红江译,北京:中国青年出版社,2008,第 122 页。
② Pliny, *Natural History*. (Volume II, Books 3—7) (Loeb Classical Library No. 352). Trans. H. Rankham. Cambridge:Harvard University Press,1942. p. 381.
③ Ibid., pp. 389—391.
④ Ibid., p. 415.
⑤ Ibid., p. 519.
⑥ Bartholomew Anglicus, *Medieval Lore from Bartholomew Anglicus*. Ed. Rorbert Steel. London:Alexander Moring,Ltd.,1905. pp. 94—95; Douglas Gray, *From the Norman Conquest to the Black Death:An Anthology of Writings from England*. Oxford:Oxford University Press, 2011. p. 189.

齿,尾端像蝎子一样长有致命的毒刺,这些毒刺可以向任何方向发射出去。① 这种动物据说会用甜美的歌声诱惑人,然后将人吃掉。中世纪英语骑士文学《亚历山大国王》(*Kyng Alisaunder*)同样描述了亚历山大的士兵被曼提柯尔吞噬的情景。

安戈里库斯在文中不断用"正如普林尼说的那样","普林尼听说过这些奇景"这样的话语来说明信息的来源。事实上,公元前5世纪的希腊人克特西亚斯(Ctesias)在《印度》(*Indica*)中就记载了印度北部的风土人情,其中包括狗头人、独脚人和蝎尾兽。虽然中世纪西欧人对狗头人的描述主要参照了老普林尼的《自然史》,但最早的记录应该来自克特西亚斯。老普林尼也在《自然史》中提到了克特西亚斯。这说明他们在看法和观点上的传承性。索尔特认为,从亚历山大的骑士文学中可以看出印度的自然世界充满敌意和威胁感,印度的动物似乎比其他国家的动物体型大,更为凶猛。② 弗里德曼(John Block Friedman)指出,这种再现传统可以追溯到克特西亚斯,他所描述的印度是恐怖的动物和畸形的种族居住的地方,自然规律并不适用于这片土地。③ 显然,安戈里库斯对远东的看法继承了欧洲大陆对远东的构建和想象传统,和老普林尼一脉相承,通过个人阅读、转述和编撰,再现了他想象中的远东。罗斯-里德尔(Andrea Rossi-Reder)指出,在古典文学和中世纪欧洲奇观记述之中,印度通常被描写成一个充满奇观和怪物的地方,而印度人通常被看作是奇怪且可怕的动物,半人半兽,举止奇怪,有时甚至挑衅西方人。④ 这种偏见也许和印度的历史发展有关。公元前1500年,来自俄罗斯草原的一个古老游牧民族雅利安人到达印度。据印度最古老的吠陀经典《梨俱吠陀》记载,雅利安人身

---

① Bartholomew Anglicus, *Medieval Lore from Bartholomew Anglicus*. Ed. Rorbert Steel. London: Alexander Moring, Ltd., 1905. pp. 94—95; Douglas Gray, *From the Norman Conquest to the Black Death: An Anthology of Writings from England*. Oxford: Oxford University Press, 2011. p. 139.

② David Salter, *Holy and Noble Beasts: Encounters with Animals in Medieval Literature*. Cambridge: D. S. Brewer, 2001. p. 135.

③ John Block Friedman, *The Monstrous Races in Medieval Art and Thought*. Cambridge: Harvard University Press, 1978. p. 5.

④ Andrea Rossi-Reder, "Wonders of the Beast: India in Classical and Medieval Literature." *Marvels, Monsters, and Miracles: Studies in the Medieval and Early Modern Imaginations*. Ed. Timothy S. Jones and David A. Sprunger. Kalamazoo: Medieval Institute Publications, 2002. pp. 55—70, p. 53.

材高大,眼睛为蓝色,肤色白皙,而印度当地土著人身材矮小,肤色黝黑,没有鼻子,被称作"达萨",即奴隶,①他们是雅利安人的敌人。肤色成为区分自由的雅利安人和臣服的土著人的标志。② 雅利安人因此具有强烈的种族优越感。历史上,雅利安人曾经摧毁四大文明古国中的三个国家,有着辉煌的历史。由此可见,不管是克特西亚斯、老普林尼还是安戈里库斯,他们从欧洲白种人的视角出发来描述印度,自然和有着辉煌征服史的雅利安人容易产生认同感,肤色较深的土著印度人就成为文化他者的代表。这恐怕更能说明欧洲人的欧洲中心主义思维方式,在丑化印度人的基础上强化自我优越感。

帕里斯和安戈里库斯扮演着研究者和编撰者的双重角色,在编年史和百科全书编撰中把动物叙事和文化想象结合起来,采用转述和整理的方式进行。这符合中世纪学者表述思想采用的文学形式。他们既继承了欧洲大陆的叙事传统,又表现出对远东世界的想象,彰显出欧洲中心主义思想。因此,他们笔下的印度人和鞑靼人身上呈现出负面特点并不为奇。这种偏见在20世纪英国传教士苏慧廉(W. E. Soothill)的《中西交流史》中有相似的表述③。这说明远东文化是和以基督教占据主导位置的西欧文明对立存在的,是典型的文化他者。正如赛义德所言,东方不仅紧邻欧洲,而且是欧洲最大、最富有、最古老的殖民地,是最深远和最反复出现的他者形象之一。东方以截然不同的形象、观点、性格和经验帮助欧洲(或西方)界定自我。④

二、文化他者与文化乌托邦共存:《约翰·曼德维尔游记》

除了拉丁文作品的记述之外,14世纪的英国作家约翰·曼德维尔的代表作《约翰·曼德维尔游记》更是典型之作。他记述了他那充满异域色

---

① 斯塔夫里阿诺斯:《全球通史:从史前史到21世纪》,吴象婴、梁赤民、董书慧、王昶译,北京:北京大学出版社,2012,第79—80页。
② 赫尔曼·库尔克、迪特玛尔·罗特蒙特:《印度史》,王立新、周红江译,北京:中国青年出版社,2008,第48页。
③ W. E. Soothill, *China and the West*. Oxford:Oxford University Press,1925. pp. 49—50.
④ Edward Said, *Orientalism*. New York:Vintage,1979. pp. 2—3.

彩的东方之旅。① 虽然西欧早就有了以《马可·波罗游记》为主的对东方的详细记录,但《约翰·曼德维尔游记》是14世纪英国骑士旅行到东方的见闻和记录。他的空间记述涉及英国、亚美尼亚、圣地耶路撒冷、埃及、印度、印度尼西亚、中国、祭祀王约翰的王国等具体国家或地区,展现了约翰·曼德维尔从西方到东方目睹的各种风土人情和人文景观。

《约翰·曼德维尔游记》大约写于1366年,但曾引起学界广泛争议。有学者认为它最早的版本是用拉丁语写成的,曼德维尔随后翻译为盎格鲁-诺曼语,再翻译为中世纪英语。也有法国学者认为曼德维尔先写的是法文版,然后翻译为拉丁语和中世纪英语。② 莱茨(Malcolm Letts)认为这本书毫无疑问最早是用古法语写成,而英语版是翻译而成。英语版本主要有三个,但都不早于15世纪。③ 这本游记存有三百个手抄本,比《马可·波罗游记》多四倍之多。它和中世纪其他游记不同的地方在于曼德维尔指出,他的旅行第一次证明人们可以从世界的一个方向出发,而从另外一个方向返回。这对地理大发现和地图绘制产生了一定的影响。

曼德维尔的作者身份一直备受关注,但学界普遍达成共识,即他是地道的英国人。曼德维尔在前言中指出,他是一名骑士,出生在英格兰的圣安尔伯斯小镇。莱茨指出,虽然现在学界认为"约翰·曼德维尔"不是作者的真名,甚至认为作品中的旅行者不过是想象的游客而已,真正的作者是医生让·德·波高尼(Jean de Bourgogne)。④ 但莱茨认为曼德维尔曾住在今天比利时的烈日市,因为杀人要受刑而从英国逃跑,为了隐藏真实身份,他取名"德·波高尼"。细节说明,这本书是英国人所写,也没有理由说明14世纪的英国人为什么不能用古法语来写作,尤其是他想得到读

---

① 希金斯认为这本书的作者身份很难确定,因此他在文中均采用的是Mandeville-Author的形式,没有明确指出作者是约翰·曼德维尔。参见Iain Macleod Higgins, *Writing East: The "Travels" of Sir John Mandeville*. Philadelphia: University of Pennsylvania Press, 1997。

② Malcolm Letts, *Sir John Mandeville: The Man and His Book*. London: The Batchworth Press, 1949. pp. 21—22.

③ 这三个手抄本分别是:艾格顿版手抄本(藏于大英博物馆,编号 Egerton MS. 1982)、考顿手抄本(藏于大英博物馆,Cotton MS. Titus C. xvi)、残缺手抄本D(Defective text D,其中包括 Harley 3954,Royal 17 C 和 Royal 17 B xliii)。

④ Malcolm Letts, *Sir John Mandeville: The Man and His Book*. London: The Batchworth Press, 1949. pp. 14—21.

者的喜欢。① 莫斯利(C. W. R. D. Moseley)同样指出，叙事的细节说明他是英国人。14 世纪著名的编年史家托马斯·沃尔辛厄姆(Thomas Walisingham)在讨论和圣安尔伯斯修道院有关的名人的时候认为曼德维尔就是英国人，而这个修道院就是他的作品传播的核心地方之一。② 事实上，曼德维尔在书中分别写道："我，约翰·曼德维尔，看到这口井，喝了三次水，我的同伴也一样"(123)，③"我，约翰·曼德维尔，吃了一些(鱼)，因此请相信它，它是真的"(169)，"我，约翰·曼德维尔，骑士，离开我的国家，于 1332 年穿过海峡。"(189)他在文中不断肯定自己的名字和作者身份，这种做法很符合中世纪英国作家的写作习惯。

正如曼德维尔所述，他的旅行一直朝向东方，直到他到达中国，最后又从中国返回。米尔顿(Giles Milton)指出，曼德维尔并非完全根据自己的游历书写，而是参考了法国百科全书编撰者博韦的樊尚(Vicent of Beauvais)的百科全书《大宝鉴》(Speculum Mundi)。这本书中有老普林尼、索林诺斯、圣哲罗姆(St. Jerome)和圣伊西多尔的引语，④ 以及亚历山大的骑士故事和早期的动物论。这些为曼德维尔提供了地理、怪物和自然史的零星知识。⑤ 研究发现，曼德维尔或多或少受到伯郎嘉宾、鄂多立克(Odoric of Pordenone)、鲁不鲁乞有关东方记述的影响。⑥ 最新研究表明，这本书筛选并融合了其他许多文本，包括游记、历史作品、百科全书、

---

① Malcolm Letts, *Mandeville's Travels: Texts and Translations*. London: The Hakluyt Society, 1953. p. xxiv.

② C. W. R. D. Moseley, "Introduction." *The Travels of Sir John Mandeville*. Trans. C. W. R. D. Moseley. London: Penguin Books Ltd., 2005. p. 11.

③ Sir John Mandeville, *The Travels of Sir John Mandeville*. Trans. C. W. R. D. Moseley. London: Penguin Books Ltd., 2005. 凡出自本书的引文只注出页码，不再另行做注。

④ Giles Milton, *The Riddle and the Knight: In Search of Sir John Mandeville*. London: Allison & Busby Ltd., 1996. p. 279. 老普林尼(Pliny the Elder [Gaius Plinius Secundus], 23—79)是古罗马作家、科学家，以《自然史》(*Naturalis Historia*)一书留名后世。索林诺斯(Gaius Julius Solinus, 活跃于 3 世纪中期)是拉丁语法家和编撰家，著有《要事集》(*Collectanea rerum memorabilium*)。圣哲罗姆(St. Jerome, 347—420)是基督教神学家和历史学家，西方教会圣师之一，著有《圣经拉丁通行译本》《圣人传》和《历史记》。圣伊西多尔(St. Isidore of Seville, 560—636)是西班牙的神学家，著有自然科学著作《天文学》和《自然地理》。

⑤ Qtd. in Malcolm Letts, *Mandeville's Travels: Texts and Translations*. London: The Hakluyt Society, 1953. p. 29. 事实上，莱茨在这本书中通过列举和对比想证明的是曼德维尔对这些旅行家的游记进行了整理，不过是个编撰者而已，其中不乏怀疑他的游记是虚构的这一想法。

⑥ Ibid., pp. 29—33.

文学作品和科学论述,所以,曼德维尔更像是一位编撰者。① 这本书的手抄本大概有 300 本,用西班牙语、荷兰语、瓦隆语、德语、波西米亚语、丹麦语和爱尔兰语抄就。最早的法语手抄本可以追溯到 1371 年,② 在 50 年内就在英国和欧洲大陆广泛流传。从 14 世纪 60 年代到 17 世纪,它拥有大量的读者。在 15 世纪 20 年代之前,就有法语、盎格鲁-诺曼语、英语、德语、佛莱芒语、捷克语、古西班牙语、阿拉伯语和拉丁语等版本,50 年内,它同样被翻译为意大利语、丹麦语和凯尔特语。③ 从它的手抄本和译本数量可以看出,这是一本备受欧洲人青睐的游记,对英国文学的发展产生了一定的影响。维多利亚时代,曼德维尔还被看作是"英国散文之父。"米尔顿指出,他对莎士比亚、斯宾塞、弥尔顿(John Milton)、本·琼生(Ben Jonson)、斯威夫特(Jonathan Swift)、塞缪尔·约翰逊(Samuel Johnson)、笛福(Daniel Defoe)和柯勒律治(Samuel Tayor Coleridge)的创作产生了影响。④ 他描写的许多故事和大部分怪物还出现在《纽伦堡编年史》(Nuremberg Chronicle)和德国宇宙学家塞巴斯丁·蒙斯特(Sebastian Münster)的《宇宙世界》(Cosmographia)中。⑤

曼德维尔善于思考文化之间的差异,表现出对充满异域风情的东方的向往和好奇。在书中他提到中亚有怪兽半狮半鹫,印度群岛有狗头人、食人族、俾格米人和独脚人,中国广州人喜爱吃蛇,杭州人喂养动物的方式很独特,可汗保护猫头鹰以及他的狩猎活动,而祭祀王约翰的国度总出现野人和巨人,但曼德维尔的同时代人把这些看作是真实的存在。这些离奇的描述,尤其是对其中那些奇特的动物和不同的人的描述唤起了西欧人对远东的想象。此书在当时的流行程度也说明他的这种描述符合西方人对远东人的思维定式,即东方是荒谬、非正常、异域的代名词。这恰恰从那些奇特的动物的描述上得到凸显,而把人妖魔化或动物化却表现

---

① Iain Macleod Higgins, *Writing East: The "Travels" of Sir John Mandeville*. Philadelphia: University of Pennsylvania Press, 1997. pp. 9—10.

② Malcolm Letts, *Sir John Mandeville: The Man and His Book*. London: The Batchworth Press, 1949. p. 120.

③ Rosemary Tzanaki, *Mandeville's Medieval Audiences: A Study on the Reception of the Book of Sir John Mandeville* (1371—1550). Aldershot: Ashgate Publishing Limited, 2003. p. 1.

④ Giles Milton, *The Riddle and the Knight: In Search of Sir John Mandeville*. London: Allison & Busby Ltd., 1996. p. 279.

⑤ Malcolm Letts, *Sir John Mandeville: The Man and His Book*. London: The Batchworth Press, 1949. p. 39.

出西欧人对东方的荒谬想象和对异域知识的匮乏。东方以文化他者的形象出现,而曼德维尔延续了西方旅行家在游记中的意象体系,继承西方人对东方的文化想象,形成一种刻板形象。

《约翰·曼德维尔游记》以旅行空间的变化可分为两部分:第一部分主要讲述去圣地耶路撒冷途经君士坦丁堡(今天的伊斯坦布尔)、希腊的圣山阿索斯山、塞浦路斯、埃及等地旅行的见闻。第二部分主要讲述去东方的旅行,主要涉及亚美尼亚、卡尔迪雅王国、埃塞俄比亚、印度、印度洋群岛、中国、祭祀王约翰的王国等。在研究曼德维尔对远东的描述之前,有必要跟随他的足迹探讨他是如何描写沿途所见所闻,从而更好地理解其中的细微变化。在这本书的"前言"部分,曼德维尔指出圣地耶路撒冷是世界的中心,并介绍了自己的身份,总结了自己曾经旅行过的地方。他指出,从世界的西部(比如英格兰、爱尔兰、威尔士、苏格兰或挪威)出发,经过德国和波兰等地就能到达圣地。(45)显然,他对"西部"的定义是以自身出发点为中心界定的,是地理意义上的定义。整体来看,他在书中两部分的记述中,第一部分侧重展示去耶路撒冷的旅程,更关注的是信仰的问题,尤其是君士坦丁堡和希腊人的信仰。在这些部分,曼德维尔关注的是基督教在不同国家之间出现的细微差异。

曼德维尔重点谈到希腊人和"我们"(即英国人)之间的基督教信仰区别:希腊人认为"我们"因为吃了那些《旧约》中禁止吃的动物(比如猪、兔子和其他不反刍的动物)而犯下罪恶,并指出他们之间信仰的不同。(51—52)他听说在兰格岛上,希波克拉底(Hippocrates)的女儿被女神狄安娜(Diana)变为龙,长100英尺,盘踞在这个岛上。任何骑士只要亲吻她就可以使她恢复人形。来自罗兹岛的一位勇敢骑士骑马去尝试,结果看到龙的恐怖样子而被吓跑,但龙一直追赶,致使他落下悬崖而不知所去。第二位骑士看到她恐怖的样子的时候,吓得驾船逃跑,而她追赶,骑士很快被吓死。以后不管哪位骑士看到她就会很快死去。(53—54)这恐怕是曼德维尔在讲解西方故事中主要提到的两类动物叙事:第一类和《圣经》中有关洁净动物和非洁净动物的划分有关,第二类和希腊神话有关。第一类故事探讨的"洁净"的问题,带有很强的基督教色彩。第二类故事关联神话和骑士精神。但从动物叙事的角度看,说明人与动物之间存在两层关系:"女孩-龙"是人与动物界限的消融,而"龙/女孩-骑士"之间的对立关系是人与动物之间的关系。逃跑或者被吓死的骑士是这种关系无法融合的典型表征,说明了物种差异而导致的人与动物之间的巨大差异,而人无法接受这种物种差异。

女孩和龙的故事从一个侧面说明当时的欧洲大陆在界定、判断人与动物之间关系的时候把持着一定的准则:在整个生态系统中,没有物种正义,差异必须存在,其结果不是彰显骑士的高贵和勇敢,而是以讽刺的手段说明骑士面对动物(龙)表现出的恐惧,没有了圣乔治屠龙的精神,说明骑士制度逐渐走向衰落。同时也从另外一个层面说明,龙在中世纪西方被看作是邪恶的象征。龙和邪恶、痛苦、恐惧联系在一起。在《约翰·曼德维尔游记》中,曼德维尔指出在贝鲁特市(今黎巴嫩),圣乔治杀死了一条龙。(100)这种表述秉承了英国人对圣乔治的心理崇拜,崇拜的是男性英雄杀龙的英雄壮举和气概。

曼德维尔从记述埃及见闻开始,逐渐显示出对具有东方色彩的动物的好奇。埃及沙漠中有一只"人-羊"混合型动物,其从肚脐以上是人的样子,肚脐以下是山羊的样子,头顶长有犄角。这是人性和动物性融合的表征。他描述的凤凰被赋予了基督教色彩,以凤凰的涅槃来比喻基督的复活。曼德维尔在叙述中特别关注到了蛇在东西方文化语境中的作用和功能。意大利西西里岛上的男性可以用一种特殊的蛇检测孩子是否是婚内的合法生子。(68)这种关联表述的还是基督教对女性、婚姻、母性的基本看法,女性要保持对婚姻的忠贞。曼德维尔把蛇和巴比伦联系起来,把他看作邪恶、欲望、毁灭的同义词。在中世纪时期,人们通常认为巴比伦和耶路撒冷是两个对立的世界,而巴比伦就是异教、欲望的同义词,与耶路撒冷形成完全不同的东西两个世界。曼德维尔进一步指出,印度人同样崇拜蛇和那些早上出门就碰到的动物,尤其是那些能带来好运的动物。(121)印度因为蛇比较多,所以人们点火烧蛇,或者用药膏撵走蛇。(123)人们吃蛇,不说话,但像蟒蛇一样互相发出嘘声。(134)他指出,中国广东人用蛇招待贵宾。(138)

从西方到东方的空间转换来看,蛇关联女性贞洁,象征欲望和食物消费等。显然,蛇在西欧带有基督教色彩,在中国就成为消费品。这表明,随着地理空间由西向东的转变,蛇逐渐失去了基督教文化赋予的宗教意义,只具备日常生活实用功能。这种人-蛇关系的书写进一步说明动物具备的文化象征价值是人类根据自身的文化心理需要界定的,但这种界定显然具有一定的随意性。人们在蛇身上投射人对文化的思考和象征价值。这种价值的不同在蛇的身上得到再现,从具有宗教说教意义的蛇转变到具有日常生活使用价值的蛇是一个文化在地理意义上的表征。这种认识显然凸显了东西方在文化价值方面存在的差异。这不是简单的蛇的问题,而是文化或宗教概念是如何受到文化语境、文化心理、空间转换的影响的问题。

在曼德维尔的笔下,居住在西奈山的修士都是阿拉伯人和希腊人,靠吃枣、草根和草药生活。那里有圣凯瑟琳教堂,他们用橄榄油做饭和点灯采光。每年,白嘴鸦、乌鸦和其他的鸟成群飞到那里,如同朝圣,每只都会叼一个橄榄枝,因此这个教会才会有许多橄榄油。曼德维尔认为,既然连鸟都不带任何理由地对圣凯瑟琳表现出尊重,基督徒自然更要带着虔诚去朝拜这个神圣的地方。(70)他通过鸟朝圣的例子来说明人应该表现出宗教虔诚。从圣凯瑟琳的圣地到达耶路撒冷,人们要经过沙漠。沙漠里住着阿拉伯人和贝多因人。曼德维尔指出,他们没有房子,只有用骆驼的皮做成的帐篷,吃其他的野生动物。他们烧烤食物,以狩猎为生,敢于和苏丹人战斗,他们头顶和脖子上戴着白布,"他们是来自生活条件恶劣的人群,充满邪恶和恶意。"(72)可以看出,他对处于近东的阿拉伯人的认识是和"邪恶""残忍"联系在一起的。曼德维尔的这种看法和中世纪骑士文学中对撒拉逊人(即阿拉伯人)的看法如出一辙,是一种刻板化形象的再书写而已。[①]

随着旅行的推进,曼德维尔对近东所持的偏见逐渐延伸到对远东的想象和构建之中。在远东,动物是污秽、肮脏和不洁的代表。他指出,经过德国和普鲁士就可以到达中国可汗统治的鞑靼区(Tartary),"这个地方是不毛之地,没有玉米、红酒、豆子、水果,但有许多野生动物,人们以吃肉为生,喝肉汤和动物的奶。他们吃猫、狗、老鼠、田鼠以及其他野生动物。因为缺少木头,他们点燃晒干的动物粪便来烤肉。无论是王子还是其他人,一天只吃一顿,就是一顿也吃得很少。他们是非常邪恶之人,满肚子是坏想法。"(103)很难说曼德维尔把他们评价为残忍而邪恶的人的基本原因,但他们吃的东西在曼德维尔看来都是不洁净的动物。按照曼德维尔的描述,这些人烤食物的材料不是木头,而是动物的粪便。我们知道,动物的粪便是属于排在体外的卑贱的存在,和污秽、肮脏、多余关联。

---

① 关于中世纪英国文学中的阿拉伯人形象,参见 Fahd Mohammed Taleb Saeed Al-Olaqi, "English Literary Portrait of the Arabs." *Theory and Practice in Language Studies* 2 (2012):1767-1775。

这无疑是加深西欧人对远东人产生偏见的原因之一。

关于印度人对牛的崇拜，曼德维尔的描写基本是出于印象，但也表达了自己的困惑和看法。他发现印度人的宗教信仰非常多样，"有些人崇拜太阳而非上帝，有些人崇拜火，有些人崇拜蛇，有些人崇拜树，有些人崇拜早上遇到的第一个东西，有些人崇拜幻影，有些人崇拜偶像。"(121)关于偶像，"他们(印度人)说牛是最神圣的动物，是地球上最有用的动物，因为它只做好事而不做坏事。印度人说他们的上帝是半人半牛，因为人类是上帝创造的最美最好的创造物，而牛是最为神圣的创造物。"(121)在简短描述了印度人种植的辣椒和可以治愈疾病的井水之后，曼德维尔接着写道："在这个国家，人们崇拜牛，而不是上帝，因为这个动物简单而善良。他们说牛是世界上最神圣的动物，有许多美德。牛会为人耕田六七年，助人谋生，最后人还可以吃它。那片土地上的国王总是随身带着一头牛，无论身处何地，把它看作他的上帝来敬重。"(123)按照曼德维尔的描述，看管牛的人会用金器盛牛粪和尿，第二天早上交给高级教士，高级教士把这个转交给国王，并说许多祝福的话语。国王把手放在牛尿之中，他们把牛尿叫作胆汁，抹在眉毛和胸部，"然后带着很深的崇敬，他和着牛尿把牛粪抹在脸上和胸口，希望他有神圣之牛的美德，并得到牛的祝福。"(123—124)随后，其他大臣和王子、仆人等会如法炮制。曼德维尔写道："在那块土地上，他们的偶像，他们错误的/虚假的上帝，有着半人半牛的样子。在这些偶像中，魔鬼对他们讲话并回答所有问题。在这些偶像面前，他们杀死自己的孩子而非祭物，拿孩子的血洒在偶像身上；这就是他们如何给偶像献祭。"(124)从这个详细的描述中，我们可以看到印度人对牛表现出的绝对虔诚。曼德维尔表明他对此不解，这是对印度人的信仰做出的主观臆断。

我们知道，基督教信仰的上帝在视觉艺术中通常表现为让人充满敬畏感的男性，而印度人却用牛头神来表达自己的虔诚，是印度教的神祇。在印度教文化中，牛的地位非常高，而这种地位其实主要体现在牛是神祇的地位上。三大神湿婆的坐骑南迪(Nandi)就是一头瘤牛。曼德维尔对印度国王用牛尿牛粪抹脸的做法描写得非常详细，感到非常不解，因此认为这种偶像崇拜是错误而虚假的。这也是文化相互碰撞在曼德维尔内心产生的想法，体现了曼德维尔的本土意识和内心的优越感。在印度，他看到的是人-牛结合的神，既再现了印度人对神的崇敬，又表达了他们对牛具备的美德的认可。原文中大约用了五个"他们说"来表述这种信息的来源。显然，作为一名旅行者,曼德维尔表现出对印度人信仰的好奇,而他所能做的就是如实再现印度人给他的答案。可以看出,他对印度人的信仰非常感兴趣,尤其是印度人对牛的崇拜,这显示出他对远东文化表现出的好奇。他以观望者的视角对半人半牛的神祇做出了他的评价,即"错误的"或"虚假的"(124)。事实上,基督教也展现了文化信仰和动物的关系,某些动物甚至被认为具备神性。面对这种跨文化语境,"牛"只具备象征意义,曼德维尔并非文化相对主义者,他的偏见性评价显然是来自西欧基督徒的认知视角,面对异质文化的差异坚持本土主义,对异质之化持有否定、歧视态度。

需要指出的是,除了对印度人信奉的牛头神进行了描述之外,曼德维尔对印度尼西亚各个岛屿上的人和动物的描写同样超出人们的想象,充满荒诞色彩,体现出把远东看作是认识自我本体地位和建构自我文化心理的他者。这些他者形象进一步强化了以曼德维尔为代表的西欧旅行者对远东的形象幻想和建构过程,恰好迎合了西欧人对远东的刻板印象。这些人身上充满了动物特质。在妖魔化他者的过程中,在把人-非人动物的界限模糊的过程中,他并不是体现人与动物的区别,而是把远东人的形象完全动物化。他以塑造这种他者的形象表明了他们的文化心理,以旁观者的眼光来看待远东。

曼德维尔在多处以观光者的视角描述远东生活风俗,叙述中充满了不同类型吃人的人和贩卖人口的行为。曼德维尔首先写到了远东人的食人风俗和习惯。在他眼里,顿德雅岛(Dundeya,今安达曼群岛)的风俗非常可怕。父亲吃儿子,儿子吃父亲,丈夫吃妻子,妻子吃丈夫。"如果恰逢父亲有病,儿子就去找司祭,让司祭问神父自己父亲是否会因此病死去,那个偶像中的恶魔也许会说他不会死,意思吃点药就可治愈。但是如果偶像说他会死去,他的儿子和妻子会用布蒙在他嘴上使他窒息而亡。当人死后,他们会把他切成小块,叫来朋友和可以唱歌的人,设宴并一起吃掉死人的尸体。吃完尸体之后,他们会根据风俗很隆重地把死者的骨头掩埋……他们说他们吃人肉的原因是为了不让虫子吃掉死者的尸体,减轻因他的灵魂会在土中被虫子啃咬而带来的剧痛。"(136)中世纪时期,西欧人认为虫子是由腐烂的身体产生的,活人的身体有虫子说明人现在或即将到来的身体的腐烂,意味着人将变为虫子的食物。[1] 在坎菲罗斯岛

---

[1] Joyce E. Salisbury, *The Beast Within: Animals in the Middle Ages*. New York and London: Routledge, 1994. p. 71.

(Caffilos),曼德维尔发现,当地的风俗是当朋友病重的时候,人们把他挂在树上以便鸟可以吃他。这些岛民觉得最好被鸟吃掉,而不是埋葬后被地下的虫子吃掉,因为他们相信"鸟是上帝的天使"(134)。在另外的岛上,在人即将离世之前,他的朋友会让训练过的大狗撕咬他,直到他死亡,免得他不得不卧床忍受太多的痛苦。在他死后,"他们就吃掉他的(死者)的尸体"(134)。曼德维尔写道,在另一个可汗统治的里布斯岛(Ryboth),葬礼风俗是当人死后,他的儿子会通知亲戚朋友、司祭和艺人,带着庄重和喜悦把父亲的尸体抬到山上。司祭会敲掉他的头,放在银制的盘子里,然后人们开始祷告。司祭和其他宗教人士把他的尸体剁成小块,把肉扔给秃鹰、老鹰、乌鸦和其他猛禽,因为他们把这些鸟看作是上帝的天使,"然后,儿子和他所有的朋友认为那些鸟来吃他对他是一种极大的荣耀。鸟越多,他的朋友越高兴,他们越觉得这位逝者得到很大的荣耀。"(186)然后儿子水煮父亲的头颅,把头上的肉作为美味分给朋友,用逝者的头颅做成杯子,"他一生用此喝水,来缅怀父亲"(187)。在拉莫里(即今天的印尼苏门答腊岛),人们不穿衣服,却嘲笑那些穿衣服的人。但是,他们有一个可怕的风俗:虽然那里有猪肉、鱼肉和玉米等东西,但是他们更喜欢吃人肉。商人把孩子带到那里去卖,那里的人买孩子。"长得圆胖的孩子会被吃掉,不够圆胖的孩子会被喂胖,然后被吃掉。他们说这是世界上最好、最香的肉。"(127)曼德维尔指出,可汗统治的王国中的人在战争中征服敌人后会杀掉敌人,"割掉并用醋腌制敌人的耳朵,作为首领的美味佳肴。"(158)祭祀王约翰的一个岛上的人体形高大,身高28或30英尺,穿着兽皮,吃生肉并喝奶。他们没有房子居住,但更喜欢吃人肉。另外一个岛上的人比他们还高大,约50或60英尺高。他们在海中抓人并吃他们的肉。(174—175)麦尔克(Melk)的人杀人,互相喝对方的血,而杀人最多的人反而能够得到大家的尊重。如果有争议,两人以喝对方的血来达成一致。(134)

以上列举的例子说明了远东人如何吃人以及吃人的原因。罗尔斯顿指出,人类吃肉,而吃肉是生态系统一个自然的成分,在饮食习惯方面,人类遵从自然,但是人不吃人,因为这样的事情阻止文化的发展,破坏了人用以生存的高级方式。吃人肉的行为破坏了人与人之间的关系。吃人就是对文化模式中人的生命的破坏,在生态系统中把人的生命降低到动物的生命。把人作为食物目标是对人的侮辱。① 由此看来,曼德维尔把远东人想象成食人族,说明远东人是以牺牲自我来降低人的生命的价值。在曼德维尔眼里,远东人既显得残忍无情,又缺乏文明和理性的束缚。曼德维尔同时对远东的天葬的列举式描写表现出好奇和不解。事实上,天葬是蒙古族、藏族等少数民族的传统丧葬方式,而藏族的天葬仪式受到印度佛教文化的影响。他们认为人在死亡后能在荒野或山顶被野兽或鸟(比如鹰)吞食意味着赎回生前罪孽,利于灵魂转世,是进入天堂的象征。反之,这就说明死者生前罪孽深重,无法超度。他们进行的这种天葬仪式是通过人体(人肉)进入动物身体而超度,既是一种善行,又是希望灵魂转世的表达。可以看出,西欧人受困于地理知识和个人对异域文化的了解,认识视野有限,对异域的看法带有片面的臆想成分。其原因在于人们(西欧旅行者)在面对一个未知的或者不确定的(远东)世界的时候表现出某种恐惧、迷恋、偷窥、好奇等复杂情感。这种情感在确定投射物和对客体认识的过程中会产生一定的偏差或断裂,加之这些旅行者的文化想象带有不同程度的文化心理积淀,在和另外一种新的文化撞击的时候会产生把自己的文化合理化、把文化他者丑化的趋势。

曼德维尔还描述了狗头人(Cynephales)。居住在纳图迈伦岛(Natumeran)的这些人"具有理性和智慧,把牛看作是自己的神。额头贴有金制或银制的牛,表明他们热爱自己的神。"他们浑身几乎赤裸,但体型高大,英勇善战,会吃掉在战斗中俘虏的任何人。(134)里奥纳伦(Joyce Tally Lionarons)指出,有关狗头圣徒的想法对有读写能力的盎格鲁-撒克逊人并不陌生,因为他们在其他文本中也可以看到,比如古英语文学文本《东方见闻》(*Wonders of the East*)和《亚历山大写给亚里士多德的信》(*Letter of Alexander to Aristotle*)②都提到过这种狗头人。中世纪人对

---

① Holmes Rolston III, *Environmental Ethics*: *Duties to and Values in the Natural World*. Philadelphia: Temple University Press, 1988. pp.79－82.
② 《东方见闻》是一本古英语版的散文,大约写于 1000 年。它主要描述了波斯、埃及、印度、巴比伦等国不同的动物,比如龙和凤凰,现存有三个手抄本,属于典型的奇观体裁(mirabilia genre),即游客在家书中对外国风光进行描述。《亚历山大写给亚里士多德的信》是由古英语写成,亚历山大在信中描述了在印度的所见所闻。在他的笔下,印度是一块肥沃的土地,印度人半裸或裸体,或身着豹子或老虎皮,但那里有伤人的河马和三头的蛇,蛇吐出的毒气致使他的士兵死去。他们还见到老虎、蝙蝠和犀牛。具体参见 Andy Orchard, *Pride and Prodigies*: *Studies in the Monsters of the Beowulf-Manuscript*. Toronto: University of Toronto Press, 2003.

狗头人的想象主要来自老普林尼的《自然史》，最早的本源应该是希腊的克特西亚斯的《印度》。这些人具有人和动物的双重特点，他们像人一样用武器狩猎，但像动物一样吃生食和人肉，在中世纪基督教文化中，狗头人以他者的形象存在。他们与人之间的差异为中世纪西方社会构建文化身份提供了二元对立的必要陪衬物。同时，他们和人的相似性使他们成为基督教文化压制的恐惧、焦虑、幻想和欲望对象。① 里奥纳伦进一步指出，狗身上既体现忠诚，又意味着背叛。作为一种文化形象，狗头人在西方人想象东方的过程中尤其流行。对于宗教分歧和其他可怕种族的描述也具有东方化概念。这种观念使中世纪欧洲人把异教徒和其他宗教异议者看作狗。因此把宗教他者和狗的关系与异教徒、食人族、狗头人等同起来只有一步之遥。② 作为文化他者或卑贱的他者，狗头人身上展现的是分类危机感。克特西亚斯在《印度》中记载了印度北部的风土人情，他在书中记录了他听到的各种传闻，其中就包括狗头人、独脚人、蝎尾兽等。这其实和基督教文化对狗的看法有一定关系。罗斯-里德尔指出，这种对印度人带有偏见的描述产生了一种奇观感，甚至恐怖感和厌恶感。这种狗头人非人非兽，属于中间人，这种做法是降低人格，甚至非人化的过程。③ 因此，在曼德维尔的描述中，狗头人体现出的双重性实际上是东西方信仰冲突的外化表现。这个过程是西欧人对异质文化表现出的轻视态度的外化，进一步说明西欧人在二元对立的思维模式中以妖魔化印度人来彰显自己的主体位置，显示他们作为人的尊严感。把印度人丑化的过程就是通过创造物种差异来显示欧洲人作为文明人的优越感。

曼德维尔笔下最吸引读者的恐怕是他对顿德雅岛、中国和祭祀王约翰王国不同人群的描述。他大致描述了17种不同的人，有的人甚至采用了专用词来描述。这使读者感觉曼德维尔就是一位百科全书的编撰者。

---

① Joyce Tally Lionarons, "From Monsters to Martyr: The Old English Legend of Saint Christopher." *Marvels, Monsters, and Miracles: Studies in the Medieval and Early Modern Imaginations*. Ed. Timothy S. Jones and David A. Sprunger. Kalamazoo: Medieval Institute Publications, 2002. p. 170.

② Ibid., pp. 171—173.

③ Andrea Rossi-Reder, "Wonders of the Beast: India in Classical and Medieval Literature." *Marvels, Monsters, and Miracles: Studies in the Medieval and Early Modern Imaginations*. Ed. Timothy S. Jones and David A. Sprunger. Kalamazoo: Medieval Institute Publications, 2002. p. 58.

这些人特征不同(见下表):

不同的人	特　点
1. 独眼人	身材高大,相貌丑陋,眼睛长在额头中间,吃生肉和生鱼。(137)
2. 无头人	他们无头,眼睛长在肩膀上,嘴像马蹄长在胸部中间。(137)
3. 无头人	无头,眼睛和嘴长在后背上。(137)
4. 平脸人	他们没有鼻子或眼睛,但有两个小洞,有没长嘴唇的嘴。(137)
5.	上嘴唇肥大,长相丑陋,在太阳下睡觉,嘴唇可以把脸盖住。(137)
6.	个子很小,像侏儒,但比俾格米人大,没有嘴,但有小洞,吃东西只能用管子或芦苇吸,没有语言,用手势或嘘声交流。(137)
7.	有一种人,耳朵特别大,直到膝盖。(137)
8.	有一种人,脚像马蹄,跑得飞快,能追上野兽,以杀野兽为食。(137)
9.	这种人用手和脚走路,浑身毛发,能像猴子一样上树。(137)
10. 雌雄同体人	这些人身体一边有乳房,如果用男性一边,就会当父亲;如果用女性一边,就会生育孩子。(137)
11.	这种人跪在地上走路,每个脚上有8个指头。(137)
12. 独脚人	他们的脚很大,可以遮蔽阳光。(137)
13.	靠闻苹果香味而生活的人。(137)
14. 中国矮人	长江流域有矮人国。这些矮人两英尺高,加工丝绸和棉花,常和鹤打架。他们看不起高个子人,但非常聪明,能够判断好坏。(140)
15.	祭祀王约翰王国的一个岛上住着野人,头长犄角,住在林中,不说话,像猪一样咕哝。(169)
16.	祭祀王约翰王国的琵坦岛上的人不耕种,不吃不喝。他们长相好看,思维简单,"像野兽",体形好,但像侏儒,靠闻苹果气味生活。(181)
17.	祭祀王约翰王国中某个地方的人除了脸和手之外,浑身是羽毛和粗野的毛发,吃肉和生鱼。(181)

"独眼人""无头人""平脸人""雌雄同体人"和"独脚人"等描述把人完全动物化了,他们既不是人,亦不是动物,处于物种的模糊状态。曼德维尔这样的归类法也许受到了欧洲其他旅行家作品的影响。

以上列出的不同类型的人如同怪物。莱茨指出,曼德维尔笔下的大部分怪物来自老普林尼、索林诺斯和圣伊西多尔。① 萨里斯伯里认为《约翰·曼德维尔游记》从早期中世纪资料中汲取养分,把中世纪晚期人们想象中充满异域色彩的动物进行了描述,它的流行表达了中世纪人对怪物的关注。② 我们知道,中世纪骑士文学中的怪物长相丑陋,对骑士具有威胁。骑士他们象征着骑士在冒险过程中遭遇的邪恶力量,而杀戮这些怪物的做法是助骑士完成使命、展示骑士精神、伸张正义的一种表现。曼德维尔笔下这些不同的人显然是他对异域进行的文化想象的产物。这些人处于分类危机感之中。隐藏在这种危机感之后的是西欧旅行者或西欧人对远东人的想象。结合曼德维尔的描述,我们可以说,在地理大发现之前,西欧人对远东的看法大多来自个体想象、个别旅行者的游记和自然主义者不可靠的记述。他们在写作中面临的不确定感引起了他们对遥远的未知世界表现出恐惧感和好奇心。这自然在丑化或妖魔化远东人的形象中得以表现。远东人此时不过是一种文学景观,而西方旅行者或作家成为文化或文学观光者。在"看"与"被看"、"想象"与"被想象"、"书写"与"被书写"之间,西欧人表现出把异域文化或远东文化看作是文化他者的态势。远东的形象显然刻板化了,形成了难以改变的既定模式。

  这种丑化的例子还有很多。在描写远东的过程中,曼德维尔充满好奇,把周围的一切都看作一种奇观。他感到惊奇的是海中的鱼每年会在特定的时间游到岸上,任人们拿取三天,然后下一波继续出现。让他感到不解的是:"那些可以在海中快乐生活的鱼主动来到岸边,让人们吃掉它们。"(133)事实上,这是大海涨潮把鱼搁浅的现象。这更说明当时人们对世界认识的局限,跨文化交流太少,从而造成人文知识的欠缺。他发现锡兰(今斯里兰卡)这个国家多处荒无人烟,但那里有许多龙、鳄鱼和其他动物。他认为鳄鱼是一种蛇,这里的蛇和其他有毒动物不伤害陌生人或朝圣者,但只伤害本地人和当地居民。(135—136)在高丽,他发现一种水果像没有羊毛的绵羊。这让他想起英国的一种可以变为黑雁飞走的水果。(165)祭祀王约翰的王国有不同颜色的大象,还有许多独角兽、狮子和其他可怕的动物。(181)这种远东和西欧的比较涉及空间在文中的表

---

  ① Malcolm Letts, *Sir John Mandeville: The Man and His Book*. London: The Batchworth Press, 1949. p. 63.

  ② Joyce E. Salisbury, *The Beast Within: Animals in the Middle Ages*. New York and London: Routledge, 1994. p. 149.

述有：中国-巴黎、广东-"这里"（英国）、广东-"我们国家"、高丽-"我们国家"、祭祀王约翰的一个岛-"我们国家"。对这些动物的描述和对比说明他通过已知的本土文化和地理知识来理解异域文化，企图寻找两种不同文化中的共性，而视觉所到之处的动物就成为理解两种不同文化的中介。

值得注意的是，曼德维尔在描述中国的时候却表现出钦佩和艳羡之情。希金斯指出，除了耶路撒冷之外，没有哪一个地方像中国一样占据了那么多的文本叙述空间。它的神圣性得到详细的描述，但中国的领土几乎没有引起注意。大多数描写主要展示当地人的文化奇迹、历史、风俗、生活方式，尤其是可汗对宗教和权力的宽容得到曼德维尔的极力赞美。通过说明鞑靼人的祖先是诺亚的儿子含（Ham），曼德维尔填补了《圣经》中的空缺，把鞑靼人带入基督教历史之中。① 近年来，关于中国形象的研究，目前国内已经有相应成果出版。李勇在《西欧的中国形象》中引经据典地指出，古希腊、罗马关于塞利斯②的认识传达的不是客观信息，而是一种符号意义，其中包含的想象的意义和传说与神话传说并无本质差别，而古代西欧对中国的态度、观念、歧视与恐惧心理都充分表达了出来。他们把中国想象成富庶繁荣而出产奇异珍宝的国度，成为古代西欧的他者。中世纪西欧对中国所持的正面认识延续了古罗马时代的塞利斯形象，而负面的中国形象和古希腊神话有关。"1241 年蒙古人攻占了波兰、匈牙利，并打败了德意志的骑士团，跨过了多瑙河，直逼西欧的核心地区……对西欧那些几百年都浸润在基督教知识中的人而言，他们找不到其他可以理解蒙古人的知识背景，只好将其血腥的行为与传说中的恶魔/鞑靼人联系起来。"由于蒙古人入侵西欧而造成的政治威胁，西欧人对中国的认

---

① Iain Macleod Higgins, *Writing East: The "Travels" of Sir John Mandeville*. Philadelphia: University of Pennsylvania Press, 1997. p. 157. 在《约翰·曼德维尔游记》中，曼德维尔在解释"可汗"（Great Khan）的来源的时候指出，诺亚的儿子含（Ham）选择了非洲。他是诺亚三个儿子中最富有、最有能力的人，他后代无数，他的一个儿子叫楚斯（Chus），其身旁有巨人尼莫诺德（Nimrod），他建了巴别塔。当时许多恶魔和世间女性生育了各种奇形怪状之人。在含的亲后代中有异教徒和来自印度洋各岛的不同国王。含自称是上帝的儿子和世界之主。因此，有人说鞑靼国国王自称叫含（Ham［Khan］）。因为他被看作是世界上最优秀的君主，拥有祖先含曾统治过的土地。参见 Sir John Mandeville, *The Travels of Sir John Mandeville*. Trans. C. W. R. D. Moseley. London: Peguin Books. Ltd., 2005. p. 145。

② 苏慧廉指出，西方人最早知道中国是从称呼它为"塞利斯的土地"开始的。他说维吉尔、贺拉斯、老普林尼都提到"塞利斯国"。参见 W. E. Soothill, *China and the West*. Oxford: Oxford University Press, 1925. p. 17。

识从早期的巨人形象演变为鞑靼恶魔形象,展现了他们的文化构建的需要。①葛桂录对英国文学中的中国形象做了概括性梳理,认为英国作家通过中国题材展示了中国形象的三重意义:关于异域的知识、本土的文化心理、本土与异域的关系,而中国处于他者地位。14世纪到16世纪英国文学中的中国形象多半借助于传奇与历史。随着历史的演进,西方人的中国观呈现自相矛盾的态势。②

曼德维尔在文中通过对动物的描述不断彰显中国的繁荣和辉煌程度。他认为广东比巴黎繁华。那里有各种不同的鸟,"有白色的大雁,像英国的天鹅,头顶有红色圆点。有各种美食,也有许多蛇,人用蛇招待贵宾、做佳肴。"(138)曼德维尔还写道,除了猪肉和旧律法中禁止的动物,可汗统治下的鞑靼人吃狗肉、狮子、母马、小驴、老鼠、田鼠及其他动物。除了动物的粪便之外,他们吃动物的任何部分。"富人喝马、骆驼、驴和其他动物的奶。他们对奶很痴迷。他们还有蜂蜜水,整个国家没有红酒。"(158)曼德维尔说他在中国皇宫呆了16个月。他用这些词语来描述元朝宫廷:高贵、富有、伟大、卓越。他认为天底下没有人比鞑靼的可汗更为伟大、富有和强大,"祭祀王约翰、巴比伦的苏丹、波斯的皇帝和任何其他人都无法和他相比。"(144)在曼德维尔笔下,可汗统治的国家是一个伟大的国家,"美丽富饶,有大量精美的商品。"来自威尼斯、热那亚、伦巴第或希腊王国的人辗转12个月才能到达中国。不同地方的人来买香料和商品,光临这个地方比其他国家都频繁。(141)皇城周围的城池中有水鸟,比如天鹅、鹤、苍鹭、麻鸦、鸳鸯和其他的鸟类。外面是雄鹿、雌鹿、公兔、母兔、狍等。可汗不管何时想狩猎或驯鹰,他都可以用猎鹰捕杀野禽,用猎犬追杀鹿而不必离开房子。(141)通过对不同种类动物的描写,他说明皇室通过驯鹰或狩猎的方式过着贵族生活。他们的生活方式和当时欧洲大陆的贵族非常相似,既狩猎,亦驯鹰。在这里,这些水鸟和动物成为皇权的象征,为他们营造了一种证明自我身份的氛围。

可汗的皇宫在曼德维尔的眼里显得金碧辉煌。皇宫的工艺品以不同的动物作为造型,而赠品和陪葬品以真实的动物为主,显示出这些动物的社会交际价值和文化价值。在节日里,用金子做成的大桌子被抬到皇帝

---

① 李勇:《西欧的中国形象》,北京:人民出版社,2010,第155页。
② 葛桂录:《"中国不是中国":英国文学里的中国形象》,《福建师范大学学报》(哲学社会科学版)2005年第5期,第64—70页。

面前,上面摆满了做工精致的孔雀和其他鸟类,栩栩如生,但工匠不愿告知曼德维尔这个工艺的秘诀。曼德维尔认为,"他们比世界上其他任何国家的人都聪明。不管好坏,他们心里清楚这一点。因此他们说自己用'两只眼'看世界,而基督徒用'一只眼'看世界。"(143)洛克里(Karma Lochrie)指出:"曼德维尔这种表述方式借自雅克·德·维特里,后者认为独眼巨人把有两只眼的动物看作奇观,但曼德维尔在认识上的本土化把欧洲人描述为独眼人,把中国文化和知识的广博用两只眼睛来估算。虽然他继续把中国文化看作是奇迹,但遭遇奇迹的语域表述明确地从观察者转向被看的对象本身。"①显然,曼德维尔间接性地把欧洲人和独眼巨人等同,把中国人和有两只眼睛的动物等同,暗含着东方是奇观的意味。曼德维尔还指出,中国人说其他国家的人在手艺和知识方面很无知,而工匠只愿意把手艺传给长子。(143)在这里,他通过手工孔雀来说明中国人在技艺方面的优势,而"孔雀"在印度和中东国家都和皇室或王权有关。曼德维尔对这个孔雀工艺品的赞美又表现出对东方人智慧的肯定和当时处于政治霸权地位的中国的艳羡。

曼德维尔通过描述贡物和陪葬品来显示可汗的富贵生活。在节日里,可汗的同族穿戴华贵,牵来盛装的白马,觐见皇帝的时候赠送给他9匹白马。为了表示对皇帝的尊重,他们还赠送狮子、豹子和其他的走兽、鸟、鱼、爬行动物,因为他们认为任何有生命的创造物都应该尊重皇帝并服从于他。皇帝派专人看管不同的鸟类,比如矛隼、猎鹰、兰纳隼、雀鹰、夜莺、鹦鹉。他还有一千头大象。(152-153)可汗的马车由四头大象和四匹白色战马来拉。皇帝死后,陪葬的东西有母驴、小驴和配备马鞍的马,并在马身上放置很多金银珠宝。这样做的目的是希望他还可以继续喝奶和骑马。(159)国内学界普遍的观点认为曼德维尔旨在构建一个物质化的异域形象,从而超越基督教对人的欲望压制和文化困境,开启欧洲人对"中国神话"的幻想之门。② 值得注意的是,曼德维尔通过对不同的

---

① Karma Lochrie,"Provincializing Medieval Europe:Mandeville's Cosmopolitan Utopia." *PMLA* 124.2 (2009):592—599.
② 姜智芹:《颠覆与维护——英国文学中的中国形象透视》,《东南学术》2005 年第 1 期,第 117—122 页;葛桂录:《欧洲中世纪一部最流行的非宗教类作品——〈曼德维尔游记〉的文本生成、版本流传及中国形象综论》,《福建师范大学学报》(哲学社会科学版)2006 年第 4 期,第 82—88 页;邹雅艳:《透过〈曼德维尔游记〉看西方中世纪晚期文学家笔下的中国形象》,《国外文学》2014 年第 1 期,第 147—153 页。

动物的描述来说明可汗的威严、权力和高贵地位。显然,在曼德维尔的眼中,动物也被赋予一定的文化意义,是身份、地位、权力的象征,产生了社会喜好价值。这也许正是他对异域充满丰富想象的原因所在。

在曼德维尔的书写中,动物在西方话语中呈现的意义在远东发生了变化,比如猫头鹰和狐狸,影射了当时的民族心理。曼德维尔说明了可汗崇拜猫头鹰的原因所在。猫头鹰在西方文化中是智慧和理性的化身,这在中世纪英语辩论诗《猫头鹰与夜莺》中可见一斑。在东方文化中,猫头鹰和死亡、神秘、厄运关联,但可汗个人的特殊经历却改变了人们对猫头鹰的看法。可汗和敌人战斗的时候,不慎被敌军从马上打落,他躲在灌木丛中。这时敌人返回,走到离他很近的地方,但他躲藏的上方正好有一只猫头鹰。敌人看到猫头鹰很安静地栖息在树上,就认为无人躲藏在下面。这只猫头鹰在关键时刻救了可汗,因此,人们更尊重猫头鹰,"它珍贵到人们只要获得一根它的羽毛,就会虔诚地看守它,就如同看守遗迹,带着崇敬把它放在头上,期望得到祝福,化解危机。"(147)显然,人们对猫头鹰的崇拜来自对王权的崇拜,因为猫头鹰挽救了可汗。原来象征着死亡的猫头鹰的角色发生了极大的转变。这种角色逆转显然是社会话语可以附加在其上的,即猫头鹰的价值经历了从个人喜好价值到社会喜好价值的转变。这种转变是人们根据猫头鹰当时的表现做出的价值判断的结果,而受益人正好是可汗,自然被赋予神秘色彩。在描述狐狸的时候,曼德维尔把狐狸和犹太人联系起来。我们知道,狐狸无论是在欧洲动物论还是寓言故事中,都是狡猾的代名词,体现的是消极价值。在曼德维尔的描述中,狐狸打的洞却挽救了被亚历山大国王关在山中的犹太人。(166)犹太人、龙、蛇、狐狸一同出现在这个故事中,其寓意是显而易见的。从猫头鹰和狐狸的例子中可以看出,动物的价值定位在一定程度上取决于观察者对其所持的态度:猫头鹰因为解救了可汗而被人尊重,狐狸解救的人却是反基督时代(in the time of Anti-Christ)的犹太人。这种评价差异来自人们对于和这些动物相处的人群的定位。其思考逻辑和态度差异展示的是曼德维尔对可汗及其王国的认可和对犹太人的偏见,而动物不过是把他的文化认同感外化了。

曼德维尔把杭州看作是世界上最繁华的城市,把它和意大利城市威尼斯相比。他对杭州的动物的描写在一定程度上反映出中国人的动物观。这里大约有三四千只狒猴、猿猴和其他动物,"和尚摇铃,这些动物从洞中出来。他让它们坐成一排,用镀金的银器喂它们精美的食物,它们会吃掉。吃完之后,和尚再次摇铃,它们回到老地方。"(139)从这些细节中可以看出,中国人对动物的管理比较系统,铃铛成为维持秩序的信号,而人(和尚)通过铃铛控制一种人类渴望的理想秩序。这些猿猴成为人类保持并践行秩序的对象,这种有序说明人是主导者,但是,这些和尚对人与动物关系的理念却又显示出人把自身客体化的过程。他们把自我的价值转嫁到动物身上,以动物的美与丑来说明人如何"变形"或"转世投胎"为动物,从而说明人的道德行为的优劣。这些和尚认为"那些好看且性情温和的动物是统治者和好人的灵魂,那些难看且不温和的动物是其他人的灵魂。他们坚定地认为人的灵魂离开身体后会进入动物的体内,伟人的灵魂会进入那些长相好看且温和的动物体内;他们的观念坚定,无人改变。社会地位低的人的灵魂会进入那些长相丑陋的动物体内。因此,他们给这些动物吃东西是为了表示对神的爱。"(139)显然,这些和尚对动物的认识首先基于对神的爱的表达,其次,他们具有社会阶级意识,把神、灵魂、阶级、美丑和性情等问题融合在一起来看待人和动物的关系,而又通过人-动物之间的角色转换来认识社会阶级关系,理解人性之善恶。显然,曼德维尔用"这些和尚说""他们说"等表明他是从这些和尚口中得知这一想法,而这些和尚把这种转世思想和阶级联系起来,显示出当时人们对社会阶层的关注以及意识形态中对人与人之间差异的推崇。从曼德维尔的叙述中可以看出,他只是这种思想的被动接受者,只是做了记载,并没有明确表明他的看法。但是,他的记载再现了当时中国人通过动物来认识人类自身、认识自我、界定自我的方式,体现出人在世界秩序中的主导位置,并赋予动物以道德地位。

  整体上来看,曼德维尔的书写、记载和想象经历了从西欧到远东的物理空间和文化空间的转移:从起点英国到终点中国的旅途中涉及其他国家和地区,其中涉及的动物叙事又是不同文化空间的外在表征。他在叙述中描写了东南亚的食人族,印度人对牛神的信仰,顿德雅岛的各种怪人以及中国皇宫的富有繁荣。这些描述既是印象式的,又带有西欧人"看"远东人的好奇和偏见,甚至恐惧。在展示人和动物的关系方面,他一方面突出物种差异的消解,另一方面又以不同的动物来展示人的社会地位。他以突出食人者、奇人、混合动物、动物手工制品等来说明他对远东的看法:远东体现出野蛮性、模糊性和怪物特质,但又是高度文明、高度发达的地方(这里当然主要指可汗统治的宫廷。)。这也许和当时中国在欧洲形成的政治影响有一定关系,是强势文化带来的影响所致,是西方人想象中的文化乌托邦。另外,当时打破国界的经济和文化交流比较频繁,泉州、广州、杭州这些属于国际化的都市对曼德维尔来说本身包含着重要的文化意义和商业意义。曼德维尔在文中不断地用"我们国家"和"他们"等词语来进行对比说明,一方面寻找两种文化之间的共性,一方面又在发现不同点。因此,远东于他而言,既是文化乌托邦,又是文化他者的代名词。

三、铜马和游隼:《扈从的故事》中的鞑靼世界

2012年,《乔叟时代研究》刊发了一系列有关乔叟诗歌中的动物研究的论文,但关于乔叟东方观的论文很少,而从动物叙事角度出发研究其东方观的论文更少。其实,乔叟在诗歌中也对远东表现出他的关注,这体现在《坎特伯雷故事》之《扈从的故事》之中。《扈从的故事》地点设在远东,即鞑靼人的土地上(land of Tartarye,第10行)。林奇(Kathryn L. Lynch)指出,学界研究表明,乔叟"对东方和蒙古比较了解"[1]。滨口惠子(Keiko Hamaguchi)认为,"在书写鞑靼世界的时候,他(乔叟)可能受益于中世纪晚期的东方主义者,诸如马可·波罗、曼德维尔、蒙古传教士、伯郎嘉宾和鲁不鲁乞。"[2]乔叟对远东的看法也许受曼德维尔的影响,但也许和他个人阅读到的材料有关。

《扈从的故事》"内容是东方式的,结构框架又是欧式的。"[3]它叙述了和远东有关的故事。这个故事涉及动物和人、骑士文学与超自然力量、女性与爱情、语言与翻译、文化主体与文化他者之间的关系。这个故事概括如下:举世闻名的鞑靼国王成吉思汗(Tartre Cambyuskan,第28行;Tartre Kyng, Cambyuskhan,第266行)有两个儿子和一个女儿卡娜斯(Canacee)。他在庆祝生日的时候,一位奇怪的骑士出现在庆祝现场,并向国王、王后和在场的领主致意。骑士代表他的君主阿拉伯及印度之王

---

[1] Kathryn L. Lynch, "East Meets West in Chaucer's Squire's and Franklin's Tale." *Speculum* 70 (1995):530—551.

[2] Keiko Hamaguchi, *Non-European Women in Chaucer: A Postcolonial Study*. Frankful am Main:Peter Lang GmbH,2006. p. 50.

[3] Carol F. Heffernan, *The Orient in Chaucer and Medieval Romance*. Cambridge: D. S. Brewer,2003. p. 63.

(Kyng of Arabe and of Inde)给国王成吉思汗献礼。这些礼物是一匹可以随时去任何地方的黄铜骏马(steede of bras)、一面可以看穿阴谋诡计的镜子(mirour)、一枚可以用来帮助人理解和说鸟语并能告知如何用草药治病的戒指(ryng)、一把可以治愈伤口的利剑(swerd)。只要拨动铜马耳中的销子,铜马能够带领人去他想去的任何地方。人们为此感到惊奇,把马送到宝塔里珍藏,但铜马却消失了。国王把戒指给了公主卡娜斯。她吃完晚饭后提早上床休息,梦到了魔镜和戒指。她早上出去散步的时候听到鸟鸣,借助魔戒能够听懂鸟语。卡娜斯听到一只来自外地的雌性游隼(faucon)在哀鸣。这只游隼把自己啄得浑身流血。卡娜斯非常同情她,问及原因,但这只雌性游隼却晕死过去了。卡娜斯把她揣在怀里。这只游隼苏醒后讲述了自己的痛苦经历:她的爱人是一只雄性游隼,他厌倦了他们的爱情而抛弃了她,去追求一只鸢,这令她痛心疾首。卡娜斯用魔戒展示给她的草药治病的知识为游隼疗伤,给她做了笼子,绘制不同背信弃义的鸟为雌性游隼泄愤。最后,在王子坎巴鲁斯的调解下,雄性游隼悔过自新,重新回到了雌性游隼身边。这个故事演绎的是皆大欢喜的结尾。

关于这个故事的来源学界有不同的猜测和评价。怀亚特(A. J. Wyatt)认为这个故事来自马可·波罗,但还有人认为乔叟可能参考了其他旅行者的记述。① 斯基特(W. W. Skeat)指出,故事中有关铜马、魔镜和魔戒的素材都来自阿拉伯。② 怀亚特同样指出,这个故事的来源并不确定,但可以肯定的是其中的魔幻成分来自东方,可能是阿拉伯半岛。虽然这些故事在乔叟时代还没有以故事集的形式在欧洲出现,但是,中世纪欧洲文学中的一些故事、事件、元素是来自东方。这些可能通过与东欧和西亚取得直接联系,通过十字军东征或摩尔人和西班牙人传过来。有一些故事或事件,尤其是那些带有魔幻色彩的故事可以追溯到《天方夜谭》和相似的故事集。③ 这个故事本质上来自亚洲,实际上是一则印度寓言。如果诗人要写被抛弃的游隼的故事,只能来自亚洲的寓言家,即通过想象的鸟的语言来表达特定的道德说教。这有点像古印度发生在一只雄性鹦

---

① A. J. Wyatt, *Chaucer: Canterbury Tales, The Prologue and Squire's Tale*. London: University Tutorial Press Ltd., pp. 21-22.

② W. W. Skeat, *The Man of Law's Tale, The Nun's Priest's Tale, The Squire's Tale by Geoffrey Chaucer*. London: Alexander Moring Ltd., 1904. p. xviii.

③ A. J. Wyatt, *Chaucer: Canterbury Tales, The Prologue and Squire's Tale*. London: University Tutorial Press Ltd., pp. 18-19.

鹉和一只母鸡之间的故事。在这个故事中,雄性鹦鹉因为母鸡的背叛而悲伤,准备葬身火海,但被一位仁慈的游客所救,他给她讲述了自己的故事。① 除此之外,学界猜测这个故事和拜占庭史诗比较相似。②

诗歌中,扈从对铜马的描述非常生动。他把这匹铜马和神话故事与特洛伊联系起来,既潜在地表明铜马的力量,又表现出对铜马潜在破坏力的恐惧。这和扈从个人的经历也许有关。在《坎特伯雷故事》之《序曲》中,扈从为了博得心上人的青睐而远征欧洲大陆。他精于骑术,善于驾驭他的马,能文能武,能谱曲能跳舞,还能骑马执矛去比武,更是待人谦逊有礼。③ 扈从擅长骑马,显示的是他的社会地位,而他对铜马表现出的兴趣就不难理解。扈从在故事中指出,无名骑士骑着黄铜骏马来到成吉思汗的大殿,表现谦恭,自言他代表阿拉伯和印度之王前来献礼,为寿宴增添喜气。来访骑士指出,不管什么天气,铜马可以一天 24 小时带国王去任何他想去的地方,"还可以像鹰一样飞翔"(第 123 行),而铜马制作人已经为他施加了魔法。骑士骑着铜马走出了大殿,铜马在庭院中散发出太阳的光芒(第 169—170 行),但人们无法挪动铜马。他体形完美强壮,眼睛若真马眼睛。大家对他的来源表示猜测:有人说是来自意大利的骏马,有人说像是长着翅膀可以飞翔的马伯加索斯,有人说他像特洛伊木马而心生恐惧,有人认为这像是魔术师在盛宴上表演的节目。大家在猜测中认为骑士必是来者不善。法伊尔(John M. Fyler)指出,不同的猜测说明,成吉思汗宫廷的贵族担心铜马会引起致命问题,表现出对来自异域的东西有进行阐释和驯服的冲动。④ 晚餐之后,国王去看铜马,想知道驾驭此马的窍门。骑士一拉缰绳,马就开始踏出舞蹈的步伐,而驾驭铜马的诀窍就在于转动他耳朵里的销子。国王完全可以按照他本人的意志控制这匹铜马。人们把缰绳送到主塔里收藏,但铜马却突然消失匿迹。

---

① 转引自 W. W. Skeat, *The Man of Law's Tale*, *The Nun's Priest's Tale*, *The Squire's Tale by Geoffrey Chaucer*. London: Alexander Moring Ltd., 1904, p. xix。

② Carol F. Heffernan, *The Orient in Chaucer and Medieval Romance*. Cambridge: D. S. Brewer, 2003. p. 67.

③ 中世纪时期,男孩 7 岁的时候会被送到某个领主或贵夫人城堡做侍从(page),14 岁的时候会成为扈从(squire),要学会餐桌礼仪、摔跤、唱歌、舞蹈等技能,要懂骑士精神的内涵、纹章学、马术等,主要负责照顾骑士的马、为骑士穿盔甲和扛盾、陪伴骑士去战场、打杂等,为 21 岁成为骑士做准备。这位扈从显然具备这些技能和能力。

④ John M. Fyler, "Domesticating the Exotic in the *Squire's Tale*." *ELH* 55.1 (1988): 1–26.

由上可以看到,"可以飞翔的铜马""像太阳的铜马""像意大利的骏马""像拥有双翅的神话中的马""像特洛伊木马",这些猜想赋予铜马神话和异教色彩。扈从对异域文化的想象使他认为这匹铜马具有魔幻色彩,同时可能具有破坏力。诗歌中的成吉思汗想知道驾驭铜马的诀窍,这样他可以去任何国家,但铜马却销声匿迹。在面对文化他者的想象之中,扈从一方面强调成吉思汗宫廷的异教色彩和野蛮气息,说明鞑靼人耽于享乐生活(比如吃天鹅和鹭),另一方面,扈从通过对铜马这一奇观的描述说明西欧人对鞑靼人的想象。乔叟在写作中渲染东方物质的富庶和政治霸权。这一方面说明鞑靼人处于政治和文化主导地位,以至于其他国家为其纳贡,另一方面说明成吉思汗的宫廷充满魔幻色彩。铜马的消失说明想象的不可靠性,藏起来的缰绳只是提供了想象的钥匙,徒有其能。对于征战欧洲大陆和参加比武大赛的扈从来说,成吉思汗对充满魔幻色彩的铜马表现出的兴趣是其征服世界、跨越不同物理疆界的雄心的表现,但是铜马的消失不过是在文字层面上抑制了他的征服历程。显然,这成为一种写作政治。扈从提到的特洛伊马不仅说明人们对希腊人的恐惧,而且潜在表明了扈从对鞑靼人的恐惧。基兹指出,年富力强而出身高贵的扈从对铜马非常着迷,这预言了笛卡尔(Rene Descartes)的"动物机器",它使动物的痛苦成为不可见的存在,技术支撑使得人和动物共同达到不朽。[①] 这种解读是关于人和技术伦理关系的挖掘。这种故事的讲述方式说明,作为英国人的扈从在心理上对异教徒或远东人进行想象的时候内心充满文化排斥感。

《扈从的故事》本身充满异域色彩。魔戒成为打通人与动物交流的关键中介,是翻译的工具,使人能够理解鸟语,在卡娜斯的同情和雌性游隼讲述苦难之间架起了交流的桥梁,但学界对其褒贬不一。克兰指出,《扈从的故事》中的卡娜斯对命运悲惨的雌性游隼产生同情,这证明了一点,即女性特有的表现仁慈的能力,把女性和动物世界紧密地联系起来,如此紧密,以至于鸟比卡娜斯更能生动地说明女性的地位。[②] 凯利指出,这个翻译道具更适合这个具有异国情调的故事,但魔戒事实上是一种错误:它

[①] Lisa J. Kiser,"The Animals That Therefore They Were: Some Chaucerian Animal/Human Relationship." *Studies in the Age of Chaucer* 34 (2012):311—317.

[②] Susan Crane,*Gender and Romance in Chaucer's Canterbury Tales*. Princeton:Princeton University Press,1994. p. 67.

使乔叟书写了一则有关鸟的骑士故事,而这可能是他写的最糟糕的故事。① 科恩指出,《扈从的故事》让人失望,"徘徊在无休止地谈论非人物体的介入(铜马、有魔法的戒指)和非正常的性(卡娜斯和可能的乱伦;对鸟类爱情生活的入迷)以及无法结束故事的世界之中。"② 这一点也许值得商榷。魔戒的存在是工具性的,而真正凸显的是女性化的世界以及女性在两性关系中的地位。这更是人被鸟化、鸟被人化的过程,是人的世界与鸟的世界一体化的过程,是物种差异消解的极好的例子。

诗歌的第二部分是典型的中世纪骑士故事类型,是有关爱情和背叛的故事。它不同于其他骑士故事之处在于爱情故事的主角是三只鸟。这又很符合讲述者扈从个人的身份:他随骑士团征战不过是为了博得心上人的青睐,年轻的他内心自然充满对爱情的向往。三只鸟成为故事主角利于扈从挖掘真正的爱情含义。事实上,扈从采用游隼作为故事的角色并不奇怪。中世纪时期,狩猎是骑士接受教育的一个重要环节。驯鹰术在西方历史非常悠久,而从近东返回的骑士推动了它的发展,通常被训练的是雌鸟,因为雌鸟比雄鸟体形大。③ 手持猎鹰和手握利剑一样让骑士们感到骄傲。战斗的时候,骑士通常会把最喜欢的鸟带到战场,在战斗时刻把鸟托付给扈从。扈从有在欧洲大陆参战的经历,也许替骑士照顾过他们的猎鹰,故雌性游隼作为主角并不为奇,但一只可以用鸟语和人进行交谈的游隼就显得非常独特。扈从认为任何会哭泣的猛兽都会为雌性游隼的悲惨境遇流下同情之泪。显然,在描述雌性游隼的痛苦的时候,扈从表现出中世纪人对动物痛苦的理解,即动物也同样会承受情感之痛,对不同的情感作出自己合适的回应。扈从的表述说明,他认为动物和人一样处于平等地位,能够感知和承受痛苦,表现出文化与自然互动中的融合,这一点值得肯定。

《扈从的故事》不同于寓言故事的地方在于卡娜斯手指上戴着魔戒就可以和鸟进行交流:

---

① Henry Ansgar Kelly, *Chaucer and the Cult of Saint Valentine*. Lugduni Batavorum: Brill, 1986. p. 7.

② Jeffrey J. Cohen, *Medieval Identity Machines*, Minneapolis, London: University of Minnesota Press, 2003. p. 67.

③ William H. Forsyth, "The Noblest of Sports: Falconry in the Middle Ages." *The Metropolitan Museum of Art Bulletin* 2.9 (1944): 253—259.

> 她手戴这枚奇特的戒指，
> 自然就能完全理解
> 任何鸟叫声中的含义，
> 而且也用鸟语回答他；
> 所以她立刻懂得那游隼之意，
> 出于同情，她难过得要死。（第433—438行）

这个地方其实涉及三种关系：西欧年轻贵族（扈从）与鞑靼公主（卡娜斯）的关系、人（卡娜斯）与鸟（雌性游隼）的关系、男性（雄性游隼）与女性（雌性游隼）的关系。这里的魔戒是打通人与鸟之间的物种边界的工具。它既充满魔幻色彩，同时也说明语言系统在生物系统中所扮演的角色：处于生物系统中的人类和动物需要借助某种共同的东西达到交流、互动、理解的目的。鸟语本来是人类无法理解的语言，卡娜斯借助魔戒听鸟语、讲鸟语。这也许可以理解为是人类企图进入鸟的世界的一种尝试，是故事的讲述者扈从对动物世界的想象，是他对远东世界的想象。

扈从对远东的想象由雌性游隼和鞑靼公主之间的对话构成，完全是一个女性化的悲惨世界，其悲剧是由雄性游隼的背叛引起的。卡娜斯不断地安慰雌性游隼，雌性游隼听完她的安慰后更加凄厉地尖叫，昏死过后在卡娜斯怀中苏醒，抄着"游隼的语言这样开了口"（Right in heir haukes ledene，第478行），就这样：

> 一个在讲述自己的苦难
> 另一个却哭得像是泪人一般；
> 后来那只游隼劝她（卡娜斯）不要哭，
> 一面叹气把她（雌性游隼）受的苦倾诉。（第495—498行）

可以看出，她们之间的对话是讲述者/作者—听众/读者的对话，不仅有语言的互动，还有情感上的互动。这里涉及物种与性别的问题。雌性游隼向卡娜斯倾诉自己的悲情故事。她们之间的身份认同成为这个故事的焦点，即女性在爱情中的地位。雌性游隼的讲述中出现的重点词语有"贞操""名誉""爱情""意志""忠诚""背叛"等。这些和中世纪骑士文学中提倡的价值观紧密关联。扈从用不同的语言赞美卡娜斯，还通过游隼之口赞美她的美德，说"老天给了你一副慈悲的心肠"，"你有女性的善良"，但卡娜斯是远东女性的代表，扈从又表现出对远东的不确定性，如"若要给你们讲她的风采秀姿,/我却实在没这口才和本领,/不敢承担这样高难度的事情"(第34—36行),"但我却没有这样的英语水平"(第39行)等。

扈从使故事讲述充满异域色彩,失意的雌性游隼是东方女性的象征,而抛弃她的雄性游隼最终在卡娜斯的哥哥坎巴鲁斯的协调下回到雌性游隼的身边。我们无法肯定坎巴鲁斯在和雄性游隼协调过程中讲的语言是否是鸟语,但滨口惠子指出,被抛弃的雌性游隼对卡娜斯产生了影响。她可能警告卡娜斯要注意外面世界的危险而不要离开鞑靼宫廷。她的哥哥从中协调使得雄性游隼回到雌性游隼身边,这可能使卡娜斯宁可选择嫁给她的同父异母哥哥,也不愿离开鞑靼宫廷。① 这实际上牵扯到这个故事中的乱伦主题。这种乱伦其实指的是故事中的兄妹之间的婚姻。雄性游隼最后回归到雌性游隼身边,他们属于同一类(kynde)。这可能就意味着是卡娜斯和坎巴鲁斯的婚姻。中世纪时期,西方人对鞑靼人婚姻的印象是他们实行一夫多妻制,儿子可以娶继母,哥哥可以和同父异母姐妹结婚。扈从本人对远东的了解可能来自他的父亲,因为他的父亲是一位骑士,曾经协助鞑靼人攻打俄罗斯,对这种风俗也许有一定的了解。扈从对远东的想象通过被抛弃的雌性游隼和美丽的公主卡娜斯完成,而这个故事表面上看是一种骑士故事的叙事,实际上隐含了扈从/乔叟对文化他者的想象。这个文化他者身上体现的是人的世界与动物的世界界限的模糊性,而这种模糊性说明了人性与动物性之间的关联性。由此可见,扈从是一位典型的东方主义者,是个面具人物,这也更加说明乔叟是一位东方主义者。扈从/乔叟通过讲述鸟的爱情故事表明他对远东所持的矛盾心态:一方面,他对东方的异域色彩感到神秘好奇,充满想象;另一方面,他对远东持有偏见,尤其对以鞑靼人为代表的远东人的婚姻风俗持有偏见。虽然学界一直在争论这个故事的乱伦主题,②但故事的讲述显示,扈从对于远东的想象充满魔幻色彩,又抱有对远东人的好奇和偏见。

这个故事并未完全讲完,平民地主从故事的结尾判断年轻的扈从可能会讲一则和乱伦有关的故事,遂打断了扈从,讲述了一则名叫奥雷留斯的扈从追求有夫之妇道丽甘而最终放弃的故事。这似乎是对扈从讲述的故事的呼应,目的在于说明女性对爱情和婚姻保持的忠诚态度。扈从讲

---

① Keiko Hamaguchi, *Non-European Women in Chaucer: A Postcolonial Study*. Frankful am Main: Peter Lang GmbH, 1996, pp. 57—58.

② Ibid., pp. 47—52.

述之前,商人讲述了五月女郎背叛丈夫一月爵士的故事。随后,旅店主人请求扈从讲一则爱情故事。这三个故事的主题顺序是:女性背叛婚姻(商人讲述)—女性被抛弃(扈从讲述)—女性坚守爱情(平民地主讲述)。这种顺序符合乔叟对女性、爱情和婚姻主题挖掘所持的态度。扈从通过语言重构远东,而平民地主控制任何有关远东的话语传递,转向讲述发生在布列塔尼且具有基督教色彩的爱情故事。可见,平民地主其实是阻止扈从继续谈论远东,目的是停止谈论和乱伦有关的话题。皮尔索(Derek A. Pearsall)指出,扈从没有把故事讲完,因为这个故事逐渐演变为一个可怕的东方萨迦,扈从已无法掌控它。[1] 赫弗曼(Carol F. Hefferman)认为平民地主打断扈从显得有点讽刺意味,但其实是因为乔叟面对交错型骑士文学(interlaced romance)江郎才尽,束手无策,对"那个不合理的诗意自我暗中开个玩笑"而已。[2] 布拉迪(Haldeen Braddy)认为乔叟无法忍受乱伦这种观念,因为作为诗人他在《卖赎罪券教士的故事》中对乱伦表示过反对。[3] 这种考虑显然是考量叙事形式和需要而得出的结论。可以看出,这个以"卡娜斯公主-坎巴鲁斯王子"和"雌性游隼-雄性游隼"为代表的故事潜在地展示了一个充满欲望的异域世界。扈从在尝试性的构建和想象之中,把远东世界和野蛮、欲望、异教、神秘、异域风情和乱伦联系起来。事实上,卡娜斯的故事在奥维德的《女杰书简》(*Epistulae Heroidum*)和中世纪英国诗人高厄的《情人的坦白》(*Confessio Amantis*)之《卡娜斯和麦克莱尔的故事》中都已出现,是关于卡娜斯和同父异母哥哥乱伦而孕并最终自杀的故事。这两则故事未明确指出故事发生地点,但扈从/乔叟把故事发生的场景设在了位于远东的鞑靼王国。可见,扈从/乔叟以此表明他们对远东所持的矛盾心态:他们认为远东神秘富庶,充满魔幻色彩,但对鞑靼人的婚姻风俗持有偏见,以含沙射影的方式谴责鞑靼人的婚恋观,凸显了他们的他者性。

在《坎特伯雷故事》中,《修士的故事》《律师的故事》和《修女院神父的故事》的故事都发生在中东或近东,再现了基督教和其他宗教之间的矛盾冲

---

[1] Derek A. Pearsall,"The Squire as Story Teller."*University of Toronto Quarterly* 34 (1964):82—92.

[2] Carol F. Hefferman, *The Orient in Chaucer and Medieval Romance*. Cambridge:D. S. Brewer,2003. p. 76.

[3] Haldeen Braddy,"The Genre of Chaucer's Squire's Tale."*Journal of English and Germanic Philology* 41 (1942):279—290.

突:《修士的故事》中,女王芝诺比亚足智多谋,敢于杀死狮、豹、熊等猛兽,敢于闯野兽的巢穴,但被罗马皇帝俘虏,拿起卷线杆做起了女性在社会劳动分工中必做的事情;《律师的故事》发生在叙利亚,涉及伊斯兰教和基督教的矛盾问题;《修女院神父的故事》设在亚细亚,犹太人杀死了赞颂圣母玛利亚的小学童。这三则故事基本上都是和基督教活动关联的故事,但《扈从的故事》没有这样的宗教色彩,表现出乔叟对远东的文化想象和构建。还需要指出的是,乔叟在诗歌中通常会采用动物的象征意义来说明人的本性,或利用动物来进行说教,比如《伙食采购人的故事》中提到的白鸦和《修女院神父的故事》中的公鸡和狐狸。但是,《扈从的故事》中的铜马和游隼不是用来展示他们具备的象征意义,铜马的消失是对远东文化的排斥,而雌性游隼的故事更表现了乔叟对发生在远东的爱情和婚姻的偏见,以带有东方主义色彩的书写说明了英国人对曾经驰骋欧洲的鞑靼人的想象和重构。

不管是会飞的铜马还是诉说悲惨命运的游隼,扈从/乔叟展示的是具有异域色彩的动物故事。这个被东方化的故事背后隐藏着他们对远东的猜度和想象,凸显了他们心理上的抵制和好奇,以一种非常隐蔽的方式说明了西欧人对曾经驰骋欧洲的鞑靼人的文化想象。这种想象以铜马和游隼的故事进行了展开和讲述。在这个叙事纬度中,扈从展示了既没有任何情感痛苦的铜马的故事,又讲述了能够感受痛苦的雌性游隼的爱情故事。这种非常个性化的讲述方式表明了中世纪人对动物是否有情感反应的一种猜想。在人与动物之间物种界限的消解中,乔叟又映衬出他们对远东进行文化构建所进行的尝试。

总结起来看,从13世纪到14世纪,帕里斯、安戈里库斯、曼德维尔、乔叟分别用拉丁语、盎格鲁-诺曼语、中世纪英语书写了他们对远东的想象。他们既采用了欧洲大陆各类游记、编年史、历史文献中的主要素材,又进行了倾向性的想象、重写、改写、续写,和欧洲大陆的东方叙事传统保持了一定的连贯性。除了乔叟之外,他们笔下的不同动物得到再现,更多凸显的是动物的象征意义,人和动物之间的关系显得较为复杂,但动物论的特点并不明显。这些动物一方面成为远东文化的承载者,一方面又成为西欧人认识远东的媒介。不同于12世纪的诗人玛丽和尼格尔,他们不是借物抒情、讽刺社会或谏言。这些文本的动物叙事是传承式的记录或文化想象的产物,有助于让英国人了解远东人和远东文化,重新定位自己的文化身份和在西欧文化圈中的地位。

结　语

　　12世纪到15世纪,英国作家受到政治发展、文化语境、文坛发展趋势、体裁需要、伦理考量、宗教说教、空间拓展、目标读者等方面的影响,在寓言、动物史诗、辩论诗、梦幻诗、骑士文学、游记、编年史中表现出对动物的关注,而动物在故事展开方面扮演着极其重要的角色。这些动物在角色上和人类一样处于平等地位,已经不是简单的面具角色或人格化动物,他们同样成为道德代言人。在当时的英国多元文化氛围之中,动物叙事成为文化演进、理解人性、关注动物世界的载体。这些作家在写作中展示出中世纪人复杂的动物观和动物伦理思想,对欧洲大陆动物叙事传统的继承和发展,体现出英国作家本土化创新和民族特色。

　　在以动物为主角的寓言、动物史诗和辩论诗中,中世纪英国诗人展示了动物具有的内在价值和固有价值。作为生命主体,动物和人一样可以张口讲话,享有平等的道德地位和道德身份。这些诗歌中,动物论痕迹减少,动物的象征意义和模型化模式逐渐弱化,而动物的情感回应能力得到强化认识。这些诗人强调尊敬原则和平权主义,凸显动物的知觉能力,把持生命中心伦理,体现出敬畏生命的思想,进一步说,他们的写作显然基于这样的基本认识,即人类世界与动物世界是相互关联的生命共同体,人类是生态系统中的一员,和其他物种互相依赖,地位平等,具有同样的道德地位。他们还对动物的情感做出了具有时代特色的尝试性探讨,认为动物(狮子、狼、驴、夜莺、鹰、马、猎狗等)同样具备文本角色和道德身份。

几乎每一种体裁中都会出现相对固定的巅峰群落,以某一个或几个物种(比如人、狮子、狼、驴、夜莺、鹰、猎狗、马等)为主,形成稳定且相对持久的角色展示,这些群落赋予该文本空间目的和意义,形成文本中的生态系统,构成复杂的有机体,寓言故事、动物史诗、辩论诗参与文化话语的阐释过程,带有很强的说教色彩,涉及基督教、两性关系、政治体制、社会等级差异、身份认同、科学、语言、声誉、动物论、宫廷爱情等话题。这些作家要么模糊了人和动物之间的物种差异,要么凸显物种差异,对文化和自然之间的互动关系进行了细致的展示,具备整体生态观,以移情的方式探索了动物世界的奥秘,但写作体现出男性思维模式,肯定了二元对立模式。这种思维模式是对西方逻辑学和文学传统继承发扬的结果。

人与动物之间的关系在英国13世纪逐渐兴起的骑士文学中得到彰显。骑士文学中的动物多不能讲话,而这种叙事折射出人的异化感、对武士精神的崇拜、物种主义消解、超语言交流、种际正义等主题。动物是中世纪人追求的生命价值的外化,人与动物之间的物种差异受到颠覆性描述,含有深刻的伦理警示和人对自然的畏惧。虚构动物充满魔幻色彩,是神、人、兽三个观念的组合。这说明,人与动物的关系处于不确定的流动状态,而"他者"或"道德主体"的界定是相对的,跨物种的和谐关系的实现说明中世纪人认为动物同样具备情感回应能力。其中出现的分类危机感是人性与动物性之间模糊性的表征,承载了盎格鲁-诺曼时期人对确定文化血统、发展道德意识、构建自我身份和阐释基督教观念表现出的焦虑感和恐惧感。这种文化和自然交锋中出现的阈限状态是盎格鲁-诺曼时期一种典型的精神分裂状态的外化。但是在写作中,大多数佚名骑士文学作家体现出人类沙文主义者和物种歧视主义思想倾向。

在空间身份的定位上,中世纪英国作家在叙事中既承认动物的文化价值,又想象动物具备的情感回应能力。在有关英国/西欧的动物叙事之中,动物不仅具备内在价值,同时还有文化价值,动物的象征意义淡化,生命主体地位得以彰显。但是,当叙事转向远东的时候,远东想象和动物叙事表明,动物的美化和财富、魔法、社会阶层、地理位置及政治霸权有关,而动物的丑化显示出西欧人对未知的远东的不确定感和好奇感。这种叙事策略凸显了东方主义色彩,而中世纪英国作家对远东的想象和动物叙事暗示了对本土文明的自我调整和对自我形象和欲望的维护。

整体来看,这些作家在写作中展示出中世纪英国人复杂的动物观和动物伦理思想,在叙事视角方面和欧洲大陆作家保持一致,呈现群体偏好序列,但又体现出英国作家本土化创新和民族特色。动物在这些作品中扮演着道德批判、文化阐释的多元角色,象征意义弱化,作家们承认其生命主体地位,展现了其时代价值和现实意义。进一步来说,中世纪英国作家群处在多语言、多文化氛围之中,动物叙事中穿插着复杂的文化观、文化人格、作家个体和语言表述差异,而他们不同程度地受欧洲大陆文学传统的影响,动物叙事的艺术特征由具有英国特色的政治、经济、宗教、文化的影响和动物叙事文学传统形成的内力和外力共同作用而成。在他们的作品中,动物和人之间的关系显示出非常复杂的动态性,人和动物都可以扮演道德代言人的角色。在这种互动关系之中,这种动物叙事受到中世纪动物论、宗教教义、骑士制度、文学体裁和传统、旅行空间、意识形态、个人写作政治等因素的影响。但是,这些作家体现人类沙文主义者和物种歧视主义思想倾向,并没有表现出人类对于动物具有义务这一理念。需要指出的是,15世纪,以诗歌形式写成的《圣安尔伯斯之书》对如何运用具体工具钓鱼、驯鹰和狩猎等进行了描述,初步具备实证主义叙述维度,表明中世纪人已经拥有运用理性力量和技术手段来征服自然的能力,实现了人类自我理想化形象的塑造。

这些作家对欧洲大陆文学传统的借鉴使中世纪英国动物叙事成为整个西欧动物叙事发展中重要的一部分,为后来的英国作家进行动物叙事奠定了一定的基础。莫尔(Thomas More)在1516年出版的《乌托邦》(*Utopia*)中展示了人类既为了追求利益把动物工具化,又想保持人的自然本性,不杀戮动物的心理。莫尔用动物的例子说明乌托邦人的生活。[①]莎士比亚的作品中也出现了大量的动物。伯雷认为莎士比亚作品继承了马在中世纪骑士文化中的角色,正式提出英国上流社会从战士阶层转变

---

① Thomas More, *Utopia*. Trans. Paul Turner. London: Penguin Group, 1965. p. 42, pp. 46-48, p. 71, p. 81.

为休闲阶层。① 在 1500 年之前,英国的绵羊在古典和宗教作品中是一种隐喻,但莎士比亚从文学传统中获取了这一角色。②可以看出,作家在动物叙事方面对中世纪文学既有继承,也有创新。

---

① Bruce Thomas Boehrer, *Animal Characters: Nonhuman Beings in Early Modern Literature*. Philadelphia and Oxford: University of Pennsylvania Press, 2010. pp. 19—20.
② Ibid., pp. 164—165.

参考文献

Primary Sources

Aesop. *The Complete Fables*. Trans. Olivia Temple and Robert Temple. London: Peguine Books, 1998.

Ambrose. "On Faith in the Ressurection." *Funeral Orations by Saint Gregory Nazianzen and Saint Ambrose*. Trans. L. McCauley et al. New York: Father of Church, 1953. p. 256.

Andrew. Malcolm and Ronald Waldron, eds. *The Poems of the Pearl Manuscript: Pearl, Cleanness, Patience, Sir Gawain and the Green Knight*. Exeter: University of Exeter Press, 1987.

Anglo-Saxon Chronicle. Trans. G. N. Garmonsway. London: J. M. Dent & Sons Ltd., 1960.

Apuleius. *The Golden Ass*. Trans. Sarah Ruden. New Haven and London: Yale University Press, 2011.

Berners, Juliana. *English Hawking and Hunting in The Boke of St Albans*. (A fascimile edition of sigs. a2-f8 of *The Boke of St Albans*, 1486). Ed. Rachael Hands. Oxford: Oxford University Press, 1975.

Brewer, Derek. ed. *Medieval Comic Tales*. Cambridge: D. S. Brewer, 1973.

Bunt, G. H. V. ed. *William of Palerne: an Alliterative Romance*. Groningen: Bouma's Boekhuis, 1985.

Cartlidge, Nell. ed. *The Owl and the Nightingale: Text and Translation*. Exeter: University of Exeter Press, 2001.

Chaucer, Geoffrey. *The Riverside Chaucer* (3rd ed.). Ed. Larry D. Benson. Oxford: Oxford University Press, 1987.

Clanvowe, Sir John. *The Works of Sir John Clanvowe*. Ed. V. J. Scattergood. Cambridge: D. S. Brewer, 1975.

Conlee, John W. ed. *Middle English Debate Poetry: A Critical Anthology*. East Lansing: Colleagues Press, 1991.

D'Ancona, Jacob. *The City of Light: The Hidden Journal of the Man Who Entered China Four Years Before Marco Polo*. Trans. and Ed. David Selbourne. London: Little, Brown and Company, 1997.

Gray, Douglas. ed. *From the Norman Conquest to the Black Death: An Anthology of Writings from England*. Oxford: Oxford University Press, 2011.

Holy Bible (NRSV). National TSPM & CCC, 2000.

Hudson, Harriet. ed. *Four Middle English Romances: Sir Isumbras, Octavian, Sir Eglamour of Artois, Sir Tryamour* (2nd ed.). Kalamazoo: Medieval Institute Publications, 2006.

Ikegami, Tadahiro. ed. *The Lyfe of Ipomydon*. Tokyo: Ohyu-sha Printing Company Ltd., 1983.

John, of Salisbury. *The Historia Pontificalis of John of Salisbury*. Ed. and Trans. Marjorie Chibnall. Oxford: Claredon Press, 1986.

Malory, Sir Thomas. *The Works of Sir Thomas Malory*. Ed. Eugéne Vinaver. Oxford: Oxford University Press, 1971.

Mandeville, Sir John. *The Travels of Sir John Mandeville*. Trans. C. W. R. D. Moseley. London: Penguin Books Ltd., 2005.

Marie, de France. *Fables*. Ed. and Trans. Harriet Spiegel. Toronto: University of Toronto Press, 1987.

——, *Lais*. Ed. Alfred Ewert. Bristol: Bristol Classical Press, 1995.

Millor, W. J., and Butler, H. E. eds. *The Letters of John of Salisbury*. Vol. 1. Oxford: Claredon Press, 1986.

More, Thomas. *Utopia*. Trans. Paul Turner. London: Penguin Group, 1965.

Nigel, of Longchamp. *A Mirror for Fools*. Trans. J. H. Mozley. Oxford: B. H. Blackwell Ltd., 1961.

Nivardus. *Ysengrimus*. Trans. Jill Mann. Leiden: Brill, 1987.

Odo, of Cheriton. *The Fables of Odo of Cheriton*. Trans. and Ed. John C. Jacobs. New York: Syracuse University Press, 1985.

Ovid. *Metamorphoses*. Trans. Stanley Lombardo. Cambridge: Hacket Publishing Company,Inc.,2010.

Phoebus,Gaston. *Livre de chasse*. Ed. Gunnar Tlander. Karlshamn: E. G. Johanssons Boktryckeri,1971.

Pliny. *Natural History*. (Volume II,Books 3—7) (Loeb Classical Library No. 352). Trans. H. Rankham. Cambridge:Harvard University Press,1942.

Sarrazin,Gregor. ed. *Octavian*. Heilbronn:Gebr. Henninger,1885.

Smithers,G. V. ed. *Havelok*. Oxford:Clarendon Press,1987.

White,T. H. ed. *The Book of Beasts: Being a Translation from Latin Bestiary*. London:Jonathan Cape,1954.

Secondary Sources

Akbari,Suzanne Conklin. "Alexander in the Orient: Bodies and Boundaries in the Roman de toute chevalerie." *Postcolonial Approaches to the European Middle Ages: Translating Cultures*. Ed. Ananya Jahanara Kabir and Deanne Williams. Cambridge:Cambridge University Press,2005. pp. 105—126.

——,"From Due East to True North: Orientalism and Orientation." *The Postcolonial Middle Ages*. Ed. Jeffrey J. Cohen. New York:St. Marin's Press,2000. pp. 19—34.

Al-Olaqi,Fahd Mohammed Taleb Saeed. "English Literary Portrait of the Arabs." *Theory and Practice in Language Studies*. 2(2012):1767—1775.

Allen, Rosamund. *Eastward Bound: Travel and Travellers*, 1050—1500. Manchester: Manchester University Press,2005.

Altmann,Barbara K. and Barton Palmer,R. "The Tradition of Love Debate Poetry: An Introduction." *An Anthology of Medieval Love Debate Poetry*. Ed. and Trans. Barbara K. Altmann and R. Barton Palmer. Gainesville: University Press of Florida. pp. 1—2.

Amrhein,Vlalentin,Pius Koener and Marc Naguib. "Nocturnal and Diurnal Singing Activity in the Nightingale: Correlations with Mating Status and Breeding Cycle." *ANIMAL BETHAVIOUR* 2002 (64):939—944.

Andrew,Malcolm and Waldron Ronald. "Introduction." *The Poems of the Pearl Manuscript: Pearl, Cleanness, Patience, Sir Gawain and the Green Knight*. By Malcolm Andrew and Ronald Waldron. Exeter:University of Exeter Press,1987. pp. 1—50.

Aristotle. *Historia Animalium*. Cambridge:Harvard University Press,1991.

——, *Generation of Animals*. Trans. A. L. Peck. London: William Heinemann Ltd.,1943.

Ashe, Laura. *Fiction and History in England*, 1066 — 1200. Cambridge: Cambridge University Press,2007.

Atkins, J. W. H. "A Note on 'The Owl and the Nightingale'." *Modern Language Review* 35 (1940):55—56.

——, *The Owl and the Nightingale: Poem and Critics*. New York: Russell & Russell, 1922.

Austin, Greta. "Marvelous Peoples of Marvelous Races? Race and the Anglo-Saxon Wonders of the East." *Marvels, Monsters, and Miracles: Studies in the Medieval and Early Modern Imaginations*. Ed. Timothy S. Jones and David A. Sprunger. Kalamazoo: Medieval Institute Publications,2002. pp. 27—54.

Baum, Paul F. "Chaucer's 'The House of Fame'." *ELH* 8.4 (1941):248—256.

Baum, Richard. *Recherches sur les œuvres attribuées à Marie de France*. Carl Winter: Heidelberg,1968.

Baxter, Ron. *Bestiaries and Their Users in the Middle Ages*. Thrupp and Gloucestershire: Sutton Publishing Ltd.,1998.

Bennett, J. A. W. *Chaucer's Book of Fame: an Exposition of "The House of Fame"*. Oxford: The Clarendon Press,1968.

——, *The Parlement of Foules: An Interpretation*. Oxford: The Clarendon Press,1957.

Best, Thomas W. *Reynard the Fox*. Boston: Twayne Publishers,1983.

Beynen, G. Koolemans. "Animal Language in the Garden of Eden: Folktale Elements in Genesis." *Signifying Animals: Human Meaning in the Natural World*. Ed. Roy Willis. London and New York: Routledge,1990. pp. 43—54.

Blackham, H. J. *The Fable as Literature*. London and Dover: The Athlone Press,1985.

Blain, Virginia. et al. *The Feminist Companion to Literature in English: Woman Writers from Middle Ages to the Present Days*. New Haven: Yale University Press,1990.

Boas, Cecily. "Introduction." *Birds and Beasts in English Literature*. Ed. Cecily Boas. London and Edinburgh: Thomas Nelson & Sons, Ltd.,1926. pp. 1—8.

Boehrer, Bruce Thomas. *Animal Characters: Nonhuman Beings in Early Modern Literature*. Philadelphia and Oxford: University of Pennsylvania Press,2010.

Boitani, Piero. *Chaucer and the Imaginary World of Fame*. Cambridge: D. S. Brewer,1984.

Bough, Jill. "The Mirror Has Two Faces: Contradictory Reflections of Donkeys in

Western Literature from Lucius to Balthazar." *Animals* 1 (2011):56—68.

Braddy, Haldeen. "The Genre of Chaucer's Squire's Tale." *Journal of English and Germanic Philology* 41 (1942):279—290.

Brewer, Derek. "Introduction." *The Parlement of Foulys*. By Geoffery Chaucer. London and Edinburgh: Thomas and Sons Ltd., 1960. pp. i—vii.

Brown, Carmen. "Bestiary Lessons on Pride and Lust." *The Mark of the Beast: The Medieval Bestiary in Art, Life and Literature*. Ed. Debra Hassing. New York and London: Garland Publishing, Inc., 1999. pp. 53—67.

Bryer, Anthony. "Cultural Relations in the Twelfth Century." *Relations Between East and West in the Middle Ages*. Ed. Derek Baker. Edinburgh: Edinburgh University Press, 1973. pp. 77—94.

Bumke, Joachim. *Courtly Culture: Literature and Society in the High Middle Ages*. Trans. Thomas Dunlap. Berkely and Oxford: University of California Press, 1999.

Camille, Michael. *The Image on the Edge: The Margins of Medieval Art*. Edingburgh: Reaktion Books, 2004.

Carson, M. Angela. "Rhetorical Structure in *The Owl and the Nightingale*." *Speculum* 1 (1967):92—103.

Cawley, A. C. "Astrology in 'The Owl and the Nightingale'." *The Modern Language Review* 2 (1951):161—174.

Clark, Willene B. and McMunn, Meradith T. *Beasts and Birds of the Middle Ages*. Philadelphia: University of Pennsylvania Press, 1989.

Cohen, Esther. "Animals in Medieval Perceptions: the Image of the Ubiquitous Other." *Animals and Human Society: Changing Perspectives*. Ed. Aubrey Manning and James Serpell. London and New York: Routledge, 1994, pp. 59—80.

Cohen, Jeffrey J. "Monster Culture." *Monster Theory: Reading Culture*. Ed. Jeffrey J. Cohen. Minneapolis: University of Minnesota Press, 1996. pp. 3—25.

——, *Medieval Identity Machines*. Minneapolis and London: University of Minnesota Press, 2003.

Conlee, John W. "Introduction." *Middle English Debate Poetry: A Critical Anthology*. By John W. Conlee. East Lansing: Colleagues Press, 1991. pp. xi—xliii.

Connor, Steven. *Dumbstruck: A Cultural History of Ventriloquism*. Oxford: Oxford University Press, 2000.

Crane, Susan. *Animal Encounters: Contacts and Concepts in Medieval Britain*. Philadelphia: University of Pennsylvania Press, 2013.

——, "Cat, Capon and Pig in *The Summoner's Tale*." *Studies in the Age of Chaucer*

34 (2012):319—324.

——, *Gender and Romance in Chaucer's Canterbury Tales*. Princeton:Princeton University Press,1994.

Craun, Edwind D. *Lies, Slander and Obscenity in Medieval English Literature: Pastoral Rhetoric and the Deviant Speaker*. Cambridge:Cambridge University Press,1997.

Cross, Peter R. *The Knight in Medieval England* 1000 — 1400. Stroud:Sutton Publishing Ltd.,1993.

Cummins,John. *The Hound and the Hawk:The Art of Medieval Hunting*. London:Phoenix Press,2001.

Delany, Sheila. *Chaucer's House of Fame:The Poetics of Skeptical Fideism*. Gainesville:University Press of Florida,1972.

Derrida,Jacques. *The Animal Therefore I Am*. Ed. Marie-Louise Mallet. Trans. David Willis. New York:Fordham University Press,2008.

Douglas, Mary. "The Pangolin Revisited:A New Approach to Animal Symbolism." *Signifying Animals:Human Meaning in the Natural World*. Ed. Roy Willis. London and New York:Routledge,1990. pp. 25—36.

Edminster, Warren. *The Preaching Fox:Festive Subversion in the Plays of the Wakefield Master*. New York and London:Routledge,2005.

Edwards,Robert R. *The Dream of Chaucer:Representation and Reflection in the Early Narratives*. Durham and London:Duke University Press,1989.

Evans,E. P. *Animal Symbolism in Ecclesiastical Art*. New York:Harry Holt,1896.

Fauchet, Claude. *Recueil de l'origine de la langue et poésie francoise, ryme et romans*. Paris:Mamert Patiffon Impremeur du Roy,1581.

Fawtier,Robert. *The Capetian of France*. Trans. L. Butler and R. J. Adam. London and New York:St. Martin's Press,1960.

Finlayson,John. "Seeing, Hearing and Knowing in *The House of Fame*." *Studia Neophilologica* 58. 1 (1986):47—57.

Flores, Nona C. "Effigies Amicitiae... Veritas Inimicitiae:Antifeminism in the Iconography of the Woman—Headed Serpent in Medieval and Renaissance Art and Literature." *Animals in the Middle Ages:A Book of Essays*. Ed. Nona C. Flores. New York and London:Garland Publishing,Inc.,1996,pp. 167—196.

——,"The Mirror of Nature Disordered:The Medieval Artist's Dilemma in Depicting Animals." *The Medieval World of Nature*. Ed. Joyce E. Salisbury. New York and London:Garland Publishing,Inc.,1993. pp. 3—45.

Forsyth,William H. "The Noblest of Sports:Falconry in the Middle Ages." *The*

Metropolitan Museum of Art Bulletin 2.9 (1944):253—259.

Fraser, Vernica. "The Goddess Natura in the Occitan Lyric." *The Medieval World of Nature*. Ed. Joyce E. Salisbury. New York and London: Garland Publishing, Inc., 1993. pp. 129—144.

Frese, Dolores Warwick. "The Marriage of Woman and Werewolf: Poetics of Estrangement in Marie de France's *Bisclavret*." *Vox Intexta: Orality and Textuality in the Middle Ages*. Ed. A. N. Doan and Carol Pasternack, Madison: University of Wisconsin Press, 1991. pp. 183—202.

Friedman, John Block. *The Monstrous Races in Medieval Art and Thought*. Cambridge: Harvard University Press, 1978.

Frye, Roland Mushat. *Milton's Imagery and the Visual Arts: Iconographic Tradition in the Epic Poems*. Princeton: Princeton University Press, 1978.

Fyler, John M. "Domesticating the Exotic in the *Squire's Tale*." *ELH* 55.1 (1988): 1—26.

Gardener, John. "*The Owl and the Nightingale*: A Burlesque." *PLL* 1966 (2):3—12.

Gasser, Karen M. *Resolution to the Debate in the Medieval Poem The Owl and the Nightingale*. Lewiston: The Edwin Mellen Press, 1999.

Glosecki, Stephen O. "Marble Beasts: The Manifold Implications of Early Germanic Animal Image." *Animals in the Middle Ages: A Book of Essays*. Ed. Nona C. Flores. New York and London: Garland Publishing, Inc., 1996. pp. 3—23.

Goldblatt, David. *Art and Ventriloquism*. New York: Routledge, 2006.

Hamaguchi, Keiko. *Non-European Women in Chaucer: A Postcolonial Study*. Frankful am Main: Peter Lang, 2006.

Handoo, Jawharlla. "Cultural Attitudes to Birds and Animals in Folklore." *Signifying Animals: Human Meaning in the Natural World*. Ed. Roy Willis. London: Routledge, 1990. pp. 34—38.

Hansen, Elaine Tuttle. *Chaucer and the Fictions of Gender*. Berkeley: University of California Press, 1992.

Harpur, James. *The Crusades, the Two Hundred War: the Clash Between the Cross and the Crescent in the Middle East* 1096—1291. London: Carlton Books, 2005.

Harris, Julian. *Marie de France: The Lays Gugemar, Lanval and a Fragment of Yonec*. New York: Publications of the Institute of French Studies, Inc., 1930.

Hassing, Debra. *The Mark of the Beast: The Medieval Bestiary in Art, Life and Literature*. New York and London: Garland Publishing, Inc., 1999.

Hayes, Mary. *Divine Ventriloquism in Medieval English Literature: Power, Anxiety and Subversion*. New York: Palgrave Macmillan, 2011.

Heffernan, Carol F. *The Orient in Chaucer and Medieval Romance*. Cambridge: D. S. Brewer, 2003.

Heng, Geraldine. *Empire of Magic: Medieval Romance and the Politics of Cultural Fantasy*. New York: Columbia University Press, 2003.

Hiatt, Alfred. "Mapping the Ends of Empire." *Postcolonial Approaches to the European Middle Ages: Translating Cultures*. Ed. Ananya Jahanara Kabir and Deanne Williams. Cambridge: Cambridge University Press, 2005. pp. 62—63.

Higgins, Iain Macleod. *Writing East: The "Travels" of Sir John Mandeville*. Philadelphia: University of Pennsylvania Press, 1997.

Hinckley, Henry Barrett. "The Date, Author, and Sources of *The Owl and the Nightingale*." *PMLA* 2 (1929): 329—359.

——, "Science and Folk-Lore in *The Owl and the Nightingale*." *PMLA* 2 (1932): 303—314.

Hindman, Sandra. "Æsop's Cock and Marie's Hen: Gendered Authorship in Text and Image in Manuscript of Marie de France's Fables." *Women and the Book: Assessing the Visual Evidence*. Ed. Jane H. M. Taylor and Lesley Smith. London: The British Library, 1997. pp. 45—56.

Honegger, Thomas. *From Phoenix to Chaunticleer: Medieval English Animal Poetry*. (Diss.) Zürich: University of Zürich, 1994.

Huganir, Kathryn. "Equine Quartering in *The Owl and the Nightingale*." *PMLA* 4 (1937): 935—945.

——, *The Owl and the Nightingale: Sources, Date and Author*. Philadelphia: University of Pennsylvania Press, 1931.

Hume, Kathryn. *The Owl and the Nightingale: The Poem and Its Critics*. Toronto: Toronto University Press, 1975.

Jacobs, John C. "Introduction." *The Fables of Odo of Cheriton*. Trans. and Ed. John C. Jacobs. New York: Syracuse University Press, 1985. pp. 68—72.

Jambeck, Karen. "Truth and Deception in the Fables of Marie de France." *Literary Aspects of Courtly Culture*. Cambridge: D. S. Brewer, 1994. pp. 221—229.

Jardins, Joseph R. Des. *An Introduction to Environmental Philosophy*. Belmont: Wadsworth Publishing Company, 2005.

Kelly, Henry Ansgar. *Chaucer and the Cult of Saint Valentine*. Lugduni Batavorum: Brill, 1986.

Kennedy, Thomas C. "Rhetoric and Meaning in *The House of Fame*." *Studia Neophilologica* 68.1 (1996): 9—23.

Kikuchi, Kiyoaki. "Another Bird Debate Tradition?" *Medieval Heritage: Essays in*

Honour of Tadahiro Ikegami. Ed. Masahiko Kanno, et al. Tokyo: Yushodo Press Co.,Ltd.,1997. pp. 197—210.

Kinoshita,Sharon and Peggy McCracken. *Marie de France: A Critical Companion*. Cambridge: D. S. Brewer,2012.

Kiser,Lisa J. "The Animals That Therefore They Were: Some Chaucerian Animal/Human Relationship."*Studies in the Age of Chaucer* 34 (2012):311—317.

Knowles,David. *The Monastic Order in England*. Cambridge: Cambridge University Press,1949.

Koonce,Byb. G. *Chaucer and the Tradition of Fame: Symbolism in the House of Fame*. Princeton: Princeton University Press,1966.

Kordecki,Lesley. "Making Animals Mean: Speciest Hermeneutics in the *Physiologus* of Theobaldus. " *Animals in the Middle Ages: A Book of Essays*. Ed. Nona C. Flores. New York and London: Garland Publishing,Inc.,1996. pp. 85—102.

Lacy,Norris J. "Foreword." *The Fables of Marie de France*. Trans. Mary Lou Martin. Birmingham and Alabama: Summa Publications,INC.,1984. pp. i—iii.

Lagerlund,Henrik. ed. *Rethinking the History of Skepticism: The Missing Medieval Background*. Boston: Drill,2010.

Lerer,Seth. *Children's Literature: a Reader's History, from Aesop to Harry Potter*. Chicago: University of Chicago Press,2008.

Letts,Malcolm. *Mandeville's Travels: Texts and Translations*. London: The Hakluyt Society,1953.

Lionarons,Joyce Tally. "From Monsters to Martyr: The Old English Legend of Saint Christopher. " *Marvels, Monsters, and Miracles: Studies in the Medieval and Early Modern Imaginations*. Ed. Timothy S. Jones and David A. Sprunger. Kalamazoo: Medieval Institute Publications,2002. pp. 167—182.

Lochrie, Karma. " Provincializing Medieval Europe: Mandeville's Cosmopolitan Utopia."*PMLA* 124. 2 (2009):592—599.

Lundblad, Michael. "From Animals to Animality Studies. " *PMLA* 2009 (2): 496—502.

Lynch,Kathryn L. "East Meets West in Chaucer's Squire's and Franklin's Tale. " *Speculum* 70 (1995):530—551.

Mabey,Richard. *The Book of Nightingales*. London: Sinclair-Stevenson,1997.

Malamud, Randy. *An Introduction to Animals and Visual Culture*. Basingstoke: Palgrave Macmillan,2012.

Mann,Jill. *From Aesop to Reynard: Beast Literature in Medieval Britain*. Oxford: Oxford University Press,2009.

——,"The 'Speculum Stultorum' and the 'Nun's Priest's Tale'." *The Chaucer Review* 3(1975):262—282.

Martin, Mary Lou. "Introduction." *The Fables of Marie de France*. Trans. Mary Lou Martin. Birmingham and Alabama: Summa Publications, INC., 1984. 1—30.

McKnight, G. H. "The Middle English Vox and Wolf." *PMLA* 3 (1980):497—509.

McMunn, Meradith T. "Beastiary Influences in Two Thirteenth-Century Romances." *Beasts and Birds of the Middle Ages: The Bestiary and Its Legacy*. Ed. Willene B. Clark and Meradith T. McMunn. Philadelphia: University of Pennsylvania Press, 1989. pp. 134—150.

Merrill, Elizabeth. *The Dialogue in English Literature*. New York: Holt, 1911.

Milton, Giles. *The Riddle and the Knight: In Search of Sir John Mandeville*. Sceptre: Hodder & Stoughton, 1996.

Mittsman, Asa Simon. *Maps and Monsters in Medieval England*. London: Routledge, 2006.

Morrison, Elizabeth. *Beasts Fantastic and Factual*. London: The British Library, 2007.

Moseley, C. W. R. D. "Introduction." *The Travels of Sir John Mandeville*. Trans. C. W. R. D. Moseley. London: Penguin Books Ltd., 2005, pp. 1—41.

Moss, Stephen. *Birds Britannia: How the British Fell in Love with Birds*. London: Collins, 2011.

Mozley, J. H. "Introduction." *A Mirror for Fools*. By J. H. Mozley. Oxford: B. H. Blackwell Ltd., 1961. pp. 1—7.

——, "On the Text and MSS. of the *Speculum Stultorum*." *Speculum* V (1930): 260—261.

Near, Michael. "Foreword." *Chaucer's House of Fame: The Poetics of Skeptical Fideism*. By Sheila Delany. Gainesville: University Press of Florida, 1972. pp. vii—xi.

Newman, Barbara. *God and the Goddesses: Vision, Poetry, and Belief in the Middle Ages*. Philadelphia: University of Pennsylvania Press, 2003.

——, "More Thoughts on Medieval Women's Intelligence." *Voices in Dialogue: Reading Women in the Middle Ages*. Ed. Linda Olson and Kathryn Kerby-Fulton. Notre Dame: University of Notre Dame, 2005. pp. 231—244.

Oggins, Robin S. "Falconry and Medieval Views of Nature." *The Medieval World of Nature*. Ed. Joyce E. Salisbury. London: Garland Publishing, Inc., 1993. pp. 47—60.

Olsson, Kurt. "Character and Truth in 'The Owl and the Nightingale'." *The Chaucer Review* 11.4 (1977):351—368.

Orchard, Andy. *Pride and Prodigies: Studies in the Monsters of the Beowulf-manuscript*. Toronto: University of Toronto Press, 2003.

Pearsall, Derek A. "The Squire as Story Teller." *University of Toronto Quarterly* 34 (1964): 82—92.

Peil, Dietmar. "On the Question of a Physiologus Tradition in Emblematic Art and Writing." *Animals in the Middle Ages: A Book of Essays*. Ed. Nona C. Flores. London: Garland Publishing, Inc., 1996. pp. 103—110.

Perryman, Judith C. "Lore, Life and Logic in *The Owl and the Nightingale*." *Companion to Early Middle English Literature*. (2nd ed.). Ed. N. H. G. E. Veldhoen and H. Aertsen. Amsterdam: VU University Press, 1995. pp. 107—110.

Peterson, Douglas L. "'The Owl and the Nightingale' and Christian Dialectic." *The Journal of English and Germanic Philology* 1 (1956): 13—26.

Pfeffer, Wendy. *The Change of Philomel: The Nightingale in Medieval Literature*. New York and Berne: Peter Lang, 1985.

Quinn, William A. "Chaucer's Recital Presence in *The House of Fame* and the Embodiment of Authority." *The Chaucer Review* 43.2 (2008): 171—196.

Rahner, Hugo S. J. *Greek Myths and Christian Mystery*. London: Burns & Oates, 1963.

Raymo, Robert R. "Gower's *Vox Clamantis* and the *Speculum Stultorum*." *Modern Language Notes* 5 (1955): 315—320.

Reed, Thomas L. *Middle English Debate Poetry and the Aesthetics of Irresolution*. Columbia and London: University of Missouri Press, 1990.

Regenos, Graydon W. "Introduction." *Nigellus Wireker's Speculum Stultorum*. Trans. Graydon W. Regenos. Austin: University of Texas Press, 1959, pp. 1—28.

Rolston III, Holmes. *Genes, Genesis and God: Values and Their Origins in Natural and Human History*. Cambridge: Cambridge University Press, 1999.

——, *Philosophy Gone Wild: Essays in Environmental Ethics*. New York: Prometheus Books, 1986.

Rossi-Reder, Andrea. "Wonders of the Beast: India in Classical and Medieval Literature." *Marvels, Monsters, and Miracles: Studies in the Medieval and Early Modern Imaginations*. Ed. Timothy S. Jones and David A. Sprunger. Kalamazoo: Medieval Institute Publications, 2002. pp. 53—66.

Rowland, Beryl. *Blind Beasts: Chaucer's Animal World*. Kent: Kent State University Press, 1971.

——, *Birds with Human Soul: A Guide to Bird Symbolism*. Knoxville: The University of Tennessee Press, 1978.

Russell, J. Stephen. *The English Dream Vision: Anatomy of a Form*. Columbus: Ohio State University Press, 1988.

Said, Edward. *Orientalism*. New York: Vintage, 1979.

Salisbury, Joyce E. *The Beast Within: Animals in the Middle Ages*. New York and London: Routledge, 1994.

Salter, David. *Holy and Noble Beasts: Encounters with Animals in Medieval Literature*. Cambridge: D. S. Brewer, 2001.

Scott-Macnab, David. "The Animals of the Hunt and the Limits of Chaucer's Sympathies." *Studies in the Age of Chaucer* 34 (2012): 331—337.

Simmons, J. L. "The Place of the Poet in Chaucer's *House of Fame*." *Modern Language Quarterly* 27. 2(1966): 125—135.

Skeat, W. W. *The Man of Law's Tale, The Nun's Priest's Tale, The Squire's Tale by Geoffrey Chaucer*. London: Alexander Moring Ltd., 1904.

Snell, Daniel S. ed. *A Companion to the Ancient Near East*. Oxford: Wiley-Blackwell. 2007.

Soothill, W. E. *China and the West*. London: Oxford University Press, 1925.

Spearing, A. C. *Medieval Dream Poetry*. Cambridge: Cambridge University Press, 1976.

"Spiritual Meaning of Tail". ⟨http://www.biblemeanings.info/Words/Animal/Tail.htm⟩, Nov. 11, 2014.

Sprunger, David A. "Depiction the Insane: A Thirteenth-Century Case Study." *Marvels, Monsters, and Miracles: Studies in the Medieval and Early Modern Imaginations*. Ed. Timothy S. Jones and David A. Sprunger. Kalamazoo: Medieval Institute Publications, 2002. pp. 223—241.

——, "Wild Folk and Lunatics in Medieval Romance." *The Medieval World of Nature*. Ed. Joyce E. Salisbury. New York and London: Garland Publishing, Inc., 1993. pp. 145—163.

Steinberg, Glenn A. "Chaucer in the Cultural Production: Humanism, Dante and *The House of Fame*." *The Chaucer Review* 35. 2 (2000): 182—203.

Stevenson, Kay. "The Endings of Chaucer's *House of Fame*." *English Studies* 59. 1 (1978): 10—26.

Stockwell, Foster. *Westerners in China: A History of Exploration and Trade,*

Ancient Times through the Present. London: McFarland & Company, Inc., Publishers, 2003.

Swainson, Charles. *The Folk Lore and Provincial Names of British Birds*. London: E. Stock, 1886.

Swanton, Michael. *English Poetry Before Chaucer*. Exeter: University of Exeter Press, 2002.

Sypherd, Wilbur Owen. *Studies in Chaucer's House of Fame*. London: L. Paul, Trench, Trubner & Co., Ltd., 1907.

Tigges, Wim. "The Fox and the Wolf: A Study in Medieval Irony." *Companion to Early Middle English Literature*. (2nd ed.). Ed. N. H. G. E. Veldhoen and H. Aertsen. Amsterdam: VU University Press, 1995. pp. 83—95.

Tupper, Frederick. "The Date and Historical Background of *The Owl and the Nightingale*." *PMLA* 2 (1934): 406—427.

Twomey, Michael W. "Falling Giants and Floating Lead: Scholastic History in the Middle English Cleanness." *Marvels, Monsters, and Miracles: Studies in the Medieval and Early Modern Imaginations*. Ed. Timothy S. Jones and David A. Sprunger. Kalamazoo: Medieval Institute Publications, 2002. pp. 145—165.

Tzanaki, Rosemary. *Mandeville's Medieval Audiences: A Study on the Reception of the Book of Sir John Mandeville* (1371—1550). Aldershot: Ashgate Publishing Ltd., 2003.

Vaughan, Richard. *Matthew Paris*. London: Cambridge University Press, 1958.

Ward, Susan L. "Fables for the Court: Illustrations of Marie de France's *Fables* in Paris." *Women and the Book: Assessing the Visual Evidence*. Ed. Jane H. M. Taylor and Lesley Smith. London: The British Library, 1997, pp. 196—200.

Warren, Michael J. "'Kek, Kek': Translating Birds in Chaucer's *The Parliament of Fowles*." *Studies in the Age of Chaucer* Vol. 38 (2016): 109—132.

Ward, Susan L. "Fables for the Court: Illustrations of Marie de France's *Fables* in Paris." *Women and the Book: Assessing the Visual Evidence*. Ed. Jane H. M. Taylor and Lesley Smith. London: British Library, 1997.

Weed, Clarence Moores. *Birds in Their Relations to Man*. Philadelphia: Lippincott, 1924.

Weimann, Klaus. *Middle English Animal Literature*. Exeter: University of Exeter Press, 1975.

White, Hayden. "The Forms of Wildness: Archaeology of an Idea." *The Wild Man Within: An Image in Western Thought from the Renaissance to Romanticism*. Ed. Edward Dudley and Maximillian E. Novak. Pittsburgh: University of

Pittsburgh Press, 1972. pp. 3—38.

White, Hugh. *Nature, Sex and Goodness in a Medieval Literary Tradition*. Oxford: Oxford University Press, 2000.

Whitehead, Robert. *Eagles*. London and New York: Franklin Watts, Inc., 1972.

Williams, Jeni. *Interpreting Nightingales: Gender, Class and Histories*. Sheffield: Academic Press, 1997.

Willis, Roy. ed. *Signifying Animals: Human Meaning in the Natural World*. London and New York: Routledge, 1990.

Wilson, R. M. *Early Middle English Literature*. London: Methuen & Co. Ltd., 1939.

Witt, Michael A. "'The Owl and the Nightingale' and English Law Court Procedure in the Twelfth and Thirteenth Centuries." *The Chaucer Review* 16. 3 (1982): 282—292.

Yamamoto, Dorothy. *The Boundaries of the Human in Medieval English Literature*. Oxford: Oxford University Press, 2000.

[美]艾米·蔡:《大国兴亡录》,刘海青、杨礼武译,北京:新世界出版社,2013。

陈才宇:《中古英语辩论诗述评》,《浙江大学学报》(人文社会科学版)2003年第1期,第119—124页。

樊颖:《穿越中西方象征诗林的"鸟"与"OWL"——〈鹠鸟赋〉与〈猫头鹰与夜莺〉中的"猫头鹰"意象之比较》,《兰州学刊》2011年第1期,第219—221页。

葛桂录:《"中国不是中国":英国文学里的中国形象》,《福建师范大学学报》(哲学社会科学版)2005年第5期,第64—70页。

——,《欧洲中世纪一部最流行的非宗教类作品——〈曼德维尔游记〉的文本生成、版本流传及中国形象综论》,《福建师范大学学报》(哲学社会科学版)2006年第4期,第82—88页。

龚缨晏、石青芳:《直观的信仰:欧洲中世纪抄本插图中的基督教》。济南:山东画报出版社,2008。

[德]赫尔曼·库尔克、[德]迪特玛尔·罗特蒙特:《印度史》,王立新、周红江译,北京:中国青年出版社,2008。

李赋宁、何其莘主编:《英国中古时期文学史》,北京:外语教学与研究出版社,2006。

李勇:《西欧的中国形象》,北京:人民出版社,2010。

沈弘:《试论弥尔顿的姊妹诗与中世纪辩论诗传统》,《中南大学学报》(社会科学版)2016年第1期,第140—145页。

[美]斯塔夫里阿诺斯:《全球通史:从史前史到21世纪》(第7版),吴象婴、梁赤民、董书慧、王昶译,北京:北京大学出版社,2014。

王慧萍:《怪物考:中世纪幻想艺术图文志》。武汉:湖北美术出版社,2015。

许德金:《试析夜莺在英诗中的意象》,《四川外语学院学报》1998年第4期,第61—65页。

张亚婷:《中世纪英国文学中的母性研究》,北京:中央编译出版社,2014年。

邹雅艳:《透过〈曼德维尔游记〉看西方中世纪晚期文学家笔下的中国形象》,《国外文学》2014年第1期,第147—153页。

后　记

　　窗外秋雨潇潇,落叶纷飞。有人漫步,有鸟啁啾。此时,我的思绪又被带回到这几年的研究经历之中。
　　近年来,我一直沉迷于中世纪英国文学的阅读和研究之中,而我研究中世纪英国动物叙事其实开始得很偶然。在阅读《亚瑟王之死》的时候,我发现亚瑟王梦到动物后就会找人解梦,而动物被赋予了不同意义。这给了我研究的灵感,使我开始关注中世纪英国文学中的动物,阅读中发现中世纪人对动物世界的想象丰富且有趣。这种构思在2011年以教育部人文社会科学青年项目"英国动物叙事文学研究:1150—1500"课题立项。2012年到2013年,我在牛津大学英语系访学并开始撰写初稿。在日记中,我不由得写道:"各种不同的动物带给我不同的感受,从那些手抄本中我感觉到中世纪人那艳丽的想象。一幅画启发了我:一本书的封皮上画着一只兔子去狩猎,他成功而返,肩膀上扛着的猎物是一个人。我不由得笑了。中世纪人的想象是丰富的,谁说这是黑暗的时代?……我一会儿徘徊在一头驴(《愚人之镜》中的驴——波奈尔)的非分之想中,一会儿又去研究夜莺的能言善辩,从此迷上了雅尼的那首《夜莺》,一会儿又去关注乔叟笔下的那些鹰。有趣的收获是我能够辨析15世纪的印刷体,那本有关狩猎的书(《圣安尔伯斯之书》)我可以阅读。"后来,颇受欢迎的电影《疯狂动物城》《侏罗纪公园》和《忠犬八公的故事》使我发现电影不仅仅有动物明星,文学作品同样有动物明星。然而,真正的研究并非一件易事。6年来,我在研究中得到了诸多帮助,在此一并深谢。

感谢我的恩师刘乃银教授。12年前,在他的耐心指导下,我开始了对中世纪英国文学的研究。在我撰写这本书稿之初,他看了提纲后提出了非常有意义的建议,他还给我发来《世界人名翻译大辞典》,嘱咐我人名翻译一定要规范。感谢复旦大学的孙建教授、北京大学的王继辉教授、陕西师范大学的王启龙教授和王文教授以及南京师范大学的丁建宁教授提出的中肯建议和意见。感谢浙江大学的沈弘教授,他对我的研究话题非常肯定,并在阅读我的书稿后提出了修改建议,指出这是"国内首部全面考察和论述中世纪英国文学作品中动物形象和寓意的专著,具有原创性"。在2017年10月的"转折中的早期英国文学研究:青年学者论坛"开会之余,他还对书稿中出现的动物意象提出了中肯建议。感谢陕西师范大学王云霞博士和我一起分享环境伦理学方面的观点,对我颇有启发。感谢浙江大学郝田虎教授、上海外国语大学王睿博士、安徽师范大学张涛博士和北京大学王雯同学分享相关材料。同时,还要感谢牛津大学的Simon Horobin教授、Daniel Wakelin教授和Helen Bar博士和我一起谈论相关问题,尤其是Daniel Wakelin教授,他很耐心地辅导我如何辨析15世纪的印刷体。之后我每天辨析并阅读《圣安尔伯斯之书》,最终我明白了15世纪英国人如何把驯鹰、钓鱼、狩猎等活动和精神健康紧密联系起来。感谢剑桥大学的Helen Cooper教授。2013年2月我去拜访她本是就我即将出版的专著《中世纪英国文学中的母性研究》(2014年中央编译出版社出版)请教,没想到细心的她看到一沓材料下的最后一张纸并主动问起,那其实是本书稿的提纲,她看后提出的建议很有启发。感谢耶鲁大学的Alastair Minnis教授,在伦敦国王学院的学术会议上,我们有幸一起讨论乔叟笔下的鹰。感谢弗吉尼亚大学的A. C. Spearing教授,我时常在邮件中就有关问题问起他,他的热心和耐心对我是极大的鼓励。

感谢教育部人文社科研究项目的大力支持,使我更有信心和耐心进行研究。感谢国家留学基金委和陕西师范大学,使我有机会去牛津大学英语系访学。我在那里获得宝贵的第一手研究资料,有机会读到中世纪手抄本,能和相关学者进行面对面交流。感谢《国外文学》《英美文学研究论丛》和《外国文学研究》等核心刊物先后刊发我的阶段性研究成果。感谢陕西师范大学社科处的出版资助,感谢北京大学出版社外语部张冰主任的大力支持,真诚感谢责任编辑李娜女士的辛勤劳动,使此书能够顺利出版。

最后,我要感谢我的家人。多年以来,家人的爱、理解和大力支持成为我的精神力量和前进动力。他们和我一起分享其中的乐趣,分担其中的艰辛,使我能够一如既往地潜心从事自己喜欢的研究工作而无后顾之忧。我的女儿楚涵热爱动物,她的好友 Jerry 先生是一只聪明可爱的银狐仓鼠,给了我研究的灵感。

限于能力和水平,本书疏漏和不足之处在所难免,敬请各位专家学者和广大读者不吝指正。

张亚婷

2018 年 9 月 15 日于陕西师范大学